短 篇 小 说 选 第 一 辑

主编：郑润良
符浩勇

今生盛宴

符浩勇◎著

黄河出版传媒集团
宁夏人民出版社

图书在版编目（CIP）数据

今生盛宴 / 符浩勇著．—银川：宁夏人民出版社，2017.11
（中短篇小说选 / 郑润良，符浩勇主编．第一辑）
ISBN 978-7-227-06785-6

Ⅰ．①今… Ⅱ．①符… Ⅲ．①短篇小说—小说集—中国—当代 Ⅳ．① I247.7

中国版本图书馆 CIP 数据核字（2017）第 289679 号

中短篇小说选（第一辑）　　郑润良　符浩勇　主编
今生盛宴　　符浩勇　著

责任编辑　王　艳
责任校对　李彦斌
封面设计　格　林
责任印制　肖　艳

黄河出版传媒集团 宁夏人民出版社 出版发行

出 版 人　王杨宝
地　　址　宁夏银川市北京东路 139 号出版大厦（750001）
网　　址　http://www.nxpph.com　　http://www.yrpubm.com
网上书店　http://shop126547358.taobao.com　　http://www.hh-book.com
电子信箱　nxrmcbs@126.com　　renminshe@yrpubm.com
邮购电话　0951-5019391　5052104
经　　销　全国新华书店
印刷装订　泰安市恒彩印务有限公司
印刷委托书号　（宁）0007200

开　　本　690 mm × 960 mm　1/16
印　　张　22.5
字　　数　259 千字
版　　次　2018 年 1 月第 1 版
印　　次　2018 年 1 月第 1 次印刷
书　　号　ISBN 978-7-227-06785-6
定　　价　50.00 元

目录

第一辑：菩提本无树

第二辑：今夕是何年

第三辑：野百合春天

第四辑：归航的滩岸

第五辑：飘忽的雨季

第六辑：燃烧的河流

第七辑：与春天约定

第八辑：窗台那盏灯

第九辑：同在屋檐下

第十辑：苦乐金银岛

第十一辑：洁白的婚纱

第十二辑：第三座坟茔

第一辑：菩提本无树

台上台下

农历二月十六，才是四英岭下人家的军坡节，但自打进入二月起，日子便洋溢着喜庆的氛围。早些日，就有大红海报贴出，邀请省琼剧院一团于十四、十六日两夜分别公演古装琼剧《秦香莲》和《秦香莲后传》，十五日剧团到崩岭探险观奇，休息一天。

连日来，这一方人家轰动了，戏迷们做梦也没有想到，这一辈子还真能看到崇拜多年盼望多年的省一级琼剧艺术家的表演。十三日晌午，就有顽童老妇抱出芦席破凳旧椅，铺摆到戏台前方，有的为占位霸席，居然动起了嘴角。外乡人不管沾亲带故，还是陌路过客，都巴眼看戏，闻名而来。因为这确是山里人难得饱尝眼福的日子。

十四日那晚，省琼剧团首场演出《秦香莲》，戏台下是黑压压的一片。到最后一幕“铡美案”了，“包拯”的表演果然名不虚传！他一个亮相，台下便是掌声一片；他一张口拉腔，就是一阵此起彼落的喝彩。扮演者吴振琼曾出访并饮誉东南亚诸国，是名噪全国的名角。行、踏、做、唱，惟妙惟肖，淋漓尽致……

次日一大早，剧团队员们兴致勃勃地直奔崩岭。

吴振琼昨夜演戏时抖力遒劲，稍感疲乏，仍然迷糊在床上。忽而，他听见戏台方向有人拉起二胡，响起笙筝。尔后，又有人咿咿呀呀、吼吼喝喝地唱起来，还是《秦香莲》最后一幕的板腔。哦，那一定是一群出名的戏迷！

听着听着，他翻身骨碌起床。谁也没有想到，他卸下包拯的朝装，洗去满脸油彩，竟是一个其貌不扬、瘦弱黝黑的小老头。他匆匆洗漱过，就好奇地向拉唱兼扬的地方走去，挤进戏迷的中间。就见一个五十左右年岁的戏迷正无所顾虑、喉管暴胀、声嘶力竭地吼唱：

陈世美你大噪暴，

乱闹公堂犯律条，

王府堂上刀对鞘，

开封府你罪难逃……

他听着，竟忍不住挤上去，说："师傅，你唱的调反了！"

哦？戏迷们都唰地将目光转向他，却没有人认得他，那目光冷生生地，他不禁一怯。

正在卖力地吼喝的是戏迷们的头儿。早些年，这方凑起厚皮班剧团，他就是班主，是个老戏迷。听他说，他同吴振琼的师傅王黄文通过信，人家称他一声"兄台"，他就自傲自足起来。多年来军坡节期，请不到职业琼剧团，就都请他唱，听他的戏，敬他的神，烧他的香。近几年，他感到体力不济，精神不支，已决定打退堂鼓。不想昨夜，听到省琼剧团"包拯"一唱，瘾劲又提上来了。昨夜戏罢后，回到家想了一整夜，天只蒙蒙亮，就去凑集旧部拾档，想去请教省剧团的，无奈听说人家早奔崩岭遗迹而去。崩岭遗迹是地壳运动的产物，原来好实实的一条岭竟无端地裂开一道深深的痕口。二十世纪六十年代初，就有不少部队上山勘测地质，末了也不知结果就走了。多年来无人顾及，或许早长出凄凄荒草了，竟能值得剧团的队员们神魂颠倒，真是不可思议。于是他们便在现成的戏台上张罗起来。此刻，老戏迷听到有人竟说他唱的调反了，那无异于是说他不懂戏，而他又是戏迷们的头儿！就有人问："你是哪来的？"

"我……"吴振琼不好说出自己的身份，笑说："我是来看戏的。"

老戏迷大眼一瞪，鼓动戏迷们道："一齐鼓掌，让这位优秀才哥唱唱吧。"

戏迷们起哄："来一段，让我们饱饱戏瘾！"

"诸位过奖，诸位过奖。对琼戏，我也仅知一二，既然大家都有兴趣，我就献丑了。"刚一启口，发现二胡乐调不正，便停下唱腔说："不需拉腔，我就清唱吧——"说时冲着戏迷们一抱拳，唱道：

陈世美你不成汉，
杀妻灭子罪条重。
莫说你是驸马郎，
龙子龙孙一样办。
该法办的我法办，
该斩人的我斩人……

他运足功力，韵律圆成，专心不苟，浑然一体。他本以为唱罢，戏迷们会报以掌声，连声喝彩。然而，戏迷们却目瞪口呆地盯着老戏迷。

老戏迷沉吟片刻，然后一拍大腿，说：“是有点味道。不过，调板、腔位的节眼不正，不稳，还应多加火候。”这一说，戏迷们围上来了：

“难怪我总听不清在唱什么戏。”

“到底底气不足，煞板像抽筋一样……”

“唱高尖时，一扬一顿，断散……”

“比人家吴振琼，你的声音只如牛犊吼叫……”

他哭笑不得，拱手谦让，没趣地走了。

十六日夜演出《秦香莲后传》。戏台下更是人头攒动，戏迷们急待着十八年的冤家又是如何变为亲家哩。

“包拯”在最后一幕才出场。出场前，吴振琼早看见老戏迷领着戏迷们挤在前台，个个一副虔诚笃敬的样子。

他跨身出台亮相时，清楚地看见老戏迷领着戏迷们喝起彩来。前夜，他是冲着喝彩声抖起锐气的，这会儿，他却心一抖，扭身不稳，跄踉了几步，调腔唱得艰涩了……而台下仍然掌声不断……

待演到“包拯”退站一边，他只听见老戏迷比手画脚地对戏迷们说：“你们都看见了吧，这吴振琼演的真是比他师傅还绝了……不知昨天那个小老头来了没有，让他来见识见识，免得他狂妄，到处充当内行……”

谢幕后，吴振琼正在后台擦洗满脸油彩。忽听有人找他，扭头看时，怔住了：老戏迷领着戏迷们也呆若木鸡，说不出话来……

送 灯

冬日是四英岭下人家婚嫁频繁的季节。下村陈奶奶到牛雄家来找他爹，来了，又走了；走了，又来了。刚放午学的牛雄终于听到了陈姑姑要出嫁的消息。他心里猛地忽悠了一下，心跳便快了许多。爹是村里两个部拖拉机手之一，每逢婚嫁人家都会来找他帮拉嫁妆。

在乡下，有闺女出嫁，都得要娘家人用车（那时候只有拖拉机）去送嫁妆。而在这车上，是必须得有一个小男孩的。小男孩坐在嫁妆中间，把嫁妆护到姑娘的婆家去，这就叫护车。让一个小男孩送灯，完全是图吉祥。嫁妆为财，男孩就是丁，就是图人丁兴旺。而护车送灯的仪式是：当车停在新郎家门口，接车的一拥而上，解绳子的解绳子，扛东西的扛东西。这时候，小男孩的权力大了，点上一盏马灯（意为丁火）高高举起，接车的够不上手，又怕灯火灭了，怎么办？拿糖，拿点心，拿钱来，钱少了还不行。最后，糖有了，点心有了，钱也攥到手了，小男孩也就撒手不管了。

“陈姑姑真要出嫁了？”牛雄缠着娘问。“真的，我得去陈姑姑家一趟。”娘说着，便进屋去。从屋里走出来，手里多了一块花布料。牛雄说：“我也去。”

“你去干什么？”

牛雄瞅着娘出门，心里有点没着没落的。让他给陈姑姑护车送灯，可是陈奶奶亲口跟他说的呢。有一回娘带着牛雄去陈奶奶家里玩。陈奶奶见到牛雄，摸着他的头说：“你看这小子，长得多灵气，等小梅出嫁，就让他来护车送灯。”自从听过这话后，牛雄就一直盼着能听到陈姑姑出嫁的消息。

牛雄坐不住了，他走出院子，朝下村陈奶奶家走去。

“你就不会在家里待一会儿，下晌不上学了吗？我也快回去了。”娘见到牛雄来了就骂。

牛雄靠着门框，两只眼睛紧盯着陈奶奶，他很想听到她重复一遍她说过的话。可陈奶奶就是不说。这时候，娘直起身子，说：“该走了，这么大小孩还缠脚呢。”

牛雄支棱着耳朵，盯着陈奶奶的嘴。一直来到大门外面，他也没听到有关护车送灯的事。他一边向前走，一边不停地回头，看着陈奶奶满脸的笑容，眼珠都红了。

这样的日子真是难熬。每天早晨起来，牛雄便问娘：“距下村陈姑姑嫁人，还有几天？”

娘光笑，撇着嘴说：“人家陈奶奶又不见得硬让你护送了，关键是那天你不去上学吗？”

牛雄不作声了，他担心陈姑姑出嫁那天不是周末。转而想，不是周末就请假，不过，眼下不好对娘说。

这一天上午，逢周六，牛雄看到了爹将拖拉机开到下村陈奶奶家去。

果然，刚吃过午饭，陈奶奶便跑来了。她进门便塞给牛雄两块糖，然后双手捧起他的脸蛋说：“明天，咱可得起个大早了。”牛雄终于如愿以偿，陈奶奶让他给陈姑姑护车送灯。

“他婕，梅子她婆家远，明儿个让牛雄起个早。”陈奶奶似乎又想起了什么，说：“对了，牛雄，明天到了那边，你可要把灯举得老高，谁抢也不让他抢。他给你糖，你就逗他一下；他给你点心，你就再闹他一阵。可别撒手太早。他给你钱才罢呢。”

不过，陈奶奶刚走。娘便跟牛雄说：“可不能那样使玩闹，千万要让灯亮着，不能晃灭了。人家给你个十块八块的，你就让人家接过去。”牛雄听不进娘说的话，他只盼着天快些黑下来。

那天夜里，牛雄失眠了。他躺到床上闭上眼，可就是说什么都睡不着。

东边的天空还没有丝毫要亮的痕迹，牛雄就起身了。这时候，爹已发动了拖拉机，本来是打算去下村装嫁妆后才回来接牛雄的，牛雄却跑过来，一下子蹿上车头，爹挪了两下屁股，他便坐稳了。此时，牛雄紧了好几天的心终于放松了下来。

上路上，拖拉机在晃，人也在晃，天上冷白冷白的月亮也在晃。牛雄这是坐嫁妆中间并不觉得冷，一打呵欠，却呼出一团白雾热气。从车尾后门望开去，天地茫茫，一片混沌。凭着疲惫的狗吠声，才知道是走进了村子。可村子晃不了几步又甩过去了，剩下的也只是狗吠声。在此起彼伏的狗吠声中，过了一个村子又过了一个村子。可在不知不觉中，牛雄竟然睡着了。

牛雄是在一阵鞭炮声中醒来的。他抬起头，看到天已大亮，外面围了很多人，这些人他一个都不认识。他心里一下子毛了。更让他难受的是，他发现嫁妆与马灯，不知道什么时候都让人家给弄走了。

牛雄下车后终于看到了爹及村里同来的。他们正坐在屋里人模人样地喝茶，看到他，就一脸坏笑。他便忙低下头，觉得脸都丢尽了。那些糖、点心，还有钱，他一点儿也没捞到。本来打算得好好的，可现在什么都没有了。他心里难受极了。

那顿饭牛雄都不知道是怎么吃的。他光记得在回家的路上，人家这一句那一句，都在挖苦他。有说："我回头一看，这小子竟歪着脖子还没睡醒，我还没来得及叫他，就让人家把嫁妆搬下去了。"有说："牛雄，你要的糖呢，拿出来让大伙尝尝。人家送灯的钱呢，拿出来让大伙看看。"

本来牛雄心里就不好受，让人家七嘴八舌地数叨，满肚子的委屈就憋不住哇哇地哭起来。还是爹安慰他说："牛雄，该你得到的，可一份都不少。可钱，我不能给你，我得交给你娘，开春缴学费呢。"可牛雄听着感到失落了什么东西。

是护车送灯回来好几日了，牛雄听爹跟娘说起陈姑姑婆家接车的事：“要是牛雄没睡，把灯举得老高，人家看小子头面或虚就会多给几个钱……”

根叶谣

二喜八岁时就跟娘去逃荒。路过黄家村时，娘病倒了，被一户人家接济。娘对她说，这方水土虽贫瘠些，但扎下根苗也会长出枝叶，留下当童养媳吧，或许能捡条活命。黄家老两口老来得子，取名祥生，刚满两岁，图日后有个照应，就答应了娘。娘在黄家躺了半个月，病未见好就撒手走了。

黄家老两口把二喜当亲生闺女待，饿寒不着她柔弱的身子。二喜也勤快，把两岁的男人当弟弟，抱在怀里，驮在背上，携在手里，贴在心上。祥生长到十岁，也懂得怜惜她。一回，娘让他去打火油，他偷偷给她买了一只蜻蜓发夹，回来说钱丢了，遭了爹一阵臭骂……二喜不敢戴那只蜻蜓发夹，她在溪边对着倒影梳妆时，祥生就掐边上的野花往她发鬓上插……

山里的水土养人，果然像娘说过的那样，根苗扎在贫瘠的地里，居然抽出了枝叶，人吃树叶也长肉，喝凉水也带劲。二喜长到二十岁，身上的短蓝布褂遮不住青春气息，祥生这才不再跟她挤一个被窝睡了。那时，有支穷人的部队在邻村扎营下来，祥生去报名，竟然被收编了。黄家老两口这才想起办了婚嫁的事。

离别前夜，二喜捧着祥生的脸，说，离开姐了，你出门在外可怎么过啊？祥生忽然哭了：姐，这辈子我不知道怎样报答你，我走后，你要孝敬爹娘，你要等我回来！二喜说：你说什么话啊，把心放肚子里，谁跟谁哩，你走了，姐的心也像蜻蜓一样跟着你走。二喜说话的时候摸出了那只蜻蜓发夹。

祥生刚走一年，就给家里捎信，说部队打了胜仗，还特地对二喜说，他当了连队号手，就像姐小时候带他上山打柴，摘了嫩树叶编成的哨儿，含在嘴里腮帮鼓起地吹……二喜不识字，听念信的说，想着祥生顽皮的身影，眼里盈着泪光，心里却偷偷笑了。

三年后，部队有人探亲途经黄家村，带话说，祥生当警卫员了，嘱咐爹娘一定要多加保重身体。二喜忙问：什么是警卫员啊？回答说：警卫员就是为首长挡子弹的。二喜听了焦急，千叮咛万嘱咐回家探亲的一定要带话给祥生，就说子弹不长眼睛，姐不能抽身去代替你，你，你自己一定要当心，你要死了我也不得活！

到了第五年，刚开春，部队就来了人，是个警卫员，却不是祥生。警卫员说，首长很忙，很快就要转战了，抽不开身回来。哦，原来是祥生的警卫员。二喜差不多跳起来了，心想弟弟你有出息了，终于有人为你挡子弹了。警卫员带来了黄家村人这辈子也没有见着的钱。二喜就想，只要弟弟把人留着给我就好。老两口已是风烛残年，行动不很灵便，对警卫员说，这家里多亏了媳妇二喜，像闺女一样孝顺，内外累弯了腰杆。二喜听着忙把话顶回去：爹娘，看你们说的，不能让祥生在部队分心啊……说时，转身去伙房烧火。

警卫员掏出一封信，欲言又止，嗫嚅了一阵，才说，其实，这趟来，首长有个交代，他不能再耽搁二喜了，说要让二喜不要等着他，他当个首长不容易……再说，首长与二喜的婚姻也不受法律保护……

老两口听着，气不打一处来，忽然大嚷：天杀呀，良心喂狗了……这让我老黄家怎么对得住人家，没有二喜，我们这把老骨头早弃荒野了。

其实，二喜没走远，从伙房转来正听得明白，她蹿出来，盯了警卫员一眼。她低下头去，这才忽地抱着老两口，跪了下去，说，爹娘，祥生在部队有出息，我们该高兴。他一定有他的难处，我从小把他拉扯携带长大，知道他心地好，或许他有什么过不去的坎，才那样做的，只要他好好活着，他还会回来的，我不还是你们的闺女吗？我这闺女从八岁就是你们拉扯大的呀……

警卫员走前，对老两口深深鞠了一躬，说，你俩老一定要保重身体，让二喜找个好人家……

二喜连连摆手，说，不，我不走，我一走，祥生就会落下骂名，世道人就会咒骂他陈世美，就会遭人戳背丢眼。只要有一口气，我就不会离开……我娘说过，地再贫瘠，只要扎下根，就会长枝叶的。

警卫员咬着唇，没听完二喜的话，他转身就跑，跑得比山风还快，但山风不知道，他哭了，更不知道祥生再也回不来了。

桥

下了半把月的连阴雨终于晴了。这对老奎爹来说很重要。

雨是夜里停的。他清晨醒来时，就没有听到雨声，起身出门一瞧，空漠的天上，晃着离离的亮光。

阴雨晴了，老奎爹就可以做他决计要做的事了。其实，他要做的事再也普通不过，是要上李上村管区支书李大个子家去。但他满可以像往常一样有什么只要捎个声就行了，大可不必走一趟。但这一次他是非去不可的。谁也不知道十天前的一个夜里，李大个子来过他孤寂的家。

那夜，连阴雨仍在溟蒙地飘洒着，凉气十分呛人。

他躺在床上，刚迷糊一下就合眼了，灯还在摇曳地亮着，是一阵敲门声惊动的狗吠唤起他的。

他起身拘谨地打开门，进来了一个年近四旬的陌生人。他身上披着雨衣，衣襟被零星地打湿了，刘海上还淌着水。

“你找谁？”他怯怯地问。

“大爹，就找您呀。”陌生人脱下雨衣，将拎着的两瓶山兰老酒和一罐饼干放到一张小桌上，“大爹，我是给您拜早年来了，我姓李，是李上村的，大伙都叫我李大个子，现在是管区支书……这些年，对您老关心不够，像大爹您这样的……早该进敬老院了。”

他有点措手不及，茫然地摆摆手：“不、不……”却不知说什么好。

李大个子还说，他刚从部队退伍回来，大伙选他当支书，是对他的信任，请老奎爹多多支持帮助他，还问了许多起居生计的事，末了，留下话：有空到家里去坐询。

他一直愣愣地听着，不让坐，不倒水，连一句客套的感激话也说不出，待到人家一走，他又悔得要死……一连几夜，他都没有睡好。

洗漱妥当，老奎爹匆匆吃了昨夜剩下的一碗稀饭，就出门上路了。

老奎爹也曾当过支书，但那时还叫大队，他领着大伙摔了八瓣子汗水，工分簿上画满红杠，可一年到头，分红却掏不出一把钱。包产到户后，他就不当支书了，分到的田地给邻着田地的人家耕种，年年季季不少他糊口食粮，但始终没人来串门，他寂寞不过，就找人家去，但大伙都是辞辞诺诺的，仿佛有什么脱不开身，他们都为生计忙着哩。再后，他听说只几年工夫，不少人家就在信用社立了户头，他就自省起自己当支书时的蛮干，心里就隐隐有了一种失落，总觉得欠了人家什么的，这辈子恐怕是还不清了。渐渐的，他秉执着一副宁可被人欠也不可欠人的心肠……

而今，管区支书李大个子来了，他怎么会记起自己呢？还嘱自己有空到他家坐询去，这正好是一个回报的机会，可是，连阴雨连绵不歇……李上村还远着三里路，这对他一个六十岁出头的孤寡老人来说，也不近了。

太阳升上来了，阳光斜斜地照在老奎爹的身上，投下一个长长的身影，他脚步虽然蹒跚，却也有神，泥土路上，留下他深深的足迹。

老奎爹的身影缩短一半的时光，李上村就展现在眼前了。村边，有一条蜿蜒而碧深的水渠，水渠上铺架一条四条木料捆扎的小桥。老奎爹见到木桥，就想起李大个子的留话，走过小木桥，一问就知道他的家。

老奎爹定神望了望村里被椰树掩映着的人家，又抖了抖精神，添紧脚步踏上桥去，只几步，小桥的木料咿呀响起，他心里一慌，眼一黑，桥断了……他什么也不知道了。

下晌，日光西斜时分，一个在水渠边放牛的顽童，看见小桥断了，才发现水中浮着一个人，就惊叫着跑去找人……

李大个子赶来的时候，老奎爹的身子已经僵硬了。谁也不知道，老奎爹死在那里的原因。

围观的人围中，有的叹息：那桥许多年不修整了；还有人怨天："连阴雨洒得太久了，木料也给浇烂了……"

李大个子若有所思，好一晌，才说："天晴了，这桥要重新修整了。"

荒漠一夜

蒙蒙亮的时候，他已在大漠的荒滩里跋涉了整整一夜。

他蠕动着苦涩僵硬的舌头，舔了舔嘴唇上迭透的干血泡，面对远方一望无际的沙梁，不由回望一眼身后伴随的追敌——晨雾里闪着两点绿光的饥饿的野狼，心里又掠过一阵恐惧和绝望。

他是昨天下晌为了拍摄到沙漠上的绿洲，离开了驼队，深入到荒滩深处的。当黄昏降临的时候，沙梁上传来一声凄凉血性的狼嚎声，他回首寻望，蓦然发现了暮色里浮动着两点闪亮的寒光，倏地，疲惫夹带饥饿一同向他袭来……

整整一夜，他别无选择，恓惶地在大漠里奋力向前走。途中，他为补充体力，备带的干粮吃完了，水壶里水喝干了，肩上压着沉沉的摄影机和行囊背包。但他不忍心将拍到海市蜃楼般的别致风景一掷了之，那可是他艺术生命的价值所在。然而，野狼显然盯上他了，将他视成大漠里唯一的补充营养的佳肴，他只好拼力地在沙漠里走着。他心里明白，在荒滩里，缺水是最大的灾难，野狼同他较量的是毅力和意志，自己若是稍有松懈，在沙梁上倒下，野狼就会冲上前，挥舞利爪，将他撕成碎条，充饥解渴，而他拍摄的荒漠上的别致风景将化为乌有。

他回望野狼时，明显发现野狼的浑身抽搐，脊梁的骨节更加突起，干瘪的肚皮贴在沙土上，喘气声越来越粗重，他们之间的距离越拉越长……渐渐地，野狼举步维艰，停下来了。他心里不由掠过一阵狂喜，野狼终于撵不上自己了。稍刻，又见到野狼嚎叫一声，转头调向，灰溜溜地往回逃窜。他不由挺直身躯，英雄般地傲立在沙梁上，似乎嘲笑野狼意志的崩溃瓦解。

当野狼的背影逃遁远去，他又一下子瘫倒在沙梁上。他该往哪里走，何方才能寻到驼队，哪里才有水源？由于严重缺水，他已鼻孔出血，七窍冒烟，四肢乏力。忽而，他转念回想，猝然想到，野狼的转向莫非预告着前方是一条通向大漠腹地的死亡之路？于是，他意识到只有重新振作，尾随野狼，或许才有可能离开大漠，找到驼队，使别致风景焕发艺术之光。

他复而挺起疲惫的身躯，沿着野狼逃遁的方向赶去。为了避免同野狼的孤注一掷，他既不能尾随太近，那样会惊扰它，当然又不能太远，如果稍有松懈，就会迷失跋涉的方向。

芨芨草是大漠里跋涉者的救命圣草，沙梁坎下，野狼过处，芨芨草已被啃尽；他随踪而来，只好刨出草茎，细嚼取湿。野狼困乏了，停下来回头对峙地盯着他；他也停靠下身，机警地准备应对野狼的反扑。有多少回，狼跑他奔，狼歇他停。有许几阵子，狼的双腿摇摆踉跄，迷迷茫茫地迈步，他就像虚脱一般神情恍惚，晕晕蒙蒙地跟着……

狼撵人整整一夜，人追狼足足一天。又是日头西斜的时分，终于，沙梁坎下出现了一片罕见的沙洲——那是内陆河被沙漠侵袭仅存的一汪清水。

野狼仿佛忘却了疲惫，奋力奔过去。

他喜出望外，狠狠地咬了一下血唇，忽而，一阵熟悉的驼铃声响过，昨天同行的地质勘探队出现在前方。他顿感泪水漾出眼眶，朦胧中，他看见两名地质队员正端枪向着吸水的野狼瞄准，他声嘶力竭地喊：“别打它，没有它，我走不出荒漠，是它救了我的命……”

枪响声落，野狼猝然倒在甘泉一般的水边，枯瘦的四肢也懒得一动。

他一个踉跄，向前一个滚翻，昏了过去。

猎 殇

三天了，他巡闯了这深山野岭里的每一条小路，始终没有见到老山狼的踪迹。

他就是为寻猎老山狼上山的。

严格地说，那是一只跛了前腿的老山狼。老山狼的前腿是他年轻时猎铳打跛的。如今想起，他就好悔当年没有把老山狼猎杀除根……

早那些年，山下小村寨的耕种常常遭受山狼的扰袭，腊月里，他也就在这深山野谷里赶山围猎，在一个山洞里掏了狼窝，抱回两只温顺的小狼崽，用一只大铁笼锁着，搁在村寨前的大榕树下，诱猎山狼。

一连几个夜晚，他躲在树上，端着猎铳对着铁笼瞄准，时刻等待着老山狼的出现。然而，除了远山传来老山狼哀号的声音外，却没有见到老山狼涉足村寨。

日后，女儿二喜却在他外出的时光，私自放跑了两只小狼崽，惹致了一场惨不忍睹的灾难：他的老伴进山打柴，被两只小山狼撕个粉碎……

他三天三夜守在山上，逢狼便杀，先后杀了两只小狼崽，正剿山打破了老山狼的前腿时，来了山外环保部门的护山队，说是山狼不能再打。这深山野岭是一个新发现的自然保护区，山狼濒临绝迹。

月缺月圆，花开花落，许多年月过去。

小村寨再没有受到山狼的侵袭。

寨子里人家的日子开了花一般耕种有收。

女儿二喜被山外环保部门聘为驻山管理员。

然而，没有想到，他年老了，山狼又出现了。

半月前，他饲养的两头猪苗，一夜之间无端失踪了一头。起初，他只当是走失了。后来的一个夜里，他起身小解，却发现猪栏边闪着寒冷的绿光，哦，是老山狼，跛了前腿的老山狼！他踅身回屋，端出猎铳，但枪已长锈，弹药早不知搁到哪个角落了，眼看老山狼一拐一瘸地叼走猪苗，他愤慨已极，老山狼是在欺负他老了……

次日，他进城去买了一杆猎铳。

女儿二喜劝他别再狩猎，那是违法的。他却大骂女儿不孝。

日头西斜了，他靠坐在一棵枯败的桷枫树下歇凉，从家里带来的山芋吃完了，水壶里的水不知什么时候已喝干，只有沉沉的猎铳在肩上挎压着。

他等着老山狼的出现，又站起了身。

拐过一个山口，他陡然愣住了：那只跛腿的老山狼同女儿二喜对峙着。

老山狼两目凶视，亮着寒光。

女儿手无寸木，却柔然盯着老山狼。

老山狼慢慢走上前，扇着耳朵，点点头，仿佛记起了当年二喜从铁笼里放走两只嗷嗷哀叫的小狼崽……

二喜慢慢地伸出手。

他忽地大喊一声："畜生。"说时，撑起猎铳，扣动扳机，"砰——"的一声，老山狼尖叫一声扑向二喜。

二喜的身子一下子栽倒了，老山狼咬穿了二喜的喉管，鲜血如注。

远山，残阳如血。

来去野猪林

街对面那家“野猪林”酒店，三年前只是一间抱罗粉店铺。

那时两间临街铺面打通了中墙，半间为厨，一间半为堂。年过半百的老发爹掌勺，二十岁出头的女儿跑堂。每个墟集，刚蒙蒙见光，父女便起身了，摆好六七张八仙桌般大的圆木桌，十多张巴掌大尺余长的凳子，每张桌上又搁着用糨糊空瓶装满竹筷子，然后老发爹甩响扎在腰间的围巾，吆喝两声开市了。我那时刚到这个小镇蹲点，图方便常到那里吃早餐，老发爹每回见着我，脸上就露显巴结的笑纹。至今我仿佛记得那时的抱罗粉真的又白又嫩又软又滑，老发爹又总是能弄出香喷喷的花样，我每天去了吃，次日又吃而去。

野猪林酒店取代抱罗粉店铺也只是两年间的事，却已见一定规模，原来两个铺面被一栋三层阁楼代替，而掌厨的是老发爹的女婿宽财。据说是他无师自通练就一手调味配料招数，不咸不淡、又脆又滑、爽口香醇、爱吃什么味的就能吃怎样的味来；跑堂里每天十余张餐桌围得拥拥挤挤，女人一个跑不赢，就招了四个山味野气十足的村姑帮手。以往老发爹的抱罗粉店来的吃客都是赶墟的农家人，日午了就叫上一碗半勺的权当时顿充饥，最奢侈也只是加打一只鸭蛋，匆匆地吃又匆匆地走。而今宽财的酒店来的吃客却是贵贱不分，宽绰人家或者外来商贾来吃是图新鲜实际，而吃力卖气的农家人花上二十多元照得来杯米酒吃得潇洒风景，总是见吃了去，去了来……

我踏进野猪林酒店，再不是来小镇蹲点，而是镇里的挂职科技副镇长。

镇里虽然每月饭局不少，但也不至于我每天都应酬，加上镇政府没有食堂，经商定每月付六百元给酒店，我没饭局时就去吃便饭。头一回，镇书记带我去时，宽财对我一笑，我倏地蹲点时老发爹与我照面的神情。我记得那次陪书记吃饭，宽财也过来倒两杯，结账时挂镇政府六百八十元。此后，只要镇政府没有应酬或是有应酬轮不上我忙活，我就往“野猪林”钻，不时也就会逢上宽财，但这时他不是主厨，成了袖手旁观的老板。我发现他手上戴着一只很抢眼的钻戒，又抽着名牌“三五”洋烟。后才听着他买中街上的“私彩”，冒头包尾三字乱赌赢了近十万元。有时他掏烟时看了我一眼意欲甩给我，我连忙摆手婉谢。我很知趣，镇里一个月付六百元，我也只能是稀饭送咸鱼或菜脯同样吃得精神健旺。

之后，我去酒店，逢上宽财，他咧嘴招呼我：“来了？”我也回答：“来了。”只是他不再向我敬烟，好在我也不着意，待跑堂的村姑端饭上菜我便填肚走人。再后，我去酒店，好不容易逢上宽财，他仍招呼我：“又来了？”我只笑笑算是应答，可从他脸上再找不到那种巴结的和颜悦色。

转眼半年过去。此期间，镇里组织下乡搞野种培植，我几乎都吃睡在乡野田头，已是很长一段时日不去“野猪林”了。

本来那天县上来了人的，镇长也嘱我去陪宴，只是我手上要赶一份材料，镇书记要用作汇报的。于是我就往酒店跑，匆匆点了份简单的快餐，宽财见着我：“你还来了？我以为你早不来了！你这样是要吃到什么时候？”开始我不怎么明白，就说：“没应酬我还会来。”没想到，他狠狠吸了一口烟，呼出浓雾罩住脸孔，说：“你也是一个镇长，虽是副的，但也吃人间烟火吧，吃喝也总不能这样节俭，镇政府也不至于困难到用一顿饭打发你一个月伙食；其实，你可以点别的什么特色风味莱，也算是接待朋友或亲戚，账挂了，镇政府也会认账的。”直到这时候我才明白，他是担心我的六百元会吃崩掏空他的“野猪林”。

我不好辩争什么，只说：“粗茶淡饭很有利于健康，要奢侈排场我不能破这例。”宽财仿佛刚酒醉饭饱，打着嗝，用牙签往牙缝剔着什么，说：“你也太死脑筋了，不吃白不吃，吃了也白吃，又不见让你掏衣袋，至少变着味换个胃口又能怎样？当今除了小孩不换，老婆也能变，你看我不就离了，我又结婚了……”

这么一说，我才想起已有些许时日没见到老发爹的女儿忙来紧去的身影。曾经多时，我总是见到额头渗出细密汗珠，有时还咳嗽，仿佛遇有什么卡在喉咙间，喘咳不出来，脸颊透出病态的桃红。宽财盯着我，说：“下回你来，我帮你点个野味，你们镇长喜爱吃，吃不完打包走，账你记上就是了。你不就是来镇里挂职吗？挂账也是一种体验！”

我正待回话，宽财爱看不理般向厨房走去，好像有谁在招呼他。我忽然发现他的头发不知什么时候起已用摩丝至少不至于用口水整理出一派油滑。而此后，我再也不敢去“野猪林”。

菩提本无树

寺院大雄宝殿前面的香龛里，最细的一炷香比胳膊粗，最粗的一炷香比碗口粗，长都在一米二左右，一看就不是烧香，是烧钱，佛门烧香，只是一个礼节和规矩，以清香味的醇或淡、好或坏有一些要求，但不是越粗越好、越长越好，过去的佛门没有碗口粗的香可以烧，想烧也造不出来啊。

明明知道这里的佛界已经蒙上了一层铜臭味，我还是忍不住凑了过去，以为百十来块也能请到一炷佛香。不看不知道，一看吓一跳。寺院大雄宝殿前面的香龛旁边，端坐三个穿袈裟的和尚，请香的客人过来，他们先不告诉你价格和规矩，而是请你在签名簿上签上自己的名字。

游客并不知道签名簿是一个陷阱，可能有人还误以为那是寺院对香客们的尊重，糊里糊涂的就把自己的名字签上去，这一签，你就中了圈套。

签完名，和尚告诉你，凡签了名的香客，释永乐法师都会亲自诵经念佛，为你消灾解难，等等。然后指着粗细不一、华丽不一，但都金光灿灿的香问你：施主，你请哪一炷香?

因为前面说了释永乐法师替你念经消灾的话，好面子的游客一般都会选择粗大的、华丽的高香，等到他们把香递到你手上，才告诉你说，这炷香是六千块钱。那时候，你后悔都来不及了，名字已经签上去不说，香都拿到手里，周边又围着看客，面前又供着笑咧开嘴的大佛，你在这个时候一般都会咽着苦水把钱虔诚地掏出来。好在我前面有一个请香的人，让我看明白了这个圈套陷阱的过程，才没有上这一当。

和我讲寺院烧香见闻的这个人说到此处显然有点怨愤起来。这位略略比我年长的男人我们都叫他杜哥。他来自祖国最南端的海岛，还邀了我的另外两位文友一起到卧龙山顶上去喝茶。不知怎么开的头，他就说起了寺院烧香的事。我认识他好多年了，曾经他也是一位文学青年，后来进了政府机关，又涌动了从政的热情，不久这热情就不知什么原因退潮了。自从他辞职下海之后就成了一位纯粹的生意人。他的钱挣得越来越多，可是精神却越来越空虚。故而常常过往佛堂寺院，头笑脸春，逢佛必拜。此番而来，他进了本地一家香火最旺的佛寺，触境生叹，语气里充满了灰色的迷惘。

这天卧龙山上没有阳光，我们的小城笼罩在一大片铅色的云层之下。风从远处吹了过来，身边的树林唰唰地响动，给人一种莫名的寒意。我们等杜哥稍稍平静一点，就都催他把寺院故事说下去。因为我们都预感关于他的故事远没结束。稍作停顿，他呷了一口浓茶，继续说——

香龛里面的高香，最便宜的六百，最贵的六千，我清楚地看到，那个游客选择的是最粗的一炷香，他听到六千块钱的时候，脸唰地一下就白了，僵在那里。

他老婆跟在后面，脸吊得更长，拉着男人的袖口要走，和尚说，施主，你已经签过名了。男人哭丧着脸，央求老婆，说，算了，六千就六千吧，心诚则灵，破财消灾嘛。

看完这一幕，我转身走开，六千块钱一炷香，别说我烧不起，就是烧得起也不烧哪里是烧香啊，明明白白地在佛祖面前骗人敛财嘛。我想，这个社会什么样的人都有，可能有人专门就是奔着六千块钱的香火来的，有不在意烧钱的人。我想，如果寺院不搞欺诈，你完全可以在香龛前面摆一块牌子，明码标价，愿者上钩。但他们没有，三个和尚坐在那里，干的勾当无异于骗人。

我的一位文友听着，打岔道："还是老兄警觉，有慧根在，哪里受骗得了？！"

"可是老弟，你错了，我仍然没有逃过这一劫呀。"杜哥长叹一声，往下说——

转到最后面一个殿的时候，我看见殿门是开着的，有人在那里磕头烧香。我以为这里烧香可能不要香火钱，往供养箱里塞点钱就行了吧。于是点了一炷香，趴下磕了三个头，还没有爬起来，一位穿灰布袈裟的和尚走过来，双掌合十，念了一声阿弥陀佛。

他说，这里是磕头许愿的地方，让我过去签个香袋。这时候才意识到，上当了，但头已经磕完，总不能跑吧。

于是跟着和尚到他的木鱼前面，他拿出一个香袋，有六句诗，每一句诗的起头都是一个数字，说让我选择！一个数字，每个数字代表一百天，他们会为签了名的人诵经，请菩萨保佑香客完成心愿。

我还算是个聪明人，知道那些数字背后肯定有圈套，就选了最小的一个数字“六”，果然，我画完勾，和尚又念了一声阿弥陀佛，说诵经一天要掏一块钱，我选择的是六百天，要交六百块钱。

我什么话都没说，明明白白地上了一当，说什么呢？拿出六百块钱放到桌子上，转身飘然走人。

我们下山的时候，我只问了杜哥一句话：“你往后还会上寺院烧香吗？”杜哥不作声，我再也没说话。我的两位同伴也没有说话。我们的车子无声地滑下卧虎山，驶进了我们的小城和我们习惯的生活。临下车前，杜哥忽然诵了佛界非常有名的诗篇：

菩提本无树，
明镜亦非台，
本来无一物，
何处惹尘埃。

血　杀

贾德强突然产生一个可怕的想法：我要杀人!

这最初只是一个模糊的念头。它就像在他的躯体里过电一般，“砰”的一声炸开了，继续在脑海里生根发芽，蔓延延伸到心里，逐步演变为一种确定急切的想法。甚至他本人都不敢相信，他的思绪连日来被搅得乱七八糟，像蛇一样缠绕着他，闹腾得他吃寐不安。

其实，同从乡下来的老乡都知道，他胆子很小。

刚进城时，他只是做收旧货的营生，经常出入多个家住小区。有时居民丢失了东西，报案来了警察，他听不懂他们说的方言，但看得懂人家的目光，就觉得芒刺在背，慌得就好像真的偷了东西。后来，他改在一家临时工厂流水线做零件，车间里有人的零件丢失了，报了案，人人都成为可疑对象。他却神魂不安，眼皮老跳，警察找不到丢失的零件最终还是走了，他却耿耿于怀，担心别人怀疑他。有时有警车鸣笛在街上开过，他希望这警车能来查清楚，才能证明他的清白。

这些事成了同乡茶余饭后的谈资笑料。人家背地里总说，胆小老实的家伙进城来就像让他赴一场宴会，抢食都不如他人哩。

然而，他并不在乎别人的嘴巴和目光，做工卖力而且勤勉。一年下来，他节吃俭用，居然有了积蓄。

有了积蓄就可养家糊口，他乘着回家过端阳节带来了鲜活水嫩的媳妇，在他租居的工棚住下了。一时间，郊外那家临时搭建的厂房，以及昏暗的车间透亮起来，他媳妇出出入入的，腰肢像藤条一样，一步三摇摆，落进了车间包工头老黄贪婪的目光。

包工头老黄找到他，说，你不用做零件了，跟车跑县城送货去，工钱是做零件的两倍。他当然高兴，别过媳妇就跟车走了。但跑了县城他才知道，每周两趟，每跟车一趟都要过夜，次日晌午才回来。

两个月下来，事关媳妇的风言冷语就来了，说得有板有眼。有说，他跟车跑县城去的夜里，工棚里的老鼠就特猖狂，常常闹腾到下半夜，有时要到了黎明时分才静下来。厂房临着一条小溪，溪边长满了密密的水草。他媳妇去割草，包工老黄总会去帮忙，就滚在草丛里，那日没起风，可草丛却在翻动，就像巨蟒游过，好哟，草丛中两个人像赤条条的白鱼，游在碧水里。人家挤眉弄眼对着他酸笑，他本来枯叶褐色般的脸孔就黑下来，像抹了锅灰，堵着一团恶气，心思就浮现杀人的模糊念头。

他问媳妇："我忙里忙外的，你别让我戴绿帽子！"他居然懂戴绿帽子的意思，但闹不明白为什么当兵的都戴绿帽。媳妇起先忸怩地说："别听人胡扯，没有的事啦……"他不由性起，拥抱媳妇滑溜肉团，媳妇就任由着他。但到后来，媳妇动辄以身子不净为由，不让他游刃有余，他又会醋意大起，还动了拳脚，媳妇却哭着认了，末了还怨艾他是男人，却护不了自家女人。

他去找包工头老黄说，他不想跟车跑县城了。包工头老黄对他说，你不跟车就走人，反正有人惦记着去跑县城。要是肯留下，你媳妇可安排杂工干，有一份工钱。

他转而劝媳妇说，你别作践自己，多躲着人家，给我个面子。媳妇果真给他面子，只有他跟车跑县城了，才到约定的溪边草丛去。说是留个面子，却只是背着他一个人而已，媳妇去车间做杂工很轻松，时时在众人眼下同包工头老黄打情骂俏，卖弄风情。

同乡见他居然没起脾气，自己的女人都管不住，都鄙视他，背地议论说，这家伙给乡下人丢脸了，不配做个男人，早该阉割结扎，蹲着撒尿算了。

他时时处处都感觉到同乡的指指戳戳，心里常浮起一种万念俱灰的痛楚。不跟车跑县城时，他总爱往厂房边上的酒店钻，喝得酩酊大醉，发酒疯般拿出一把长锈的尖刀，往桌上一掷，吼道：“哪个再惹老子不顺心，我宰了他！”有时把烟抽得很凶，把自己罩在烟雾里，压抑心里的波澜。就是这时候，他坚定了杀人的想法。

一个夜里，他梦见自己已控制住包工头老黄，就像扼住了一只待宰羊羔的喉咙，恨不得剥他的皮，抽他的筋，他拿出了那把已磨亮的尖刀，意欲抠出他淫毒的眼珠，心里不由涌起一阵强烈的快意……然而，当他握紧尖刀喊杀人时，待宰的羊羔成为疯狂的凶狗，汪汪狂吠。他忽地醒了，是一阵警车鸣笛的声音唤醒了他，他吓出了一身冷汗，瞬间，他像刺猬一样缩成一团，生怕一不小心，杀人的喊声蹦出声来。

他还是跟车跑县城送货去，但买了一部廉价的小灵通。他刚在县城停顿，媳妇打来电话哭着告诉他，包工头老黄被杀了，死在厂房外的干草垛边。他挂了电话，就租了一辆车赶回厂里。

警察正在现场勘察，警车的笛声还在不停地鸣响着。他挤进围观人群中去，嚷道：“别白忙了，好汉做事好汉当，是我杀的，我坦白！”

警察要扣走他，可同乡们拥上去作证，说他并不存在现场作案的时间。他却吼道：“不，不！是我杀的，我在心里已经杀过他几百遍了，那把磨亮的尖刀就搁在家里！”

他媳妇盯着他的眼神不由打了一个寒噤，说：“你是不是疯了？”

最后的狩猎

原想天一亮就狩猎去，没想到夜里睡得死，直到茅棚外的狼狗汪汪吠叫，他才睁开眼，一片惺忪蒙眬的，忽一亮，有一缕阳光，透过茅棚的缝隙射了进来，他赶忙爬起床，出门一瞧，日光已跃出大山空蒙的坳口。

他忙着洗漱，将昨夜剩下的半碗稀饭匆匆填肚，权当早饭了，然后，取下挂在棚顶上父亲传下来的猎铳，用布片抹了抹枪管，戴上大茅笠，随手捎上父亲装枪药的半截牛角，又对着狼狗“啧啧”几声，便沿着大山自由涉猎的深峪走去，那里还时有野猪或黄麂在出没。

唉，今天是怎么啦？刚走到他平日归来时才歇息的大石，他就忽然感到气喘吁吁，背发虚汗，长瘦的脸上，脉络像蚯蚓般蠕动着，他长长地叹了声，便蹲在石上，恹恹地向山下望去……

他的家就在山下的小黎村，父亲曾是远近扬名的好猎头。归寿后，他才接过猎铳，长年累季十二月，除了刮风下雨，他几乎都蜗居在茅棚里狩猎为生，有几回打到野猪或黄麂什么的，小黎村就围着烧着吃，着实欢乐了几夜。但近些年来，有几回，山外管环保的一个白胖的后生找到他，说只让他到深峪去打，要不，要罚钱的。于是，猎物便再不易得手，但他仍倔性到深峪去寻猎，还硬硬地把几百元扔给了山外人，买了条狼狗……此刻，狼狗正俯在他的身边，舔着他的脚趾，他随手抚摸着它，轻轻地，这狗精壮、剽悍、鬃毛光泽好，还搭救过他的命——那是个仲夏热天，他像只蚂蚱伏在密草中，端枪瞄准一只黄麂，忽听背后狼狗狂吠，他蓦然回头，原是一条五步蛇冲他而来……这么一想，他又热热地拍了狼狗一下，鼓力站起来，向深峪走去。

烈日当空，热气蒸人，深深的山峪，没有一丝风。狼狗引着他在密莽灌竹中巡了几个大圈，时已午后，却一无所获，他顿感饥肠辘辘，口干汗升，骨架有些疏松了，一屁股墩坐在一棵桷枫树下，又长长地叹了一口气："老了……"其实，他才四旬过半，只是山里风高气野，削去了他的娇俊，他虽未婚娶，却真的爱过一回，那是城里后生下乡的年月，父亲还健在，一个城里的清清秀秀的姑娘，在一个星夜草垛边委身于他……只是那娇柳般的疯姑娘终还是跟着一个回城的后生走了，他倒未留恋多少，接过父亲的猎铳以后，他便搬到山上的茅棚住下，每当涌起对异性的欲望，他就会想黎家英勇猎手不懈追求金鹿回头的传说，十多个年头了，他在梦里也在隐隐地等待着金鹿的出现……狼狗又在舔他的脚趾了，暖暖的，他这才记起该往回走了。

他撑着枪，站起来，扭头再看一眼山沟时，不由陡然一震，两眼瞪得贼亮，一只美丽的梅花金鹿在小溪边饮水。他怀疑还在梦中，揉揉眼睛再看，拧了一下大腿还疼，忘情地拍着狼狗的后身。不料，狼狗狂吠一声，腾跃双蹄，迅猛地向小鹿冲去。

小鹿被惊动了，扭头就跑，那疾步的姿态多像传说中仙鹿的化身……狼狗紧追不舍，他早忘却了疲惫，也迅追上去，小鹿步履踉跄了，他忽就手扮喇叭：喊"站住——站住——"金鹿狼狗都不回头，金鹿奋力疾奔，狼狗似听见主人助威，拼力追擒……眼看金鹿不支了，他举起了手中的猎铳……

铳声响了，倒下的不是金鹿，而是他多年厮守的他恩人般的狼狗，血污了一大片草莽，空气里浮着血腥，他丢枪奔去，猝然抱起狼狗，狗睁着滞眼，黯黯的，浑身抽搐着，颤颤地，他顿时泼泪漾眶……半晌，他放下狼狗，把脑袋擂得山响："我，对不住你——"山鸣峪应，远传而去。

他伫立了许久，用手刨了个大坑，掩埋了狼狗的尸体，找到猎铳，抛进深深峪底……

他再也不狩猎了……

第二辑：今夕是何年

山里残月

常年漂泊在外，但每一年，我都回到四英岭下的家乡去。

几回回，我伫立村头，充满惆怅，无限感慨：躲开了城里的喧嚣尘闹，扎进无边的宁静；没有城里光怪陆离的色彩，满眼却是灰蒙的苍凉。那破旧剥落的瓦房似乎更加低矮，屋顶檐角似乎更加黢黑；村路坑坑洼洼，池塘横布垃圾草芥，不见了那儿时熟悉的面孔，更多的是行色匆匆的陌路人，还有湿漉滑腻的井台，爬上了蓬勃的苔藓，田边园角是无所顾忌随地撒尿拉屎的猪狗……

刚进门，母亲就说：

“早晌，村支书托人捎来口信，说是明儿晌午到他家去围聚。”还说，村支书前阵子就一直打探他的归期。

我不置可否地笑笑。我知道，那是上年为修建进村前的那段泥泞路，我咬咬牙掏了一万元。那时，村支书就嚷道，待到修好路，一定要好好宴请我。

吃过晚饭，母亲又说：“你抽个空，去探看一下陆老师，你还记着他吧。”

“好。”我应了声，脑海里浮现一个身板瘦弱却精神矍铄的小老头。

“小时候读书，他可为你操了不少心。”母亲继续说，“你进城去读中学了，他还总是以你为榜样，教育小孩，还有你去海那边读大学时，你打信回来催钱，你爹捏不出，就奔他去借……”他不知道，母亲何时变得这样唠叨了。

这些话我不知已听过多少回，便随口问：“陆老师现在还在村小学？”

“唉，早不了，都许几年啦！当了二十多年民办的，上头说不干就不让干了。去年修村前那条泥泞道，村里家家户户摊派，他上山打柴筹款，不慎摔扭了脚筋，起初不介碍，待到肿成篓筐才焦急，后来吃了草药消肿，以为没事了，没想一拖，错过了最好的医治时日，眼下时好时坏的，瘸脚了。”母亲还真唠叨。

趁着母亲收拾碗筷，我说：“那我今夜就去。”母亲却拦住我，塞给我一只半新不旧的手电筒。我磨蹭了一下鞋底，出门了。

山里的夜好黑。我下意识地打开手电，却只是发出一丝朦胧的暗红。过了片刻，眼睛渐渐适应四周广阔的空漠与寂静。天上露头的星星显得很亮，依稀可辨见脚下发白的路面。

拐过了村道巷尾的一个转折弯，又踅过了一片黑魆魆的乡间田野，就到了村办小学的操场。操场上孑立的那面红旗在孤寂的夜色里失却了鲜明的颜色，在黑暗中却也懒得飘动一下。

我不知道为什么会忽然记起读小学做过的一桩傻事：

那是为了赶赴次日一场轰轰烈烈的集体活动，应该是到人民公社广场去祝贺英明领袖华国锋当任。可那天夜里，我为了次日起床利落，便穿着活动服睡觉，没想到夜里梦见走近了门外的粪池，竟然尿床了。没有活动服不能参加活动了，被陆老师狠狠地数落了一顿。我觉得好生委屈，一个更深夜静的时光，我下意识将粪便倒在陆老师宿舍门前的一只陶罐里。那只陶罐是他平日里养家糊口的必备品。当夜回家的路上，我很得意地吹起了口哨，想象着次日陆老师一定会因此气急败坏而狂狗乱吠，然后也恶狠狠地摔碎陶罐。然而，我没有等到事先所预想的结果，几天后，装着若无其事从他的宿舍门口路过，却见着陆老师仍若无其事地用着那只陶罐，正在热煎着黄澄澄香喷喷的鸭蛋……

我去县城读中学时，陆老师还在村小学当孩子王。可是他一辈子没寻上媳妇，听人说，曾有个外乡寡妇来投他，已共同起居生活两个月余，后来那女人落上思乡情绪，夜里背地还哭泣，再后来才知道她还有未离婚的丈夫和女儿，陆老师没有犹疑就让她走了。

走近了陆老师的家门，那里我是再熟悉不过，庭院里生长一棵苦楝树，树下搭起一个瓜棚，瓜棚下一张圆板木桌，桌上摞着五本破旧的连环画，山里人将连环画叫公仔册。曾几何时，学校放假了，假期我还常常来到这里，缠着他讲公仔册上神神怪怪的故事，有时夜深了，我独自走在回家的路上，还仿佛感到背后有阵阵阴森的气息。

我停下脚步，关了手电，叫道："陆老师，陆老师！"屋里没人应声。

停了片刻，我打开手电往门缝照一照，去拍门："陆老师——"仍没人应声。

过了好一阵，屋里有了响动，我凑近门边，门里却又静下去了。

又过了一阵，屋里浮起了鼾声，忽近忽远……

我只好往回走，我实在闹不懂陆老师是否就在屋里？那响动？那鼾声？转念又想，见了陆老师，我又该说什么呢？……

夜风起了阵阵凉意，吹来了谁家啼夜的孩子哭闹声，刺耳得像杀猪一样的尖叫，间或，又飘来女人厉声的叱骂。空中不知何时挂上了一弯残月。远处，还隐约浮动着三两声疲惫的狗吠。

我回到家，母亲还未睡下。屋里隔着窗户的灯还依稀亮着，大致听到了我的脚步声，母亲问：“见着陆老师了？”

“见着了。”我觉得不能实说，那样母亲又会唠叨的，于是我撒了谎。

“他的腿还灵顺吧。”母亲又问。

“哦，还好。”我问答母亲时打了一个长长的呵欠，进入卧室去。

不想母亲又说：“你刚才前脚一走，村支书后脚就来了。他说，明日两天，他都忙着了。谁不知道他是个酒桶，要陪乡长去县城应酬；他还捎来一条烟，说还有二百余元。我推让不接，他说，是修村前那条泥泞路筹款剩下的钱……他寻思你不知何时能回来，早走了。”说时，母亲就熄灭了灯，一阵窸窸窣窣响过之后，母亲屋里很快平静了下来。

我躺在床上，钻进被窝。被子是母亲白天在日光下晒过的，有一种暖和的气息。但我却没法入睡，思绪在飘荡着，眼前总是晃动着村支书海量的把盏劝杯和陆老师干瘦如柴的瘸脚……

我又翻了一个疲乏的身躯，终于决计了，明天，天一亮就赶回城里去。

窗外，天边还挂着那弯残缺的月亮。

今夕是何年

月兰腊月廿七回家的时候，丈夫李旺正在数落猪苗挑食，没注意到月兰的脚步。月兰进门时，就装出不悦，说：“你好像不欢迎我回来？”

李旺抬头盯着月兰丰腴的身段，说：“看你说的，我都盼你整一年了！”月兰撂下行李，抛着媚眼说：“那你盼我回来干什么呢？”李旺的脸一热，说：“明天廿八，你爹生日！”月兰本想逗丈夫说些亲热话，这会未免扫兴，她嘴里接话：“我不回来，我爹生日你就不能去吗？”

李旺没答话，只说：“你回来了，你去好啦？”月兰听着觉得奇怪，想，李旺在村小学当校长，他那脾性不至于同她爹闹出什么别扭。

吃晚饭时，月兰特地给李旺倒了一杯酒。那是她从城里带回来的。李旺说：“你不是不知道我不会喝酒？”月兰用眼睛缠着他：“不会喝也要喝，喝了你好我也好！”李旺会意终于笑了。月兰又说：“明早，给我爹也捎些特产。”听月兰说到她爹，李旺仿佛一下子没了情绪，“要带你带去好了。”

月兰愣住了，断定李旺一定与爹闹了情绪，想追问，可她知道李旺有股犟性，他不愿说的话，就是撬动他的牙也不会说，他只有到小学站在讲台上才会滔滔不绝。转念又想，自己出门打工快一年，刚回来不便扰搅团聚的氛围，就不再问。

天断黑，月兰就清清爽爽洗了澡，上床去，嗔话道：“天冷，早些睡吧。”说罢盖上棉被，却将一条白亮亮的长腿展露在外边。

李旺猴急，跃上床，就往被窝钻。月兰热烘烘的身子猛地拥过来，说：“早睡早起，明天还要给我爹祝寿去。”听到这话，李旺像被泼了冷水，激灵一下，陡然挣开了身。月兰的手顺着他肚子往下滑，惊讶地说：“李旺，你怎么啦？”李旺顿然成了哑巴，仿佛呼吸都憋住了。

月兰知道李旺的变化与爹有关系，愠恼地说：“你是怎么啦？与我爹有天大的仇呀？说到他，你怎萎靡不振？”李旺似乎也不悦了，扭身睡去。

次日，月兰不再央求李旺就独自到她爹家去。

月兰先见着娘，就说：“李旺闹肚子，来不了。”没想到，娘说：“我知道，李旺没闹肚子，也不会来。”月兰说：“娘，你怎么这样说？”娘叹了口气，说：“你不在家，李旺已整半年没来了！八月中秋，托人捎来月饼，他没来；上月，你爹病了，卧床五六日，料想他会来，却还是不来。”

月兰疑虑地盯着娘，越发糊涂。娘又说：“李旺端阳节那会来，与你爹多喝了些酒，你爹留他过夜，同你爹睡，没想到，第二天，你爹说，天没亮，他就走了。”

母女说话的时候，爹走过来了。月兰正想问李旺的事，没想到爹却劈头就说：“你还知道回来？没有人整一年没见人影的？”年上，月兰去打工，爹不同意，是李旺说服爹的。爹说，李旺一个男的在家不容易，有空就回来；可出门去哪由得自己呀，她打工的那家公司有三个分厂，她营销辗转在三个小城镇之间，脱不开身，就嘱李旺暑假去找她。可李旺在假期要给毕业班补课。再后来爹来信说李旺病了让她回来，她追问李旺知道是假，就索性不回来。

如今对着爹，月兰一时无语。还是爹说了：“过了年，你还去打工吗？哪有颠了一年没回来的？”月兰犹疑一下，说：“还去的，去打工挣的钱比待在家多得多……”

“钱钱钱，你眼里只看见钱，李旺一人待在家不容易，你应多想想他。”爹嗓门很大，打断了她的话。

“李旺在家陪着村小学的孩子们不是好好的吗？莫非他背地干了见不得人的事，让爹知道了？”月兰倔劲了。

“没有的事，你别瞎猜疑！”爹驳道。

“肯定有！要没有，娘说，那天夜里天没亮，李旺怎么就走了？

以后半年也没来看你老，今天他也死不肯来？”月兰将心里的疑问倒了出来。

“没事，我说没事就没事，你只管你自己，哪需顾及别人？”

……

过了年，月兰又出门去打工，李旺送她出门。

月兰又问起年前年后追问的话题，没想到爹赶到家里来了。李旺见着爹，脸孔一下红到脖子，慌忙借口去了卫生间。月兰说：“爹，你怎么来了？跑了这么远的路。”

爹沉吟一下，说：“你就是不听劝，我说过多少回，你还要出门打工。有件事要告诉你，本来我不打算说的，你不是总问，李旺那夜为何天没亮就走吗？”

“为什么呀？”月兰的疑问卡在嗓门上。

爹四处张望一下，压低声，说：“那晚，李旺同我睡，做梦以为我是你，就爬到我身上去了，唉……”爹长长地叹了一口气。

月兰一下子傻站一边，行李从手上滑了下来。

解　冻

早春的清晨，寒气尚未褪去；贪睡的日头还未出山，东天刚依稀见到鱼肚白，四英岭下农家人的鸡啼声呼应着的时光，许发爹已捡回一担满满的粪便，回到院子外的粪池边。他裹紧外衣，望了一眼院子里儿子成荣独睡的小屋还悄无声息，他咕哝道：“夜里尽乱蹿，现又睡到日晒屁股了！”

他老伴走得早，一儿一女靠他拉扯成人。眼下承包的田地转卖出去了，是一家公司要在村边建工厂，看中他那块毗邻地的；开始他死活不愿意，惊动了县里领导，他故意抬价拒绝，最后厂方狠下心，按每十年分期付款，每亩地一万五千元成交。这对他来说可是天价，按最好的年景也不会这样的收成；但合同签了，钱拿了，土地却丢荒了。那年儿子高中毕业，他本指望儿子早成家立业，成荣却跟随外乡去打工，一走就是半年。去年还被风雪挡搁在途中，而年前尚未进腊月就回村来了；回来后却整天在外头瞎忙着什么，像有什么事瞒着他。他早就有许多话要对儿子说了，可又不知从何说起。一连许多天，他总是阴着脸闷着心事。

昨天下晌，他竟发现成荣同闺女二凤买回一杆雕花烟筒。他抽过多半辈子的草烟，前些年害了肺病才狠心戒掉的。村上不少老头烟瘾大，害了病想戒都戒不去，没想到，儿子他却……昨晚，他就想对烟筒的事数落儿子一顿，可成荣吃过晚饭一溜身又出去了。他不想把事捅大，就忍着，在院里坐了大半夜，才回屋睡去。他不知道儿子夜里几时回来的。他弯下身将粪便倒入粪池里，却有一个轻柔的声音问他：“许发叔，成荣他出门走了没？”

他抬眼见是村上张寡妇大女儿改花，咕哝道：“走了。”改花未读完高中，说是回村帮衬她娘，却跑县城美发店去学剪发。都说现在城里的美容店跟过去的青楼红院差不多，现在这世道，只要有钱，女人什么事都肯干。她起得这样早就来邀成荣，莫非已有什么勾搭？再晚，或许就……他丢下畚箕，悻悻地走进庭院。

闺女二凤离开了暖和的被窝，边走边梳整着辫子，走向残缺的柴草堆，准备择柴做早饭。

他冲过去粗气地说：“你——”

“爹，你怎么啦？”二凤掂不着爹生气的原因。

“告诉你们，我还活着，就得听我的话……”

“哪个不听你的话了？”

“那还有谁？”

他背着手，走到成荣独睡的小屋门前，做出准备闹腾的样子，一瞧门已挂锁，陡然转过身，火气上来了，嚷道：“昨天才上街，夜里又乱蹿，什么时候又上那去了？”“爹，你拾粪不在，哥同我说了声，就赶到县城去了。”二凤轻声柔气。

“好呀，你们兄妹长大了，就串通来骗我，他怎就不等我回来，就不兴同我说。”他像受到什么屈辱的伤害，气得喘不过气，“你说，你哥是何时染上烟习的？这么早，那个改花来约他能干什么好事……”

“什么，我哥他哪里抽烟？”

“你还嘴犟，当我不知道，你们买了一杆雕花烟筒？怎么了，我害过肺病，你们就忘了？”他的嗓音在提高，引着赶早学的顽童来围看。院外，还有汪汪的狗吠。 二凤明白了爹生气的缘由，赶跑围看的顽童，说是没见过你爹骂你吗，转就对爹说：“爹，你误解我哥了，他买那杆烟筒不是他用，是改花姐从科技报上知道，那种烟筒能过滤尼古丁，才买来让犟伯一试，还好哩；再说，开春后，我哥打工的那家工厂歇业了，改花姐联系原先村边买我们那块地的厂家，意欲参股投资在村边做个烟筒加工厂，哥是怕说了你不同意，才瞒着你，今早他们又跑县城去谈合同了。”

日头斜斜地爬上来了，照着许发爹瘦长的身影，他听罢女儿的话，好半晌才喃喃地说：“谁说我不同意？我就不同意。”就回屋去。

二凤择好柴，刚转身，爹又从屋里出来了，摸出一把钱，塞给她：

“快拿着，赶上你哥，这些钱算是我的股份，那些烟筒给村里的烟鬼每人一杆……怎说我不同意呢，你哥真要与改花那个……我还就不同意哩？”

二凤这下子真闹不明白爹的意思，皱起了眉。

守望乡村

春燕在村小学里当教师，有时孩子们静下来在教室里写字，她就会望着窗外远处出山的坳口发呆，想象着丈夫在山外打工的生活。

前年，县上把柏油路延伸进了村里，通往镇上的路好走了许多，但还是难得见到外边城里的人来。倒是村子里的人拼了命地往外走。

晌午时分，春燕刚刚把孩子们送走，就见进城打工的丈夫领着一男一女回来了。

男的四十来岁，瘦瘦高高的，头发留得很长，一副艺术家派头；他的上身套了件有七八个口袋的马夹，脖子上挂了个照相机，镜头一摆一闪的。女的二十五六，白净高挑，跟从画里走下来的似的，显得妖艳妩媚。

丈夫指着那个男的说，这是大摄影师。春燕又看了那个姑娘一眼，摄影师马上说那是他请来的模特。春燕忙说快让客人进屋。

吃晚饭的时候，春燕听丈夫说，才知道他们是来山里采风摄影的，要参加什么全国性大赛。

摄影师对着女模特那张姣好的脸说，你得马上进入状态，开动你的想象力！明天就可开拍！

女模特打了个哈欠，忽然跑到摄影师身边，嘀咕了半天。摄影师点了点头，女模特就朝春燕走过来。

春燕不知她要干什么，笑吟吟地看着她。女模特说，嫂子，我有个创意，想扮个乡村教师，这些孩子就当是我的学生。

春燕点点头说，当然好啊，就让孩子当你的学生。

女模特接着说，我摄影取名叫“守望”。

春燕有点不明白，什么叫“守望”？

女模特说，明天你就知道了，你和你的学生只要配合好就好。

次日是星期天，按照摄影师吩咐，春燕让孩子们跟着她爬上大山的坳口处。她扭过头对孩子们的班长夏蚕说，这个阿姨现在是你们的老师，你们要听她的。

女模特摸了摸夏蚕的脸，好孩子，你们要大胆想象，跟着阿姨入戏。

夏蚕说，入戏？我们要唱戏吗？

女模特说，不是的，是这样，阿姨从大城市来到你们这个偏远的小山村，教你们念书，跟你们建立了深厚的感情，现在，阿姨要走了，翻过这座大山，那边就是进城的路了。阿姨要走了，你们舍得吗？

夏蚕忽然笑了，走就走吧，你又不是不会走路。

孩子们也跟着笑了。

女模特脸色就变了，瞎起哄，怎么能这样说呢？阿姨要走了，你们应该很留恋，拉着我的手，眼里闪着泪花嘛。

夏蚕说，你不是老师，我们不会流泪的。

女模特一跺脚说，急死了，不知道这是在摄影吗？这又不是真的，你们就不能假装一下吗？假装我就是你们的老师，假装你们很爱我。

夏蚕做了个鬼脸，扭着屁股走了走说，假装我是个模特。

孩子们又哄地笑了。春燕也想笑，又怕女模特不高兴，就忍住了。

摄影师急了，在山坳边走来走去的，忽然招招手把女模特叫过去，粗着嗓子说，你这是面对一些七八岁的孩子，他们不是大人，明白吗？你要学会引导，引导孩子们！

女模特一甩手说，怎么引导，这怎么引导，这么野的孩子，我是没办法了！

摄影师摇摇头，蹲下身对夏蚕他们说，你们很爱你们的老师吧？

几个孩子点点头，这还用问吗？

摄影师忽然说，可是你们的老师要离开了。

夏蚕就急了，你骗人。

摄影师说，我没有骗你们，你们的老师太优秀了，教育局决定把她调到城里的学校去教书。今天，我就要把她领走了，你们舍得吗？

春燕没想到摄影师会这么说，她心里好像被揪了一下，好像真的要离开孩子们了。她忽然觉得自己根本离不开他们。

开学那阵子，她还盼着有谁能顶替她，那样她就能把他们托付了。她甚至劝过一个刚刚高中毕业的姑娘，说她要进城给丈夫做饭去了，你有文化，你办个班吧。那姑娘说挣那么点钱，还不如开个小卖部呢。她有点失望，可想想也是，她不是也不想干了吗？自己都不愿干，还怎么能强求别人呢。现在，她却觉得再也丢不下他们了，只要有一个孩子在，她就得留下来。

老师，你不能走！夏蚕他们忽然哭出声来。

春燕伸出手，想把他们一个个都揽进怀里，可是，又觉得手臂太短太短了。她望着眼前浩浩莽莽的大山，山上曲里拐弯长着的山林，忍不住肩膀一颤一颤地抖动起来，她怎么舍得离开他们呢？

你们都别哭，老师不会走的。春燕说。

这时候，摄影师已飞快地按下了快门，咔咔嚓嚓拍了几下。

好极了！摄影师兴致盎然地喊出声来。

后来丈夫捎来口信，告诉春燕说，她当“模特”的那个作品获得全国大奖了。

腊　月

进入腊月，四英岭下人家开始忙着张罗年关货物的时光，秋妹就显得焦躁不安。

她常常到村头加乐溪沿岸去徘徊，加乐溪是南渡江的一条游荡弯曲的支流；岸边的椰子树枝粗叶茂，沿溪岸边，长着茂密旺盛的芦草，远看去齐刷刷的一派灿然风光。溪面不阔，却很幽深，倒映着两岸椰树的倩影，泛着淡淡的墨光，悠然向东南潺潺流去。

她站在岸边可以远远眺望那条通往镇上的小路。路上常有赶墟集的在黄昏里归来，间或有手扶拖拉机驶过，车上常坐着提拎行李的身影，那是出远门打工的回家过年。

一连数日，她的心就随着这些匆匆的身影晃悠悠提上来，尔后又空落落沉下去，她心里惦着的不是他的出门打工的丈夫昌泽，而是在东海岸边读中师的宏伟，就像他还读初中时那样盼着他。她碎花衣涤卡裤穿戴光鲜秀亮，让人想起赶墟集或是走亲戚的新嫁娘。

她同宏伟一同读完小学，宏伟升中学了，她娘亲得了一种叫不出名的水肿病，就辍学了。可她仍惦记着宏伟，常常趁着赶墟集卖鸡蛋或给娘抓药，就在街上巡游，希望能见到宏伟，瞧瞧他在读中学有何变化。

一回，碰上了，见宏伟脸瘦得颧骨很高，眼星陷得又深，神情病恹恹的，她就好心疼：“你像瘦猴似的，学习是要紧，可身子更要紧。”

宏伟说："可……爹给的伙食，不及城里同学一半。"

于是，下一墟集，她就偷偷从拿来的鸡蛋挑出两个塞给宏伟，回家她对娘说，卖鸡蛋的价钱未见得好了。

尔后，她见着宏伟穿衣服懒得换洗，一个星期只换两次，她就每个星期三，赶墟集去，捎回宏伟换洗的衣服，在加乐溪边仔细地搓洗，揉破的口子又小心地补纳，星期日，宏伟回家的时候才送给他，还说，穿戴虽不赶城里时尚，但也要讲个齐洁条直。

有一回，星期天，宏伟没有回村，她就对娘亲编了一个很勉强的理由，好在娘也不追问她，就赶墟集去，却是径直走进中学校园。

宏伟见到她一点也不生分，对着围在他身边的几个城里漂亮的女同学说："这是我妹子。"她心里就想，宏伟一定是认为自己当他妹子或是……不会丢面子哩。

送别她时，宏伟还说："不知怎的，每次一见你，我心上就多一把劲，总想非考上不可……"

她回家后，时时把这话窝在心里，思量不透它的全部含义，却又不好再问。

通往镇上的土路又是尘土飞扬，出现了一辆小四轮车，却沿着溪边裸露的田野进了对面那个村庄。

宏伟考上中师的时候，他也是乘坐小四轮车走的，她未能去送他，可她的心却跟着他走了。

她倚站在门边，听着村里凑钱燃放的鞭炮，心里想对他说些嘱咐叮咛的话，却未能照面。其时，她正坐月，未能离开家门一步，她已成为村里昌泽的媳妇。

昌泽是村里出了名的力吃懒做的角色。她恨昌泽，那是她为次日进城去偷村上的西瓜，被守夜的昌泽逮住，他一身牛大力，性情好凶，她拗不过他……

在宏伟临中考的那个学期，几乎没有回过家，她就常常徘徊在村头向着通往镇上的路打望，等不到他，她就赶墟集跑中学去，宏伟见到她，他话也不多，仿佛有什么忙着一样，见过就别，她就觉得无理由的嗓子干，冒冷汗，窝火烦……

她走在街上见着卖酸梅的，也不足惜卖鸡蛋的钱，买了好大一把，啃了还想啃，等到每月该来事的日子消失了许些时日，她才慌了……在床上辗转了多少无眠之夜。

转念她又想：宏伟考上学了，他还会想着同一个村妹子过吗？随着小腹隆起和小生命蠕动，她不能再瞒着娘了，也不敢赶墟集找宏伟说，人家正在赶考冲刺，不能去分他的心。

她狠了狠心就认命了，起初娘还反对，但知道她已有孕就不再拦她，就这样她嫁给了昌泽，可她常常还在梦里见到宏伟，他就在一所高等学府里向她招手，拉着她走在城里宽敞的大街上……

有时，她惊醒过来，还喃喃喊着他的名字。

昌泽娶了她像是捡了便宜，整个人脾气都变了，俗话说的一点都没错，一个好媳妇可塑造一个好男人，昌泽没日的勤快，发狠的卖力，体贴着她顺着她，可就是唤不起她的一丁点儿好感。

孩子满月后，昌泽想缠她的身子，她就是死不让。三个月前，昌泽就索性跟人外出远门，打工去了。

黄昏降临的时候，秋妹终于看见通往小镇的路上再一次尘土飞扬，有一辆手扶拖拉机拐向了村里，她认定宏伟一定在车上，前不久她从宏伟妹子的嘴里打听到他回程的讯息。

拖拉机在村口刚停稳，她用手撩了一把额前的刘海，喜滋滋地迎上去，从车上跳下来的是昌泽，却不见宏伟的影子。

昌泽裹着一身窝囊的衣服见着她，激情一下子漾露出来，喜出望外，丢下行李，奔上来拉她手，她好机械，来不及躲闪和挣开，陡然她又觉得失态，飞红了脸，更显得秀色。

她忙着转身捡着行李，昌泽兴头很足，与同行的打招呼，对她说起他去打工赚钱道道：说是城里有人开官赌鱼虾蛤蟹，帮工的恼了老板，一连故意开出蟹六回，路边捡破烂的倒垃圾的补鞋的都赌到了钱，这些人中就有他。她却一句话也没说，静静地踏着昌泽的脚步回家。

回到家，有婶娘来邀她，她才记得大队演琼戏，这是四英岭下人家逢年的风俗，灶神爷生日，必然请戏班来唱大戏，为迎一年春计驱歹赶邪，各家各户都要有人去看，沾沾喜神福气。

昌泽说，他赶路身子乏，让她去看，他在家里带孩子。

她匆匆梳洗过，身子觉得好清爽的，换上昌泽买回来的时尚衣服，就赶大队戏场去。

戏场边好热闹，台上尚未开演，台下却是黑压压一片，她来时没有带凳子，想找个地方待，就在戏台边巡游，或许还逢上娘家人，捡一个座位。

她巡过戏台后时，忽然背后有人扯了一把，她转头，心一喜：是宏伟。他头发留得很长，比中学时还长，几乎披肩了，鼻梁上架着眼镜，反光闪亮，更见书生气，虽然身上裹着大衣，但整个人身材还是显得挺拔秀立。

她心一抖，宏伟就拉着她，她身不由己跟着他走。

走到一间小屋后面，黑得见不着人脸，干枯的草有齐腰高，宏伟拉着她手不放，他的手汗津津的好热。她倒感觉自己的手好凉。

她问："人那么多，你还敢拉我——"

"都看戏了，没人注意！"

"我听妹子说，你常常去打听我的消息，还说，有好几天，你总去村头等，我就知道你等的不是昌泽，是我。我刚回家，就听说你看戏来，你在戏台转时，我一直在你身后。"

"你胆大了，读中学，你连拉我的手都不敢。"

"这有什么呢？在师范里，女的都很狂，跳舞都是女挑男的，我还怕什么？"

"这可不是你的师范哩。"

宏伟将她拉近身边，趁势抱住她，火辣辣的嘴唇伸过来，她拚力扭过："这……好脏呀！"

"外国人已习以为常，现在国内的电影电视都这么演！"

"读中学时，你咋不这么说？"

"上中学时，只知道死读书，一心都想上大学。"

她像记起什么，说："上中学时，你知道我想着你？"

"不知道，我也不相信会有谁想起一个穷学生！"

"那一次，你说见到我，你心上就多一把劲是什么意思？"

宏伟想了想，说："一见到你，我就想，再不努力，就会像你一样，一辈子待在大山里没出息，所以心里就发狠，非考上不可。"

"那时，我心里有你，可不管你考上不考上。"

“咳，秋妹，你心肠好、善良，吃亏就在这，人一老实，就被欺负，昌泽就是这样捡了你的便宜，但你可以同他争，同样可以不嫁他，大不了就打掉胎儿，难道你就死心跟定昌泽了。”

她听着心里发凉，身子冷飕飕的，她听不进宏伟说的话，她闹不清自己为什么会跟宏伟来，她挣不脱他紧紧的臂膀，忽然，她听到宏伟喘起粗气，一只汗津的手水蛇一般已伸进她的衣后，正解开她的扣子。她挣扎：“不，宏伟，我有……昌泽！”她几乎哭出声来。

戏台边传过来开场戏的锣鼓声，宏伟一愣，她趁势挣开他，夺路而逃……

戏未演完，秋妹就回了家。

昌泽和孩子已躺下，她没有惊动他，悄悄脱鞋和衣上床，刚躺下，昌泽就咕哝一声：“戏好看吗？”随即，强势上了她的身子，扯她的裤子。

秋妹紧紧地搂住昌泽的腰，搂得他喘不过气。她还是头一回紧搂着他，搂着搂着，鼻子一阵酸恸，就泪流满脸……

大媳妇，二媳妇

王阿婆常常惦记在县城小镇上农办企业厂的两个儿媳妇。逢农闲季节，她决计进城去，到两个儿媳妇家走一趟。

王阿婆先到大儿媳妇家去。

大儿子长根是小镇农办藤织加工厂采购员，常年出门在外，家里只有大媳妇一人，她可是藤织厂的会计，能说会道，内外都是一把手。王阿婆还未进门，大媳妇就满脸春意地迎出来，说：“阿妈，我做梦都惦记你，巴不得你早来，这次来，要多住几天，否则，我就缠着不放你走。”

那语气仿佛是胞生女儿一样，说时已将家婆迎进厅堂，扶携着在舒适的沙发上坐下，转身从电冰箱里拿出冰冻的罐装椰子汁，递上来，把家婆捧得乐颤颤的。

次日一早，大媳妇就把家门钥匙交给家婆，出门时说：“妈，有你在家，我上班就放心，我买的菜还来不及洗，如有空，妈就帮着洗了，肉搁在冰箱里，我若回来晚了，你就自己烧饭，有劳老人家了，过意不去。”

王阿婆听着大媳妇的谦维话，心想，大媳妇怎的一家人说两家话，来了干些家务也是应该的。于是，她便把家什活全包揽下来，整天总是清扫庭院，烧饭煮菜，虽然菜的味道不怎样，大媳妇一点也不见嫌。大媳妇常常在厂里加班，很晚才回来，换下的衣服本来想次日才扔给洗衣机，可次日醒来，已见家婆将衣服手搓水洗……王阿婆就是累弯了腰杆，她也能体谅大媳妇好的难处。

然而，日子一长，王阿婆心里就开始腻味：巴望一个星期只有三天，而大媳妇则希望一个星期能有十天。王阿婆住了多半个月，大儿子长根出差没有回来，心里就惦记起二媳妇，就说要离开，到二媳妇家去。大媳妇还想留，嘴上甜甜地说：“妈，你到二婶那去，如住不惯，就尽快回来，我做梦也会等着你。”王阿婆苦笑着，大媳妇实在忙，但她还是到二媳妇家去。

二儿子长顺是小镇制砖厂的推销员，也常年跑在外头。二媳妇则是一名脱坯工。她初见家婆进门时，忙停下手中活计，憨然一笑：“妈，是你来了，长顺不在家，你快进屋歇着，你看我在忙呀，你自己倒水喝。”说罢，又随手捡活计忙起来。

忙完了，二媳妇才招呼家婆一块儿吃饭，不时还特意把肉夹到家婆的碗里，显得客客气气的。每天，临出门，还说："妈，你在家歇着，我上工去了。"直来直去，别无他话。

二媳妇比大媳妇还忙。白天忙着往制砖厂跑，有时午天下班时才买菜回来，晚来忙着家务琐事。有时夜深了，还在灯下飞针走线，不知还缝织着什么。王阿婆并不知道二媳妇夜里是几时躺下的，而第二天起来时，二媳妇已上班去了，却已做好了早饭。尽管王阿婆每天守在家里，每顿饭还是二媳妇做，有时王阿婆帮着扫地，二媳妇仿佛就显得不安，王阿婆的心里也觉得不是滋味。

王阿婆也在二媳妇家里住了多半月，二儿子长顺也始终未回门，便提出回乡下去。二媳妇留她，说："妈，乡下在闲着，就多住些日子吧。"王阿婆心想，在大媳妇家里，虽然整天忙乎着，但听的都是孝敬的话，而在二媳妇这，却是闲得慌，可又……她回二媳妇的话："先回去，过阵子，我还会来。"见家婆很倔，二媳妇也就不强留。

王阿婆去车站，二媳妇去送，一路上，也说不上多少话。

临上车，二媳妇交给家婆一个小包，说："妈，我赶织了一顶毛毡帽，过些日子天气就会凉了，你就将就戴吧，我脱不开身去孝敬你。"

王阿婆上车坐定，就从小包里掏出毛毡帽看：啊，多耐看密匝的针线呀，原来二媳妇夜里是在为她赶织毛毡帽呢。她心头一热，从车窗伸出头去，想对二媳妇说些什么，但一时又不知道说什么好。

车下，二媳妇像是忽然又记起什么，说："妈，我在毡帽里底塞了三百元，回家去，知冷知暖，你就留着用……"王阿婆听罢，翻开帽底，见着几张崭新的钞票，鼻子一酸，泪水漾满眼眶……

车开动了，王阿婆再次将目光抛出车窗，只见二媳妇还站在站台上，向她挥手……

太平风物

德旺拎着放像机回村时，压根儿就没想到放像机会带来什么事。

春上，二月军坡节一过，他就跟人跑去外县筑高速公路。转眼，近了中秋，他半年的苦力也能换钱，净赚了大几千元。这不，还带回了村里第一台放像机呢。

德旺回到家，扬着放像机在媳妇菊莲的脸前晃晃。菊莲见着了，知道花了两千余元，很心痛，德旺却嘿嘿地笑。说这家伙鬼呢，能插床上咸淡戏，德旺在外有半年了，他还未嗅过女人味。

天断黑。菊莲就清清爽爽洗了澡，上床去，眼睛却缠着德旺，嗔话："看你坐车累了一天，还不趁早睡？"说着盖上花褥，却将一条白亮亮的长腿展露在外边。

德旺见着却不紧不慢地接线演播放像机，电视荧屏上出现了一对白花花的交接的胴体……

菊莲挪身使劲拧了德旺一把，就同德旺拥到一块。

次日，菊莲端着衣服去溪边洗。她嘴快，就说了夜里演放录像的咸淡事……

没有不透风的墙。不日，村主任大脚张就上门来借放像机。

大脚当了十多年的村主任，是村里的绝对权威。他对德旺大手一扬，说："听说你买了一台放像机，能演放好热闹的片子，让我也见识见识吧。"说着哈哈大笑，脸上放光。

德旺知道赖不得，就领着大脚张去演示放像机操作示范，稍刻，电视上出现一片床上凸凹世界……不想，大脚张拎起放像机就走，说："我侄子结婚，借用一下吧，洞房花烛夜呀，哈哈哈……"

大脚张送回放像机不到十天，管区陈书记的女人月兰又来借。

月兰她性格泼辣，喜欢寻衅事端。人说，是她丈夫当了管区书记，她的火气才高亢得不让人。

她进了德旺家，见菊莲在，就吟吟一笑，说："菊莲妹，听说德旺买了一台放像机，大脚张还说你那盒片子很够味儿呀……"

菊莲自然知道月兰的来意，却说不出招架她的话。

月兰又说了："我家陈书记为官一任，可是没看成那咸淡片子……你如果有心，就让陈书记开下眼界……"

菊莲喃喃地自言自语："真不巧，我弟婚期就要到了，已说好，给他用的。"

月兰开始只当是菊莲开玩笑，待见菊莲没有借出放像机的意思，陡然变色了，凶着气说："大脚张是村主任，他就能借，我就不能借，是不是他脸大，屁股白，你家德旺就没用得着我家陈书记了？"说着跺脚走了。

德旺收工回来，菊莲说出情因。他未听罢，拎出放像机就管区陈书记家赶去。

年底，管区搞活动，需要上辅导课。月兰又来德旺家借放像机。

菊莲就很知趣，赔着笑脸拎出放像机让月兰带走。

月兰也很近人情，管区上辅导课，她就送回放像机。

正好德旺又从黑市买了一盒新带子。可张罗播放录像时，电视荧屏上模糊一片，听到了声音没了图像，显出图像，又没了声音……

次日，德旺赶县城买化肥，顺便捎上放像机给修理店师傅看看。

不看不紧要，一看吓一跳，修理师傅说，修不成了，是硒鼓穿空了……换一个就得六百元左右。

德旺舍不得，买了化肥就回来了。菊莲心急，弄清原因，心里的恨意奔涌上来，拎上放像机，就上月兰家去，直说了硒鼓穿空的事。

月兰脸上挤着笑，说："上辅导课前，机子就那个样子，听课的人就只听得声音……你想想吧，上辅导课前，是否有人借过机子，说不定，是哪个使硒鼓穿空，送回还隐瞒着不说！"

"你不能赖人……反正，你来借机子之前，硒鼓还是完好的。"说时，委屈得泪水差些流出来。

月兰却"扑哧"一声，说："别急，别急，旧的不去新的不来，一只硒鼓再贵也只几百元，德旺外出打工，半年能赚大几千元，换个新硒鼓，不就行了吗？"

菊莲按捺不住火气，就把放像机往月兰家一放就拔腿出门。

月兰撵上来，凶凶地吼道："你怎么这样泼辣，不要在老娘面前撒野。我知道，我以前去借机，你就不高兴了。哼，放像机子是你的，你不拿走，我还嫌脏呢！德旺买回那些咸淡床上片子，在村里扩大播放，那是腐蚀人呢。"

德旺赶来了，赔着笑脸对月兰说："嫂子，菊莲不懂事，你不要同她一般见识！"月兰哪里肯让脸子，说："德旺，放明白点，退一步说，硒鼓如果是上辅导课时弄坏的，也不能怪在我头上。"

德旺不想事情闹大，拍了一下大腿，忽而笑了："嫂子，你不要介意，我记起了，上辅导课前，我侄子借过，送回时还说，图像模糊了，我忘了对菊莲说，真不该让你背这个黑锅……"这下子，月兰有把柄，狠狠地数落了德旺一顿。

德旺拎回放像机，就塞进床底下，再无心换新硒鼓了。

尔后的日子，大脚张、月兰再也没有来借放像机。来借的都是村里年轻的婶妯们，但德旺就以硒鼓穿空为由，辞谢了。然而，大家不领情，断定是不肯借。客气的，摔下脸子就走，不客气的，当场脸就沉了，说出不悦听的话。

春节一过，德旺和菊莲一掂量，就找大脚张、月兰嫂去，送了些农家人少见的名烟好酒，开了证明去淘金。

只一个余月，德旺就托人捎回一台日本乐声牌录像机，让菊莲给月兰家送去，说是他捐给管区的，谁要借就由管区安排。带子自行解决，放那床上咸淡戏是违法的。

暖　冬

祥发爹再次见到眼前衣服褴褛的中年妇女和脸色蜡黄的小女孩，已是三天以后的下晌时分。

这时候，他在村后的山峦上自家长势不怎么齐整的蔗地里巡查，心里估摸着年前节后砍切甘蔗的收成。时值腊月，天气死冷，他抽着烟叶御寒。

母女俩是被小舅子推扯吵嚷着上来的；小舅子的身上穿着他这辈子再熟悉不过的棉军大衣。

祥发爹头一次见到这俩母女时，是三天前的一个午后，在自家庭院里的瓜棚架下。那会儿，老伴菊英把他俩母子当远门亲戚待着，嘘寒问暖，端水递茶。

菊英对他说，母女俩是从她娘家四英岭对面人家来的。走亲戚迷了路，人生地不熟，她是凭着她们打听人家的乡音辩出来的；还说，出门在外，客从乡来，饭桌上，不过是多一双碗筷而已，菜肴丰盛倒在其次。

当夜，母女俩就在庭院里东屋住下。东屋是儿子当兵前睡的地方，除了儿子读中学时的书籍，还有一件儿子前年探亲捎带回来的军用棉大衣，好厚的棉绒，热身暖心。棉大衣平时也很少用，只有每年砍伐了甘蔗，跟车赴县城守夜过磅，才穿上去挡挡风寒。如今，多了一对母女，家里又没有备用棉被，只好取出当铺盖。

次日，祥发爹起身时，日头已一树高了。菊英早做好了早饭，却不去喊醒那母女俩，说人家一路投亲，太疲倦就多睡一会。等到祥发爹洗漱妥当，又抽了一锅烟叶，终于憋不住去敲东房，屋里却不见动静，推开虚掩的门，哪里还有人影？那件军棉大衣也不见了踪影。

祥发爹踅身回到伙房，闷头无语，半晌才说："吃饭吧，人家早走人了！"

菊英不信，奔向东屋去，出来后只叹了一声："唉，就当是儿子带走了那棉军大衣。"

祥发爹"扑哧"一笑："你当是我心疼那棉军大衣吗？眼下，甘蔗要砍了，我是想，到县城去守夜过磅，穿什么来熬冬。"

晌午时分，小舅子来了，说是家里砍了甘蔗，就缠着祥发爹拿那件棉军大衣。菊英不好明说，就借口搪塞："你姐夫……也要砍蔗守夜过磅用。"不想小舅子倔劲来了，说："我只用一夜就送回。"祥发爹一时气不过，说："是你姐留了个外乡母女贼，连铺带衣卷走了。"

小舅子是个死赖难缠的角色，硬是冲到东屋去，直到一无所获，才骂咧咧走了。

一连两天，祥发爹心里空落落的一片空白。

夜里，他总是很晚才躺下，半夜又总是憋尿醒过来，方便后回到床边，却又睡意全无，摸出烟叶，烟火在夜里明灭着，像暗夜的星星。

白天，他就跑到山峦上这片甘蔗地，估摸着年前节后砍了甘蔗跑县城守夜等着过秤的事儿。就是在这个时候，小舅子却将中年妇女和小女孩推扯着到他的面前。

中年妇女满脸窘迫，压低着头，前额的刘海乱了，也顾不得收拢一下，小女孩紧贴在她身后，睁大着惊惑的眼睛。

小舅子嚷道："姐夫，盗贼我给你逮着了。我赶去墟场上游逛，就在菜市口，一眼就看到醒目的棉军大衣，哪个不知道，方圆几十里人家，就姐夫你……我侄儿在部队当兵，这大衣怎能躲过我的眼！"

中年妇女低声哀道："大哥，怪我鬼迷心窍，心贪，我母女投亲迷路，多亏大嫂收留照应……我千不该，万不该……大哥，你如何惩罚，我都认了，只是、只是不要为难我女儿……"她几乎跪下去了，小女孩哭出声来。

小舅子左手撸着腰踩着右腿，嗤笑道："捉偷捉赃，按乡规，可不那么便宜，什么都可以让，就是就是……干脆，你留下闺女给我当媳妇，你走吧！"

祥发爹狠狠地盯了小舅子一眼，却挤不出一句话来，这时，他看见老伴菊英风风火火地奔上山来了。

菊英小跑过来，搀扶着中年妇女："妹子，妹子，你这是怎么啦？"中年妇女一脸的茫然与无措，小女孩抱紧母亲的裤腿。

小舅子仍凶势不减，指着穿在身上的军棉大衣，嚷："姐，这是她们母女俩偷盗的罪证，你说该如何发落？"

菊英陡地站直身子，冲着弟弟骂道："你胡说什么？这棉军大衣，是我送给她们的，大冷天的，我来不及跟你姐夫说……谁让你去截着追回来的，为难人家了……”说时示意弟弟脱下军棉大衣。

小舅子一时愣怔了，脱下军棉大衣递给姐，目光投向姐夫，祥发爹狠狠地吸了一口烟，呼出浓浓的烟雾。

菊英接过棉军大衣复又披在中年妇女的身上：“妹子，是我当姐的不好，让你受屈了。”

中年妇女倏地拉过小女孩，双双跪下，泣不成声……

小舅子自知没趣，用目光向姐夫求援，祥发爹却将目光投向山下。山下，村里人家已开始烧火做晚饭，屋顶上升起了袅袅的炊烟。

远山的落日，给小村披上了一层瑰红色的晚霞。

父亲的乡情

吃过晚饭，夜幕已黑透，只有上弦月撒着依稀的亮光。

父亲起身又要出门去。书强忙着挽留，说：“爹，这黑天暗地的，你还往哪跑？我有话……要对你说。”父亲仿佛没听见一样，竟没有说出一声半句，出门时似乎迟疑一阵，却是停下身磨蹭几下鞋底，终还是走了。

书强知道父亲心里憋气，这或许同他的一个要挟有关。早些年，母亲还健在，他在城里有了安顿，就劝父母亲离乡进城去，但父亲很倔就是不吭声。前年，母亲因病撒手归去，如今，父亲孤身住在乡下，他不能不管了。三个月前，父亲进城去，书强近乎要挟地说：“爹，你再犟着不离乡进城，别人就要看我的笑话了，会怀疑我没有孝心。在城里，没孝心的人是没有人缘的。”父亲盯着他，最后只说待把乡里几亩田地找到好归属再说。

书强这次回乡就是催促父亲决断几亩田地的。他理解父亲这辈子对田地的深情。他目睹过父亲在烈日下或风雨里劳作的艰辛，更体味到田地回报父亲时他的喜悦和忘情。然而，他也忘不了父亲对田地的抱怨。父亲总是说，田地越来越不易侍弄了，越来越不养人了，早年的田地下点粪，庄稼也疯长；而今，施了肥杀了菌，稻谷还青黄不齐。

下晌时分，书强进门时，父亲蹲在伙房里生火做饭。父亲穿着一件灰蓝色衣服，总是显得很旷大，同时也让人觉得他的干瘦。父亲的脸孔即使不在火烟里也总是一种褐紫色，在城里他每每接触胖乎乎的男人，总会想起父亲，心里也便有一缕发酸。其实他知道，他不该做那种比较。他丢下衣服，给父亲帮手时，就径直说："爹，田地的事，你别操心，由我决断好了，其实，我已联系好了买主，你点头的话，下晌就可让人家来……"父亲打断他的话："不忙，不忙，急也不急这一时半刻……"趁着有叔侄来串门，他就换了话题。

刚才在饭桌上，父亲一声不响地闷头吃饭，似乎菜肴做得很可口。本来，书强想对父亲再说卖地的事，但他终还是怯着家训，在乡下的饭桌上，是轮不上晚辈去指点老子的。可吃过晚饭，父亲却不给他留说话的时间，转身出门去了。

夜，渐渐深了，月色依稀，地上都起了露水，父亲还未回来，会到哪里去了呢，他总不能躲着我吧？书强起身披衣出门。

远远的，他就看见村头那片田地里有一星亮光在闪烁，是鬼火吗？那里是母亲的坟，父亲说过，在乡下坟墓的事马虎不得，祖坟出了事就是大事，父亲或许就蹲在那里哩。他走过去。近了，果然是父亲，他甩过话："我知道，你终会寻来的……你心里想要说什么，我都知道……"父亲的面前还有灰烬，显然是他刚才给母亲烧过纸钱。

书强说："爹，夜深了，该歇了。"

"这阵子，我寻思了许多，这阵子我好像是重过了一辈子一样……那几亩田地，我不卖了，当然，我也不会赖着种了，就是想种，也跑不动了，我想，就把几亩田地让给下村张信叔种吧……"父亲好像说着别人的事一样不动声色。

书强说："你是说转租出去吧。"他理解父亲，他舍不得卖地，可他知道张信叔穷，拿不出现钱。

父亲的声音陡地增大了，夜幕下辨不清他脸部的表情："你呀，人总不能光盯着钱啊，张信叔他有个女儿正读中学，成绩不错，可惜学费贵，准备辍学了，多可惜呀，我寻想，让几亩田给他种，或许能帮着点什么，这样，我也会心安些……下晌，我已找过张信叔了，他也担心你不应允，你要让他拿钱，就当他先欠着吧。"他还能再说些什么呢，父亲才是这片田地的主人。

父亲说还要同母亲待一会儿，就打发他回家。书强把肩上衣服给父亲披上，就回去了。

夜里，父亲几时回家，书强并不知道，他睡下后竟梦见了母亲，她已是白发苍苍，精神却很健旺，仿佛还说了父亲离乡进城的事，他一时记不起来了。

次日醒来，天已大光了。父亲做好了早饭，下村张信叔端着一筐鸡蛋来了，见着书强，对他巴结地一笑，又对着父亲夸他孝顺，出门在外有出息。父亲说："你要夸他孝顺，就不应该让女儿辍学，要让她继续读书，无论什么朝代，读书人总比不读书的强……让女儿读书去，将来考上了，进了城同样会孝敬你。"

张信叔俯首沉吟，接不上话。

书强在一旁趁热打铁:“好啦，就这样定了，一定要让女儿上学去，这个学期的学费我先垫上。”

张信叔一时无措，好半晌才发誓一般说:“你们父子的话，我记下了，就冲这，我砸锅卖铁也要让女儿上学。”说着放下那一筐鸡蛋就出门走了。

书强拎着小筐，要出门去追，父亲却说:“你不收，他会不安的，认为你不同意田地的事。”

吃饭的时候，书强对父亲说:“昨夜，我梦见了母亲，在城里，我没有梦见过。”

父亲听了，盯着他说:“你娘这辈子就待在这乡里，在城里，你是梦不到她的，昨夜里，她嘱我劝你说，有空了，你要常回乡下看看。”说时，眼眸里有湿亮的光。

夏日里的最后一趟班车

夏日的黄昏，西斜的日头仍不肯减缓炽烈灼人的威力，贪婪地俯视着金黄的田野。

李茂老师的粗布汗衫已被汗水湿透，贴在他单薄的身上，裤袋里那只借来的小灵通又响起信息铃声，他真想停下手中的稻镰，直起身子歇息一会儿，看看小灵通里传来什么信息。

其实，他知道，小灵通里一定是城里打工的朋友来了有关民办教师转正的讯息。他读完高中，就在小学当代课老师，八年后转为民办教师。山里人简称民师。二十多年过去，期间每隔三年，县里都组织人员来山里小学听课，考察民办教师教学质量，优中选优，推荐转正。尽管每次他都被推荐填写申请表，可最后批下来的却是别人。听说，今年是民师转正最后一趟了，小学里也仅存他一个名额，赶不上这一趟班车，就别想再找到座位了。但是，他身后“嚓嚓”的割稻声追了上来，妻子在后面说：“天快晚了，勤快些，割完这一丘，明天就不至于累得晚，明晚你还可以赶回学校去。”

他顾不得腰酸腿痛，掏出小灵通匆匆看过信息内容一眼，知道是明天县教育局就敲定民办转正名单，朋友说他凭硬件是最有希望的。他心中不由掠过一阵喜悦，加快了收割的速度。

这时，隔河那边的田野传来一个男人的喊声：“收工吧，别累坏了身子，明天再割，我再请几个小工，一日割完。”喊话的是王详堂。他在小学当教师没几年，就称病转行，后又开商店。如今手头松了，每逢收割季节，总是从城里请人来帮妻子的忙。

他生怕妻子听后生出埋怨，妻子却真的甩过话来：“你看人家王详堂，早下海经商，农家活都不用自己忙，你总是离不开学校，离不开那些孩子，熬了这么多年，民师总不能转正，这次，如不能转正，你就乖乖回来帮我干活！”

他为缓和气氛，赔着笑脸说：“你说离开学校，离开孩子，我还能干什么呢？人各有志嘛！都说我这回一定会民师转正。”

“你离不开学校，都说学校放农忙假，可你班上李记那帮学生，也不见得来帮你一把？”妻子唠叨着挖苦他，不给他反驳回旋的余地。“你，你怎么能这样说。”他好像受了侮辱，陡生怒气，可看到妻子劳累而黑瘦的身段，看到前面待割的那片田野，心一软，愤懑又咽下去了。

回到家里，天已黑透。他掏出小灵通再看信息内容，其实在田头时他已不止一次看过城里朋友发来的信息：最后一趟民师转正明天就可确定，但竞争非常剧烈，尚可能，今晚进城来疏通关系，以防万一。后面还有一个信息说，疏通关系不是拜访一人，因为是集体讨论，需要打点每一个参会讨论者。他闻风胆怯，他曾在梦里，追赶着辆慢吞吞的班车，自己终于挤了上去，可他不敢对妻子吭一声。

吃过饭，他给城里打工的朋友回了信息：听天由命吧，吉人自有天相。倒是妻子对他说："听说，你班上李记他们家已收割完了，你是他们的老师，你去请他们，要是他们肯来帮忙，明天一个上午就可割完。"他听后犹豫了：李记他们是毕业班学生，平日功课紧，放假又帮家里忙，好不容易休整一下，怎可又烦扰他们？但一想到妻子明天又要在烈日下蒸烤一天，而季节也不等人，他便硬着头皮走出家门。

刚走近李记家，未进门就听见屋里王详堂的嗓门："明天，你让孩子们来帮我，有酒有肉，一天每人二十元。"下面的话他没听完就拔腿回家。

次日，天刚蒙蒙亮。李茂和妻子拖着疲惫来到了田头，却见薄雾中十多个人头在稻穗中起伏，他走上去："李记，你们怎么来了？王老师不是请你们了吗？……"孩子们七嘴八舌地回答："我们不稀罕他的钱，我们在放假时早约定，等家里收割完就一起过来帮……"

妻子显然被孩子们的言语所感动，她对李茂说："你招呼孩子们收割，我回头张罗饭菜，你们师生今日叙叙情。"孩子们却婉拒了，李茂似乎很生气，说："你们瞧不起老师了，老师再穷，也请得起一顿饭。"没想到，李记颤抖着声音说："我们不嫌老师穷，要是你像王详堂一样去经商，也早富了，但谁来教我们呀？……"他听罢竟一时语无伦次，滚热的东西在眼窝里打转，心想，这回如果民师转正了，他会潜心一辈子陪伴山里的孩子们。

正午时分，夏日里的稻子终于割完了，李茂的心里就像丰收般的沉淀，他同孩子们约好明天就回学校去。等孩子走远，他裤袋里的小灵通又鸣响了，是城里的朋友拨来的，告诉他：最后一次民办转正名单已确定，可惜他落选了。本来会议上对他是有争论的，都说像他这样的条件，早些年就应该转正了。而现在，他的年龄早过了规定年限……

他听着愣住了，这让他怎么对妻子和孩子们去说呢？朋友在电话那头还在说："最大遗憾的是，这一次没能转正的民师，将被清理，离开教师队伍……"他听不清后面的话，脑海里却浮现一个恍惚的画面：一辆破旧的班车从他身边呼啸而过，他手里却攥着一张皱巴巴的过期车票……

第三辑：野百合春天

收旧货

腊月廿三一过，就有人招呼收旧货的詹承宜回家过年，他却不慌不忙地说，还早哩，再等等，那口气，似乎在等待着一种意外的收获。因为年关这一阵是一年中收旧货最忙的时候，城里人都要处理掉一些旧东西，图个洁洁净净过新年。

詹承宜十分庆幸在进城后迅速确定了收旧货，虽然收旧货只能赚很少的钱，有时候还会被人骗了，还要倒贴掉一些。他相信钱会积少成多的，只要能够不辞劳苦，收旧货说不定也会有意外好运的到来。

然而，今年他收旧货的城南锦绣花园小区贴出告示，请业主们倍加小心，尤其对收旧货的不能轻易混进小区。本来他可以推着拖板三轮车进来，这下连他都不让进去了。业主的旧货就堆在车库里。

眼看到了年根，詹承宜就忍不住跟守门的保安急，说，我到这个小区，比你还早呢，小区里的人，都认得我，却不见得都认得你呢，你又不是没见过我，你又不是不认得我，你说不让我进去，你这样我可损失大了。我这一个年关就白等了，一年里我也就等着年关的这几天好日子。这有道理吗？保安倔得很，说，认得你是认得你，不能进就是不能进，让你进去了，我就得出去了。你损失什么呢，反正谁家都没有卖，早晚也是你的，等过了这年，你再进去收吧。你是老主顾了，会惦记着留给你的。怎么没有道理，不让收旧货的进，就是道理。

他们吵吵嚷嚷的时候，门卫保安部的班长来了，班长和詹承宜是老乡，他看到老乡，像看到救星了。班长却将他拉到一边悄声说，晚上十点后，我当班，你再来。须不知，为了垄断这个小区的旧货资源，詹承宜每月都要给他买上一条好烟或者两箱啤酒。

城里似乎比乡下黑得早，太阳刚落下去，夜幕就一下子扑上来了。六点一过，锦绣花园小区的路灯亮了。

等到十点，詹承宜就直奔到锦绣小区大门。果然是当门卫班长的老乡值班。他招呼一声，刚要进去，班长却拦住了他，说拖板车不能进去，否则你进去我就得出来。又见他手里还拎着一只布袋，说那是什么？詹承宜支支吾吾，粘不开声，他上前抢过一看，却见几本旧日记，笑笑说，进去吧。他急着进去，对班长老乡说，孝敬一条好烟你过年。

詹承宜进入小区，这才记起刚才忘了向班长老乡打听十六号楼 D 座的方位，十六号楼 D 座就是托他寻找旧日记的人家。但又觉得踅回去问不妥。他记得白天的小区绿树成荫，鸟语花香，假山流水潺潺，宛如世外桃源；而现在夜晚的小区似乎与白天不一样，路也多，像蜘蛛网，又没路标，像进入了一片陌生的森林，不知道该怎么走。他张望四下的绿荫丛，发现那些树和花草一动不动，像塑料似的呆板，脑子里不由一片空白。

他不敢东张而望，生怕别人将盯贼的目光丢向他。过了许一刻，他才决定到地下室车库去，业主的旧货都堆在车库里。

他记起了那个托他寻旧日记的车库是在285号。他又累又饿，蹲倚在墙根边刚一迷糊就睡着了。夜里很冷，他睡得并不踏实，醒了几次，还咳嗽了几阵，他又摸出香烟御寒，回去已不可能，不被人发现当作贼就是万幸了，他等候次日能否收到堆放在车库里的旧货。

第二天，詹承宜是被汽车喇叭声惊醒的。他慌忙起身，见到了车位的男主人，他巴结地一笑，举着那个布袋，说，你看看，这里边的是否你家保姆卖掉的旧日记。那男人接过一瞧，大喜过望，很感动，说，太好了，太好了。

男人告诉他，这些日记，是他的爷爷二十岁至四十岁的日记，四十岁以后，爷爷就再没写日记。为了了却心愿，晚辈打算凑钱出版这些日记，遗憾的是，其中缺了三年的内容，1936年至1939年的日记，被爷爷当年的老保姆当废品卖了，晚辈曾经费了很大的周折，但始终没有找到，现在这三年的日记，竟被找到了。男人将一只信封递给他，说，你先拿着，这是两千元。他愣着不敢接，本来他只巴望拿到两百元，见人家掏出那么多钱，心痒了，说我不能拿这么多钱，给我三百就好，我还要租车回家过年。

男人表示关怀说，昨晚你怎么躲在这里的？保安没为难你？……

他嗫嚅地说，我是进来收旧货的，不让车进……保安同意我进来收，我可对天发誓，只要有"偷"的心思，我就永远不再收旧货了。

男人若有所思，好像明白了什么，说，我听得出你是诚实的，我也是乡下孩子，说时从车上取下一条"芙蓉王"香烟，递给他，这……给你拿去抽吧。

他迟疑了一下，拘谨地把手伸过去，说，我，我不是贪这条烟，我答应给守门保安买一条好烟，那我就用不着买了。

男人探询他，说，你的亲戚朋友有想干小区保安的吗？

他说，有没有又怎样？我儿子在部队入了党，当兵转业还不照样在老家里种地。

男人说，过了年就叫你儿子来吧，就到小区的门卫那上班。他有些不相信自己的耳朵，想问个明白，可男人向他挥挥手已开车远去了。

出门时，他拿出那条“芙蓉王”香烟，那个班长老乡正在收拾行李。他问怎么啦？班长老乡哭丧着脸，说，我就说过你进去我就得出来，老总不让我干了。

稻　香

李群忙完应酬，从亿丰商厦出来时已是晚上八点。他驱车走在繁华的街道上，心里并不平静。刚才酒桌上同行的话还响在耳膜：这些年，市县里只要有人进了省城站稳脚跟，你就无法摆脱市县来人的烦扰或者纠缠。你帮他把事办了，孝敬菩萨的话也会说，可要是帮砸了事，当面甩脸就走人。

他正步入中年，已是省城商业总公司的副总经理，就拿这次人力资源部门招聘来说，应聘者各显神通，各个渠道途径的招呼铺天盖地，应接不暇。而二十多年前，他只身来到这座城市，却是举目无亲……

那年，家乡遭荒，娘给他一个地址，让他进城来找一个叫贾良的人，说他在家乡当过知青，会帮忙的。走的前夜，他和青梅竹马的稻香道别，他动情地说：“等我在城里站稳脚，就回来接你。”稻香却婉拒了：“你进城去了，就好好为前程奔，别惦记我了。”说罢转身就走。他没有去追她，却暗暗下了决心，在城里有出息了一定好好待她，就像他曾旦誓不会忘记秋天田野的稻香。

次日，他挤上客车一路颠簸到了省城，好不容易转折打听到一家门牌下。他敲开门，门里挤出一张中年男人的长脸，警惕地盯着他：“你找谁？”他说：“我来找贾良，他在我们家乡当过知青……”那张长脸皱了皱眉说：“贾良不住这里了，他早搬走了。”他急忙问：“那他搬到哪里去了？”长脸回答说：“城里这么大，找一个人就像大海捞针，哪里去找他？你还是回家去吧。”说罢关上了门。他提着行囊像一只无头苍蝇走在宽阔繁华的街上，看着四周林立的高楼大厦，却找不到自己的立足之地。出来时，他只带了单程的路费，只得找了家小旅馆住下再作打算。

第二天他去找工，准备先挣回家的盘缠。他走过几条街道，问了好多家店铺，找工都没着落，饥肠辘辘，看着店铺里熏蒸出笼的包子，他记起了家乡田野的稻香。忽然，他发现一个七八岁的小女孩在街边哭着，看样子显然是迷了路，一副又饿又怕的样子。许多人停下来看她，却又都走开了。他想起小时候有一次稻香上山打柴迷路的情景，就上前去，用他身上仅有的钱买了一块烧饼给了她。女孩不哭了，跟着他又拐过一个街口，却说不清家到底在哪里，他正焦急，女孩的父亲突然从天而降，问清缘由，对他谢天谢地。他已身无分文，正犹豫索要回家路费，没想到女孩父亲问：“你是进城找工的吧？要不到我们公司来干吧。”他喜出望外，差些流泪跪了下去。

在公司，他的勤勉和上进，很快在对外营销方面独当一面。在一次兼并一家公司时，他在一张人员花名册上看到了贾良的名字。起初他还想天下之大，同名同姓的人多了，等到真正见到贾良，居然正是当初自己刚进城时敲门后见到的那个长脸的中年男人。贾良见到他时，脸上也唰地红透了，不敢正视他。哦，当初他为何不愿意相认？是怕会给他带来麻烦，还是像稻香说的那样城里的人情比纸薄。而偏偏在这以后，他就是贾良的上司，虽然同在一家商厦里上班，在各种场合常常逢面，但却形同陌路。有好几次，他感觉到贾良似乎要跟自己和解打破僵局，但一想起当初的境遇，就懒得理睬他……

如今二十年过去，李群当上了公司的副总经理，有了一个温馨而安逸的家庭，妻子勤勉贤惠，女儿争气上了大学。尽管这些年在城里打拼滚爬，疲于奔波，但每当驱车回到居住小区，看到楼上亮着柔和灯光的窗户，还有妻子倚窗期待的身影，他就感到无限幸福和温暖。

……

他开车缓缓滑进车库，刚走出来，有个女孩就上前拦住他。他认为是为这次公司招考找他的，故作惊讶地问："你找谁？"

女孩说："我来找李群叔，是我娘叫我来的，我娘叫稻香。"他凝眼一怔，仿佛看到稻香轻盈的身影。刚进城两年时，他回家乡，还带了城里的礼品去见稻香，她却已经嫁人了，山里的风霜削走了她的俊俏；她衷心祝贺他在城里站稳了脚跟。再后来，母亲过世，他就很少回家乡了。这些年因为业务忙于应酬，一次次盛宴的记忆荡然无味，也早忘却秋天田野的稻香。现在莫非家乡又遭了灾，稻香才想起了他，让女儿来投靠他？眼下已不是二十年前了，农民工涌进城来，就业机会竞争激烈。况且找工作也不是一天两天的事，她要住多长时间？家里的房间也不宽敞。他不动声色地对女孩说："李群已经不住这里了，他早搬走了。"女孩急问："那他搬到哪里去了？"他说："在城里，找一个人就像大海捞针，你找不到他的，还是回家去吧。"刚一说完，他就觉得这句话似曾耳闻，竟出自自己的嘴里。

女孩向他道谢准备离去。他忽然想起这与多年前自己来找贾良时的遭遇是何其相似。贾良鄙视他的那副嘴脸在心里生了根。贾良早已退休了，他却始终都不原谅他。而现在他怎么也成了这样！他心里一抖，记起稻香当年的温情，对女孩说：“我刚才没认出来，我就是你李群叔。先进家里住下吧，进城找工也不是一时半刻的事。”

女孩听了，向他嫣然一笑，说：“李群叔，你误会了，我不是来找工的，我去年大学毕业，在一家公司上班，这次家乡要修大桥，我回去一趟，我娘让我给你带土特产来了。”

他听着很羞愧，一脸窘态。待女孩走后，他忽然记起前不久接到家乡一个庆典请柬，他原打算找个借口搪塞过去，但此刻他决计了，不管多忙也要回一趟乡下去。

孕妇惹的祸

张金富开着出租车拐进小城车站时已是黄昏时分，眼下已近年关了，气温骤然变冷起来。

他从乡下小县城到这个地级城市开了三年出租车。当然的士车不是他的，是他租来的。每天神差鬼使他都要开车到小城车站来。虽然大多时候在车站要排长龙才轮到他拉客，但看到从站口源源不断涌出的大多是从乡下进城的人流，他就会安慰自己，不会白等的，说不定还会拉上个老乡，顺道唠唠乡间的讯息。

他没有想到的是，轮到他的出租车滑进接客口，首先走过来的是一个孕妇，她双手交叉放在隆起的肚子上，她身后有两个衣着显得单薄的客人跺着脚，却不会跟她抢车。

张金富刚停稳车，就下车帮孕妇将简单的行李塞进后备厢。孕妇不冷不热，轻舒了一口气，坐进车去。

出了车站，孕妇说了一个陌生的地址。张金富借助对讲机才找到方向与位置。拐上城区的路了，孕妇一直没有吭声，他从倒车镜偷偷打量一下孕妇，她还年轻，也很秀气，很像从乡下进城打工的，看上去对城区的路也不熟悉。倏地他发现孕妇对他一笑，他问道："快到月子了吧，恭喜你。"本来他想多说几句别的什么，见孕妇不显露应有的情绪，自嘲笑笑，不再说话。

出租车终于进入龙城区和平路，在孕妇指定的路口停下，张金富又忙着下车去，为孕妇打开车门。孕妇却面露难色，磨蹭片刻才下车来，悄声说："我没有钱，先去姐姐那里拿钱再来付。"还说行李过一会儿再拿。

他理解地笑笑："好吧，我等你。"孕妇离开后他点了一支烟，吞云吐雾着御寒。五六分钟后，孕妇踅回来了，几乎哭着说：

"噢，不巧啦！我该怎么办哪？姐姐家里没人，她肯定出远门了。熟悉的邻居们也都不在……我怎么付你钱啊，我大半夜该到哪里去啊？噢，天啊！我在这举目无亲……"

张金富愕然了。他一点儿都不在乎计程车费，但他不能看着这个笨重而可怜的孕妇这么绝望无助，夜露街头。

"妹子，我不会丢下您不管的。我也是乡下人，知道进城谋生不易。如不嫌弃，今夜可到我家休息，明天等您的姐姐回来。你可别想歪了，我丝毫没有伤害你的意思，我家里你嫂子会很欢迎有客人来。她也在怀着一个孩子……我们房间不大，不过总还能接纳你的……"

"不，大哥。您真好。我没想要打扰您，"孕妇指着凸起的腹部说，"而且您妻子会误会的……"

"这不会的，你嫂子善良，人好，虽然我们在城里打工辛苦些，但也能养家糊口，她很知足，你会发现她会对你好的。”

他坚持了又坚持，孕妇终于答应了。

张金富显然为自己善良的行为感到骄傲，出租车里他对陌生的孕妇嘘寒问暖，其乐融融。

到了张金富的家，一切都像预想的那样融洽。妻子热情把房间让出来给孕妇。体现出温柔而体贴，尽情地给孕妇提了很多生育前必要的建议。她们促膝聊到很晚，张金富并不知道她们是什么时候睡的。

第二天，张金富起得晚了些。做好早餐的妻子告诉他，那个孕妇已经起床了。她休息了一夜，神色好多了，她一点也不显得陌生，就像在自己家里一样。用过早餐，张金富送孕妇回房间时，说：“你收拾一下，我载你去找你的姐姐。”孕妇似乎没有听懂他说的话，他就又重复了一遍：“今天，我可以把您送到您姐姐那里。别让她为你担心了。”

“到我姐姐那里？哪个姐姐？你很清楚，我没有姐姐……你忘了我这是在自己家里，我肚子里的孩子是你的！”孕妇说话时显得慢条斯理起来。

孕妇意外的变故让张金富猝不及防，他几乎惊喊出了声，叫着妻子：

“我们太善良了！我一直这么说。我们善良过头了！这简直不可思议！这个女人太荒谬了，她让我们有得受了！她硬说这是她的家，说我是她孩子的父亲……她简直是疯了……不管怎样，我是不会跟她争辩的。我会把事情处理好的。我去找警察。”

孕妇突然大笑起来，像对贴身保姆一样地对张金富的妻子说：

“你过来，我告诉你一些秘密。你的丈夫，温顺又朴实，表面看起来很节俭，可这个男人却是引诱女人的高手！看看这个玉镯，这是三个月前他给我的见面礼；还有这个珊瑚项饰，是他强暴我的那天送给我的……连到我们的项链也一模一样……”

“闭嘴。我跟你没什么好说的。”张金富忍无可忍，吼了一声。

事态陡然变得严重，城区法院受理了这一起案件。

判案的法官终于做出决定，在具体审查这个案子之前，对每个申诉人建立一个医疗档案。所有涉案人的尿样、血液，还有张金富的精子都被做了透析。原本这些东西证明不了什么，只不过是断案必具的流程例行公事而已。然而，法医们发现的一个重大事实使得整个案件发生了翻天覆地的变化。医生们会诊后，充分断定：张金富不可能是孕妇肚子里孩子的父亲。因为他先天患有不育症。

这种戏剧性的打击把张金富彻底击垮了。他开始酗酒，一连三天晚上睡觉都在出租车里。妻子声泪俱下向他坦白了肚子的孩子来历：她是被强奸怀上的。

她坦露心迹解释她从未对他不忠，她是在张金富拉客晚归的那个风雨交加的台风夜外出等候他时被玷污的，但她真的并不知道那个孩子是别人的。她哀求张金富：“千万别声张，别让我打掉孩子。在乡下，一个男人不育，是断然抬不起头的！”

哦，白丝巾

城里人吃过晚饭，都到街上来跳舞。这是进城打工的牛娃始料不到的。累乏了一天，还跳那干什么呢？舞场上，男人搂着女人，转动着，就像开锅的饺子，一个个起伏不定。可就在他转身要走的时候，一道艳丽的桃红，突然将他的目光抓了一下。一个女人穿了条桃红的裙子，翻飞着，左右旋转，像山里开春的桃花。

举眼看去，桃红裙子有时慢悠悠的，只是前后一点一点挪动，裙摆不动声色；有时情绪活跃，碎花似的绽开了，流水一般向前滑动，柔软地倾泻；有时它如一阵狂风吹来，就跟桃花似的飞旋而过，风吹得花瓣满天。

牛娃就在那待到很晚。那条桃红裙子在暗淡的背景下十分醒目，带着一道道数不清的皱褶，波涛似的摆动起来。女人的腿时隐时现，裙子摆弄着熟悉的姿势，从他的脚边扫荡而过。

好一阵，舞曲才停了下来，那裙子也停下了。

牛娃看不清女人的脸，但他看到女人用一条洁白的丝巾——原是系在脖子上的，在手上摇来摇去，像是热了，朝脸上扇着风。

乐曲很快又响了起来，一个站在她跟前的男人朝她两手一摊，女人就以很快的动作转身搂在了一起。白丝巾悠悠晃晃地飘在了地上。

白丝巾飘落的姿态有点像鸽子花，这城市没有那花，只有山里那边才有这团粉白躺在了尘埃里，离牛娃不远，一双双脚从它旁边踩过，眨眼间，已经有半个脚印染黑了它。三娃快步走过去，将丝巾抓了起来。

舞场没有那红裙子，所有的颜色就和昏暗的灯光一起煮成了一锅粥，让人昏昏欲睡。

他有了一点小小的念头。他手里攥着那块白丝巾，它原本是城市的一个妇人的，那妇人穿着引人注目的桃红裙子，活力十足地跳舞，几乎把全场都盖了。

他踟蹰着，想上前将白丝巾还给那女人，可她身旁走着一群人，他们有说有笑的，沉浸在舞蹈的兴奋中，意犹未尽。他没有鼓足当众递过去的勇气——人家会怎么看他呢？

散场时，他又把那丝巾揣回了工棚。打牌的还没散，烟雾弥漫。牛娃摸了衣袋没烟了，他又回到街口，四周空空荡荡的。常去的那家小超市关了门，他就朝一家小卖部走去。

一个女人正坐在窗前。她低着头，浓密的黄头发在脑后用一把花发卡夹着，树起一簇鸡尾似的发梢，手里不知在忙活什么。她身后的货架上红红绿绿的，琳琅满目。他走到跟前，说："买盒烟。"

女人浑身一哆嗦，显然吃了一惊。她朝牛娃看了一眼，两手飞快地捂了一下。牛娃有些莫名其妙，女人的手在桌子底下，他其实什么也没看见。他正要再说买盒烟，那女人站起来，唰地就把窗门关上了。她的生意就是从窗户进出的，那扇小玻璃门上贴着红字：烟酒饮料，便民廉价。但却"咔嚓"一声将他拒之门外了。牛娃隔着玻璃，他提提气，喊了一声："买烟！"

那女人皱起了眉头，但看也不看他，背过身朝货架走了两步，她穿的是一套宽松的碎花睡裙，将手里的东西——一叠红绿纸币的角冒了出来——原来她刚才是在数钱，塞进一个小盒，然后将一把黄锁套了上去，她似乎一点也没理会窗外有个人候着，但眼角的余光却分明扫在了牛娃脸上，因此她突然侧过身子，以极快的动作摆着手，连连摆着，意思是说走人走人，不卖了不卖了。牛娃的脸再一次热了，他非常恼火地高叫了一声："买烟——"

女人吃惊地转过脸，比刚才更为受惊，她张大了嘴，红润的嘴皮，长得有棱有角，眼里闪过一丝惊恐。她朝窗门伸过手来，却并不是打开，而是将一副窗帘哗地拉上了。

牛娃一下子呆住了。眼前的窗帘一片桃红，像极了他刚才舞场上凝视的红裙子，甚至那些褶皱，都是他已经熟悉的纹理。怎么会呢？

他举手在玻璃上连敲了几次，但里面没有反应。有一阵，女人像是在说话，嘀咕着，隔着玻璃什么也听不清。又过了一会儿，街口那边突然出现了一辆警车，蓝灯警示地闪着，他生怕起麻烦就离开了。

牛娃从街口往工棚走去，心里像卸掉了什么，轻飘飘的。他留下了那条白丝巾。夜已深了，华丽的车灯仍然一辆接一辆地滑行着向前而去，它们像连接在一起的一条长河。

女人第二天门开得很早，她这一夜没怎么睡好，老是提心吊胆的，伸着耳朵听窗外的动静，怕有人砸了窗户，玻璃门——一块石头就砸碎了，要是跳进个人来，她只有束手就擒，生死由命了。

门一开，阳光就欢快地蹦了进来。女人就一眼看见门槛旁放了一块亮亮的白丝巾，上面压着一个沉甸甸的烟盒，烟盒里装满了沙土，是怕被风吹走了。女人觉得眼熟。感得这块丝巾应该是自己的。她觉得好奇怪，是谁放这儿的？这人又从哪儿捡来的呢？ 女人又系上了那条洁白的丝巾，她呆坐在窗下，眼前一片桃红。

酸　豆

小丫没有想到自己的作文《酸豆》会被丁老师评为优秀，还让她晚自修时间去谈体会。小丫徘徊在去丁老师家的路上，她思量着，见了丁老师该怎样说呢？

小丫是春天开学的时候跟随父亲在小城打工转学来的，插班在城南小学四年级读书。班主任就是语文科任姓丁的女老师。

丁老师温柔活跃，性情乖巧，经常结合课程安排一些课外活动，形式内容多样，很讨同学的喜欢，每次上课总是穿戴得体，把眉目描画得清秀可人，小丫心里好喜欢也好羡慕。

一次课外活动做游戏，小丫忍不住也仿着丁老师眉样描了眉目，没想到丁老师竟冲着她说：“好的不学，尽学坏的。”小丫心里好困惑也好委屈，坏的你都画，还说人家学。转就，小丫心里就认定，自己并不讨丁老师好感。

上个星期天，丁老师组织一次郊游活动，小丫本来打算去参加，但父亲打工的那家砖窑厂赶班，父亲嘱咐她去帮工，她就不好推辞，要推辞，父亲会认为她偷懒找借口。再说郊游活动属自愿参加，要参加就得让父亲拿钱。

事后，听参加郊游的同学说，丁老师领着同学们去参观了一家农场果园，农场老板种植了好大规模的酸豆林，眼下正是酸豆成熟收获的季节。酸豆是一种可炼制多种珍贵名药的配方，直接吃用也可滋补身体。农场主很爽快，参加郊游的同学都吃上了酸豆。

小丫没吃上酸豆并不后悔，她遗憾的是丁老师在组织郊游后布置了一道题为《酸豆》的作文。

放学回家的路要经过一个杂闹的市场，小丫每天总是匆匆走过，心里想着的总是回家去帮父亲干些家务活。纵然街边的小摊总是使劲地喊着“酸豆，酸豆，生鲜上好的酸豆”，但她知道父亲打工手头紧，买不起酸豆，就连看也懒得一看。可自从丁老师布置了作文题，她从街上过，总不由住脚往小摊贩望去，哟，那酸豆多诱人呀，听说那要二十多元一斤，一斤也就十个八颗，一颗也要好几元。

临近缴交作文的日子，小丫终于缠着父亲嚷：“我……想吃酸豆，同学们……都吃过。”父亲却嚷道：“才出来多少日子，就像城里的孩子……口馋！”父亲不再理会她的要求，却叹了一口气。

小丫好后悔，她原本就不指望父亲会应允，乡下的母亲还缠病卧床呢。但作文还是要写，还是要依时完成，按时缴交。丁老师布置作文时，就罗列了写作提纲，要求写出对酸豆的感受，着重写品尝酸豆时的联想。一连数日，小丫为着写酸豆作文心情兴奋不起来，渐渐地，她心底里对丁老师有了一种生分的感觉。

直到缴交作文的前夜，父亲已睡下了，小丫在灯下凭着灵感发挥想象，时过子夜时分才写完了作文。缴交作文后的几天间，她觉得丁老师和同学们都以异样的目光盯着她，她像丢了魂，做了什么亏心事。

今天早晌，又是作文课，丁老师开始讲解作文时，小丫低着头，不敢看黑板，没想到，她简直就不相信，丁老师宣布优秀作文名单，她——李小丫竟名列前茅，刹那间，她还认为丁老师在挖苦她。丁老师还说，她写的《酸豆》角度别致，结构严谨，联想丰富，是难得的一篇优秀作文，还将推荐参加省内小学生作文大奖赛，让她晚自修时间去谈心得体会。按惯例，参加大赛作文要附有写作体会。

面对丁老师，她该怎样说呢？小丫来不及考虑周详，就走进了丁老师的家里。

丁老师见到她，热情地招呼进屋。小丫刚坐下就看到丁老师客厅的茶几上的果盘里还盛着几颗诱人的酸豆，她心里不由一阵茫然。

丁老师似乎很好奇："小丫，你怎么会品尝出酸豆别具的风味，写得那样别致？"

小丫低下头，悄声说："老师，我……我没吃过酸豆。"好像是说给自己听的。

丁老师一怔，稍一疑虑，从果盘里拿起一颗酸豆递给她。小丫迟疑地接过，抬头盯着老师，丁老师期待地示意她品尝，小丫迅速地削皮，将豆果送进嘴里，抿了抿，她眼眸里浮起亮光，悠地，"哇——"地失声哭了。

酸豆一点儿都不酸。

殊途同归

浴着街灯下温水似的黄色光线，她们慢悠悠地踩着自行车，秀秀的白凉鞋动起来显得特别悠逸。盈盈的眼睛不自觉地总盯着它们旋动的弧线，边走边唠。她们不是来自同一省份进城打工的，而是在一次社区活动中认识，后来就逐渐成了好姐妹。

这是个周末，她们相约蹬车来这座城市最大的广场闲逛，走到这时候该往回程奔了。广场是个宽阔的正方形广场，广场两边各有一条路通向她们打工的社区，距离都差不多。一条靠着弯曲的人工河，另一条从一大片居民楼中穿过。她们今天是从广场中间那条路来的。

“今天换个道，好不？”秀秀说。

薛盈盈不愿意。她们站下，商量了一会儿，决定各走各的路。一小时后在社区办公楼前见面。看谁走得舒坦爽快。

“当然是我。”

“别吹牛，走着瞧好了。”

盈盈推着车不动，看着秀秀蹬着车隐入两栋大楼的夹道。

然后她沿着河边的路蹬车。河边的晚风吹在身上爽快极了，裙裾轻摆，与飘扬的柳丝、弯弯的小草以同样的节拍摇动，摇出梦一般的静谧……

岸坡的草丛里，几个逮蛐蛐的孩子互相小声埋怨着。一个个小心翼翼在草地上爬，一阵小小的骚动之后，蛐蛐不见了，一个孩子差点滚到河里去，孩子们躺在岸边哈哈大笑……盈盈也笑了，抿着嘴想：秀秀可看不到这个。

夜空有了星星，却不怎么亮的，若有若无的。天一会儿显得很高，很远，一会儿又变得挺低，挺近。深不可测的夜空里，藏着多少迷人的遐想啊。

和盈盈一分手，秀秀故意连头也不回，一股劲蹬车转过一栋灰楼的墙角。可刚走几步，她立刻就承认：这儿的确不如河边那么富有诗意。

路面是新铺成的。路面撒了一层细沙，车轮上去沙沙地响。道边横一块竖一条地放着许多石条子，是预备修路的。路的两边都是六层高的居民楼。楼前没有一棵树，只有人，穿着背心和大裤头的男子、用宽宽大大的灰裙子遮着大肚子的胖女人、跑来跑去，大呼小叫的小孩子。

每一盏路灯下都是一个喧闹的小世界。世界中心是挤压成一圈的人和砰砰作响的大棋子。羽毛球在灯光里穿梭。西瓜摊儿生意兴隆。冰棍纸在地上随风发出咝咝的响动。

她小心翼翼地蹬着车，想着盈盈不知此刻该是何样境况……

走过沿河的路，拐入街道角处，盈盈停下车来才发现人们在跳舞。

舞场上，男人搂着女人，转动着，就像开锅的饺子，一个个起伏不定。可就在她转身要上车的时候，一道艳丽的桃红，突然将她的目光抓了一下。

一个女人穿了条桃红的裙子，围着一条白丝巾翻飞着，左右旋转，像山里开春的桃花。有时它情绪活跃，碎花似的绽开了，流水一般向前滑动，柔软地倾泻，有时它如一阵狂风吹来，就跟桃花似的飞旋而过，风吹得花瓣满天。

忽而女人动作转身弧度大了些，白丝巾悠悠晃晃地飘在了地上。离她脚下不远，一双双脚从它旁边踩过，眨眼间，已经有半个脚印染黑了它。她快步走过去，将白丝巾抓了起来。可她没有鼓足当众递过去的勇气——人家会怎么看她呢？

犹疑间，那个跳舞的女人来到她跟前，鄙夷她：“你想拿走它，若我动作慢，你就走了？”

“不，我正想送还……”她没说完，女人已抢过白丝巾，展平一瞧，嚷着：“咦，你怎么踩了它……真不像话，你……”

她有苦难辩，忽然觉得女人的白丝巾一辈子都洗不干净了，她只好红着脸蹬车跑了。

为抄近路，秀秀蹬着自行车转向居民区后的那条古老而幽深的小巷。

不巧，深深的小巷一片漆黑。她的心不由掠过一阵怯悸。犹豫再三，她还是依稀辨着路面，提着心慢慢蹬车驰入小巷。

大约进入小巷有了大半，忽然迎面刷来一道手电筒明亮的光柱，随即甩过一个男人急躁的喝声：“站住！ 站住！”

她的心咯噔一下：碰上坏人了！她说：“你想干什么？放我走，我把车……都给你……”

“别瞎想，我在这里等着，是要你的车的吗？”黑暗里传来沙哑声。

“求求你，放我走，我把打工的钱也给你，行了吧？”把贞操看得比生命还贵重的她哀求着。

“放你走，可不行，我可不要你的钱。”声音在靠过来。

她焦急如焚，看逃走无望，便猛蹬着车向来人猛冲过去。来人躲闪得快，趁势推倒自行车，只听“哎呀”一声，人倒车翻，她急就起来，腰身却被死死抱住，她奋力挣扎，只听来人声嘶力竭地吼：“你再走就没命了……前面电线杆倒了，电，电死了一个人……”

她倏地停住了，来人松开了手，用手电筒照着前方不远处倒在地上的一具狗的尸体……

看着走近了的秀秀，盈盈笑着迎上去。

她俩终于在社区办公楼前重逢了，脸上都漾着笑容。

“河边美得没办法，我都没玩够，还想再走一趟呢。”盈盈说，“秀秀，你一个人走过居民区不害怕？”

“哦，不。有什么可害怕的！噢，对了，有条小巷有点儿黑，是够吓人的。可我遇到了一个……好心人。他一直把我护送出巷口。”

“哦，你运气真好。”盈盈发觉自己有点不舒服了。

“你呢？ ”秀秀赶紧问。

“我？也挺好的。居民区可有人情味了。”盈盈低着头，像是喃喃自语，很动情地说着，“走到一个露天舞场，有一个女的真漂亮，像从画上走下来，她跳舞时系的白丝巾掉了，刚好飘到我脚下，我刚捡起来，她先对我说：‘谢谢你……’”盈盈极力渲染自己营造的气氛。

“瞧你！感动得热泪盈眶了。”秀秀取笑她。

她们都笑得挺幸福。

飘逝的紫围巾

本来商贸局局长韩风出差回来可直接回家的。可他忘了带钥匙，妻子朱珊要等到五点半才能下班。他决定先到县委大院里自己单位去一会，顺便处理一下出差期间的信件和报刊，然后等朱珊下班后与她一起回家。

县委大院里各单位清洁工由机关事务局统一管理，派往他单位的清洁工是一个三十多岁的瘦弱女人，大家称她小卢。平时她打扮非常朴素，或者说有点土气。他进入单位大楼时，正碰上小卢在清扫楼梯。她说，谢谢局长你那天送我报刊。韩风这才记起了出差前清理过期的报刊，正碰上她在打扫走廊，随手把一堆没用的报纸和杂志给了她。他说，一堆旧报刊，我还得感谢你帮我清理了。他走进办公室，桌子上果然堆满了信件和杂志。他坐下前，给朱珊打了一个电话，说他已回到单位。

韩风读完信件正要翻看杂志时，朱珊已来到了办公室门口。他说，等我把这些杂志扫一眼就走，顺手把刚刚收到的一本时装杂志递给了她。朱珊一接过就惊叹一声：呀，好漂亮的围巾啊。朱珊说到围巾，韩风就想起给她买的礼物，立刻起身从旅行袋取出了一条紫色的围巾。

朱珊接过紫围巾后并未牵动她的情绪，这让韩风有些失望。事实上，朱珊已经有好多年没有因韩风的礼物而激动了。朱珊只是冷冷地看了一眼，就顺手把紫围巾放到沙发的拐手上，接着继续看那本时装杂志。稍刻，有人打朱珊的手机，是约她去打麻将的。她兴奋地将家钥匙甩给韩风就飘然走了。韩风回家时看到紫围巾仍在沙发的拐手上，就想朱珊一定是不喜欢紫围巾，要不，她走时会带上的。他走过去捡起紫围巾，放进了公文柜里。

次日，韩风来到办公室，发现茶几上放着三个苹果。苹果又大又红，以为是秘书放的。可秘书说，这是小卢送来的，她说你送过她旧报刊。韩风说，难怪她昨天在楼梯上说要谢我。

韩风上班途中走出单位大楼时又看见了小卢。她正在忙着清扫单位门口的落叶。寒风还在拼命地刮着，飕飕的冷风像长了腿一样直往她脖子里钻。她显然感到了寒冷，她使劲地往衣服里缩脖子。他看见她的脖子越缩越短。后来，她只好把衣领竖起来，想让衣领挡住寒风。但衣领毕竟太软弱了，寒风一下子就把它吹倒下去。

有一条围巾就好了。韩风猛然想起那条妻子不喜欢的紫围巾。他转身踅回办公室。当他再次走到了小卢身边，发现她已经冷得浑身发抖了。小卢。他轻轻地叫了一声。小卢从落叶中抬起头来，嘴唇都变乌了。他没有马上把紫围巾给她，他先说到苹果。小卢低下头说，只能算是一点心意。韩风这时把眼睛移到了她的脖子，说，这么冷的天，为什么不披一条围巾呢？小卢的身体颤了一下，说，乡下很少披围巾的。话音未落，韩风把紫围巾递到了她面前，说，我这围巾，给你吧。她顿时一惊，立刻抬起头看他，却不敢接紫围巾。韩风说，今天的风很大，快围上吧。他说时已把紫围巾塞进了小卢的手中。

朱珊一直都没提到那条紫围巾，她似乎将它忘得很干净。韩风想可能主要还是她围巾太多的缘故吧。她在家里有一个围巾专柜，各种各样的围巾挂了十几个衣架，几乎每天都要换一条围巾。

一个下午，韩风刚走下单位门口的台阶，一条紫围巾突然映入他的眼帘。韩局长，总算等到你了。说话的是小卢，她脖子上的紫围巾在这寒天里分外醒目。韩风一愣，问，你等我？她点点头说，等你有好一会了。韩风看见小卢手里拎着一只塑料袋，忙问，你等我有事？她脸一热说，我从老家给你找来了几斤野蜂蜜。

韩风摆摆手说，你留着吧。一条围巾，不值得你说谢的。小卢想了想说，你要是不要这几斤野蜂蜜，那我就把紫围巾还给你。她说时手已伸到脖子上要解紫围巾。韩风赶忙说，我收下你的蜂蜜还不行吗？小卢沉默了一下说，只是一条围巾，可它暖心，这一年冬天我都不会觉得冷。

那天单位召开职工大会，韩风看见小卢出现在窗口，她仍然披着那条紫围巾，格外引人。忽然，会议室的大门被人敲响了。敲门声很重，职工们都愣住了，可韩风没想到，朱珊来了。

韩风迅速走出门去，朱珊就冲了上来。韩风问，什么事这么急？朱珊迫不及待地问，你上次买的那围巾呢？韩风想朱珊可能见到甚至怀疑小卢披的紫围巾。他反问朱珊，我已交给你了，你怎么来问我呢？朱珊说，落在你办公室了，你收起来，或许已送人了。韩风保持沉默，对朱珊说，别闹，这事回家说吧。他说完就转身进了会议室。

当晚，韩风回到家，朱珊并没有提及紫围巾的事，对他显得很客气甚至生出几分柔情。

次日，韩风没有见到小卢，而是另一位清洁工来单位清扫。快下班时，秘书来对他说，事务局打来电话说，小卢辞职走了。据说是她跟一个男的好上了呢，她那条紫围巾就是那男的送的。

韩风一听差点栽在地上。

车与孩子

夜里九点，正值城里万家灯火时分，缤纷的夜色正煽动霓虹灯变幻千般风情，但城西分区和信住宅小院已归于无声的静寂。因为这居住的大多是进城农民工，劳作一天的躯体已进入歇息状态。唯有小院东侧五楼窗户透射出柔和的灯光。

这是这个小院老板——兴农贸易公司老总李康福的家。李康福在大学读过专科没有找到工作，属于农村进城谋生较早的那拨人之一，他收过旧货、投过快递、应聘过公司部门经理，慢慢打拼滚爬，之后终于有了的自己公司，也终于有了不薄的积蓄，娶了城里人家的女儿为妻。近年来公司业务不断拓展，他从家乡招聘十多个壮年劳力，他们靠着辛劳进城拼打，也租住在这小院里。

这时候，在李康福的家里，他的妻子林媚正坐在沙发上，神情专注地问："老公，我生日快到了，你送给我什么礼物啊？"

李康福瞥了她一眼，随便地说："你要什么啊？"

林媚来了兴致，说："你答应过我的，要给我买车的，你不会忘了吧？"

李康福看了看她，脸有难色，说："这个月货物销量有些滑坡，有些货款也未能及时回笼，再说家里已有一辆车，多了也没用，能不能换一个礼物？"

林媚想起上回她兄长来借车而丈夫以业务用车忙搪塞过去，有些不痛快，就提高了嗓门说："不行，你答应过我的，不能出尔反尔，说一套做一套，说不定在外面背着我干见不得人的事！"

听林媚这么一搅和，李康福也有些生气了，就说："有事说事，别借事言其他，闹心！答应过的事情，哪有都能办到的啊！去年底你不还答应我要个孩子呢？"

林媚站了起来，气不打一处来，用手指着李康福说："你这个没良心的，答应我不算数。光想让我为你生孩子，辛苦的是我，怎就不为我想想？我告诉你，现在我不想要孩子，只想要车，你看着办吧。"

林媚把事一闹升级，李康福的火也上来了，大声地说："你还有完没完，烦不烦人？我也告诉你，想这阵子买车，门都没有。"

听到这话，林媚倔劲上来，摔门出去。

小院里一片漆黑，林媚稍停片刻，只有院门外那爿仍在营业的小门市的灯光牵引着她。她向小门市走去，路上却碰见小院跑长途销售的关叔的男孩小强，她当然认识小强，每次关叔跑长途就牵着小强来串门，她听过李康福说，关叔跑长途做销售对公司贡献最大。她看小强情绪低落就问："小强，你怎么了？"小强认出林媚，低着头说："林阿姨，我们老师要教画画，让我们买画笔画纸，我爸爸怕浪费钱，不给我买。"

林媚拉着小强的手说："走，我们去门市部，你爸不给你买，阿姨给你买。"

小强显出惊喜，随即又摇了摇头说："我爸爸不让我拿别人的东西。"

林媚摸着小强的头说："林阿姨不是外人，你爸也说过，在乡下都是乡亲乡邻，阿姨先给买下，别误了学习，这样吧，花多少钱，我见到你妈让她给我，你看这样好不好？"小强听完笑了。

林媚给小强买了画笔和画纸，从商店里出来，小强从林媚脸上发现了什么，就问："林阿姨，你今天怎么也不太高兴啊？"林媚迟疑了片刻，不知道该说什么，叹了一口气说："阿姨快过生日了，让你李叔给我买辆车，原先都答应了的，这会儿他反悔了，说了不算数，算阿姨白等了，真好气人呀！"

小强却笑了，说："林阿姨，不要生气了，我送给你一辆车，你在这里等我一会儿。我去去就来。"说时，小强已转身往院外的门市部跑去。林媚未去追，一溜烟，他已经在拐弯处消失了。

待到林媚想着莫非小强是去退掉画笔画纸时，小强却跑了过来，神秘地把一张硬纸放到林媚的手里。她打开一看，原来是小强画的汽车！

林媚抱紧小强，不由鼻子一酸，压抑的心一松，想哭。

时间过去快一小时后，夜色更显得有些暗了，林媚把小强送回住处，还同关叔寒暄了一刻。关叔说眼下是公司资金周转最困难的时候，大伙听说李总把原有的积蓄都投入了运转中，都很感动，都表示拼力工作与公司共渡难关。乡亲乡邻显得很融洽，一点儿也不生分。

林媚回家时阴郁的心情已悄然退去。她待在楼下盯着自家窗户透出的灯光，心里顿然涌动一股暖流。她上楼推开门时，门是虚掩着的。她看见李康福满面歉意地对她巴结着笑，

他说："看起来，你心情还不错啊，不生气了？"林媚轻轻嗔了他一眼，说："和你如果还能真生气，这时间一长，我还不得气死。"

李康福跑上来，抱着她说："老婆，对不起，我想过了，是我不好，你想要车，我明天就去。"

林媚撒娇地挣开他，嘴唇一撇，说："不，现在我不想要车了。"

李康福吃惊又意外："那，那你说，想要什么啊？"

林媚狐媚地盯着卧房说："我想要个孩子！"

余　烬

像往日一样，刚过下午五点时分，张喜伍就蹬着三轮车来到出摊的路口。

路口左边拐弯不远处是一所城区中学，再过十五分钟，学校就放学了，这里是学生们回家的必经之路。

半年前，张喜伍还在一家工地做搬运工，是一位送水工给他说这桩烧烤买卖的，开始只是半信半疑，后来他利用一个休息日一试，果然贩来卖去，挣的比做搬运工还多。开始他挤在校门口出摊，后来学校说污染环境，每日让城管的又是查又是赶，他才退舍挪到这个路口来。

张喜伍刚把三轮车停稳，正准备摆置器具，这时，一个瘦子骑着一

辆破旧的三轮车也挤过来了。车横板上堆满了五颜六色、包装拙劣的盗版书。

瘦子明显也看上了这个摆摊绝佳的位置，巴结着讪笑道："大哥，借个光，挨你旁边摆行不？"

张喜伍一边熟练地打开煤炉的封口，架上平底锅，一边摆出新鲜的鱿鱼和调料盒，爽朗地笑："好说哟，卖书呢，文化人啊！"

"哪里？"瘦子说："都不容易，混口饭吃罢了。"

正说着的时候，学校那边下课的铃声响了。很快，成群结队的学生蜂拥出了校门。

张喜伍立即忙碌起来，摊位前围满了饥肠辘辘的学生，炉火正旺纯青，新鲜的鱿鱼在焰火中"吱吱"作响，空气中顿时弥漫着一股浓烈诱人的烤鱿鱼香味。

瘦子也卖力地吆喝着："瞧一瞧，看一看，新概念校园青春小说，新出版最新作文大全版！过来看看啦！"

瘦子的生意明显不如张喜伍。也难怪，这年头，除了学校规定的教辅书，还有多少学生会看课外读物啊，大多数不是毕业班学生一有空就会钻网吧和泡游戏厅。

半个小时过去，学生渐渐稀散了。张喜伍关好煤气，准备收摊，他本就打算今天出完这一摊，明天就回乡下去，乡下的孩子不省心，有事等着他哩。还好，今天买卖不错，净赚一百二十元哩，能抵上回乡下去的路费。

这时，路口拐弯处，蹒跚过来两个男生，身材孱弱，十三四岁的样子，人手一个游戏机，玩得正入神有趣。

瘦子不甘心就这么空手而归，忙凑了上去："同学，买书不？"

“不要，不要！”两个男生正玩在兴头上，连头也懒着抬起，眼光紧盯着游戏机屏。

“同学，哎，同学，过来看看再走嘛！”瘦子的眼珠一转，待两个男生走近了，他“嗖”地从书堆底部抽出一本画册，在两个男生的眼皮下晃了晃，压低声音说：“绝对精彩，绝伦够味，路过莫错过，不看会后悔哦。”

这一招还真管用。两个男生果然停了脚步，愣了愣神，遂收起了游戏机，凑上前，饶有兴趣地翻看了起来。看着看着，两张稚嫩的脸庞便火辣辣地红了起来。

瘦子似乎阴谋得逞地笑道：“怎么样？没骗你们吧！”

张喜伍已收起平底锅，开始封煤气罐了，却还是好奇地踮起脚尖，偷偷瞄了一眼。只一眼，他就全明白了：色彩斑斓的画册上，全是一些白白花花凸凹奇观的淫秽图片。

张喜伍的心一紧：该死的，他们还只是未成年的孩子啊！他骤然停下收拾器具。

“多……多少钱？”高个子男生显然心动了，小心翼翼地询问起了价格。

“四十元。”瘦子伸出四根指头。

“高了？有点贵。”矮个子男生小声说，伸出三根指头，“三十可以吗？”

“不贵，同学。”瘦子接过书，“哗哗”地抖了起来，“你看这纸张，铜版纸，全彩的，不仅清晰，而且还这么厚，很划算的；这是最新从香港流走过来的，我在别处都卖五十，见你们是学生，所以打了八折呢。”

两个男生相互看了看，又四下张望了一下，缓缓地伸出手往裤兜里掏钱。

“慢着，这书我要了！”忽然，张喜伍丢下三轮车，蹿了过来，不容分说，一把从两个男生手中夺过画册。

瘦子吃了一惊：“大哥，您这……”

“兄弟，有这么刺激好看的书，怎也不给大哥介绍介绍，你这人也太不够意思了！”张喜伍佯装生气地说道，“快找找，车上还有没有？不减价，我全要了。”

瘦子疑虑片刻，然后猥琐地笑了起来：“哈哈……没想到，大哥你还好这一口。好，我给你找找。”说完，俯下身在书堆中翻了起来。

三本书，一百二十元，相当于张喜伍今天卖鱿鱼挣的收入。可他没有半点犹豫，爽快地付了钱。

“多谢大哥！”瘦子收好钱，显得心满意足，对两个男生做了个鬼脸，然后跨上车走了。

张喜伍回头望见两个惊愕的男生，说了声：“孩子，别玩了，快回去吧，爸妈正在家等你们吃饭呢！”

“狗拿耗子，多管闲事！”高个子男生愤懑地翻了张喜伍一眼，悻悻地走了。

望着两个男生渐渐远去的稚嫩的背影，张喜伍好一晌才慢慢收回眼神，他仿佛竭力抑制一下情绪，但眼睛还是湿润了，儿子的面孔又浮现在他的脑海中。他想：如果当初不是因为进城来谋生，对乡下的儿子缺少管教，儿子就不会沾染那些糟粕的东西，也许就不会走上被引诱的路。

张喜伍叹了一口气，又重新架起煤炉，将三本书狠狠扔进了火炉里，炽烈火焰中，再优质的纸张也很快就变成了灰色余烬。

张喜伍蹬上了三轮车，他忽然想，明天那瘦子还会来吗？而自己呢？他茫然了，只觉踩在车踏上深一脚浅一脚……

野百合的春天

我不知道这座海岛小城从什么时候起有了鲜花店，但妻子有事无事总爱买些鲜花安插在客厅里的花瓶里。开始，我并不介意，后来妻子出差嘱我浇水，我嫌麻烦，妻子就说，焦虑的时候看到鲜花，心情就会舒展多了。

小城有了鲜花店的同时，不时就会有外地人在节假日时贩来各式各样的鲜花，沿街叫卖，在车站或旅店前摆卖。比如情人节就卖或红或黄的玫瑰，中秋节就卖百合花或牡丹花，春节更多的人会卖黄菊花等。我出差回来，刚下火车，在出口处，一眼就看见一个农民工装扮的小伙子在兜卖百合花。

我的老家在乡下的山谷里，小时候，随父母上山打柴，就采过无数的野百合，可现在城里人都用苗圃批量种植一簇簇鲜艳盛开的花卉，虽然都是花，却给人的感觉大不一样。我问小伙子：“你这花从哪来的呀？”

小伙子盯着我笑，强调：“我这花也和你一样坐火车来的！”

我也笑起来，逗趣：“难不成是火车上也能种出这样的百合花？”小伙子显然不解我的意趣，说：“我是说，我这花是用火车运来的，成本会比别人卖的高些。”

我问：“那多少钱一朵呀？”

“十元。”小伙子用两个食指交叉比画着。

“十元就十元，我买五朵，那你为何不说这花从山里采来的呀？”

小伙子露出遗憾的表情："我要这么说，这花是从山里采来的，你就不一定稀罕了，这年月谁还在意山里的东西。"

"谁说的，如果换我来卖花，那我就说，这花是我爬过大山，涉过山泉，跑破了鞋，刮伤了手……攀上山崖采来的，这么一说，说不定你卖十五元一朵也不成问题，并且会卖得很快……"

小伙子咧嘴笑了，露出两排发黄的牙齿，说："你真会说话，好像你是个当老师的，我在乡下初中都没读完，就进城打工了；好，我少算些，卖你八元钱一朵，算是我尊敬老师！"

我被小伙子尊为老师而高兴："这——那你还是用动车贩来的不就亏本了！"

"不会亏，亏本的生意没人做！"小伙子又打量了一下，看出我的真诚，"告诉你吧，这些百合花，我是从省城批发来的，三元一朵，除了车费等成本……没多少赚头，谁让你不讨价？老实人，吃亏的是你，我们乡下人都知道进城买东西，讨价得从半价砍起。"

我佯装大惑："你说怎么个讨法，买你这花才不亏？"

"比如我开价十元一朵，你就说五元一朵，我不会让的，我就再次还八元一朵，你守住六元还价，我只要有赚头，薄利多销，就会卖给你。"小伙子仿佛来了兴致，双手不停地比画着数字。

"那八元一朵，我吃亏了，价格能否六元一朵，我买十朵，共六十元，比开始买五朵还多出十元。你这不还多赚了！"

小伙子摸不着头脑，说："好！"说时埋下头去捆绑花朵。

我这才开始掏衣袋，可摸了半天却什么也没有掏出来，我一下慌了神，怎么钱包不翼而飞，莫非刚才挤火车时遭遇了扒手？我又开始翻随身的拎包。

小伙子绑好花朵，不相信我找不出钱，也凑上来帮我找钱包，翻遍了我的拎包，果然也没找着钱包的踪迹。

我无不遗憾：“小伙子，下午你还在这吗？下午我再来买吧。”话里含着淡薄的歉意。

“下午我还在这，要不你先拿花走，钱下午来给。”小伙子冲口而出，我盯了他一眼，看他是否在试探我，说：“你怎么就这么相信我，我要是下午不来了呢？算了，花存着，下午我再来买吧！”然而转念一想，又不忍辜负小伙子的信任和好意，说：“你下午如果真的还在这，我可以先——”倏地我又想小伙子此刻是否已反悔了刚才冲口而出的话。

“我肯定在的，我这花一时还不会卖完，像你这样买这么多花的人更少，下午，我还在这等你，不见不散！”小伙子说时将捆绑好的百合花递上来。

“这花，我就先拿走了。”

“拿上吧。”

“你放心，爱花的人不会赖账的！”

“我知道。”小伙子在我接过花时又说：“这百合花，在山野里是一种很耐看的花呀！”

我心头一热，说：“野百合也有春天，它是一种纯洁的花！”

第四辑：归航的滩岸

槟榔红

海南岛的西海岸有个大浦湾，大浦湾边，散落着几个小渔村。

小渔村的渔姑人人会织网，个个会织毛线衣。不知从什么年月起，便有了个约定俗成：给家人亲戚的只是平平直直地织，给情人的就在衣胸前绣一对殷殷的槟榔红。

槟榔是一种常年绿树，长至三五年，亭亭玉立，果实如乒乓球般大，皮青汁红，渔村人订婚或办喜事常以之作为赠送还礼物品，毛线衣绣上槟榔红，当然也有订婚吉祥的意思。

渔姑中要数北海婶的海曼长得水鲜秀气，心灵手巧。十岁时学熟织网，十二岁就织得快如飞梭。近两年学会织毛线衣，却也是飞针走线。前年腊月，给她爹赶织的毛线衣好而密匝，隆冬穿着出海也能挡住凛冽的寒风，落了个好脆脆的名声。年壮的汉子们都痴痴地做着她的梦。

时值秋日，渔姑们都相继扯了红毛线，悄悄地织起槟榔红，偷偷地送给情人。海曼却整天一脸怅然，在海滩边的靠泊埠头，帮着爹补纳破旧的渔网，在靠泊埠头，陪着娘卸下捕捞的收成，时时总是一个人凝神思量着什么，丢了魂似的，其实，谁也不知道她涩涩的心事。

那是春上，小渔村来了一个从城里来收购海鲜的后生，住在村小学放假的校舍里。

后生生得白净，长得周正。出海归帆，他的身影拴着渔姑们抛缆绳一般飞闪的目光。一回，爹同他洽谈一批龙虾价格，请他到家里吃饭，未知他有意无意，丢下一件汗渍半脏的白衬衣，她悄悄地拿去洗，晾干了，折叠得好周正，送还后生时，脸上烧烧的，心儿跳跳的，后生冲动地抓住她的双手，眼眸里好亮，说了又说，还是那一句“我谢你”的话，回来后，她渐渐地有了心事，后生的影子抹也抹不去，尔后，凭着后生白衬衣的尺寸，背着人织起了毛线衣，绣上一对槟榔红。

一连好些日子，她总是思量着如何自如地把毛线衣送给后生，但在海边的槟榔树下，靠泊埠头边，后生总是急不可耐地同出海人家讨价还价。她有事无事总是转近他，但又羞嘴从哪里说起，只是闷在心里。毛线衣放在家里久了，怕娘见着，就用旧报纸包，惹得爹咕哝一通，骂哪个丢了他抽烟的用纸。一次，她在门外看到后生独自一人在海边抽烟，转身回门拿出那件毛线衣，可出门来，却见他同村主任犟哥在一起，指划着些什么，后生还躬身捡起一块小石子，抛向水面，溅起几圈小小的涟漪……

后生走前的那晚，是一个灰晃的夜。上弦月稀稀洒下细碎的光，星星也不怎么精神，忽闪忽闪的。她独自揣着毛线衣，站在一只倒扣的破船边，等后生从村主任家聚宴出来，已近子夜，她斗胆了，迎面向后生走过去。那夜，她同后生在海边一片防风林的阴影里，缠绵地坐了很晚很晚……

秋日不长，渔姑们先后过门走了，她常去送嫁，就常有人上门说煤托亲，她总是躲着不见。开始还没什么，但上门的人多了，爹娘也就急了，数落她挑肥择瘦。娘还说，她是从广西北海漂身而来，委身她爹，姻缘由天定哩。但她还是倔强不从，那张耐看的脸日日见瘦，却又总是发狠地干活，常常独自一人到城里的路口去，失神地打望！

恹恹地又过了些日子。

转眼，风一软，秋就完了。近了科日，寒意乍起，就有人提起毛线衣，还有人痴痴地等着海曼的槟榔红毛线衣。

一日，一个叫“狗屎”的中年光棍，在靠岸捞网时，捞起一件埋在泥沙里的毛线衣，洗净了，还是新的，衣胸前还绣了一对槟榔红。

晾个半干，“狗屎”就穿上满村跑，逢人就说：“我捞了件毛线衣，瞧，还绣了一对槟榔红。”于是，就有人围上来看，狗屎越发得意，指着鲜殷殷的红线，一脸漾着亮色。

碰上海曼，“狗屎”就逗趣：“这般鲜亮的槟榔红，你能绣吗？”

海曼的嘴唇都白了：“……是好鲜亮！”

“就是可惜扔在泥沙里。”

“怎扔在泥沙里？”

“谁知道呀……”

“狗屎”还想再说，海曼却狠狠地跺着脚走了。

不久，海曼嫁人了，嫁到湾外一个远远的小渔村。

再后来，海曼的男人回娘家，说是海曼样样都好，织网快如飞梭，就是不再见织一件毛线衣。

海曼再次见到“狗屎”时，他还窝囊地穿着那件槟榔红毛线衣，只是不少皱折处败线了。

黑风夜

天，落黑了。夜幕降临在这个西海岸上的小渔村。

大浦湾边，海风依旧卷旋着急潮，一浪高过一浪，肆虐地拍打着滩岸；老天倾盆的大雨，一阵紧出一阵，无休止地冲压着苍茫的海面，迷蒙一片……

靠海为生的小渔村，夜里又遇上了出海人忌讳的黑风雨。

村主任犟哥的婆娘兰婶顶着竹笠，披着蓑衣，站在一棵椰树下，举目抛向遥远的海面，盼望能看到渔船的帆影。三天前，犟哥率着小渔村船队出海葫芦域，按既定行程，今天下晌该归程了。没想到，午天一过，狂风骤起，淫雨降临，飘洒不见断歇……终于，她一而再再而三的耐心灰沉下去，轻轻地叹了口气，偶一回眸时，渔村里许些户人家已掌起了灯火，她心里又不由掠过一丝不祥的怯悸，深一脚、浅一脚，惶惶地向家里走去。

不知从什么年月起，小渔村沿袭着一条不成文的老规矩：男人出海遇着风雨未归，婆娘在家里就要通宵掌灯，祈祷海神爷赐安，倘若漆黑，就会凶多吉少。那年，村里青嫂的男人还在，她去城里卖鱼干，男人出海遇上风雨，她未及赶回掌灯，她男人就再也没有归期……

兰婶依稀辨着坑坑洼洼的路面，回到家，在伙房摸出火柴，一连划了两根，才找出马油灯，第三根终燃着了灯的焰带，但火苗慵倦地摇曳了一下，灭了。她想是马灯的油熬干了，拿起灯，放到耳边摇晃一下，果然没有声响。于是，她便拎着灯，转身出门，趺趺撞撞地向村小学的小卖部走去。

小卖部是小渔村的小学一个姓黄的白脸开的。他的婆娘在外乡，情长人远哩，他就常逗渔村里年轻渔姑玩，年前，弄大了一个肚子，开店的收入刚好抵上肚子的债份。渔村的女子都躲他，看见他那淫淫的目光就恶心。近年，村主任犟哥不少找他谈心引导，他的不轨行为略有收敛，对兰婶总是客客气气的。

兰婶盯见村小学的小卖部时，店门已经打烊，但破败的窗口仍漾出昏黄斑驳的幽光。

兰婶敲门。门开了，挤出白脸瘦瘦的长脸，见是兰婶，一下子就热情过剩，眯眯眼，又溜溜地一笑，目光在问："有什么事？"

兰婶心急，扬扬手中的马油灯，白脸就让她进门。白脸一边将油灌入马灯，一边眼勾勾地盯着兰婶蓑衣遮挡不住的胸前，衣襟被雨水打湿了，依稀透见两只鼓鼓弹性的乳房。兰婶搜刮衣袋掏钱，这才记起来时急，忘了带，抬眼看白脸，见他情态，心一紧，忙说："钱，明儿再给。"说着拎起灯，不等白脸允声，走出门去。

兰婶复又回到家，摘去竹笠，脱去蓑衣，刚小心翼翼地燃上马油灯，忽而，身后，门"咿呀——"一声被推开了，挤进来村小学的白脸，他直直地就去抱兰婶的腰身。

兰婶拼力挣扎，支开他："别这样，你总是狗改不了吃屎，让犟哥知道，会揍死你的！"

"别装正经，我日日夜夜梦上你的床，虽怯着犟哥，但他出海了，只有天和地知，还有你知——"白脸又赖脸靠过来。

兰婶躲开了，骂道："你再强，我喊人啦——"

"别喊，别喊，你依了我，往后打油不给钱。"

"油钱？我这就给！"兰婶转身去找钱，白脸却端起马油灯，盯着兰婶，凶凶地说："我可不稀罕几枚钱，你再不依，这油，我不卖了……"

兰婶的身子陡然停住了，抬眼愣愣地盯着白脸："你别这样……放下灯。"转而又惶惶地望着窗外，渔村里出海的渔户都燃亮了马油灯，好扎眼的一片晃白。

白脸放下灯，又来抱摸兰婶柔柔的身子。

兰婶不动了，任由白脸将她扳倒在阔大的床上。

马油灯明晃晃地燃亮，照着床上的疯狂……

窗外，风雨仍在肆虐地飘刮……

次日，风过雨去，晌午时分，犟哥率着小渔村船队靠岸了。

犟哥一进门，便抱起兰婶，纵情哈哈大笑。尔后，便扯兰婶的裤带，忘情地说："我刚上岸，村小学的白脸就说，昨夜，你很早就掌起了马油灯，通宵的明亮，我在海上葫芦域，心里总暖暖的，掂挂着你呀……"

兰婶的脸上堆着笑意，任由男人的亲热，望着已熄灭的马油灯，心里沉沉地想哭……

好事并不成双

渔民海生去捞了一趟西沙赵述岛回来，就在渔村里海吹，他闯过七星屿葫芦礁时，在那片黑水区域，旋涡浊浪翻腾，鱼群游荡在礁岩浅底，可张开渔网抛撒开去，收网时就是不见网上有鱼……

渔村人只当海生胡侃，都摇头嗤笑。他便去找渔村里远海行礁出名的海龙。海龙素来捞海气吉运红，出海归航从无空网而归。海生一说，海龙就沉吟了："祖上有这样传说，可千年不遇……我就不信，既有鱼怎可网不着呢？"说罢，便和海生顶着六月的午天烈日，乘着季风扬帆出海。

两天两夜之后，船行至赵述岛。七连屿是七个相邻不远的岛礁，犹如珍珠一般串在一起。从海面远远地看去，一个貌似巨鲨一样的物体从模糊的地平线下面忽地冒出来，那就是葫芦礁。再行十余里，从白色的海岸线朝着海面看过去，至少有黄绿青蓝橙紫褐等颜色在变幻，而且在海天相接的地方呈现出橘黄的颜色。再靠近礁盘处，果然见海面上一片迷蒙，鱼群飞翔过处一阵唰唰声响。海龙大喜过望，明明看见七彩斑斓的鱼在浅水中蹿过去钻过来，游态很悠闲很笨拙，可张网抛撒下去，收网时就是没有鱼的踪影。

时近黄昏，海龙总算捞起一只红蓝怪鱼，却闹不清是什么鱼。

海生心急，屡屡抛网屡屡收空，一脸懊丧，十分泄气，只好转船归航……

依稀见着永兴岛的影子，海龙忽然说："那红蓝怪鱼，不出三两，就掷了罢，拎回去，反受取笑。"

海生却舍不得："让我拎，就说是我网的，说你还未撒网……"说完，将红蓝怪鱼放进水舱，鱼扭一下身子，竟游动了，海生脸上便挤出一缕笑意。

三天后，返航的渔村刚回到潭门港的靠泊埠头，赶海踏潮人就围了上来。海龙重体面，推说是海生不听他劝，未及他撒网，就赶跑了鱼。只是海生捞起那只小丁儿的红蓝怪鱼。于是，村民转而取笑海生，说他夸下海口，却空手而归。海龙脆脆听在耳里，只是悄然掩嘴吃吃笑。

海生躲不开众人，又不好申辩，受人逆耳的嗤笑多了，便又开始后悔，后悔不该不听海龙在中途的劝告，要是掷掉了鱼，也许省得叽叽喳喳的讥讽声，然而又转念一想，既然话已听了，便不忍心将红蓝鱼掷去。匆匆端着水槽跑回家，其时，他家屋后正有一只大龙缸盛着满载的水，他便将红蓝怪鱼一掷，鱼箭一样沉至缸底……

大致是半个月以后，从省城海口来了一个勘探采风团体。据说是专门考察开发七星屿黑水域的，有两三个还是海内外的专家，在潭门港落脚，还买了村人捕捞的些许鱼干、海鲜，海生那时正好捞到一批鲜活的龙虾上岸，采风团的便围挤上去，讨价还价，用手抓呀挑呀好不热闹。

一个白肤色的金发老太太对海生叽叽咕咕的不知说什么，他无暇理会，只忙着龙虾脱手，一歇间，龙虾销罄了。

金发老太太缠到他家去，海生才悟到老太太要买虾。他素来重情面，将自家留吃的给了她。金发老太太满脸喜色。末了，她拿一只葫芦瓢到屋后的大龙缸舀水，只见她惊喜地扬叫一声“天呀——”便喜形于色，满脸盈笑，追着缠着海生卖大龙缸中的活蹦蹦的红蓝怪鱼，引牵来采风团的专家围看。

海生听不懂金发老太太说些什么，但瞧着她的神色，便知道红蓝怪鱼的价值，迟疑再三，就狠狠敲了她的竹杠，没想金发老太太只掂了掂，甩出一大沓外钞，就拿走了红蓝怪鱼。有翻译的人说，那红蓝怪鱼科学名叫红鳞加吉，能防治当今世界一种难治之症。这种鱼在洋海河湖中已濒临绝迹，得到它简直是大海捞针，但老太太的外钞也很顶钱的，一元等同人民币八元多呢。

海龙听说后，也来夹杂在人围里看热闹，他舔舔舌头，真想站出来说些什么，但咽咽口水，终还是没说。

事后，海生一连几日找海龙去，有满肚子的话要对他说，但渔村里总见不着海龙的影子。

海生再次去永兴岛，转道赵述岛去七星屿时，黑水域再也没有那奇异的迹象，倒是逢上了海龙。他再也捞不到红蓝怪鱼了。

海龙一时不知对海生说些什么好，海生的脸很白，半晌，不知是自言自语还是对海龙说：“好事不成双嘿！”

归航的滩岸

渔民出海归航的日子终于到来了。

潭门渔民赶海，每年过了元宵节就乘着东北季节扬帆远航，一去南海就是三两个月，待在家里的女人想得慌，日间为避免太过思念，大多女人就开起三轮摩托跑营生，除了补贴家里，更多的是打发寂寞的时光；可每到夜深人静，枕边说话的人都没有，就会望着屋顶的玻璃瓦挤进的光亮，屈指掐算自家男人在海上漂泊捕捞的日夜，有心计的女人早就准备一壶浓酽的老酒，盼着赶海的亲人归程返航。

才上半晌，潭门的女人就不蹬三轮车，小镇上蹬三轮车不再是女人，她们和孩子们都挤到归航的码头滩岸区，踮着脚尖，伸着长脖，向迷蒙的海面张望。虽然她们心里，男人出海的每一天都是倒计时，每天都计算着男人返航的归期，甚至就近三天来，她们蹬着三轮车有意无意地都顺道从码头滩岸过。今早天一亮，她们就携着孩子们在码头翘首眺望，可一直等到海潮漫到海堤脚跟，才依稀见到海面上浪花托着帆影，颤悠悠地向码头靠来。

这是码头上最火爆的时光，渔船一进入潭门港海堤港道，还未靠近码头，女人和孩子们就不觉地沿着港岸小跑。返航船上的男人也闹腾起来了，生猛活现的来劲，半荤半素地数叨着女人。头船船长海龙，嗓子喊起泊船的号子：

船儿靠岸哟，鱼儿往岸跳，

女人莫惆怅，快备好老酒。

随着海龙甩腔，其他船上男人应和开来，渔港豁然一阵声浪喧天。女人忘情地娇嗔男人，海龙的女人盯着海龙，俏骂道：“哼！我还会给你备酒，想得美呀，说好了，每天给我来信息，你做到了吗？”海龙马上回应：“你说得轻巧，我每打一个信息，你就会焦虑一阵，我不能老让你想我——”说到这，海龙的说话已被船上其他人打断：“海龙嫂，我们在海上见证，从启船返航，海龙每天都哼《梁祝》中板腔‘哥挂你，从早想到落金乌；你挂哥，眠中多醒心想慕——’”顿然，码头上俏骂声、打闹声搅在一起，远扬开去。

海龙女人听着船上男人的琼戏板腔，飞红着脸打趣说：“你们都别挂了，姐妹们热乎的胸怀都等着你们。”其中一个后生对她说：“海龙哥这一趟出海收获很大，你打算用什么慰劳他呀？”岸边一个女人接过声去：“人家海龙嫂早些就进城去，特意买了一瓶样酒，叫什么龙虎豹……”说时嘎嘎爽声。海龙女人接过话：“买了今后也别想喝，记得上回，从娘家特地焖了一锅酒，说是不能贪杯，解解乏就好，可刚一转身去打热水，他就喝得烂醉，用手掐他大腿，却不吱声，也没洗漱，一睡就是大天亮，你们说气人不气人呀！”说时自己和女人们喧哗起来，直到眼里溢出了泪珠。

海面上，渔船陆续驶进潭门海堤港道，向码头滩岸停泊，下船男人和迎面而来的女人打趣，卸载出海收成，谁也没有注意渔村里年上刚嫁过来的大凤姐，她独自踮着脚尖，痴痴地望着迷蒙的海面，她的男人出海的新机船尚未回来，看着靠泊的桅船，她心里隐隐的一阵酸痛。

她娘家远在山里，嫁到渔村来，并不熟知男人出海的风情禁忌。男人水生出海前夜，婆婆特地备下了一桌丰盛的家宴。席间，她茫然犯了出海人的大忌，用汤匙喝汤时，用口吹了汤，在不觉之间，又将汤匙反搁下来。不料，婆婆的脸孔一沉，愣住了："我这辈子造了什么孽呀？"她一下慌了神，她不知道，喝汤用口吹，便吹过一场风波，汤匙反搁会是翻船之兆。更不知道，婆婆在多年前也犯过禁忌，水生的父亲出海遭遇台风就再也没有归期。水生在席间忙着解围，说："娘，大凤刚过门，哪里懂得海边的规俗？再说，过去出海用手摇橹，如今出海是开新机船，报警设备齐全，能够预报台风。"婆婆转过身去，低头叹息。当夜，她没有合上一眼。次日，水生跟着船队出海去，也带走了她的一颗心。

在水生出海的日子里，她忙前忙后孝敬婆婆，包揽了家里的活计，空闲时总是围着婆婆报告水生在海上的消息。可是这个时候，渔村的船队都归航了，水生你在哪里？谁来安慰她？大凤的心在沉下去。

"大凤姐！"临上岸的一个后生喊叫着："德海哥这趟出海也可算满载而归，在南沙下氧，在珊瑚礁海底，德海哥捕获了不少海参和蚌壳……这回或是在近海上忙着交易，船航会慢一些。"话音刚落，眼尖的孩子，指着晚霞映红的海面上渐来渐清晰的帆影，喊："德海的新机船回来了——"

大凤循声望去，她的心里扑扑狂跳，仿佛浪涛拍岸的潮声……

大潭湾风情

竖碑记

“憨子，儿子脸模不像你？”

“嗯。”

“儿子不是你的种？”

“嗯。”

“你婆娘同村小学的白脸好，常去那。”

“可她回来还同我睡，她是我婆娘。”憨子屡屡受大伙逗，总是先不吭声，迫急了，就冲这么一句，宣称婆娘是他的。

憨子是大潭湾小渔村的一个老光棍，姓盘。

那年春，有人拐卖一个女子，蛮丰满的，据说在城里泡过“生鸡”店，明知是“二手货”，憨子却不嫌，甩了二千元，领回了。合寝那夜，有好事的去听窗，说瘦瘦的憨子同肉肉的婆娘垒在一张破床上，就像一只蚂蚱伏在一只癞蛤蟆身上。

憨子祖上不知哪一条染色体犯了毛病，传到他落了个软席症，婆娘寂寞不过，悄悄同村小学的那个姓黄的白脸好。白脸的婆娘在外乡，情长人远哩。次年，婆娘生下一个男儿，取名双喜，人说那脸同白脸是一模倒的。憨子情知不是自己的骨肉崽，却十分的疼惜，也不拦婆娘同白脸的来回。婆娘让儿子姓黄，他也认了。

近两年，憨子的捕捞运气好，颇有要发达的势头。白脸时不时来家坐，憨子也很大气，还陪他喝几盅。

一日，憨子在海湾福庆屿捞个大收成，让婆娘去把白脸请来了，一起张罗往回运。船到浪急处，婆娘在船尾伸个懒腰，一不慎，摔进水中。

“救人，快救人呵！”白脸慌了，向憨子求援，自己却不动。

“扑通！”憨子丢下桨，扑下水，不见人头了。

费了九牛二虎之力，憨子总算把笨重的婆娘顶出水面。

白脸递过船桨，婆娘接住……终于抓住船帮了。

婆娘一回头，见憨子力气不支，在水中拼力挣扎，可还是沉下去，就喊：“快把桨递过去……”白脸却不动，伸手来接她。

憨子又冒出水面，婆娘喊：“快把桨递过去……”白脸愣愣的不动，她狠狠地凶了白脸一眼，骂道：“畜生！”

憨子终是沉下去了。

等到“屎桶”赶来捞起憨子，他已没气了。

婆娘抱住憨子，哭得死去活来。

白脸说：“莫伤心，要节哀……”婆娘抬起头，又骂：“你滚开，我哭我的……”

事后，婆娘特地在憨子的坟边，立下一块打眼的碑，上面写着：亡夫憨子之灵墓；落名是：妻率儿盘双喜立。

双喜的黄姓，改姓盘了。

金嗓子

亚照的嗓子是偶然被发现的。

那年三月三前夕，一个勘测队来大潭湾采风，让亚照摆渡去海湾内的福庆屿。时值午天，大伙神情都萎萎的。这时，一个声音轻柔地唱起来……

那是一支用海南方言唱的老歌，词儿已不怎么新鲜，调儿却很动人，大伙都浸在醉人的歌韵里。

“大点声唱。”一个戴白花眼镜的姑娘嚷，倏地，都注意到是摇船的亚照唱。刚唱罢，那白眼镜又催：“再来一回。”他又唱，便有了噼里啪啦的掌声。又唱罢，他便成了船上的贵客，只剩一支天然椰子汁让他喝了，多一盒日本威化饼赠归他了。

三月三那晚，组织者为他安排一个专题节目。

他唱得十分起劲，咬字清晰，如大珠小珠落玉盘，眼瞪瞪的村民仿佛头一遭见着他。他还跳了黎家竹竿舞，“嚓嚓”地跳，柔柔地唱。这样，“金嗓子”的名声就叫出了。

事后，大潭湾来了旅人过客或外来商贾，都去请他唱歌。不时游客颇多，气氛好一阵轰轰烈烈，村民的鲜虾、鱼带、嫩椰子就很好销。

再后，居然有个洋佬红毛鬼听他唱了又唱，叽叽咕咕嚷了一阵，导游翻译说是想请他到海口去专业唱。

村里人劝他不要去，他回说：“我不能把嗓子掷在大潭湾，到城里会走红的。”

半年过去，没有一丁儿他的消息。

年关，村主任犟哥去一趟海口，看到晚报上登亚照正在一家中外合资酒吧唱，便去找，居然找着了，嘱他三月三回去唱。

次年三月三，犟哥早把请亚照回来的事忘记。可亚照旧情在，仍是引着酒吧歌乐队回来了。

演出那晚，村里大凳小凳张罗了四五十张，坐了黑压压的一片。亚照亮相了，跳了一种摇摇滚滚、扭扭腰腰的舞，叫什么闪电霹雳舞，又唱了一曲什么“卡拉永远 OK”。

没演完，就有人起身回门了。

熬到罢场，也不见亚照唱海南方言歌，大伙都骂骂咧咧地走了。亚照追上犟哥，问：“怎么样？我有长进吧！”

犟哥盯着他没吱声，他又追问了一句。

犟哥半晌才说：“跳的唱的，一点也不像你……”

夜里，亚照躺在床上，半年来头一回哭了，哭得好伤心的。

次日，亚照没跟着歌乐队走，又摇起船，唱那词儿旧调儿动人的歌……

贩鱼档

老鳄爹是大潭湾为数不多的旱鸭子之一。

可旱鸭子有旱鸭子的活法。像老鳄爹就专靠贩海鲜，开个摊档，打发日子。

每到捕捞汛期，老鳄爹总是守在滩头边，等着返航的船靠岸了，他就奔上去一边探听收成，一边讨价还价，每每贩来卖去，纵然总不见红发起来，可时日也能偶尔开花，安稳度日。

前年，婆娘病去，老鳄爹精神一落西山，常常闹出病碎，贩鱼再也跑不动了。独生女亚秀一片孝心，丢下织网活计，安慰爹说：“爹也该歇歇了，我去贩鱼——”过后，真的去滩头贩回一趟鲜活的龙虾，卖了好价钱。

老鳄爹看着只是摇头，女人家不长生意心眼，不是做买卖的料子，但又拗不过亚秀。

一回，老鳄爹叫过亚秀：“你去贩鱼，要长秤砣心眼！”

亚秀不解，老鳄爹又说：“爹有两杆大小秤，你贩鱼用小秤大砣，砣子压得低些，能多贩些；卖鱼要大秤小砣，一斤可多卖几两。”亚秀点头，似乎悟到了真谛。一连三五日，贩来卖去比平日净赚不少。

一晃三秋过去，亚秀贩鱼竟也发起来了。撑起了一间咸淡店铺，取名“富海”店，卖贩来的海鲜，也卖闲时织下的渔网。

起初，亚秀去滩头贩鱼，同捞海者讨价，磨得嘴长茧，也只是三两户卖给他。连篓包筐也不过是几十斤。而今，亚秀只要在滩头一站，捞海者都蜂拥将所获卖给她，除篓去筐三两百斤。

起初，亚秀贩来的海鲜，只是村里来了远客，一时应急招待买了三两斤，还挑肥择瘦，嫌积压味儿有变。而今，涌向亚秀的店铺的却贵贱不分，除去应急招待匆匆旅人过客买，外来商贾城里商贩时不时来函来人洽谈订货，时时是当天贩回的鱼鲜，当天下晌消歇，鲜嫩嫩，水灵灵，绝无异味。

有人说，亚秀命好，赶上了天时地利人和，也有人说，亚秀凭借了市场经济发展的东风；有人说，亚秀长得秀气，倾倒了远离婆娘的捞海者；也有人说，亚秀花枝一朵，逗引彩蝶一般的买客……

然而，亚秀还是亚秀，风里来，雨里去，买卖做火了，招了海生为插门丈夫。

老鳄爹有女儿女婿孝敬，眼看着一桩桩、一件件的贩来卖出，满脸光彩。

一个海生出海的时光，老鳄爹独酌独醉，夸女儿：“还是你行呀，只可惜你娘见不着这年景了。这些年，你记住爹的话吧，买时小秤大砣，卖时大秤小砣……”

亚秀听着，脸一怔，连连摆手：“爹，错了，错了，我可把你的话记反了！”老鳄爹陡然酒醒了一半，愣着不敢相信。

沼火热

大潭湾的靠泊埠头，忽然来了一个城里的精壮后生，枝干为柱，椰叶为檐，搭起一间陋棚宿下来，挂起一块响亮的牌子：传授沼气家用法。

一时间，海湾附近几个小渔村都震动了，议论纷纷：

“我捞了半辈子的海，没见过茅坑能烧。”老辈人不可思议。“一听茅坑就恶心……脏，怎说还烧饭？”年轻的听了反胃。“那么精壮力气，一定是懒虫，怕打柴！”更多的人说，这年月，政策多变，骗钱的招数多，要谨防上当。

于是，后生家的沼气用法一文不值，倒是几个顽童缠着他，要他讲省城里的故事……

一天，青寡妇到滩头找小儿子，瞟了一眼后生，怯怯地问：“茅坑真能烧？”声音很小，脸却飞红了。其实，自听说有人来传授沼气家用法，她心里就痒开了：烧火不用柴，就省着去打，前些年男人出海遇难后，她当娘又当爹，苦撑着日子。

后生看着青寡妇清秀的脸蛋，说：“大嫂，你要学用沼气，我就先免费为你筑一个。”

次日一早，后生就为青寡妇选地、挖坑，不怕脏、不嫌臭，挑来了各类粪便、苦楝叶、桉树叶等，吃过午饭，又封密茅坑，安装管道，掏出自己带来的模型器具，忙乎到傍晚时分才歇手，说是三五天后就可试用了。

青寡妇好感激他，仿佛沼气已试用成功。她眉开眼笑，神采飞扬，去村小学小卖部打了一斤米酒，款待后生。

宴聚到三更才散。

后生不胜酒力，说："十天半月后，村子里知道了沼气的好处，我就不愁开工了。"青寡妇掏出二十元递给他。后生谦让不收，青寡妇就往他怀里塞……

不巧，这一切被偷窗的白脸看到了。白脸曾对青寡妇不怀好意，吃过青寡妇的尿泼，便想寻机出出气。

翌日，白脸就把偷窗的事风风火火地传扬开去，等到闲言碎语传入后生的耳朵里，已是有鼻子有眼。后生愤慨不过，收起行李，走了。

谣言浮动了半个月便平静下去。因为村人发现，青寡妇装了沼气灶，就不再打柴，顽童们进去一看，茅坑能烧火了。

于是，渔村的男女老少都去青寡妇家看，羡慕的眼光亮亮的，总盼望后生能再回来，就向青寡妇打听他的消息。

青寡妇也不知道后生的去向，只是摇头。打听的人又不免一阵叹气。

后生始终没有回来，村里人便按着青寡妇说的比手画脚地挖起地坑。

沼气家用法在小渔村里热了起来……

搁浅的滩涂

轻风扯开海面的雾纱，露见滩涂上那错落的石头，礁石间斑驳的泥沙透着凄凉。

海子老爹站在泥泞的滩涂边，就背着手，在游闲转悠。三伏烘天，空气阵阵闷闷的热浪。他把土布背心脱了，往脸上擦，又往鼻上嗅，"去你的。"他把背心摔在地上。

他爹临终前立有嘱言道，那片滩涂是块风水宝地。占卜先生还说滩涂地着实是一块稀世风水宝地，说不定地下藏有镇海黄金哩。他闭上双眼，仿佛滩涂边上的石头倏地变成了金子。他贪馋地用手去抓金子，甜滋滋地晃头微笑。

抓呀抓呀，一阵疼痛，他终于睁开了眼，石头划破了他的手指，血沁了出来，“去你的。”他把抓到的石头扔进水里……

“海子老爹，咱们就这么定了吧。”从城里来的人缠着对他说，要承包他那片祖宗滩涂，养海贝。钱，他可以得到百分之二十。来人已经不止一次到海边来恳求他了。

难道来人真的想要在滩涂地养殖海贝？海贝在深海珊瑚礁间夹缝生长，在这近海来养殖简直是天方夜谭！说不定是来敲杠我，意谋挖我滩涂地下的镇海金子？“去你的。”他又捡起一块石头说，“这石头没鸟用。”说完，扔下石头，拍拍屁股，捋着胡子，走出滩涂。

过了一个月，来人在海堤边的房间里又见了海子老爹。“海子老爹，你想通了吗？”来人还告诉他，承包后他可以得到百分之三十的钱。

“老弟，你别瞒我，你养殖是假，淘金是真，我可没那么傻！金子我一时挖不了，可沉在龙宫海地始终都是我的！”他正躺在炕上，微闭眼帘，慢条斯理地说。

“什么？地下有金？谁说的？我不相信。”来人摇头道。

“信不信由你，反正承包不行！祖宗的滩涂还在！”

“海子老爹，你呀，真是一根筋，死脑瓜！”来人着急地说，“养海贝，靠的是技术，只有利用滩涂才能有钱回报，有了钱方可换来金子，这点道理你还不懂？海子老爹，你别糊涂啦！”来人有些苦口婆心。

“海盗才听你胡吹的大道理。”海子老爹蓦地从炕上爬起，叉着腰，爱理不顾地盯着来人。尔后，背着双手，摆着蔑视不屑的样子。

来人不弃，重复说明缘由与道理，他下逐客令了。“去你的，老子不干！”

“呼！”的一声，摔门关了。来人只好扫兴离去。

三个月过去，有人告诉他，城里人已在别处承包了滩涂开始养殖海贝了。

海子老爹一次又一次地在祖宗的那片滩涂上转悠，开始盼着那个城里人能够再来，潮涨潮落，季节更替，他心里不由空荡荡的发慌，总是觉得失掉了什么……

指甲螺哲学

冬日的潭门港略显拥挤，海浪一波又一波涌上港口防护堤，堤坝外侧，便是浩瀚的大海，波涛汹涌澎湃，堤坝内侧，港内风平浪静，靠泊着数百艘待航的渔船。

码头边一条航道，把港口上的居民隔成两岸，一条小小的机动船穿梭于两岸，把这边的人运到那边，又把那边的人运到这边。张大秋对潭门并不陌生，这里有他眷恋的情愫，他一眼就能看出数百只渔船中哪是潭门的渔船，哪是外来停泊的渔船。

生活在这里的渔民，不知道渔港什么时间开始存在，只知道他们祖祖辈辈靠捕鱼为生，黄岩岛事件后，潭门港名扬中外。

张大秋独自坐在“赶海人”酒店靠窗的餐桌边，一手握着尖长的竹签，一手用拇指和食指捏着一只玲珑的指甲螺，咂着薄薄的嘴唇，越嘬越显得滋味无穷。

他今年不过五十岁出头，但像今天这样有滋有味地尽兴喝酒，还只是有限的几回。特别是这次来潭门港偏就赶上这样甜鲜醉人的指甲螺。

指甲螺，顾名思义，其外状就像手指甲般大，这只有万泉河乐城段的出海口处在繁衍生长，螺壳虽小，螺肉更微，却其味无穷，只要捞起生鲜，往翻滚的汤中过水捞起，其肉味甜鲜无比，他没想到，他为着一桩心事而来潭门港，事未办成，却遇上了指甲螺，让他咂舌吞唇。

两个白净斯文的青年男女在他身边左侧的餐桌也坐下了，男人戴着一眼墨镜，嘴唇上留了两撇八字胡须，头发很长，是电视里艺术家的妆式，女的穿着牛仔短裤，可上身穿得很少袒肩露背，一副娇艳样子。

男的管女的叫莎，说："莎莎，你看——"张大秋斜眼之处，见到男的指着自己的桌，说："我们也来一盘指甲螺，据说那螺小肉微，可是十足难得的鲜甜。"

莎莎马上透出腻色，说："亏你还想，那是乡下人吃的，光是指甲螺这名，就恶心，你想，乡下人指甲多黑多脏，也够恶心人，你还嘬嘬，嘬个鬼吧！"男的马上附和，论道而坐，准备另点其他海产货色。

张大秋先未十分留意，兴致十足地嘬着指甲螺，明明是螺壳里肉已吃出，却还使劲地吸着螺味。忽然，他觉得有些不对劲了，乍一偏头撞见四支鄙夷的目光在他面前的被一扫而光的指甲螺的盘子里游动。人家在寒碜他呢。他一下子失去了兴致，褐色的脸上有些麻辣的感觉。他开始后悔不该贪吃指甲螺，一个人独吃一大盘，真是花钱买罪受。一赌气，搁上竹签，回头向收银台张望，准备买单走人。

这时，在张大秋的右侧的餐桌边坐下了两个高鼻子金头发说话叽里咕噜的外国人，张大秋看见店伙计过来了又走开了，好奇心促使他看看外国佬点了何种品位的菜肴。

少顷，店伙计端盘上来了。嗬哈，盘子里居然也是满满的指甲螺，那高鼻子也像他刚才一样与他的同伴金头发津津乐道，嘬起指甲螺有滋有味。这回，张大秋有意识地扭头看看那对青年男女有何反应，却不料，那个叫莎的女人，用葱白的手指指着高鼻子金头发的盘子，小声说："我们——也来——要那个——"

不一会儿，张大秋在用牙签剔牙缝里的螺肉时，青年男女也像他及高鼻子金头发一样，伸出拇指食指捏起指甲螺啃嘬起来。

出了酒店，张大秋舒了一口气，顺着宽敞油亮的柏油路慢慢向港口前行，笔直挺立的街灯仿佛是一根根伟岸的桅杆，又像迎接宾客的仪仗队，排列整齐有序，显现出潭门人的热情好客，两旁的居民楼房，挂着船舵、救生圈、船桨……独具匠心的建筑设计显示艺术与生活的完美结合，将这千年渔镇仿佛一夜之间蜕变为独具特色的风情。

他在街上踟蹰而行，看着街旁不知什么时候开起许多工艺品店铺，他从网上知道那里既有贝壳风铃，漂亮的海螺，也可以找到海底的铁树，不少商家还可能见到唐宋时期的瓷器及珍贵的砗磲艺雕等。忽然他打了一个响指，几乎跳将起来，觉得有一个多年没有弄懂却简单不过的道理，在这次啃指甲螺上彻底明白了。对了，自己认定的东西就没必要计较别人的评说。今天要不是高鼻子金头发也来酒店啃嘬指甲螺，他简直这辈子要悔青了肠子。

"好！"他这次来潭门，本来是去探望草塘村守寡的郑二嫂的。郑二嫂因男人出海打鱼，守寡近五年，而他的女人因病也走了三年多，而有人有意撮合他俩，可郑二嫂却说，潭门守寡的女人多，却不见哪个去改嫁的。这时候，张大秋忽然有了一种无法诉说的情感冲溢在胸怀，心里黯念道：不管怎么样，他一定说服郑二嫂，不能让她独自一个人过着凄苦的日子……

哦，流星雨

流星雨到来之前，媒体就已经炒得很火，称是百年以来最美丽壮观的一次流星雨，并且称那天的夜里九点十分左右，博鳌的玉带滩将是观看流星雨的最佳地点。这条消息连我远在千里之外的两个妹妹都被迷住了，打来电话说，一定要赶过来和我一起去看世纪流星雨。

盼望中的佳期终于如期而至。日暮时分，我们赶到了博鳌玉带滩。玉带滩只是一条狭长的沙滩，内是三江汇流之处，风平浪静，外是滔滔南海，风高浪急。平日里夜间是停渡的，可那天却热闹得像集市，到处都是特地赶来看流星雨的人，他们在兴奋地抢占最佳观看流星雨的营盘。我们兄妹好容易才寻觅到了一处较为平坦的沙地驻扎下来。

夜幕终于降临了，我们兄妹在沙地上摆开了食品饮料，一边吃喝，一边等待着流星雨的到来，虽然明知道流星雨的到来还有一个多小时，但还是忍不住时时仰望天空，生怕流星雨瞬间的不期而至。一分一秒都是在兴奋的期待中度过的，好容易盼到了九点，我们的兴奋都已到了饱和点，虽然伸长的脖子此刻都已仰望得酸疼酸疼，但此刻谁也不敢再把头低下歇息片刻，都以最顽强的意志目不转睛地仰望着天空。可九点十五分过去了，天空还是没有出现流星雨，九点二十九分又过去了，天空仍没有出现流星雨，我那娇媚的小妹再也不愿无谓地高昂着那颗骄傲的头颅了，说："哥哥，你那高昂的头是久经考验的，你继续坚持吧，我可实在受不了，该垂下歇歇了！不过，一旦流星雨开始飘第一滴，你就要迅速地拍一下我的肩，我会以最快的速度抬起来！"

我作为兄长只有苦苦支撑了。也许是这天的老天爷有意跟我们开玩笑，天空不时飞过一层层的云，难道流星雨已经悄悄下过了？是被云彩挡住了我们的视线？我们一遍遍地问老天。时间已经滑到十点多了，周围看流星雨的人开始说着怪话、风凉话，也开始移动着失望的脚步，一串失望的脚步牵动着另一串失望的脚步，不到半个小时，玉带滩上的人群已消失得无影无踪。我瘦弱的二妹妹再也沉不住气了，嚷着不要再当傻瓜白痴了，要识时务随大流赶紧撤。我自然不会轻易打退堂鼓，说："再坚持半个小时。凭我的生活经验，美好的事物总是会在你将失望时蓦然而至的。再说三妹从那么远专程赶回来看流星雨，要是错过了，岂不是遗憾终生！"

在我的一再坚持下，我的两个妹妹才勉强同意坚持到十一点，流星雨如再不来，我们就只好大步流星返程。不过考虑到每个人的脖子都已仰望酸疼之苦，我也采取了一项紧急措施：我们兄妹轮流由一人拿望远镜巡视天空，别的则低头休整，十分钟一轮换。

到十一点还差十分时，轮到我最后一次值勤了，我一边举起望远镜，一边在心里祈祷：美丽的流星雨啊！你快快降临吧！让我那千里之外赶赴而来的妹妹留下美丽的回忆吧！让我那活泼的小妹领略希望总是会盼来美丽的人生真谛吧！

天呀！我的祈祷灵验了！蓦地我看见了天边一闪一闪，我定眼一看，无数颗美丽的流星正一闪一闪地划过。"哈哈！流星雨！流星雨！我看见了！我看见了！"我喜不自抑大叫起来。

小妹像一个猛地打气的皮球顿时从地上跳了起来，一把从我手中抢过望远镜朝我手指的方向看去，她只看了一眼就兴奋地叫了起来："哎呀！真是流星雨！一闪一闪的！好看！"我一把从她手中抢过望远镜道："不要一人独享，让你二姐看看。"我把望远镜递给二妹，她一边看一边喃喃地说："真是美丽的流星雨！真是不虚此行啊！"她匆匆看了一会儿，又赶紧将望远镜递给三妹。我看着妹妹们兴奋激动的样子，得意地说："那些走了的人真是目光短浅的蠢蛋，明天他们该捶胸顿足后悔一辈子了！"

正在我们兄妹沉浸在万分激动和兴奋之时，一束光柱向我们扫来。原来是一个手持加长手电筒巡查治安的保安。他走到我们跟前，问："你们还没走？看到流星雨了吗？"

"看到了！看到了！刚才才来的！我们要是沉不住气，早走十分钟，也就看不到了！"我兴奋地嚷道。

"在哪里？我也看看！"保安惊喜道。

"在那边！"

保安朝我手指的方向习惯地用手电筒照了照，我蓦地一下惊呆了，手电光所照之处，五十米开外的地方有一根灯柱，那上面的灯泡罩缺了半边，灯泡的光在豁豁牙牙的灯罩的反射下，加上周围被风吹动的一闪一闪的树枝，就成了我们所激动所兴奋的美丽的流星雨。

我随即笑开了："哈哈！原来美丽的流星雨是这样形成的啊！"

当妹妹们终于弄清我疯笑的原因后，也都朗朗地笑开了。

我们兄妹来了又走了，不走的是玉带滩以及留在岁月里的永远的流星雨。

渔家来客

天刚早，福婶就在庭院里忙活了。她把堆在院墙脚散乱着的渔网、浮球、船绳一一整理齐整，将横七竖八躺在地上的鱼叉、竹篓和一些空酒瓶和破陶罐收拾归位，接下来把院子的角落旮旯涂扫得洁洁净净。这时候，东边的海平线浮起了一抹鱼肚白，海天连接处便一丝一缕地亮起来，渔村渐渐地有了一点声音响动，昨夜退下去的潮汐扑上了岸，鸥鸟不知从哪里闹腾开来，伴着声声啼鸣，远远近近掩映在椰林深处的渔家便飘起袅袅的炊烟。

男人兴旺也起来了，先刮过了胡须，腮边却留有一片青蓝；然后蹲在门槛上点一支烟，狠狠抽了几口，便起身找出一把磨亮的刀，到院外去。只见他两扑三楞爬上椰树去，啪啦啪啦甩下十来个椰子果。这椰子正当季，椰水津甜呢。院外吵吵嚷嚷走过同村人，肩挑着两篓海产鲜，看架势是到墟场上去卖。看见兴旺摘椰子，浓亮的嗓门喊起来："天刚早，就这么勤快呀！"被问的是兴旺，福婶却在院子里答："城里的老朋友要来呢。"

城里的老朋友其实是一门表亲，是福婶海那边的娘家人，早年来海岛西沙永兴岛守过礁，同兴旺出海捕捞时认识，结成一对忘年交。表亲退伍转业后，已不来往多年了。昨天下晌，表亲把电话打到村主任家里，让村主任转告说，今天要过来坐询叙旧，大人小孩五六人吧。表亲要来自然让福婶喜欢，还说，难怪这阵子灶膛里火好旺，还真灵验是远客表亲要来呀。吃过晚饭，福婶还围在桌边议论怎样接待好表亲，因表亲一再交代要吃渔家菜，当然是靠山图猎，靠海吃鱼。外面的昂贵菜肴千万别买。一句话，有什么吃什么。至于鱼干海鲜怎样烧都议论了一番，夜深了才睡去。

炙热的太阳差不多挂到当顶的时候，一黑一蓝两辆光亮的轿车沿着海岸刚修建的水泥路开来，响了几声喇叭，便稳稳停在福婶家院外的空地上。车上下来了几个大人和小孩，都穿得光水新鲜的。福婶笑容可掬迎出来，兴旺蹒跚挪不开步；那条大黄狗却不甘落后，晃着尾巴，把长长的舌头往来人的腿脚上舔，弄得城里的小孩哇哇惊叫。

院里一下子热闹起来。端凳让座，拿水倒茶，派发香烟，寒暄问询。兴旺劈了几个椰子，说:“要在午前喝，要不水会变了。”孩子们却不拘生，同闻声而来的孩子玩在一块，城里的孩子掏出玩具教渔家的孩子玩，渔村孩子则在院外椰树上蹿上跳下，表演滑稽动作。灶膛里火烧起来，福婶一把锅铲舞蹈着，咣啷几声，稍一片刻，一盘香喷喷的南瓜籽便端在客人围坐的茶凳上。

表亲喝过椰水，移步到院外，看着岸边扑过来的波涛，潮起潮落，望着海面上漂泊远去的白帆，不由感慨海边的起居生态，羡慕渔村宁静的生活，对着兴旺说:“我在永兴岛守礁时，就渴望能在海边安个家。能否这里给我留块地，日后我迁过来造间屋，搬到这里过晚年。”同行的人也附和着:“是啊是啊，这个想法好。”兴旺抽着烟，罩在雾气里，嘴里应承着，忽地记起在西沙捕捞时因台风搁在岛上，一时救援供给不上，而烟瘾大发，而表亲提供平日收集他的烟屁股，他照抽不误，还飘然如神仙。此时搭上课题，不由哈哈大笑。

福婶在伙房忙碌着，却不时将目光瞟向院外，生怕表亲与兴旺话题不搭，便大声召唤儿子春狗，让他带城里孩子去海边玩，到那里的礁石缝掏蟹、捞虾、捡卵石。正好这时村主任蹭过来了，讨到烟抽，话一多，他带表亲去看渔村刚建起的冰冻库。冰库建起来后，渔村从海上捕捞海产品就不再怕腐臭。海鲜搁进冰库就好比产品还在鲜活地生长。

等到表亲略带疲惫从冰库回来，孩子们在海边玩湿了衣服，也进了院门。这时锅盆里冒腾的烧炖清香和墙边炭火烧烤螺贝的鲜气，简直让人唾液潜流，食欲顿生。福婶从伙房出来，拍打着围巾，喊了声：围上吧，开饭了！

按照表亲要求，餐桌上的菜肴都是自家种养的，烧法也按福婶惯用的土法烧制，有：白切嘉积鸭，蒜茸蒸龙虾，红焖龙胆斑，笋干炒虾米，姜煮石头蟹，炒煨小黄瓜，海螺冬瓜汤。酒是三椰春酒，是过年时候福婶兴旺买的，广告上那个女的矫情说过，三椰春酒好，他好我也好。饭是大柴火烧的铁锅饭，结了一层厚厚喷香的锅巴。总之，一顿饭吃得皆大欢喜，大人面红耳赤，小孩嘴油肚圆。

黄昏降临，太阳往西边斜去，夜幕渐渐落下来。表亲坚辞福婶留住一宿的恳求，说今天大大小小已快活够了，见好就收，留待下回吧。我还说要在这里造房，住个晚年。福婶叹了口气，说海边留不住城里亲呀，但也不再挽留，转个屁股就爬到房顶上，拎下白天翻晒的鱿鱼虾米，鼓囊一大包硬往表亲车里塞，表亲客客气气却不见拒绝。

白色的车灯刺破渔村夜的黑幕，远远近近的狗狂吠起来，伴随车的远去。

渔村恢复了平静。福婶仍旧在忙，她把院里院外一整天丢来抛去的垃圾收拢起来，倒在院外的垃圾池里。兴旺蹲在门槛边抽着表亲留赠的香烟，烟雾飘然，被呛得咳嗽了一阵，脸上却漾出缕缕快意。他记着年前对门的吴强家来过一辆城里的拖货的皮卡车，村主任过来凑手打了一局麻将，输赢却写在脸上，吴强还神气了一个月哩。

这表亲下次还来呢，该不会让人等得太久吧。兴旺心里这么想。

老埠口的笑声

老船长永强公久病初愈，就想到大潭湾的老埠口去。

老埠口是旧时大潭湾捕海晚归靠泊的埠口。时过境迁，水位退了，够不了泊船，便成了平日附近几个渔村闲聊的好去处。

往日，只要永强公去了，总会有人问询、让座、递烟，得到充分的敬重，他俨然大潭湾渔民的骄傲。他刚学会走路懂事时，就洗海水澡，六岁的孩子就会钓“甘龙”（小鱼）；八岁时学潜水捕鱼；十岁时出近海；到十三岁了，便和大人出远海，闯南沙。他长期在南海闯荡，有着过人的绝活智慧，他爬上桅杆，可以看见十五海里以外的灯塔，五十海里以外的礁盘。可以根据岛礁在天空的云朵中映出的明暗程度来判断岛礁方位。他对于气象的判断，积累了毕生的经验。他自编的海谚在渔村间有口皆碑：“夜间星星一闪闪，不是台风就是雨”，“要想知道明日天，太阳下海看红云”，渔民们能根据天象变化预测台风。“再大的浪，都从潭门渔民的船下过！”成为潭门渔民中广为流传的一句话。

永强公踽踽而行，老远就向老埠口头望去，隐约可见十二个内地游客坐在那，咸腥的海风，把人的笑声飘洒过来……

原来，是旱鸭子的倒插门女婿海生挑起趣闻。他这辈子没出过远海，却成为海洋旅游的导游。怎么，随国家海洋队赴国外考察回来了？

海生说：“我们潭门的渔民为什么会成为海里的一个特殊群体？专家论证因为潭门特殊的地理位置，使潭门渔民适应于潜水捕捞的作业方式，这在全国的渔民中是独一无二的。从潭门港到龙湾港那段海岸线，海底缓慢向海里延伸，在距岸五公里左右的海底，有突起的珊瑚礁群，巨大的珊瑚礁群把海浪都挡在外面。这样的海底环境，恰恰是游泳潜水的天然训练场，而潭门渔民的善游善潜也正是从这里开始。而南沙海域的一些礁盘，礁群的海底环境和我们潭门又十分相似，潭门渔民在海岸练就的善潜本领在南沙得到了出色的发挥。前段日子看电视，说是世界潜水吉尼斯记都可以破这个记录了。”围坐的人兴致很高地逗笑着。

永强公走近了，轻咳了一声，以示自己到来，却没人理他，都在为海生说的话，笑得捧腹，笑得忘我，笑得淹没了船长永强公。

永强公悻悻地凑坐一旁，脸色苍白。

好一刻，海生才停下来，掏出一盒精装的香烟，长过滤嘴的，散递每人一根，以往有人敬烟给永强公，总是帮点燃，可海生一甩过来，就过去了。

海生继续说："潭门港有出远海潜水捕捞海珍品的特殊作业方式，这传统自宋元时期一路传承下来，但在今天遇到了困难，珊瑚礁被定为保护区，捕捞的海珍品被定为保护动物。在《濒危野生动植物种国际贸易公约》中，砗磲被列在了公约后的附录Ⅱ中，即二级保护动物。这项公约的签订，被誉为人类环境史上的里程碑。按照国家规定，它们应被重点保护，不仅捕捞砗磲属于非法行为，贩卖砗磲工艺品也属非法。也许有人会问，捕捞活的砗磲违法，那么捕捞死的呢？专家指出即使是捕捞死的，仍然会对珊瑚礁的生长环境造成破坏。砗磲贝的生长速度显然不能满足世人贪婪的巨大需求，相比祖先，今天潭门镇人的作业方式的确不可持续。"

永强公听罢，愤然按过话题，说："在帆船时代，每年的东北季风把我们潭门镇的渔民送到那些珊瑚礁岛群中。三个月后，当西南季风吹起时，我们才张帆。一年仅有两个往返航程，仅有一个生产季节。我们祖辈的捕捞与海洋的生产力是平衡的，没曾对海洋生态造成威胁。"

"其实，专家早就指出，潭门镇渔民的使命已经完成。他们和祖先已经用独特的捕捞方式，用在海上九死一生的冒险，把远在千里之外的西沙、中沙、南沙与中国连接起来。还有什么人，哪个镇，能把千里之外的几大珊瑚群岛拉回祖国怀抱？他们也用一条条记在心里、记在《更路簿》上的航线，把西沙、中沙、南沙的一座座珊瑚礁与中国连接起来，这一条条航线是潭门镇渔民用命连接起来的。但是今天不同了，大吨位的船舶，先进的捕捞工具，精确的定位系统，它们已经威胁到珊瑚礁生态系统的平衡。而潭门镇渔民赖以为生的海参、鲍鱼、砗磲、各种贝类，也越来越少，传统的生产方式已经不可能延续。”早鸭子海生面对永强公忽然显得语重心长。

游客中忽然有人站起来，疑虑地说：“那么潭门渔民的未来何去何从呢？”

海生咧嘴笑了：“这个问题提得好。这次，我到了中科院南海海洋研究所访问，专家黄晖让我看到了潭门镇的未来。黄晖是一位杰出的珊瑚生态专家，她的办公室门口放着一个水族箱，里边有人工繁育的珊瑚。意外的是，我在里边看到了一只砗磲贝，贝壳外的紫色外膜套在水中轻轻晃动，非常漂亮。她的课题组已经解决鹿角珊瑚的繁育再生技术，并在西沙群岛成功试验。”

永强公打断海生的话，问她：“砗磲能人工养殖吗？”

海生说：“黄晖告诉我，虽然现在还没有养殖，但是应该可以。我们既然能够攻克珊瑚的繁殖发育难题，也可以解决砗磲贝的人工养殖问题。砗磲是热带海洋中常见的一种贝类，它的生存条件就不会比珊瑚复杂。”

“像这样一只砗磲要生长多少年？”游客异口同声发问了。

“专家研究认为，也就几年吧。既然砗磲贝可以人工养殖，那么，以砗磲为主要产业的潭门人，这不就有辉煌的未来了？！”

永强公插不上话，又不愿同大伙一同捧笑，便将约有一寸的烟蒂掷掉，踽踽离去，竟没人留他，倒是海生眼尖，招呼了声：“老船长，有空就到家里去坐询啊……”

永强公很懊丧，像失去了什么，他想着：“如今在老埠口是谁的辈分最高呢？是海生？是自己？”他弄不清了，那群外地游客怎么就听一个旱鸭子胡诌？他不由回眸向老埠口望去，海风又把海生爽朗的笑声飘洒过来，远扬开去……

第五辑：飘忽的雨季

霜降时节

霜降还未过完，寒风就早早地来了，吹在四英岭下人家的心上。

事出有因：一年前当兵去的亚荣在一次拉练中不幸殉职，才过去一月，而他生前的订婚人秋妹的身子却有孕三个月了。

四英岭下人家在久远的岁月里，历来以拥军优属著称。沿袭下来的一条古老而固执的规矩，在方圆千百户人家中很有口碑：当兵人家受到想当然的礼待——可在岭下人家中挑一名称心的女子订婚，被订婚的女子贞心相守，等待当兵的退伍完婚。

秋妹的小腹日甚一日圆鼓起来，是哪个壮了豹子胆，偷吃禁果？

每天，太阳总是缓缓地起，又迟迟地落，夜好长好黑，恹恹的日子里仿佛有什么灾祸来临……

前日，部队来人了，每家都抽人去问话。问话的内容是：亚荣是否回过村？亚荣当兵未曾探过家，可在清理他的遗物时，发现了疑点。有人还说，部队在镇上拉练时，他一夜未归，村人都矢口否认亚荣回过村。但秋妹隆起的小腹，却成了他私溜回村的最大嫌疑，这关系亚荣能否追认为烈士的事，秋妹也没说，被问得急了就凄惶地哭……

其实，只有亚川知道她腹中的情种是亚荣种的。

那是三月前的一个镇圩日，他碰上拉练路过的亚荣，亚荣没有回村，却嘱亚川让秋妹到镇上见面。亚川也一直爱着秋妹，打懂事起就倾心于她，怎奈一条不可抗拒的规矩，她成了亚荣的订婚人。他就把她当妹子待，可又总不能欺骗自己对她的一往情深。秋妹在镇上会亚荣的那晚，他站在一个角落里，盯着他们相会的客栈窗户的灯光一灭，泪水就涌出了他的眼眶。

亚荣的噩讯传来，秋妹整天精神萎靡的，脸孔瘦削，眼上黑了一圈。他看在眼里，痛在心。部队来人问话，他想得更多更远，他决计了，他要帮她，他径直找秋妹去：

“秋妹，你要有勇气……你不嫌弃，我们就苟合过。”

“可我不是从前的我……”秋妹脸上苦苦。

“我知道，什么都知道，我们都要对得住亚荣，我要证明亚荣是清白的。”

“怎么说呀，你千万不要说亚荣让你找我，就好。”

“不，我要说，你的身子我有责任。”

“那会连累你的，你不要说，什么也不要说。”

“不，我要说，我要说……”他甩开她，就找部队来人去。

部队来人一走，村主任就勃然大怒，亚荣家人到县上告亚川破坏军婚。

县上很快就有了回音，说订婚不受法律保护。于是，亚川就明媒正娶了秋妹。成亲那天，上门拜贺的人寥落，全没往日四英岭下人家婚娶的风光。

一时间，亚川成了四英岭下人家的大逆不道，于是，骂声四起：好端端沿袭下来的一条老规矩硬是给他败坏了……

这事让四英岭下人家心寒了些许日子，唯一让人宽慰的是，能保全亚荣的名节。

霜降过后，部队就差人给亚荣家送来了金灿灿的烈士证书……

飘忽雨季

夏日的午后，天空说变就变，刚才西天只是起了一层云，渐渐地丝丝缕缕，后来又连成了片，风一吹，很快就罩满了天空，四英岭下人家的黄昏很快就要降临了。

用了一个下晌，菊英嫂才从圩场挑着碾米回到村外的田野上，当她听到“雨来啦——”的喊声时，就看到许多人往村庄跑，她不由也加紧了脚步。

快要进门的时候，她换转了一下肩膀，抬手扰了一下散乱的刘海，额头汗津津的像被水打湿了一样。她匆匆进门，放下米担，从门后扯下一件半旧的雨衣，披在身上，又跑出门去。屋内甩出一个声音：“小心累坏了身子，你又往哪去？”声音很枯瘦，没一丁点儿精神。

“这雨不知要下多久，我得赶到园上冲，给瓜地开沟排水。”她头也不回，转身上了村道。她觉得天空压得很低，村边那条蜿蜒的溪面，仿佛浮起一团雾气，雨点很快就撒下来了。

那片西瓜地是她新开垦的园地，品种是新引进的无籽瓜……今春开来，雨水多，蹲点扶贫的早就提醒，雨天要多给地头开沟放水，否则会影响瓜的品质，弄不好，可能是光长叶不结果。想治好丈夫卧床的腿病，还要指望卖瓜的钱呢，医生说，再也不能拖了，再拖就残废了。

她紧跑慢跑，雨幕就拉扯着罩过来，先是四野白茫茫一片，接着雨珠滴滴答答地就打在雨衣上，路上的尘土来不及喘气就被雨水压下去了。潇潇夏雨从远天翩翩飞来，织成一张厚厚的雨帘，笼罩着远远近近的村庄和庄稼。

她裹着雨衣，脚步在路上交驳地向前冲。

她又想起丈夫的两腿，那是去年冬天，他跑外乡去拉石盖房，不慎被塌方压伤，感染糜烂，医治无效，开始还可以勉强走动，就不怎么在乎，后来就开始疼，接着就需要拄拐，再后来就躺在床上起不来了，这一躺就是三个月。家里的活计就她一个揽，田园耕地就她一个弄，她发誓要把丈夫的腿治好，尽管她不满意这门婚事。为了父母传宗接代的苦心，为了换得弟弟成家，娘订了这门亲，接了人家五千元彩礼。她咬咬牙，嫁了过来。山里的女人就这命，她认了。

然而，她心里知道还有一双像星月般的眼睛始终注视着她，想躲，躲不掉，避，也避不开。那也是在一场夏季的黄昏雨中，她放牛的时候，到溪边去扯猪草，四野很静，只有雨点落在溪面上溅起水花的声音，她只顾冲着溪边的绿草伸手……发觉落入水中时，才失魂地喊："救命——"后来，她朦胧中睁开眼时，发现自己已经靠在一扇宽厚的胸脯上。她连忙站起来，只记得那个人有一双清亮的眼睛，就慌张地离开了。这后来就变成了留在她心头的一桩憾事，她常常自己一个人到她曾经扯猪草的溪边去，可是却再也没见到他的身影，那绵绵如丝的黄昏雨就成了她至死犹存的记忆。

五千元的彩礼就这样决定了她后半辈子的路。娘给她提亲的时候，她想起那一双清亮的眼睛，尽管，她早打听到他家里穷，但还是托人去找他，但他却没给她一丁点儿回音。她记得，成亲那天，他来了，夹在闹房的人群中，两眼湿湿的，不敢和她对视。后来，他就出远门打工去了，让人带话给她，说他知道她喜欢他，但他家穷，拿不出彩礼，现在允许农民进城打工了，他要出去挣钱，挣一大笔彩礼钱，想办法把她娶到自己身边。尽管她结婚了，但他知道她跟丈夫没感情，他有把握把她夺回来。

她多了一副牵挂的心。

想到这里，她的脚步乱了，心也晃荡起来。远远的，她看见自己的瓜园里有个披着雨衣的身影，他挥动锄头，正在给瓜园垦沟排水，她陡然感到一阵温暖。

她的心定了定，奔上去，仰头看着他："你……"雨水撒在她的脸上，衣襟里一阵透凉，"你怎么来了？"接过他的锄头，等待他的话。

"我出门打工，挣了钱，把五千元彩礼还给他，你就是我的人了。"

她几乎怔住了，风吹，雨落，打湿了她的衣襟，她眼里又晃动着丈夫枯瘦的脸孔和两条病痛的腿，她知道他爱她，但丈夫离不开她，"他的腿……"后面的话被雨声淹没了。

"等给他治好了腿，我就找他去说。"男的拦住她挥动的手。

她推开了，低下头，不再看他灼亮的眼睛，说："你，你还是走吧，我……有他。"语气坚定得没有一点回旋的余地，说罢，又奔到瓜地另一头，挥动锄头。

飘忽的雨幕，更浓了；暮色，一片苍茫。

失语的村庄

天才蒙蒙亮，老黄便起身打点行装，透过窗户，依稀可见小村高矮错落的瓦房升起的袅袅的炊烟，疲惫的脸孔不由掠过一缕悲哀，他感受到一阵迷惘、屈辱和压抑……

两个月前，他作为县农业合作银行的信贷员，被抽调来到四英岭下小村蹲点扶贫。

他的目光盯住了村后一片弃荒而又不可多得的红碱土地。年上，他看到一家科技杂志刊载红碱土地培植西洋香菇获高产的经验，其时他去函联系购买了少许菌种，意想谋求推广。

他不会忘记他发动大伙培植西洋香菇的那个夜晚。

低矮剥落的村部小屋，人声嚷嚷，挤着村中的父老兄弟姊妹。

村主任姓李，睨着眼，干咳两声，说："老黄是镇上营业所的，从科技兴农着眼，有心让大家脱贫致富，大家欢迎！"小屋里，响起了噼里啪啦的掌声。

他咧口一笑，从一只衣袋里掏出一把菌种，说："这是几斤西洋香菇菌种，一月余一个种植周期，希望大家都种上，五元一斤，不过现在不收钱，等收获后再从菇菜款中扣……"

"那样金贵的西洋香菇，恐怕我们侍养不活。"有人顾虑说。

"种植技术，由我负责，种不活的不收钱，不过有个条件，菇菜收获了，一定卖给我，每公斤十元。"

"哟，每公斤十元。"屋里人吵嚷起来。

"老黄，真能那样，你算是为大伙办了件积德事！"

"只怕嘴说不算，等种出菇菜，你不收，一拍屁股走了，怎么办？"

他手一挥，说："大家不要担心，种了菇菜，我哪有不收之理，告诉大家，菇菜收后还要经过加工、消毒……最后出口外销。为了慎重，我们还是订个合同吧。到时，我还怕你们不卖给我呢！"

“不卖给你卖给谁？我们不懂得消毒，如何脱手？”村主任抢过话，笑开了怀，“你放心，有我在，菇菜一定能卖给你，不过履行手续，订下合同也好！”

之后，他从县农业合作银行贷款一万元，亲自跑了一趟省城，买回了八百斤菌种。他跑东家、走西舍、去南院，订合同、核亩数、指导播种、点粪、浇水、遮阳、开光……

月把一过，红碱土地长出了白花花的香菇菜，映照在一张张喜悦的脸上。

收获季节到了，他估算了一下全村的菇菜收成，又跑了趟县农业合作银行，贷款十万元用来收购菇菜。

他刚回小村，就踏进村主任的家，说：“村主任，你没白忙。你种香菇收成有四百公斤，可赚四千元呀。”

村主任却眨了眨眼，说：“老黄，把这香菇每公斤十元卖给你，你转卖给别人每公斤多少元？”

“村主任，不瞒你说，我同别人订了合同，每公斤卖十二元！”

“十二元？一公斤赚两元，全村约有万余公斤，你就赚了两万多元，好轻松呀。”村主任打着哈哈说。

“没有这么多，村主任你也知道，我收了香菇，还要同别人联营过滤、消毒，除去贷款本息、过滤成本、运杂费……能有三两千元就不错了。”

“老黄，不是我作难你。我同大伙说了，香菇菜，我们自己联系自己卖，卖了后，菌种钱，我们给，待到你蹲点走时，我们再好好聚一餐……”村主任盯着他像一个陌路人。

“村主任，你怎能这样？我们是订了合同的呀！”

“订了合同有屁用，你上告，也没有人理。”村主任嗓门提上来，没有半点商量的余地。

老黄知道拗不过村主任，他跑东家，他走西舍，他去南院……

他没有想到，大伙唯唯诺诺，都是同样的回答。

转眼，香菇菜收获完了，村主任派人外出联系，销路一直没有着落。

等到有一天，村主任像个泄了气的皮球，找上门来。老黄跑去一看，愣住了：原先白花花的西洋香菇变质、长霉、褪色了，失去了消毒的效应，他顿感一阵悲哀。

一万余公斤的西洋香菇报废了，菌种的钱自然也收不上。他赔去了一万元贷款本息不算，没有想到，竟有人怨起他领着大伙蛮干了一番，毫无结果。

昨天，镇政府来人，找他谈话，语重心长地说，农民脱贫致富不能急于求成，更不能蛮干，一下子就想富起来……末了，调整他到别个村庄去。

天，渐渐地亮了。他拎起了行李，走出门去。

门外，拥站了一帮憨厚朴实的农民，呼地围了上来，嘘寒问暖，他们仿佛欠了什么重债，负疚、惭愧、不安……

他的心头一热，大步流星，离开了小村……

缘生缘散

他俩钟情相爱是从椰花溪边开始的。

椰花溪是四英岭下南渡江的一条支流。沿溪岸边，长着茂密旺盛的芦草，远看去齐刷刷的一派灿然风光，也便成了他俩约会的天然蔽障。

他是沿溪东村精壮强悍的汉子，叫大宝；她是隔溪对岸清秀可人的姑娘，名二姑。

每隔三两夜，他和她就相约到椰花溪边，在密密的芦草丛中会面。路上暮归的行人望不到他俩的踪迹，只有清清的溪水听着他俩的娇嗔骂俏……

一夜，他忘情地抱着她，说："我被抽去蹲点，到春节才回来。"她听罢，像生怕失去了什么，抱紧他，柔柔的身子轻轻地抖。

忽然，他周身的血在涌起，摸上她的裤带，她拼力挣扎："你不要鲁莽，只许你……"

"不，就不！"他狂狂地亲她吻她。她酸酸说："人家身子不净，等你回来，我还是你的人……"说得泪水渗了出来，滴淌在青青的芦草上。

他离她而去。可熬近年关回来那天，却是她为瘸脚的兄长换亲出嫁的日子，他眼睁睁看着傻傻憨笑的新郎官，带着嘤嘤悲哭的二姑上路，步子乱乱的……

他还是到椰花溪边去。

沿溪岸边的芦草，经人砍割，风雨揉搓，但还是拔茎长叶，充满生机，一连许多日，他的身边总是灌满着她曾经许诺的声音：等你回来，我还是你的人，你的人，你的人……

她回门的那天，他在溪边的芦草丛里遇见了她，半年不见，她长得更丰腴了，凸凹得有模有样，显得秀气可人，但她不再属于他……

"我对不住你。"话一出口，她的眼眶就湿红了，"我说过，等你回来，我还是你的人，可我等不到……我哥他……"她红着脸低下头，解开衣襟，露出太阳晒不到的地方，好花白的一片晃眼，她羞涩地说："来，我把身子给你，我虽过了门，但身子还是清白的……"鼻子一酸，眼里漾出了亮亮的泪珠。

他意识到什么，忙抓住她的双手：“不！不！我不怪你，是你我没有缘分，你也有你的难处，你已经是他的人了，你我都不能对不住他，只要他对你好，我也就心安了！”说罢，他猝然甩下她，跨步走了。

次年，他娶了一个无儿无女的寡妇。第二年生下一个男儿，取名春生。

秋去春来，溪边的芦草枯了又长，长了又枯，转眼，春生已到了着紧婚事的年岁，可他先天白内障眼病，长舌的媒婆踩断了许多户人家的门槛，人家不是东辞西推，就是出口好一大把彩礼，当父亲的他愁白了头发，搁上沉沉的心事。

再后，他听说，二姑生下了三个秀气的儿女，个个出落得像溪边探头的芦苇，鲜嫩水灵。他有心托媒提亲，可总是踏不下心来。

春天，镇上来人收购干草，溪边的芦草能卖钱，被人砍割了一垛又一垛，他要用钱，也加入了割草的行列……

一个黄昏时分，椰花溪边晚霞如火。

他在割草的时候，遇见了她。岁月在她的身上刻下了印记：额头皱了，头发花白了，身子瘦削了……

她说：“听说你家春儿还未成亲？”

“嗯，他的眼有毛病，难呀！”

“我家的三女儿在读初中，不嫌吧。”

“……”他犹豫了。

“你好歹也该应个声。”她催他。

“她愿吗？”

“她敢不愿，我打断她的腿！”她长长地叹了一口气，“我寻思过，这一辈子，你我的情债是一定要还的，过去你我没有缘分，现在，你我都老了，儿女都长大了，我女儿总该有缘于你的孩子了吧。”

他听着又愧又喜，说不出话来。

她说着，自信地留下话：“下个圩集，听回音。”

下一个圩集，他起了个大早，兴冲冲地出门去了。

刚走到椰花溪边，就听说有个秀气的姑娘跳溪潭死了。他心中一阵躁动，急急地向芦草丛中走去。

密密的芦草丛中，挤着密匝匝的人群。他支开别人挤进去，只见二姑抱着一具透湿的尸体，悲痛欲绝：“苦命的孩子，是娘害了你——”

人们七嘴八舌地议论什么，一只白鹭，哀哀地叫了一声，一扑翅，向远天掠去。

清清的椰花溪依旧不动声息地潺潺流去……

深山情藏

蓉儿是在去给成宝捡草药的路上见着胡子的。

晌午时分，蓉儿刚转上九圳沟的大道，一辆卡车迎面开过来。她让在路边，车却停住了，跳下一个满脸胡子的人，问：“妹子，这里是九圳沟吗？”

蓉儿慌慌地点了一下头，转身就要走，胡子却咧嘴笑：“怕我吃了你？我是石板厂的胡子。”

蓉儿并不知道石板厂，更不认识胡子。她已同成宝结婚一年多了，竟有人喊她妹子，就觉得有点忸怩的，她要上山去给成宝捡药呢。

春上，成宝跟人外出筑高速公路，钱没挣着，人却瘦了一大圈，割稻时只吃过几口生水，就咳嗽不歇。按民间药方，捡药熬药好几回了，却反反复复不见断根，蓉儿就十分焦急。早听说，九圳沟里埋着花岩石，要开采了。但这事不在蓉儿心上。蓉儿的心在成宝的病上。

蓉儿捡药刚进家门，外面就有人喊："萝卜卖不卖？"蓉儿出门看，见是胡子，脸又腾红。胡子就笑："我们有缘，又遇上你。"手指着门前那片蓬长的萝卜地，"那萝卜真好，买点行吗？"

蓉儿说："萝卜满坡都是，要吃自己扯去。"

"我去扯了？"

"去扯吧。"

胡子去了，蓉儿回门给成宝熬药。稍刻，胡子又来了，扯了一小筐萝卜，掏出两张十元钱。蓉儿有点茫然："萝卜不金贵，不值钱！"胡子一塞，转身走了。

后来，蓉儿再去给成宝捡草药时，就看到九圳沟边搭起了几间竹棚，是采石矿的石板厂。胡子又来蓉儿家买蛋买鸡，蓉儿就知道，胡子是石板厂的老板。据说采了石板，运到日本台湾去售。这下子，蓉儿才明白，九圳沟人家怀里抱着金盆讨饭吃呢。

再后来，胡子来找蓉儿去帮矿工煮饭，蓉儿拿不定主意，胡子才知道成宝病了的事。胡子爽气大方，请来矿上的医生诊，才知道成宝是肺上积水，非住院医治不可。蓉儿就更急，别说卖猪卖狗，就是卖房子，也得给成宝住院。胡子却大手一挥："算了，住院的钱我垫上，往后你只管给矿上煮饭。"

成宝住院半个月，病情得到控制，医生嘱咐说出院后坚持服药一两个疗程就行了。于是，蓉儿又回到九圳沟，就天天到矿上帮手煮饭，有时还帮着洗衣。头回生，二回熟，渐渐地，蓉儿到矿上去也就像回到自己的家一样。

转眼，三个月过去，石矿枯竭了。胡子不时流露出要转移到别处去的意思，蓉儿丢不下成宝，心里就被三千多元的住院费沉沉地压着……

成宝的病痊愈，就让蓉儿请胡子到家里聚宴。胡子来了，成宝不敢贪杯，就嘱蓉儿陪酒。

酒过三巡，蓉儿就说胡子哥大恩大德，成宝一条命全仗他相助，这辈子恐怕难报恩情，说到动情处，眼眸里就亮亮的。

胡子很感慨，连连地举杯，说："蓉儿，你是顶好的女人，勤快，心善。"

成宝听了也忘情地喝了三杯。稍刻，酒力上来就两眼发紫，蓉儿嗔骂一声，就扶他去睡。

胡子独酌独醉，蓉儿出来就拦他。胡子却大笑，举杯又一饮而尽："我还没醉……"蓉儿夺他的酒杯，胡子挥挥手，站起来晃晃的，蓉儿扶他，他说："我能走……"可一挪步，身子就走不稳，就倒在蓉儿柔柔的怀里，气喘得好粗："蓉儿，你人好，成宝的医疗费不用还了，我要你……"

蓉儿没有拒绝，没有矜持，甚至一点激情和惊讶都没有，倒却显得冷静地说："我知道，早晚会有这一天，钱是什么东西呀……我常思量，你要是永远当成哥哥就好……"蓉儿眼里噙着汪汪的泪水，只是没有流出来。她缓缓解开衣襟，露出太阳晒不到的柔白的地方……

胡子陡然酒醒了大半，推开蓉儿，沉重地低下头，夺门而出。隔房里，响起了成宝烂睡的鼾声。

第二天，日上三竿了，蓉儿才上胡子的矿上去。可工棚正在拆除，一个打工仔说，胡子天没亮就出山了，石板厂转移到别处去了。

蓉儿的眼泪再也忍不住了。胡子哥，你的情债我这辈子真的还不清了。她想。

归 路

揣着心事过活很煎熬人。他知道这样下去弄得他有家难归，早晚他都会虚脱的。乘着年前灶公生日，他喝了几口老伴煮的酒，到镇街上张寡妇的小饭店去索还卖猪苗的四百元钱。

他闹不清当初怎样把钱借给张寡妇的。那天他喝的酒并不多，还不至于烂醉。后来想还是张寡妇胸前那对调皮跳动的酥乳惹他晕。但他哪里知道张寡妇在他的酒里放了蒙汗药。他刚迷糊就躺在酒店的后厢房。他醒来时夜幕已扑上来了，张寡妇在他身边敞开了白花花的怀。她说，过年关钱不凑手，向他借钱进账酒水，出正月倒过来就可还钱。她是看穿开裆裤时与他玩沙土的份上，才开这个口的。他明知卖猪苗的钱家里等着紧用，可还是挡不住她勾魂摄魄的眼神，他将钱掏给她，而她却以身子不净为由打发了他。

那天，他打着酒嗝很晚才回到家，老伴还没睡下，等着他，并没有问他卖猪苗的事。她是个木讷少语的人，对他百依百顺，从来不温不火，连笑声也无声响。不知她平日里脑子里装着什么。老伴给他打来洗脚水时，他脑子还总是张寡妇丰满柔软的身子，一性起顺手把老伴按揉在僵硬的床上。

卖猪苗的钱原来是为儿子攒学费的。年后开正过元宵，就要缴到学校去。而却被张寡妇借了去，能及时还没露馅，但谁管担保她会还呢。这事瞒不了多久，迟早老伴会知道。他想过各种各样的哄骗老伴的理由，但就是不能说借给了张寡妇。镇街上瞎眼的人都看到，她明里是开饭店，却暗地里专设男人娱欢的场所。听说有对恩爱人家就是被她的妖艳拆散的。别家的都躲着，他怎么还粘上了，该怎样下这个台阶？

一连数日，他尽量避免与老伴打照面。言谈中总是避及卖猪苗的事。每天一大早，就扛着锄头上山，很晚才回来，吃过饭，便装乏累就躺上床，呼然睡去。可儿子放寒假回来，终于对他说了，老师说开学再不交钱就别去学校了。他一听就火了，嚷道："学校怎样能鬼催魂似的，就不兴宽限些日子，我卖猪苗的钱还让买主欠着呢。"

在街上，他考虑不知如何对张寡妇开口，就进小饭店。张寡妇见到他就黏糊上来，端着大碗酒往他嘴里灌，嘴唇堵住他要说的话，气都不让他喘出来。她生怕旁人不知，咯咯大笑："怎么这么久才来，是让别的妖精缠住了，就忘了老娘！"这话撩得他血液奔涌，忘记了自己是来要钱的。他抱拥她，她不躲，伸手摸她胯下，却摸到一团厚厚的纸巾，就好像一块冰丢进他滚烫的火中。张寡妇说，只要有情，也不在一朝一夕。他并不畅快，却在她温柔之乡开不了要钱的口。张寡妇仿佛看出他的心思，忽的眼眶红了，却挤不出泪来："我知道你心里没我，瞧不上我，我知道你是索要钱来，我说过过了年就还的，而你催命似的，我这就拿去——钱是什么东西呀，你拿了走人，往后别到这里来。"他听着泄了气，张不开口，甚至感到无地自容，欺负了人家，说："我什么时候提来拿钱了，我这就走。"说罢仿佛佐证所言，拔脚就走。出门时，随手从柜台抓了一瓶白酒，嘎嘣一声咬开瓶盖，边走边往喉咙里灌……回到家时，跃身床上，烂醉如泥……

此后的日子，他都吊着脸，几乎每天都要喝酒，一副要不到账而心烦意乱的样子。老伴显然担心他喝多伤身子，心里闷着不知如何是好。

后来老伴悄悄跑了一趟镇街，打听男人卖猪苗的欠账，才知道卖猪苗的钱落在张寡妇的饭店里。她不敢直找男人，那样他会下不了台。唉，钱被骗事小，倘若男人粘上张寡妇不回家，这才什么都没有了。

最后促使他再去找张寡妇是大年除夕。一大早，他忽然在白花花米饭里挑到一根黄浅色干草。本来丢掉就无事了，偏就他多心了。草是牲口吃的，女人是在提醒他呢。别窝囊了，男人应壮胆去索要属于自己的东西。

他径直去镇街上找张寡妇。他索要钱的理由很明确，出年开正要给儿子缴学费。他狠心决计，不想再被张寡妇的狐媚招式所惑。他进门去，果然，张寡妇仿佛有备等着他，不见端酒灌他，却是径直掏出四百元卖猪苗的钱往酒桌一掷，一字一句地说："算我眼瞎，把你当男人看。还打算出年去拜年，还认为你有情有义，可是你成心欺骗孤儿寡母。大过年，盯着几个钱大如天，只惦记我欠着你的钱，而你欠着我——我的情就忘了——快拿钱走了，别坏了年根的好兆头！"他被人家的话呛得张不开口，不敢去看酒桌上的钱，心里像做贼一样逃出了酒店。

可一出门，他就后悔得要死。回家路上，他把借钱讨钱的前前后后过滤了一遍，懊丧的情绪淹没他摇晃斑驳的脚步。他恨不得抽自己几个嘴巴，想踅回去拿钱，生怕张寡妇仍有花招，可要不来钱，怎对得起老伴。儿子还在上学呢。他不想理亏面对老伴，还要她承受冷落。

在村口寒风中，他迟疑着，来不及考虑周详给老伴以借口，老伴却从黑影里扑了上来，不知为何她当即哭了，仿佛受了委屈一样，说："钱没能要回来也没什么，钱是什么呀，我们不要了。谁不知那个女人难缠，只要你能回来，就够了。"

他顿然感到累散了骨架，却没有一丝儿寒意。远远的，就看到自家窗户透出来的灯光，他知道是老伴在用灯光照亮他回家的路。

玉　镯

富贵姐姐的年岁已奔五十了，却未涉谈婚嫁，这让富贵心里好生着紧。

乡下有规俗：女子未出阁过门，老去了，魂就吊在娘家，势必害子毒孙。富贵父母归寿早，是姐姐拉扯他成人的，对姐姐敬有母恩。自打他成家起到做父亲至眼下儿子都谈对象了，他一直就四处托人许亲，说媒的踩断了门槛，但姐姐就是不松口，仍待字闺中。姐姐对他说过："姐知道守命大忌，姐这辈子不会为难你的。"话既说出，富贵便不好多话。

年深月久，富贵却有了新发现，不知道从什么时候开始，姐姐的手腕上多了一只光亮的玉镯，每当姐姐低头看着玉镯时，眼神便漾出温柔的光，嘴唇便绽出笑纹，但富贵的心情并不因此轻松。

莫非姐姐心里有了人？他是谁呢？又不好多问，富贵就闷在心里，直到有一天姐姐让他到闺房去。

"坐吧。"姐姐说着，他在对面的一张椅子坐下。

"你看见我的玉镯了。"姐姐的脸扭一边，没有看他。

"唔。"他点头。

"这是建岛给我的，你可能不知道他，但我告诉你，你就别再说出去。"

"姐，干脆你别说了。"

姐姐挥了一下手，说："我已经老了，说不定什么时候就三长两短，近年我常常梦见爹和娘……我走前想把这桩事告诉你，了却了也好，我不能把魂吊在家里，那样会遭后人唾骂的。"

姐姐将脸转向富贵时，已是泪流满脸：

“当年知青下乡住在村边河岸的时候，让我去煮饭、洗衣、扫房……那时，你还不懂事……

“后来，又让我去为三连队长打水、洗被、擦椅。那个老连长爱动手动脚，不但拧我的屁股，还要搂抱我，我不愿，我不干……但他不是建岛。”

“不久，连队来了吹号手，就是每天出工歇息都要他吹的那个，他才是建岛。每次他只要待在连部，我就有安全感，那个老连长就无法靠近我……久而久之，我和他便以心相许了。”

姐姐的声音颤抖着，并不断散：

“有一回，建岛下晌才来，发现我的手臂上多了一道伤疤，追问我，我说了老连长纠缠，我挣脱了。他不信，落下我就走，我追上他，向他发誓我是清白的。在村边的稻草上，他忽然扑向我，说你凭什么证明你还是清白的，我……”

姐姐的声音涩哑了：“事后，他又求我原谅他，发誓永不变心，就送给我这个玉镯，还说这是他的传家之宝，我把年生时辰都告诉他，他说回城去就合命 ……但他一走，据说遭受一场恶疾……等我老去后，请把这只玉镯卖掉，为我办一场冥婚，在河岸边竖一块牌，写上我和他的名氏，他姓吴。”

“我想当这只镯。”

这是在姐姐终老之后。典当商行老板从富贵的手中接去玉镯，稍刻又还给他，蹦出一句话：“这玉镯是假的。”

青苔青青

月嫂被人从溪中捞上来时，已没了气息。

她平展地躺在溪边，脸色很白，没一丁点儿血气，睫毛长长地掩住瘦陷的眼睛，嘴唇发紫，鼻孔里残留一缕血污。衣服湿透了，裹着圆鼓的小腹，两个乳峰挺挺的好打眼。

人说，她中年怀孕，体弱笨重，加上溪底沉积污泥，溪石长满青苔，她一不慎，滑入水中，一个女人家挣扎就沉下去了。

她男人亚根慌了神，揣抱着她的身子，像一只山兽哀号：

“造孽呀，你过门近十年，好不容易才怀上了……我不该让你来洗衣……”

围拢而来的叔侄婶妯摇头、惋惜、叹息，低声议论着什么，就像多年前一样，一次又一次品评她……

她从山那边嫁过来时，就有人悄然比过，她是四英岭下人家最俊秀的媳妇，且文化高，读过中学，还能帮人写信。已娶亲的夸，未成亲的慕，光棍汉更馋，亚根并不醋意，反觉是荣耀。

然而，五年过去了，她胸前一双乳子调皮地拱着，可小腹却还是干瘪的不开怀。有个草医开偏方：猪鞭炖鸡花，吃了再上床。亚根连吃了半月三个回程，她每月来事的日子还来事。后又听媒婆说，偷南瓜抱着睡，也能怀。她偷了瓜抱着睡了七夜，亚根就照例行例事，可她的肚子就是隆不起来。

渐渐的，村里的婶妯婆媳也开始议论了。当初她过门时，眉目就很野，果真是石女不开花；刚娶亲的人家警告媳妇，少与她来往，生怕染上了晦气，她喜欢孩子，衣袋里常备些糖果；见着孩子就掏出递上去，又伸手抱，照料孩子的背后就挨骂，说担心她的妖魂缠上你。亚根对她的态度也变了，喂鸡时，就冲着鸡说："我养鸡，还生蛋，你会吗？白吃还占窝！"喂猪时，见猪的胃欲不振，又吼道："你光吃不长，挨刀的，我宰了你！"脾气越来越坏了，常常喝闷酒；去聚赌，有时输赔得多了，回家来就拿她出气，有些辱骂的话连他也觉得不占理。不时，还动了拳脚，她没有躲，躲也躲不了，也没哭，哭也没用，她怨恨自己光有好看的脸蛋，却不能为男人传宗接代，人家跛手瘸脚的女人，也能生男生女一个个呀……

亚根在家时，她没哭，亚根一出门去，她的泪就簌簌而下。有时她被揍得胳膊、腿脚上一块黑一块紫的，就忍不住跑回娘家去，爹挖苦她，娘也不护她，还说："得忍着点，男人娶亲，哪个不指望生男生女……"她从娘家回来后，又挨亚根的打，她回娘家后，没人烧饭，亚根就摔了碗，骂道："你怎不死，还回来！"她也曾想到死，想到离开这个家，但常常是她来到溪边的深潭边，犹豫地伫立了许久，又转回家去，她听说，娘家有个医治不孕症的神道医，好灵验呢。

亚根的赌运越来越差，债务陷得好深，正好有人牵线去琼海筑高速公路，亚根就报名了。走的前夜，很晚了还缠着她的身子。

似水流年，转眼，又三年过去。

亚根外出打工半年回来一次，年关时，他回来了，见着她光鲜了许多，皮肤还很富弹性，一年也不显得老，久别生出温情来，夜里冲动的缠她上床，她却挣扎不让，他一下子闹懵了，正要动气，她悄声说："人家有了……"许几个月，她身子每月来事的日子消失了，小腹里蠕痒痒，常常还在背地里吐酸水。

亚根喜不自抑，出门回家，逢上婶妯婆媳，总是说："她终于有了，我也要当爹嘿……”还让人给她看了生辰八字，人说，她积德生福嘿。

此后，村人的目光又开始在她的小腹移动，锈钝的脸孔又爬上了久违的笑影，有人逗亚根说，媳妇中年开怀不嫌晚，或许会生贵子嘿，原先议论过她的说，她积德呢，常回娘家去烧香修行；照看孩子的不再躲她，却再讨不到她衣袋里的糖果。亚根变得百般殷勤，不再外出打工，包揽了家什活计，外出打工挣的钱不还赌债，全用在她的身上。一日三餐，少不了鲜鱼活肉，可她就是胃口不开，吃量很少，身子越来越干瘦，小腹却很显眼地冒长。她总是闲不住，挑水、劈柴的活亚根包了，缝补洗涮总该是她的份，亚根拦不住也拗不过她。今晌早起，亚根并没发现她有什么异常，她端着衣服出了门，只留下声：“我走了，有样东西，你回头再看。”亚根根本没当回事，她还能说些什么呢？而如今，他想听却再也听不到了……

溪边，有人翻开月嫂端来的换洗的衣服，却是干的，还未沾水。按说，平日洗衣也少有人来这深潭边洗的。终于，又有人在她的洗衣盆底发现一封没有封口的信。

“……我对不住你，我不能为你生下掌门后根。这些年来，不生孩子的不是我，而是你，我怀的孩子不是你的，是你外出打工时，我回娘家去求神医，被诱骗验身怀上的，我本可瞒着你，生下孩子，但我办不到，自你知道我怀上后，对我那样好，可孩子不是你的，我心里好苦呀，我多么想你动气骂我，打我，甚至离了我，那样或许我会好受一些。我还是走了……”

亚根读着信，泣不成声，他哭道：“是我害了她，是我害了她呀……”

围观的叔侄婶妯看着溪石上长满的青青的苔藓，流下了痛惜的眼泪。不知谁说了一句，那些苔藓再不铲除，还会滑倒人的……

忧郁的夏季

初夏的夜晚，猪仔林坐在庭院里一颗荔枝树下乘凉抽烟。夜风吹来旷野里田野的清香，头上的果树叶子哗啦哗啦直响。果子结得满满的，压弯了枝头。巴眼秋后又是一笔好收成。

“猪仔林，”老伴在喊，“快来呀！”

他起身，看一眼夜光手表，抬腿回屋去了。一进屋，见老伴下身已经伸进被窝，上身披了件红缎子小袄，眼前的绿缎子被面上放着两捆钱，挺厚，一捆是十元面值的，一捆是五十元面值的。老伴用手摁着。

猪仔林脱去外衣，走到窗前掖了掖窗帘的边角，回身上床将腿伸进被窝，挨着老伴坐好。

“开始吧！”

老伴先抓起那捆十元的。

“不，”猪仔林说，“你数五十元的那捆。”

“不嘛！说好了一天一换嘛！”

“你总数错。五十元的好数。”

“就不。”

“你可不能数错。今儿个咱得立个规矩，数错了挨罚！”

“行，行。咋罚？”

“谁数错了，学三声狗叫。”

“瞧，德行！好吧，开始。”

钱在两人手上翻飞，最后各自报数。

“九百。”

“五千。”

两人相视而笑。闭灯、睡觉。

月光透过窗帘照在老伴的脸上，那双大眼睛闪着光毫无倦意。

“你在想什么？”丈夫问。

“什么时候能翻倍？到那时候，我数一百，我一百一百地数……”

“一万元？不难。你看秋后吧。”

又过了一阵，老伴转过脸，说道：

“明天该给母亲上坟了。”

“你回去也瞧瞧爹。”

“你没忘？”

“你妈是被饿死的，没享过什么福，要是活到现在……”

“你爹是“文化大革命”中被斗死的，当那个破大队长……我妈是这个月，你爹是下个月……”

沉思一阵，老伴又说：“明天我自个去，你还得进城买化肥，还得看瓜园。”

“你没有意见就行。”

“可这钱……”

“你放心，我会放一个保险地方的。”

“别再放老地方了。要不，存在银行吧！”

“不，存上银行了，我瞧不见，睡不着觉。”

“我也是。咱八辈子也没见过这么多钱。”

“你回娘家多住几天吧，好好孝敬长辈老人。”

“不，我惦记你嘛。”

睡了。她在梦中还念着“钱要放好……”

三天后的一个中午，猪仔林从瓜园里回来，老远就见自家屋顶上烟囱冒烟。哦，老伴终于回来了。今天能吃上现成饭了。忽地他浑身打了个冷噤，血液直往头上冲。他飞也似的朝家跑去，一进村，道旁的鸡鸭惊得乱飞。

他一进屋，见老伴笑洋洋地坐在灶台边添柴，旺盛的火舌烧红了整个竖立起来的烟囱。

“你跑回来这么猴做什么？”

猪仔林立在门框上，说：“我也惦记着你呀！”

“死鬼，你不是刚两个晚没揽我睡！？”

猪仔林不敢正眼看老伴，他抬头看天，咬牙，一声不吭，内心一个声音：“不能说。不能说。不能说。她听了会疯的。”

“我，去看看鱼塘了。”他起身离去。

他蹲在鱼塘边。鱼儿一群群试探着向他游来，先是小鱼，大鱼隐在小鱼的底下，每条足有一斤重，秋后长到三斤是小的，可收三千斤。一斤按九元卖，能得……嘿，五千元算什么哩？烧就烧吧，谁叫你放在烟囱里呢！他悔不该不听镇上农村信用社的说，如早存进信用社怎会有这结果？！她对我好哩，不能告诉她，女人心小，会闹出病的。晚上问起来，就说借给张大叔盖房子用了。她心善，不会不同意的。

“回家吃饭吧！”一个甜蜜蜜的声音甩打着他。

他向家里走去，鼻子里酸酸的……

妹妹找姐泪花流

县城老李叔有信来了。让苦妹爹今年军坡节期间带她一同到街上过。

爹拿着信，屈指一算，跑县城军坡节期农历二月廿五只有十来天了，就嘱苦妹趁明儿星期天，捎上两坛山兰米酒给老李叔送去，还说也好同小星姐聚聚了。

小星是老李叔的女儿。那个非常年月，老李叔下放村里劳动，她跟着爹在家里住了三年多。她比苦妹大五岁。同苦妹俨然一对好姊妹，爹疼惜她，把她当亲闺女对待。老李叔对爹十分感谢，让小星姐认爹为干爹。在苦妹的印象里，小星姐的脸儿尖尖的，头发稀黄。近些年，爹不时跑县城，常去拜访老李叔。爹说过，小星姐在读高中，通俗歌曲唱得极好，还获得县比赛三等奖。

苦妹听爹一嘱，打心眼里高兴。自同小星姐分开后，她还未见过小星姐。她想，明天上街去逢上小星姐，好好聚一聚。

次日，苦妹早早起了床，爹对她嘱咐，进城去要注意来往车辆，不要抢路走。苦妹应了声，捎上两坛山兰米酒，上墟场赶班车。听爹说老李叔嫌城里卖的山兰酒渗水不够味，军坡节期，要让老李叔尝尝货真价实的酽醇。

苦妹赶到县城依稀辨着方向来到老李叔的家门时已是正午。她敲了几下门，门开了，挤出一张不冷不热的脸孔。

“这是老李叔的家吗？……”苦妹说了爹的名，“爹让送酒来。”

妇人让她进屋，放好两坛山兰米酒后，妇人递上一杯开水，苦妹喝了一半，盯着妇人问：“小星姐呢？在家吗？”妇人回答说：“她在楼上，要参加歌唱比赛了，要练发音……”

苦妹笑了:“我找她去——”妇人挡住她:“别……她说过，不要打搅她……”

门外，老李叔推着自行车回来。苦妹欣喜地喊:“老李叔!”

“哎哟，是苦妹呀，刚到吧?”老李叔瞧见她，喜出望外，“你爹收到信了吧，他身体可好?”老李叔还是那样和蔼可亲，身体却比以前壮实多了。

“好，爹一切都好，收到信，就嘱我来。”苦妹一脸喜色。

“看你又长高了，也秀气了。”老李叔转身对妇人说，“这就是我常念起的那个孩子，当年她待小星多好，小星呢?快叫下来。”妇人上楼去了。苦妹这才明白妇人是小星姐的后妈。

老李叔发现了两坛山兰米酒，摇头笑了:“你爹还是那脾气，太见外了，每次来还捎带这个那个……”又问苦妹家里粮食收成年景，苦妹欣然作答。

忽然，老李叔仿佛记起什么，说:“你先同小星姐玩，我上待捎办点东西，回头我们一块吃饭……”说着，出门去了。

“你，怎么来了?”苦妹看见从楼梯上走下的小星姐，浅黄的连衣裙，衬着苗条的身段，头发烫得有致。当年那个清瘦蜡黄的影子荡然无存。

“小星姐，依看你来了。”苦妹喜不自胜，迎上去。小星姐却对着她身子一闪。苦妹一脸尴尬。她拘谨地问:“听爹说，小星姐你唱歌唱得挺不错哩。”

“眼下，又要进行‘建行杯’决赛，我选了一首高难度的歌曲，争取拿金奖。”小星姐冷冷地说，“你坐吧，我还有事……”说着，她踅身上楼去。妇人也随即跟上去。

苦妹疑虑，小星姐瞧不起她，瞧不起乡下人！这时，楼上传来妇人的说话声：“你太不像话了，她是你干爹的女儿，人家跑了那么远的路，从乡下来，还送来两坛酒。”

“酒，谁稀罕，说不准还掺水呢！”苦妹听不下去，转身出门。

午天，烈日当空，苦妹孤独地走在街上。街上的人的脸都是冷冰冰的，没有乡下人的慈善可亲。机动车的喇叭尖锐地叫道，只让人给它避路，可过去后却留下难闻的油味和黑烟。当年，如果小星姐流落在这街头，会有人给她吃的吗？苦妹饿了，但她不急着吃东西。上路前，爹说过，人家不留你吃饭，不要等。

“苦妹！”她扭头一看，是老李叔蹬着自行车来了，他说：“你怎么出来了？吃饭了没有？”

“不，侬不饿。”她摇头，又摆手，“爹等侬早回去。”

“怎么啦，是不是小星姐得罪你了？”老李叔满脸疑惑。

苦妹迟疑了，如实对老李叔说，老李叔会教训小星姐的，但念头一闪便沉下去了。当年，在乡下，她同小星姐同睡一张床，一张小褥子，夜里，小星总是滚去一大半。大冷天，还把冷脚搁在她的身上，她只是扭开罢了。倔强的小星姐不少事欺负过她，她都让了。

老李叔脸有难色：“没吃饭，就拿这些回去……”他手里拎着一袋刚买的烧鹅肉，“替我问你爹好，军坡节，你同爹一定来啊。”

苦妹终于点头了。她听得出老李叔的真诚，就像她送来的山兰酒没有掺水。虽然饥肠辘辘，但她没接老李叔递过来的袋子，她恨小星姐刚才说过的那些话。她咬一咬牙，转身就走……

爹在家里召唤着她。哦，苦妹，苦妹！

第六辑：燃烧的河流

踏　秋

上弦月很瘦，像稻镰，田冲里，荡着发情的蛙声。他俩女前男后，依稀辨着路面，走出村边的林子。

“现在几点了？”她转身，一甩修长的辫子。

“还早，才九点多。”他抬手看了看表。

“呀，我该回去了。”她仿佛一惊，“晚了，我娘会出来喊我的。”

“你娘还尽把你当闺女。”他上前抓住她的手，“还早哩，反正回去也睡不着。”

“我娘出来喊了，不好。”

“你心里就有你娘！”

“不是的，她是害怕别人说我没过门……就跟人蹿野踏秋。”她声音柔柔的。

“你娘真封建！”他赌气说。

“这不怪她，她都守了十多年的节。”她辩道，又说：“割了稻，我约你进城去。”

“哦，你家割稻，需要帮手吧，我去……”他仿佛记起了什么，说。

“不，千万别来，村上大林叔会帮的，每年他都来。”她停了停，又说：“我回去。”

她刚挪开步，忽地，他从背后拉住她：“不忙哩，我送你一程。”

她停住，又转过身，嗔怪：“怎啦？怕狼把我啃了？”

“唔。”他顺势抱着她，“你不怕？”

“我还未见过狼呢！”她佯骂道，“狼也不比你馋。”

“下回，我去约你。”他说。她摇着身子：“不要……还是我约你。”她说。他俩又缠绵了好一阵子，才罢手。

她离开他刚走了一小段路，忽然听到草莽中传出一声猫头鹰的惊叫，还有一阵沙沙响声，顿然，她起了一身鸡皮疙瘩，她忙蹲下捡起一块小石头，挪到一棵大树下，稍刻，却从草莽刺丛中传出两个声音：

“死鬼，现在你该走了，别缠我……”女的声音好耳熟。

“月光还没下，再坐会儿，就坐……”男的声音不知在哪里听过呢。

“让人看到，我脸往哪儿搁？”

“怎啦？看到又怎啦？”

“那不枉我守了十多年的节？”

“唉，守什么节，早晚我俩要结婚呗。”隐约还伴着一阵打闹声音。

“别缠了，明早，你还得过来割稻，趁早回……我得赶回去，女儿出去了，我才来的，回去晚了，女儿会起疑心的。”

男的不再说话。

女的忽而又说：“等收了稻，再来此，由你……”随即又是一阵挣扎嬉笑声。

好一阵，女的说：“我回了。”

男的说：“回吧。”

“走了！”

“走好。”

……

大树下的她手里的石头滑落了。那草莽刺丛中踏秋的是林大叔和她娘呢。

她又上路了，她要赶在娘进门前回家去。

瘦瘦的上弦月，静静地洒下灰白的光，田冲里，蛙声响得更闹了。

燃烧的河流

午后，密集的乌云沉闷地笼罩着五指山的腹地，随后终于“噼里——轰隆——”一阵闪电雷响，扯天的暴雨便倾盆冲袭下来，傍晚时分，引起山洪暴发，山下连接着黎峒小学的那条幽深的河流，水位不断上涨……

一道耀眼的雷电闪过，依稀可见一个女人在河溪边的芦草丛中艰难地挣扎而起，裹着透湿的衣服，沿着椰林深处滑溜溜的小路，向小学奔去。小学里除了肆意的风雨声，混沌一片，只有东边一间低矮的房舍里，透出一缕煤油灯昏黄的光。

她踉跄着扑上去，推开房舍的门时，屋里一个四十岁上下的男人刚借着油灯豆大的光亮看完一封信，正在把信笺往信封里塞。他浓粗的眉下，两眼很亮，瘦削的脸孔，透出一股刚毅的气质，盯见她满是泥斑的身躯，吼道：“你是疯了？外头的风雨有多大，你还乱闯什么？”他像想起了什么，将目光收回，把那封信放到小桌的内沿，然后，他摸出烟来，燃上一支。

她的心头一酸，发亮的眼眸里漾出晶莹的泪花：“我进城赶回，划船过河溪时，小船翻了，小山儿被冲到河溪中心的石滩上，九死一生，求求你去救他……”她实在说不下去，像垮掉一般，瘫坐在一旁的小凳上，凄声哭泣。

他的心头一震，将刚燃着的香烟掷掉：“你说什么？简直是疯了……”她呜咽着重复了一遍，他却沮丧地苦笑起来：“呀，呀，你也有需要我的时候了？这就想起我来了？”她茫然地看着他，他像被什么蜇了一下，猛地站起来，转身他在门后找出雨衣，拎上一只手电筒，正要出门，她也跟着站起来，他又回头吼道：“你待在这，给我守着家，我去想办法，你要这么慌张，急有何用呀？我这就去救他……”说罢，就跨身出门，疾步消失在风雨之中。她紧倚门壁，提着心紧紧地盯着他渐渐远去的背影，天边，又闪着几道吓人的霹雳，她慌乱地掩上门，退回屋里。

黎峒小学收教着方圆十多里黎村苗寨的子弟，只有三名公办教师，即他和她还有另外一名女教师，其余的均是黎村苗寨里请出来的民办教师。今天是周日，又逢小镇集日。她和另一名女教师带着自己的小山儿进城赶集。后来，那位女教师走散了。她带着小山儿漫不经心地逛完街，已是午后，看到浓重的乌云压低，往回赶到河流对岸时，风雨骤起，她一味认为夏日的雷雨来得快也去得快，竟然不听摆渡艄公的劝告，就撑了一条丢在渡口边的小船，领着小山儿拼力划桨……不料，风雨铺天盖地，小船像脱缰的野马颠簸着，随时都有被掀翻的危险。小山儿慌乱抓住船舷，急得直哭。她从来没有见过这样的场面，心里起慌，只觉眼前一黑，便昏了过去……醒来时，她发现自己被溪水冲过了河溪，搁在岸边，河中心那堆石滩上，隐约传来小山儿凄厉的哭声。她挣扎起身，疯跑着来找他。

他叫罗炳坤。他何时来到这个深居山窝里的黎峒小学，她不知道，但他一直被认为是小学的实际领导。她来到这里时，正值青春妙龄，五指山神奇美丽的传说，大自然旖旎的风光，吸引着她的好奇心，还有黎峒兄弟的热情好客，尤其是他兄长般的帮助撼动了她的心。应该说，她少女的初恋就是从他身上萌动的。他俩曾经漫步在槟林深处，憧憬未来的前景；他俩曾经相约去黎苗兄弟的火塘竹楼，踏歌欢乐的三月三，木棉枝头下多情的山歌，山溪岸畔处火热的笑靥，充满了他俩既往的日子。

然而，后来小学里来了从知青队抽来的教师周光辉，与他相比，周光辉显得仪表堂堂，文质彬彬，这些搅乱了她浓重的虚荣心。她阴错阳差地将爱情的果实结在周光辉的枝头。然而，周光辉给她留下小山儿后，就独自回海那边的大都市去了，再也没有回来，最初一封信也没有来过。她就一人拖着小山儿挨着日子。炳坤去帮助她，她却误认他想乘虚而入，闹得不欢而散。时不时有人好心撮合他俩，她却婉言谢绝了，她总还是思念着大都市里的周光辉。近几个月，周光辉竟然署名寄来了钱物，还过问孩子的事，说明他还惦念着她，到底他还没有忘记孩子。而她也热盼着有朝一日周光辉能够荣耀地回来，或是让她母子俩离开这片山地，带着她和孩子到大都市去。前不久，她还向组织递过调离申请……而他——罗炳坤——仿佛换了个人，性格变得冷酷怪僻，沉默少语。白天里，陪伴着孩子们，偏爱地引导着小山儿，夜里，他仍孑然一身，豆大的孤灯下，隐现着他伏案的身影……

天边，又是几道耀目吓人的闪电，紧接着一阵震耳欲聋的连环式的雷鸣，风刮得更猛，雨压得更紧。屋里那扇窗户被风冲开了，桌上的煤油灯摇曳了一下，灭了。她跌跌撞撞地摸过去，将窗户阖上。当她去摸火柴时，却摸着了刚才炳坤看过的那封信。

她终于重新燃亮了煤油灯，随手拿起信封一看，惊奇地发现信封上的字迹还似曾相识，几近熟悉。她跌坐在小凳上，喘着粗气，从信封里抖出了发湿的信笺，先睹信尾落款，呵！竟然是周光辉写给他的，周光辉能对他说些什么呢？

是你的真诚深深地感动了我，我同情你，甚至怜悯你，这世界于你太无情了！近几个月，你邮给我的钱与物，我都按你的意思如数地转寄给她。我深知你爱她，甚至不能没有她，但如此下去，未免太过于……过去，是我夺走你的爱，但当我占有了她，我发现我并不爱她，而只是那个荒唐的岁月促成罢了，万想不到的是，她竟成了我回城的累赘，如今，我是决计同她离婚了，不是我忘恩负义，回想起来她也只不过是时代的牺牲品，这样一想，我的心也就坦然了。但你是那样爱着她，本该让她回到你的身边，但她好倔强呀，她每每回信都说，她不会爱你的，她还说过，即使世界只剩下你和她，她也不会……不管怎样，我是决计离开她了，而你也就死了那条心吧……

她的心骤然紧缩了，顿感到了阵阵剜割的痛楚，脸孔陡然变得苍白，两眼失神地呆坐着。

这时，大门被推开了，小山儿脸色苍白地跑进来。她奔上去，颓然抱搂着孩子，嗷嗷地放声痛哭；小山儿却拼力支开她，嚅动着发紫的嘴唇，说：“罗叔叔……他背着我游过来，我刚跃上岸，一道闪电抛在他身上，河面上顿时燃烧起来，他喊了一声，可被河的旋涡浪头冲进了深潭……”

她惨叫一声，冲出门去，扑进风雨中。

天边，又是雷电交加，狂风肆虐，暴雨倾泻，仿佛传递着岁月里的回声……

折旧的摩托车

2008年的秋天，刘传涛的生意出了问题，资金周转不动了，生意一落千丈，旺季的时候，竟然一天也不开张。他的锐气好像在金钱面前一下子衰竭了，连夜里做爱都抬不起头来了。

刘传涛和妻子打算将买的新摩托车卖掉。摩托车看起来也有八成新，已经骑了一年多了，摩托车的两个镜子在阳光下发着亮光。刘传涛根本不想卖掉摩托，摩托车像他的情人一样，他离不开它。

介绍给刘传涛卖摩托的人是一个伙计，他让刘传涛把车骑到他家里。原来他是想把摩托卖给他的一个亲戚，他对他亲戚说：“这车还没磨合好，还没出过力，性能也好，进口发动机，买的时候八千多，你要是看着行，就把它买了。”刘传涛犹豫着不想卖掉，卖掉它他的生活也不方便了。

快下班的时候，天也快黑了。临来的时候，妻子嘱咐说：“最好卖掉它，这样资金就能周转动了，以后生意好了，咱再买踏板摩托，大架子车不时兴了，只有土儿帽才骑大架子摩托。”刘传涛感觉妻子说得也对。他的心里忐忑不安，并不甘心卖掉它。

伙计说出了一个公道价格，刘传涛也不好意思再抬价，糊里糊涂就答应了，还让了人家二百块钱。连行驶证都给了人家，还接了卖摩托车的钱。那些钱好像本来就该属于他的，他的手有点抖，不停地数着钱。然后，他小心翼翼地把钱揣在里面的口袋里。他像泄了气的皮球，底气仿佛一下子没了，连说话的声音都低了八拍。

伙计连忙弄了几个菜，拿了两瓶酒，喝上了。喝着喝着，刘传涛的手机响了，电话那头妻子说："我在外面给朋友过生日，晚点再回来，摩托卖了吗？"刘传涛喝得也有点醉了，"卖了，我正在喝酒呢。"妻子说："少喝点那猫尿，别找事。"

刘传涛又回到桌子上，他的情绪起了变化。妻子在外面又耍疯了，她最近有点酗酒，情绪也不好。他好像掉下了深渊似的，感到了绝望，陷入了困境。

喝个差不多的时候，刘传涛要走，他起身去推摩托，已经坐在了摩托车的座位上了，正要踩发动杆，突然意识到摩托已经属于了别人，他下意思地摸了摸口袋里鼓鼓囊囊的钱，羞愧地停了下来，向地上猛地吐了一口痰，突然射向了摩托车的一个前轮子上。

伙计重情义，开摩托车把刘传涛送回家，他迷迷糊糊地开了家里的大门，一下子坐在客厅的沙发上，烂醉如泥。

突然母亲从二楼上走了下来，冲着他叫，他才吃了一惊，母亲颤颤巍巍地下来，"孩子，你喝多了，究竟发生了什么事？你妻子呢？"

刘传涛隐瞒说："妻子和朋友过生日，过一会儿就回来。"

母亲说："刚才，我怎么没听到你摩托车响？"

他对母亲说："娘，我把摩托车卖了。"

母亲说："阿涛，你遇到了什么难处呀？"他对母亲说："娘，没事，你放心吧，睡觉去吧。"母亲给他倒了一杯绿茶，就上楼去了。

刘传涛一下子把口袋里的钱，抛撒在客厅里，彩絮一样地飞。他突然看到一个废旧火花塞躺在客厅的窗台上。

那是去年的春天，刘传涛和女网友去桃花峪旅游。桃花峪离这个小城不远，来到桃花峪，他被当时的桃花所打动。远远就望见绯红一片，粉红色的花朵攀上枝头，好像云霞万朵。有的像楚楚动人的仙子，有的粉黛吐艳，有的娇艳欲滴，随风起舞，有的娇柔似芙蓉。桃花绚烂着，含苞着……他俩徜徉在花的海洋之中，感觉到春天的美丽，生命的复归。中午的时候，他俩在小酒馆里喝了点小酒，就在附近的旅馆睡在了一起。

回来的时候，女网友非要骑摩托试试，半道上，摩托熄火了，怎么也发动不起来。刘传涛推着摩托走了三里路，来到一路边的维修铺，才知道是火花塞坏了。

卖了摩托车，刘传涛感到极大的不方便，朋友问:“你怎么不骑你的摩托了?”他就说:“摩托车卖了。”顿然感到了一种尴尬和无奈。他骑着自行车出去了，到附近的饭店去找找妻子，别让妻子在外喝多了。起雾里，一切看起来都朦朦胧胧的。出了家门没多远，很久不骑的自行车突然爆胎了，“膨”的一声，把他吓了一跳。他在街上打听了一圈，没找着，又回了家。

刚到家，刘传涛的手机又响了。他听到一个男人的声音，还有妻子的吵闹声，就是不说话。他陷入了巨大的恐惧当中，是不是妻子也有了外遇?他胡乱地想着，也许妻子正在和别的男人鬼混。他无法想象妻子和那个男人在电话机旁的样子。

天亮时，妻子把摩托车又赎了回来。刘传涛看到他那位伙计开着摩托驮着妻子回到大门口，也没进门就走了。

摩托车在阳光下，像洗刷过一样，闪闪发亮。

河那边人家

圆圆家搬到郊区来住了。出家十几步，有一条弯弯的小河，河那边田野的尽头便是乡下的人家。

圆圆头一回看到河那边碧绿的田野，吐艳的花朵，他是多么想到河那边玩呀。他缠着奶奶嚷：“奶奶，我要到河那边去。”

奶奶急了：“可不能去，河水急，会冲走人的！”

“为什么没有桥？”圆圆问。

“没有桥好，有了桥，乡下人就会随便过来的。”

“过来有什么不好？”

“乡下人穷，小气，爱贪小便宜。”圆圆听罢，不说话了，可奶奶过去也住在乡下呀。 一天，奶奶上街去了。圆圆独自来到了小河边，凉爽的风，从河那边带来袭人的馨香，对岸有一群白鹅、麻鸭正在游弋觅食。忽然，一个小男孩来了，红背心，短裤衩，小平头，光脚丫，背后还跟着一条大黄狗。圆圆想，那肯定是一只很凶恶的狗。

小男孩从对岸看着他，淡淡一笑：“刚搬来的？”圆圆盯着大黄狗，只轻轻地应了一声。 片刻，小男孩便脱下裤衩，用手顶在头上，向河里走去。圆圆急了：“别下去，河水很急，会冲走人的……你要过来干什么？”

“我的风筝，落在你那边了。”此刻，圆圆才看清楚了一只风筝搁在离他不远的一片旺盛的水草上，圆圆问：“你能帮我扎一只吗？”

小男孩收上风筝，对圆圆说：“这只……就送给你好了。”

圆圆乐了："我们一起玩去，好吗？"

"好。"小男孩带着大黄狗朝圆圆家走去。

进了圆圆的家，圆圆指着新颖的洗衣机："这——你家有吗？"

小男孩说："娘说，乱花钱，白耗电，乡下人用不着，不让爹买。"

圆圆认为小男孩装阔，逞强，又指着电视机问："这日本大彩电，你有吗？"

"买了，村里几乎每家都有呢。"忽然，小男孩看见了几本精装的《智力世界》放在桌子上，便直奔过去。

圆圆见状，陡然想起奶奶的话："乡下人穷，小气，爱贪小便宜……"圆圆凑过去劈头便问："你想拿这里的东西吗？"

小男孩听了，嘴一抿，猝然扭身："我，我走了。"

奶奶回来了，发现地上两只湿润的脚印："谁来了？圆圆！"

"一个乡下的男孩。"

"哎哟，你怎么让生人进来？"奶奶连忙四顾，生怕家里的东西不翼而飞。

圆圆忙整理《智力世界》："咦，怎么少了两本？"

奶奶唠叨了："我早说过，乡下人穷，小气，爱贪小便宜，一定是小男孩拿走了……"圆圆总算信服了奶奶的话，他急忙向小河边跑去，但是，那个小男孩已经过了河，被碧绿的田野遮没了……

他日，妈妈在一个角落里发现了圆圆的两本《智力世界》，原来，是奶奶错放了地方。圆圆愣住了，他又想起乡下那个受了委屈的小男孩。他又来到小河边，放着小男孩扎的风筝，但小男孩一直没再露面，圆圆的脸上隐去了欢乐的笑影。

这天，圆圆随奶奶上街。摆摊处，奶奶正和一个卖荔枝的中年妇女讨价还价，忽然，圆圆发现了那天小男孩带来的那条大黄狗，他想，这个妇女和小男孩肯定是一家，或许，她就是小男孩的妈妈。

只听那中年妇女对奶奶说："大妈别说价钱了，剩下这点荔枝，就送给你老吧。这些年来，农家越过越红火了，再也不稀罕几个零花钱，要是前些年，一分钱也要掰开来花……" 这时，圆圆发现了中年妇女身边还有好几本《智力世界》，问："阿姨，你买的……" 中年妇女笑吟吟地说："这是我家小毛缠着买的，他年纪就同你差不多，他说街上的孩子都有。" 圆圆的脸热了，低下头，他开始怀疑奶奶的话了："乡下人穷吗？小气吗？爱贪小便宜吗……" 接着，中年妇女将两本《智力世界》塞给他："小朋友……阿姨送两本给你。"

"不……" 圆圆语无伦次，眼泪差点忍不住了，忙把脸扭向一边，然而，那个妇女带着大黄狗走了。

圆圆又来到了小河边，呆呆地望着河那边碧绿的田野，吐艳的花朵，他更加想到河那边玩去了。

不知什么时候，奶奶也来了，她望着河那边的人家，说："变了……要是这里有座桥，我也要到河那边去看看！" ……

还　债

秀英嫂来金脉矿的那天起，桩子就认定她是从四英岭那边来的。自打发现这深山峡谷里藏有金子，开挖后，四英岭那边就不时有三五个清秀的女子来泡过，不过大多是帮挑金土的汉子洗衣淘米，烧饭打柴，过几天便累得吃不开就走了。而桩子没有想到的是，秀英嫂是来挑金土的，像自己一样同工头签订了合同，承包土方往指定的地方挑。

桩子承包的土方同秀英嫂的接邻。几回回，当秀英嫂躬身往挑筐里装金土时，他总是愣眼往秀英嫂鼓鼓肉肉的臀部瞟，心里痒痒的：啧啧……他已三十挂零，还未成亲。秀英嫂时而走进他的住棚，他总是无话找话地跟她搭讪。一回，他讷讷地讨好说：“英姐，看你累的……以后你帮我洗衣烧饭，我帮你挑金土吧！”不料，秀英嫂抬头凶他一眼，好像受到什么侮辱一般，冲着他说：“那你帮我洗衣烧饭，我帮你挑金土！”桩子的脸一下子就飞红了。但事后，休工时，桩子忙着烧饭，秀英嫂有空就悄悄地将他的衣服一同拿去矿棚边的山溪里洗。桩子很感激，但不知道说什么好，只是发狠地挑金土，也暗里悄悄地帮秀英嫂卖力挑。

一天夜里，桩子从美梦中恍然而醒，痴痴地望着窗外天边的月亮，当他把目光投向小溪的水面时，眼睛一亮，河面有个赤条条白花花的女人在洗澡，他认定是秀英嫂，便悄然起身，出了工棚，挪向溪边的草丛中，不慎，脚一滑，踩响了一只空酒瓶。秀英嫂惊觉了，只胡乱地用毛巾被掩住身子，给他两记耳光：“哼，没想到你……这德行！”

桩子抬不起头，哀求道：“饶了我，别声张，我发誓，愿意帮你挑完所有的金土，但你一声张，我这辈子就打光棍了……”抬头时，秀英嫂已穿好衣服，走了。

此后，桩子与秀英嫂还是天天身擦身而过，但谁也不吭声，桩子心悸，卖力地帮秀英嫂挑金土，衣服污垢了，也不见换洗，秀英嫂也不说他，心里骂道：“你有一身牛大力，任你犟去吧！”

然而，天有不测，桩子还未帮秀英嫂挑完金土，就被土方崩塌压死，工头出五百元请人挖尸，但因平日他爱敲大伙的竹杠，都想要挟他。秀英嫂听到这消息，愣了一下，心里翻腾了：前年，她男人得了急病，撒手走了，就她一人亲自换衣、洗身、入棺的，但由于出棺的风俗重，欠了人家五百元。两年过去了，她拖扯着两男一女撑着苦日子，今年春上，有人托媒说亲，她咬定如能拿出五百元还了债，就认了。对方闻风怯胆，留声再宽限些日子，正巧这时，她听说承包挑金土能赚钱，把女儿交付给娘家的兄长，就来了。如今，为桩子洗身挖尸不就有五百元了吗？……她向工头承诺了，半晌，工头还愣着不敢相信呢。

桩子的尸首挖出来了，已是伤痕斑斑，他那白发苍苍的老母亲赶来，已泣不成声："桩子呵，桩子，你为娶山那边的秀英嫂，还五百元的债，你才来的。你还说，只要吃苦两个月就能凑够了，但你挑不到一个月呀……"

秀英嫂听罢，如五雷轰顶，泪水不由夺眶而出，她搀扶起桩子的老母，把从工头那里拿到的五百元，塞在桩子母亲的手里，扭头就走，泪如泉涌，洒了一路……

哑　山

铁路通了，火车叫了，筑路工又要转场了。万重山忽然想到，应该去看看黄草崖。

黄草崖在西南边陲，山势并不陡峭，名叫哑山，原本没有什么名气，却随着隧道开凿，正扬名天下。

雨后的山野，一片朦胧；远方，如黛的群山，更显出深邃和险峻。

他坐在轮椅上，支开推车人，面对黄草崖隧道里深深远去的铁轨，心海泛潮……

一年前，他作为工程技术施工的副总，率着勘探队查看地形时，就担心要打通隧道是个不可轻视和穷于应付的角色。果不其然，在半年前的深入掘进中，隧道的凶险狰狞面目便显露无遗，遇上了打隧道最忌讳的断层，更难缠的是石质偏软，既显水又涌泥，他就是为排除更大的风险去引爆软弱围岩时，被意外的塌方压残双腿的。

昨天，通车的庆典刚刚开过，洞口边，还残留着燃放鞭炮的纸屑，以及装过鲜花的草篓。他听说，筑路工忘情地沉浸在成功的喜悦里，他们呐喊、欢呼、拥抱，汗珠和泪水在每个人的脸上流下，喜悦和哭声交织在一起，在空旷的大山里和蔚蓝的天空中回响……

忽然，一个小男孩童稚的声音冲进他的耳膜："妈，那叔叔怎么坐那种车？"

"那是叔叔的腿不能走路。"

"他为什么不能走路？"

"叔叔的腿伤残了。"

"那是怎么伤的？"

"是为了山野里响起第一声火车穿行的笛声，是为了大山回响阳光一般灿烂的笑声，为了你还有你妈妈……我就是凿挖隧道，引爆软弱围岩而伤残的……"他心里油然应声惊呼着。他循着传过来的声音转过身去，却见一位装扮鲜艳颇具姿色的少妇，携着一个瘦弱的小男孩比画着。路边，不知什么时候抛停着一辆色泽光亮的奔驰轿车。据悉，这里将建立一个停车十分钟的小站。

少妇清脆地回答小男孩的问话："那是叔叔小时候……不听他妈妈的话，像张阿姨家的小毛，乱闯马路，给车撞的——"

看见小男孩一脸惊慌，他悬着的心沉下去了，心里申冤：他没有乱闯过马路，他小时候生长在寂寞的大山里。他的假腿不能恨恨地跺地了，可幸存的手攥成了一团，他向着少妇盯了一眼。

少妇挪到车边打手机去了，小男孩怯生生地走过来，他这才松开了拳头。

小男孩问：“叔叔，你的腿不能走路？”

他没有回答，一脸茫然。

小男孩又问：“你的腿不是还好吗？”

他只轻轻一声：“那是假的。”

“小时候，你怎么不好好听妈妈的话？”小男孩满脸遗憾。

他的鼻子一酸：“哦，不……”

“小圆，走，我们走……”少妇打完手机，向小男孩招手。

小男孩清朗地应了一声：“哎——”就蹦蹦跳跳地走了。

倏然，他的双眸模糊了，黑暗的隧道无言地伸向远方。洞口边，鞭炮响过了，留下的是碎纸屑，鲜花谢去了，遗落的是空空的草篓……

血洗龙虎饭店

高中毕业后经人介绍我到邻村韦保顺开的龙虎饭店打工。

龙虎饭店地处亚热带，这里山高林密，野兽相当多。精明的韦老板为了多赚钱，打起了野味牌，食客趋之若鹜。饭店规模不断扩大，韦老板成了远近闻名的暴发户。饭店有一道菜叫“龙虎斗”，是将大蟒蛇与豹猫同烹，此菜成了招牌菜。于是，饭店干脆改名叫龙虎饭店。

这样一来，附近山上的豹猫和蟒蛇可遭了殃。韦老板出的收购价太诱人了，许多村民甚至冒着生命危险到一些人迹罕至的深山沟里捉蟒逮猫。

饭店后院整日都弥漫着血腥气，惨叫声更是不绝于耳。

一天，饭店收购了一条巨蟒，它足有六米长，直径十多公分，它的鳞片呈金黄色，略微发白。据说这条蟒是从当地有名的死人沟捉到的，估计是蟒群的头。

大蟒昏睡了一天才醒来。韦老板走近铁笼说道：“你挺威风啊，老子暂时不杀你，多展览你几天！”大蟒似乎听到了，慢慢把头凑过来。突然它大嘴一张，喷出一团腥臭的黏液，正糊在韦老板的脸上。韦老板猝不及防，惨叫一声，转身就跑。我们闻声跑过来，忙用清水给他冲洗。蟒蛇的黏液是腐蚀性很强的消化液，如果抢救不及时，肯定留下疤痕。韦老板大发雷霆，举起高压水龙头对准大蟒一阵猛射。

发泄累了，韦老板恶狠狠地说：“要不是花高价买的，老子非当场剁碎你不可……我要让你生不如死！半月后老子四十大寿，就用你下酒！”

自那天起，大蟒便被单独囚禁在院中的大铁笼子里，不给吃不给喝，还时不时变着花招虐待它一番，每天当着它的面宰杀它的同类，活剥蟒皮。

七八天过去了，大蟒毫不屈服，一见韦老板仍是怒目而视，直吐芯子。每次经过笼边，都会让人感到一种莫名其妙的恐惧。

又过了几天，出事了，笼中的大蟒竟然不翼而飞！韦老板闻讯赶来，脸色煞白，圆睁二目，围着笼子转起了圈儿。笼门完好无损，笼子的粗铁条也没断裂……除非有人故意放它，否则大蟒绝对逃不掉。

韦老板猛地转身，龇牙咧嘴地喝道：“是谁把它放了？承认了没事，要是被我查出来，扒了他的皮！”

我们都吓傻了，纷纷赌咒绝对不是自己干的。韦老板阴沉着脸又走近铁笼仔细观察，终于发现一处笼沿下有脱落的大蟒鳞片，上面有两根铁条的间距稍微大了一些。看来大蟒就是从这里钻出去的。

我们议论了半天，终于不得不承认眼前的现实。大蟒的身子是非常有弹性的，而且据说它会“气功”，身子可粗可细，为了自由，它承受了难以想象的痛楚！韦老板倒吸了几口凉气，没再说什么。

大约凌晨两点多钟，正在熟睡的我被一声突如其来的惨叫惊醒。我一激灵爬起来，往院中观望，不看则已，这一看我的魂儿差点吓飞了！明亮的月光下，只见几十条蟒蛇幽灵般爬满了院子，有的已经从窗子进了屋！我从没见过这么多大蟒集体行动！平时在饭店见的大蟒都是蔫头蔫脑的，而眼前这些大蟒一条条怒不可遏，气势汹汹！我发出变调的呼叫：“快醒醒，大伙快醒醒！蟒蛇进屋了！”

很快惨叫声便响成一片，瞬间，大蟒已把几间屋子团团包围。围住韦老板的蟒蛇尤其多，简直水泄不通！

屋里的几名男厨师和伙计对大蟒早已司空见惯，亲手杀死过无数条了。惊恐过后，他们便抄起各种利器与蟒蛇搏杀起来。一阵猛杀猛打后，总算有几人冲出屋，到了院子中。

蟒蛇的攻势放慢了，又有几条蟒蛇冲向韦老板的屋子，大概去增援了。看来这次蟒蛇重点攻击的就是韦老板的屋子，由门窗空隙进屋的已有好几条！我隐约看见了那条“越狱”的巨蟒，它金黄的身子太显眼了，个头也大得多，我立刻明白了，是它带领同伙报仇来了！奇怪的是，一直没见韦老板的身影，也没听见搏斗声。

我冲院中的几个人大喊：“快上房来！这里安全！”他们如梦方醒，忙不迭地找到梯子，拼死拼活地爬上房。大蟒蛇开始往房顶上爬，我们几个人齐心协力，倚仗居高临下，总算打退了它们的进攻。

大蟒们终于从韦老板屋里撤了出来，在那条金黄色巨蟒的带领下，很快消失在后山的丛林中。

确定危险已过，我们才下了房。未能冲出屋的是颜中伟和李长友，平时两人专门负责宰蟒，杀的蟒蛇最多，他俩的肋骨被勒断了大半，内脏破裂，七窍流血，早已气绝身亡。女服务员的屋门窗较为严实，蟒蛇未能进入，她们毫发未伤，不过全吓得休克了。

韦老板呢？我们一起走进他的屋门，外屋一片狼藉，没有他的影子。我们不安地走进里屋，里屋更乱，有蟒蛇肆意践踏的痕迹，并且弥漫着浓重的腥臭味，奇怪的是仍不见韦老板！

莫非韦老板被蟒蛇掳走了不成，或是被大蟒吞下肚去了？这太可怕了！我的头皮一阵发麻，脊梁沟直冒冷汗。

这时我们不约而同注意到了墙角的大缸。那缸高约一米五，稳稳当当地立在那里，上面盖着盖儿，缸壁有明显被勒过的痕迹。韦老板会不会在那里边？

我们轻声喊："韦老板，蟒蛇都走了，您快出来吧！"连喊几声毫无动静。我们顿觉大事不妙，迟疑了会儿，才紧张地走过去，哆哆嗦嗦地撬开缸盖。

缸盖撬开了，韦老板浑身扭曲，脸色青紫，暴眼突舌，十指紧抓缸沿，都抓出了血，死状可谓惨不忍睹。

估计韦老板一见大蟒闯进，知道冲不出去，于是立即钻进缸中，并从里面拉紧盖子，蟒蛇围住大缸，拼尽全力想勒破大缸，但那根本不可能。十几条大蟒围住大缸，恼怒到了极点。

那条黄金色巨蟒恨透了韦老板，死活不肯罢休。最后它们用身子把缸盖死死堵牢，不透一丝丝空气，可怜的韦老板活活憋死在了里面。

这个闻所未闻的恐怖事件很快不胫而走，当地再没有人敢残杀蟒蛇了。

上山·下山

上　山

“不要推我……我真的不行，你们年轻人上吧，我在山下等。”王师傅畏缩着，几乎是哀求。

可年轻人不依，七手八脚地扶的扶、推的推、拉的拉，硬是将他往山上拽。

“走吧，走吧。”小伙们边催边劝。

“老王，上吧。”姑娘们边拉边说。

他脱不开身，哭丧着脸：“谢谢啦！让我上山，那是要我老命呀，上了半山腰，我会心肌梗死的。”还没上山，他就喘起粗气。

“那我们抬着你走，边走边奏哀乐。”和他闹惯的小伙们嬉皮笑脸着，姑娘们也凑上来帮腔：“我们在沿途上采野花，编织花环。”好调皮的年轻人。

“上贼船了，我真不上山了。”他嘀咕叹气。

他有十多年没爬过山。这座山出息成为旅游点是他始料不及的。

自从他退了二线就很少参加年轻人的活动。爬山那是年轻人的事。自己力不从力，不必凑这热闹。

可退路给年轻人堵住了，脚下似乎只有向上攀登的路。唉，走到哪算哪吧，总不能让我拿生命当赌注，他终于应声爬山。

路上，他总觉得气喘吁吁，一边往山上爬，一边又掉头向山下望，似乎要寻机往回溜。但小伙们时时盯着他，姑娘们步步看着他，像押送俘虏一样紧贴着他。

他开始大口大口地喘气，接着成把成把地抹汗。途中歇下来时，他还夸张地伸腰捶腿，嘴里怨叹："哎呀，这山我是爬不上去了；我就在半山腰歇，等着你们下山！"

"爬上山后，我们就不从这下山了。"年轻人似乎故意将他半途而废的念头捻灭，只顾拥着他向山上走。

崎岖盘旋的山路，七拐八弯，傍着峭壁，依着悬崖，向山上的深处伸去。路越来越陡，窄小得只容一人穿过。于是大家咬咬牙，挽拉手，小心而固执地前行，一忽儿昂头攀上坡顶，一忽儿又俯身探进深谷。他抬头低目之处，迷蒙的山间岚雾滚动着，朝前望去，明明是悬崖，没了路，正担心走向何方，路却蹦出来，连又爬上一盘山的脊梁。倏地，一道山梁斜横而出，挡住路面，他急来转向，抓住路边的攀藤，心却在胸膛里晃荡。

渐渐地，山上旖旎绚丽的风景进入他的眼帘：哦，久违的野径，开满鲜花；参天的大树，拥抱阳光。他不由心潮激荡：可不是吗？无限风光在险峰！

姑娘们从路边采了一朵野花插在发辫，连同灿烂的笑容叠进照相机的底片。陡然间，引来一阵阵欢畅的叫好声。

"走，走，往前走。"他忘情了，竟然挥起手，振臂高呼，一鼓作气攀登之势。

"好。"这时候，年轻人体力已开始消耗，带来的面包和矿泉水所剩无几，却受到他的感染，齐呼起来，争先恐后向山上攀登。

拐过一个弯口，他忽而觉得眼前一片开阔，已经爬到了顶峰，回头望向迤逦的羊肠山道，心里惊呼："原来我真的能爬上来了？"

这时候，大伙陆续到了顶峰，他们一阵欢呼，他一起雀跃，再没有人来逗闹他。小伙们架起了石灶，姑娘们捡来了伙柴，终于点起了篝火……

他们决计野炊停顿后，就沿着另一条山道下山。

不知道谁嘀咕了一句，下山更比上山难，那条山道平日就少有人走。

但他不再畏缩，他相信自己会翻过这座山。

下　山

下山更比上山难。

我偕同妻儿在卧龙山险峰尽兴游趣，已近黄昏时分。正待寻路下山，但四处深谷百丈，长风啸啸，山岚野雾间，依稀可辨一条羊肠小路依崖延伸而下……

妻见状已胆怯心惊，儿望着却步悸叹。

我的心里也开始发怵：早晨上山时，就听说上山下山就这条唯一的小路。我们是提着心跟随先行人攀缘而上的，而他们或许早下山去了。

时间悄悄逝去，夜幕渐渐降临了。

恐惧与惊慌笼罩着妻儿。妻几乎要哭了，儿倦靠在他妈妈的怀里。我茫然无措，与妻儿相对无言。

这时候，山上游人稀疏。几间咸淡小店铺已打烊，仅有的一家客栈，也掌起灯火，可容留游人过夜，但我上山时带的钱所剩无几，况且在山下我已订了近四百元的套房。即使在山上过夜，次日也得沿着那小路下山去。我犹豫再三，还是敲开一家小店铺的门，侥幸打听是否还有别的下山的路。

小店铺的主人是一个清秀的姑娘。她听明我的来意，满脸困惑，待她看我妻儿蜷缩无望的神色，沉吟一下，说：“别害怕，我带你们绕道下山。”

“真的？下山还有别的路？”我大喜过望，几乎喊出声来。

姑娘轻盈地出门，从妻的怀中抱过孩子，我与妻子拎着行李，跟随在她的后面，从一条仄小蜿蜒的小路移步而下……

路上，姑娘谈兴颇浓，轻声柔语，娓娓道来，说起我们此行无暇游览的景观。妻又开始有了笑声，儿下地自己走，渐渐的，我们恐慌的心绪消退了。

……终于，眼前出现一片平坦，到了山脚下。我赶忙摸衣袋，还未掏出钱，姑娘就婉谢了，说："其实，下山并没有别的路，同上山一样，下山走的也是这条小路……"

我目送着她的身影，凝想起来……

非礼事件

万有大厦刚刚启用不到一个月，电梯间就发生了一件意想不到的事。

这件事说起来其实很难启齿，要不是当事人的男朋友向大厦的物业公司反映，这件事恐怕就悄无声息地过去了。

当事人小慧是万有大厦物业管理公司的清洁工，是从郊外农村招进来的。人长得秀气可人，身段有模有样。大厦里六部电梯间的清洁工作都由她一个人管，每天晚十二点左右要更换电梯间印有“星期一”“星期二”等字样的地毯，次日再把里里外外打扫擦洗干净。

事情发生在一天晚上。小慧像往常一样准备更换电梯间的地毯，她跟着电梯上到二十八楼的时候，上来一个四十岁左右的男子。租用大楼的单位很多，小慧不认得他是哪个单位的工作人员，只是微笑着跟他打了招呼，然后弯腰俯身收起地毯。突然，那人从背后搂住了她，还说："小妹，你真漂亮，做清洁工太可惜了，以后跟着大哥怎么样……"说时在她身子上下一阵乱摸。小慧慌了手脚，大声喊叫起来，那人也没敢多缠，等电梯门一开就跑出去蹿得没影了。

出了大厦，男朋友来接她，看她惊魂未定，追问之下，她才告诉了事情的经过。男朋友气愤，说："这万有大厦……怎么还有这样的事，你明天就去跟物管的说，查查是谁干的？"小慧忙说："算了，这事闹起来多难堪啊，还是别去了。"男朋友说："不行，非得教训他不可，要不明天我找几个人守着，修理他一顿！"小慧忙，说："你这样，要我把脸往哪放？"男朋友很倔："放过他，说不定他还会做出什么出格的事来！"小慧担心把事情闹大，第二天去了物业公司，没想到男朋友已反映了此事。

大厦物业公司的主管听说这件事以后，很惊讶，想不到还有人胆敢在电梯间做出这样的事。刚好电梯间里前两天装好了摄像头，于是马上叫保卫科调出视屏录像来看，果然找到了有人非礼小慧的录像。经过暗中查访，那人是租用大厦的一个物流公司的员工，叫赵才宝，平时名声就不太好，公司没有几个人给他好脸看。主管让保安把赵才宝请到办公室，也没多说，就把录像放出来让他看。几分钟后赵才宝就蔫了头，乖乖坐下了。他承认昨晚一时糊涂，非礼了小慧，揉摸了她几下。主管说："这个事情说大就大，说小不小，就看你什么态度，要么你向当事人当面道歉赔个礼，要么我们向你单位反映……"没等说完，赵才宝就慌了神，说："不行不行，请千万别声张，我知道我做错了。但是，当面向她道歉，她也难堪；要让公司领导知道，我就完了。我想，或许我交点钱作为补偿什么的……怎样？"物业主管想了想，事情闹大了也会影响大厦名声，小慧打工挣钱也不容易，不如交一笔补偿金好了。于是，就答应了。

第二天，物业主管随后找到小慧，告诉了她处理结果，然后把一个信封交给了她，小慧害羞地接过了；等主管走后，小慧才打开信封，一看里面居然有整整三千块钱。跟小慧一起做工的姐妹在旁边看到了，都围过来问怎么回事。小慧开始支吾不作声，有个姐妹嘀咕：莫非她跟主管有什么特殊关系，她害怕惹起误会，只好讲了事情的经过。姐妹们听了都很吃惊。

后来，这事在姐妹中引起不小的议论。

一个姐妹说："摸几下就拿三千块钱，又快活又惬意，这样的好事哪里去找啊……要是谁给我一千块，我情愿让他多摸几下。"

另一个说："小慧我认得，还不如我们漂亮呢，被人摸几下都能得到三千块钱。如果有人摸了我，说不定给的钱会更多呢……"

一个在别的大楼做工的姐妹也听说了这件事，说："我们大楼里可没这么好的事，我上次搬东西被划伤了手，公司才给了五十块钱。俗话说得好，靠山要靠大山，吃水要吃深水，还是你们万有大厦的人有钱啊。以后你们那边还要招人的话，要记得告诉我啊，我一定去应聘！"

寻找幸福路

他拄着木杖，踯躅在街道上，前路，迷漫着寒雾。

他觉得自己的乔装打扮是一流的，精湛的表演可获得奥斯卡最佳演员奖。可是，他并不想入非非，不在乎什么奖，只想拨开缠绕眼前的迷雾，寻找到心灵的慰藉，寻找到人间的温暖，寻找人性善良的宝光。

他清楚地记得自己被当作杀人嫌疑犯被抓起来的那一幕。他精神备受折磨，终生刻骨铭心。连续几天的审讯，他几乎合不上一眼，喝不上一口水，精神恍惚，濒临崩溃，被迫承认杀人，后被判死刑缓期两年执行。入狱后，他不断上诉，可还是被上一级法院驳回维持原判。他的母亲遭受不了这打击也离开了人世，父亲长期积劳成疾丧失劳动能力，妻子也离他另觅幸福，两个孩子由他的姐姐来抚养。他的情绪跌入人生冰点，尽管狱警做了大量工作可还是收效甚微。后来，他又继续上诉，法院重新审理案件，发现疑点很多，终因证据不足，被判无罪释放。公安部门重新侦查案件，终于将真凶缉拿归案。

五年后出狱，三十几岁的他已发花鬓白。他在痛苦与彷徨中熬着日月，简直是度日如年。这个世界还有他期待的东西吗？他持怀疑的态度。

他戴上深墨色眼镜，企图把自己和外面的纷杂世界隔开，期盼透过镜片过滤社会人生，企盼通过探路木杖寻找幸福的指数。

马路上大小车辆川流不息，两旁店铺商品琳琅满目，店员爆卖火热，叫卖声振聋发聩，此起彼落。人行道上游人如织，好不热闹。路上，外地来的散工三五成群，等待雇主。可他视若无睹，木杖探路摸索着前行，似乎是黑暗世界里的独行者。

他来到一处繁华的地方停住脚步。对面走来三个人，中间那个腆着大肚子，老板模样。

“请问先生，往桃花公园的幸福路该怎么走？”他怯怯地问道。

老板目不斜视，昂首阔步，派头十足。

“去去去！快走开！”旁边那个拎包的把他推向一边。他一个踉跄差点跌倒。

“你快滚远一点，别挡道，真晦气！”右边那个引路的怒目圆睁，粗声粗气地嚷道。

“你，你们……怎么这样？”他几乎要扬起手上的木杖，为避免露馅，只是手指着那伙人，装作气愤骂不出声的模样，看着他们趾高气扬地跟着老板离去。

“狗仗人势，有钱有啥了不起！”他愤愤地啐了一口。

他拄着木杖，继续往前走，前路的雾气更浓了。

对面走来了一对情侣，手拉着手说说笑笑，无限的甜情蜜意。

他决意走过去，试试看，问问他俩，看看对方的诚意，能否向他伸出援助之手。

他拦住了他俩，堆着笑脸问路：“请问先生，往桃花公园的幸福路该怎么走？”女的斜睨着他，硬邦邦地说不知道；男的打量他一番后说，从右边这条路往前走，左拐右弯看到一条匝道就到了。男的说完扮了个鬼脸，诡谲一笑；女的看后掩嘴窃笑。他清楚男的是在戏弄自己，有意给他指错一个相反的方向。眼送年轻的情侣走开，他摇了摇头，一脸苦笑。

人们的冷漠让他的心更加冰凉了，一阵寒意骤起，雾气迷蒙起来。

他终于来到了桃花公园，执着寻找幸福路。

公园里青草逼眼，树木葱茏，鸟声悦耳，假山矗立，花儿鲜艳，湖水在微风中泛起层层涟漪。游人三三两两，赏花观景，悠然自得。

他站在路口边，静静地观赏着公园美景。可是，美景始终打不通他闭塞的心，驱不散他脸上的愁云。

“妈妈，到那边看看！”一声童声稚气的话飘进他的耳朵里。

一个七八岁的小女孩由她妈妈牵着蹦蹦跳跳地往他这边走来。他连忙伸出木杖拦住了母女俩。

“请问，小朋友，大妹子，到幸福大道的路该怎么走？”他问。

小女孩上下打量他一番后说：“大伯，我真的不懂路。妈妈，你懂路吗？帮帮盲人大伯吧！”她摇了摇母亲的手，语气恳切，一双明亮的眼睛扑闪扑闪着。

母亲抚摸着小女孩的头，冲着他笑了笑说：“真不好意思，我是外地人，来这小城生活还没多久，不懂路，你问问别人吧！”

小女孩又扑闪扑闪着大眼睛，无助地望着他，由母亲拉着走了。

他继续摸索着往前走，失落犹如一块大石头沉甸甸地压在他心头。

在怅惘中，他的视野里出现了一位二十岁左右的盲人姑娘拄着木拐拐，一步一步地走过来。

“请问姑娘，通往幸福大道的路该怎么走？”他跨步上前问道。

“你是、也是……”盲人姑娘侧着耳朵听了听，柔声地说。

“我和你一样……”他忽然觉得负罪一样，说。

“好的，我带你去！”盲人姑娘脆生生地说，随后在他身边停了下来，他清楚地看到盲人姑娘长得很秀气。

“谢谢姑娘！”他说，“谢谢你相信我！”

“不用谢了！”盲人姑娘报以他甜甜的一笑。随着右手握住木杖探路，左手紧抓住他的左手，一前一后，朝幸福大道走去。

他心里积压已久的冰雪融化了，不知道从哪里起了风，眼前的雾气散开了，一股暖流静静地在他的胸腔里流淌着……

第七辑：与春天约定

别问我是谁

“别问我是谁？打死都不说！”

他觉得是一种黑色幽默，在他内心翻腾的N种谋杀方案中忽然冒出了这句话。他要谋杀的是第三者瘦猴。作为第三者，瘦猴必须死！他从卫生间出来时，妻刚刚暧昧地给瘦猴打完电话，脸颊似乎飘上了两片红晕。他一声没吭，独自上了床，听得妻随后也蹑手蹑脚地上床睡了。瘦猴死后，她会哭吗？他想，然后就睡着了。

瘦猴有一张儒雅的脸庞，加上一双温顺的眼睛，属于那种很能吸引女人的有地位的男人。他已搞到了瘦猴的电话和手机。一想到马上就要将瘦猴送到地狱，就不禁产生了一种快感。

次日，他在瘦猴单位对面街边一个公用电话亭里，用200卡拨打瘦猴的手机，通了，瘦猴的声音从话筒传了出来，他咬咬牙，然后才定下神来对着话筒说：

“若要人不知，除非己莫为。你去自首吧。”

“开什么玩笑？！无聊。”瘦猴挂上了电话。

他又很有耐心地用200卡拨打了瘦猴办公室的电话，瘦猴接了起来。

“你以为我在开玩笑吗？”他说。

“你到底是谁？”瘦猴的声音有些愤怒。

“一个陌生人，认识我对你没什么好处。”他说。

“你要干什么？威胁我？谋杀？”瘦猴迷惑地问。

“给我听着，十分钟后，你到你单位对面的公用电话亭来，那里面有你感兴趣的东西。你好自为之吧。”他挂上了电话。然后在电话亭边的公交车站里待着。

十分钟后，瘦猴左右张望走进了电话亭。他肯定看到了他的留言，上面写着“请拨136137*****，接听的问Who are you？你就说‘别问我是谁？打死都不说’，一切就会真相大白。”他看到瘦猴手里揉搓着纸团出了电话亭。

半小时后，他收到一个陌生卡号拨来的电话号码打了回去，他像约定的说了声“Who are you？”只听到瘦猴的声音响起：“别问我是谁？打死都不说。”

他捏着鼻子，用方言说：“三天后，准备好六十万，保你没事。如若不然，你就等着瞧吧。”

“我，我们见面谈如何？”瘦猴小心翼翼地问道，“你是哪路英雄？”

“想把我交给警察？准备好钱后，我再和你联系。”他说完就挂了电话，拆出手机卡扔到了垃圾桶里。

三天后，他刚走到瘦猴单位对面的电话亭街面，发现不远处有好几双警惕的眼睛呈环形包围圈在盯着。瘦猴肯定已经报了警，他暗笑一声，上了一辆空荡荡的公共汽车，过了三站路他下了车，确信无人跟踪便钻进了一个网吧，上了一个可以在线发短信的网站，用一个外地的手机号码注册登录后，发了一条恶狠狠的短信：“别问我是谁？打死都不说。我只要钱，不要警察。钱拿给我，警察留给你，要不纪委会找你，你会有很多话要向他们说的。”

然后他离开了网吧，一直在街上逛到了下午，才用一张新的200卡给瘦猴打了一个电话：

“收到短信了吧？准备好了吗？”

“收到了，都准备好了。”瘦猴口气里有点无奈。

“请你三十分钟后亲自带钱到鸿发超市，确保手机畅通。”他并没有给瘦猴多少时间回味，挂下了电话。他原想瘦猴可以像个真正的男人那样在电话里慷慨激昂地吵嚷一下，结果面对暧昧的威胁，瘦猴竟变成了一条没有骨头的狗。

三十分钟后，瘦猴出现在超市门口，在刺眼的阳光下流着汗抱着一只沉甸甸的密码箱，人群像潮水一样不断从瘦猴身边流过。瘦猴似乎并不知道自己正在被人欣赏，仍然焦虑而又无奈地等待着神秘的信息。

他坐在超市内的茶座里透过玻璃冷冷地看着瘦猴，忽然对自己的计划失去了兴趣，确切地说是对瘦猴失去了兴趣。于是他起身结账，走出了超市，与瘦猴擦肩而过。

这时意想不到的事发生了。瘦猴忽然拎起密码箱，神色慌张地往马路上闯。他下意识地跟着瘦猴的后面跑，瘦猴弯腰从马路上拣起被风吹走的一张百元大钞时，一辆卡车向瘦猴冲了过来，几乎是下意识地，他伸手一把推开了瘦猴，卡车撞上了他。他感觉眼前的世界忽然飞速地旋转，然后听到自己坠落在柏油马路的声音，眼里只有褪色的蓝天，越来越模糊。

瘦猴那令人生厌的面孔忽然凑了上来，他听见瘦猴絮絮叨叨地说着，声音好像来自几千里外很空旷的地方：“朋友，不能怪我，你没事吧？是那辆卡车撞你的……”

他脸上露出了嘲讽的笑容，一把抓住了瘦猴的衣领，把瘦猴的耳朵凑到自己嘴边，用尽最后的力气，说：“别问我是谁？打死都不说！”

追　寻

傍晚，连阴雨终于放晴了。要紧的是，他的心情已经变好。窗外，地面上似乎不那么泥泞了。

为什么昨天傍晚没有在公共汽车上看见那一张动人的脸呢？好像失去了一张珍爱的画。那么，今天能不能在汽车上碰到她？那个年纪已经不轻，脸也不俏丽的陌生女人。“谁说陌生？一年多了。几乎天天在这趟公共汽车上和她碰面。”那真是一张耐人寻味的脸，它沉思，它微笑，它忧伤……永远活跃着生命。关键在她的神采，神采常会使平庸的相貌变得美丽和动人。这是一种只有艺术大师才能捕捉到的美。

他不是大师，他甚至不能有一顶名正言顺的画家的帽子。他本来应该而且可以成为一个很有才气的画家。他得天独厚地具有一般人所不容易具有的眼睛的记忆。凭着眼睛的记忆，他已经画了无数张她的素描。她，这陌生而又亲切的女人，在他那斗室的墙壁上，带着各种神态，从各个不同的角度望着他，观察着他。

他是学绘画的，搞不清楚为什么会弄到气象站来工作。的确，他会干什么？又能干什么！除了要出黑板报，或是逢年过节要在机关门口装饰“元旦”“国庆”“春节”几个美术字的时候，人们才会想到他这个美术学院的毕业生。可那机会那么少，又那么短暂，没等人们留下什么印象就被忘记了。

一年多来，欣赏她、揣摩她、描摹她。无声地用心和她交谈，已经成了他生活中不可缺少的一件事。可是，昨天傍晚，他没有在这趟汽车上看见她，他的心情变得那么坏，整整一个晚上显得那么暗淡。

睡觉的时候，他呆呆地出了好半天的神，然后，他忽然发现她的每一张素描，都是那么不能传神。他越看越别扭，是那根彩笔尖膨絮了。他光着脚板跳下床，把那些素描从墙上扯下来。一张也不剩，撕得粉碎，弄得满地的纸屑碎片。

应该买一对彩笔，他出门了。

装在床下那个纸篓里的那些彩笔，早已轮回地凑合又凑合用了好几遍。现在，就连粘橡皮膏也不解决问题了。而她，现在在哪里呢？那个他曾经把她比做一个梦，一支夜曲，一泓湖水的姑娘。他使劲儿地用手抹了一下憔悴的脸，好像脸上看不见的蛛网，走进了那家日夜营业的百货商店。

卖彩笔的姑娘正在和别人聊天。

“小姐，我买彩笔！”没人搭理。他显然是一个微不足道的角色。

他提高了声音，再次说道：“我买彩笔！”

她爱理不理地走了过来，斜着身子，胳膊肘往玻璃柜台上一靠，然后翻着眼睛问他：“要哪一种？”

“深蓝色的！”

柜台后面有人叫了：“小王，你的电话！”

“啪”，扔过来一双：红色的。他苦笑了。要不要等她接完电话，换成蓝色的？已经六点三十分。再等就会错过那趟汽车了。他不等了，转身去候车亭。

她在那儿。夹着一把浅绿色的塑料伞。浅红色的衬衣外面，是一件银灰色的外衣。拎着的网兜里最上面的是五个扎在一起印有“某某中药店”字样的纸包。有人病了，不知是她的丈夫，还是她的孩子。她一定累坏了，一脸的倦容和烦恼，微微地弓着身子，靠在候车亭的铁栏杆上。

公共汽车来了。永远是那么不顾死活的拥挤。她一定会急着回家。他冲到她的身边，尽力排开拥挤的人群，让她能挤上汽车。

她跟前的乘客下车了，位子空了下来，她重重地跌在座位上。伞，却从她的腋下掉了下来。他忙为她捡起。他害怕得连心也缩紧了。生怕他会听到一个想买彩笔的姑娘一样的银铃般的嗓音。那样，他在想象中已经习惯了的形象就会被那银铃般的声音砸得粉碎。

他听见一句低沉的，甚至是略带嘶哑的话：“谢谢！”

他感激地望了望她。有好一阵不能从那莫名其妙的快乐里清醒过来。有什么声音在他的心里响着，是了，是那句话：“不，该是我谢谢你，你没有让我失望！”

她瞥了他一眼。那是一双除了她自己的世界，什么也看不见的眼睛。当然也没有看见他。用不着，他并不想认识她，也并不想爱她。他只是想画这张动人的脸，并且把她的画像挂满他的墙壁。

几乎所有的收藏家都会喜欢向人们炫耀自己的收藏，高兴的时候，也还会转送给自己的朋友。可绝对没有哪一个人愿意自己的女人被人欣赏。一个男人对一个女人或一个女人对一个男人发生兴趣便是想要爱他，占有她。他想，既然人是自然界里最杰出的艺术品，到什么时候男人才不把女人，或是女人才不把男人仅仅是当作求偶的对象，而是作为一件艺术品来欣赏。

她会怎么说？“谢谢！”是不是这个样子？回家进门了，他试着在着在心里重复模仿她的语气，语调。他从那声音好像又更多地捕捉到了一些感觉。他神经质地搓着自己的手指头，准备重新为她画一张素描。

他走进自己孤陋的房间，顺手关上了房门，空气一下子显得那么温暖，就像他今天晚上的心情。他在画架前面坐下，凝思起来。

今生盛宴

许有恒老师总觉得像是进了别人的家。

他昨天出差回来，客厅里陌生的摆设就让他以为走错了门。但犹疑之际，他终于认得书房门楣上“不夜斋”三个字。那可是他亲笔挥毫而书的。这些年来，他总是以拥有独自的书房而自豪。他认定，在安静的环境即使操守枯燥的学问，也足以让人乐此不疲。

这次外出参加为期一月的教学交流，回来是要提交交流报告的。可今天一早，他就枯坐在书房里，铺开洁白的信笺，而思绪却一度被客厅里的摆设所缠惑：原先墙壁上是他亲手所书的唐诗宋词条幅被一部 34 寸液晶电视所代替；陪伴他多年的三张老式藤椅也被崭新华丽的布艺沙发所换掉；明亮的钢化玻璃茶几上放置着一只紫砂壶，衬着五只攀龙附凤的茶杯，营造出一种典雅别致的氛围。而这种奢华宽绰的摆设，他事先只能在电视广告里见到，可这要用去多少钱？这与他一个教书匠应该是远远无缘的。

他想起了儿子许青路。难道是他的汽车修理行赚了钱？儿子自小天资聪颖，当年以高分考进华东师大，他曾引以为荣，赢得尊重。然而，儿子只在讲坛站了三年，就闹着转行，他劝阻过，可儿子转行不成，竟辞职下海去开了间汽车修理行。他差点气晕过去，悲叹家门不幸。他曾对着儿子说，你少让我见到你，见着你我会血压升高。而儿子却倔强地说，只要对职业忠诚，行行出状元。三年过去了，他确实很少见到儿子，也许是他常年外出采购配件，或者是早出晚归，生怕惹他心烦气躁。后来是老伴对他说了儿子下海的缘由：儿子的女朋友只来家玩过一回，便以家徒四壁为由分了手。他听后说，既然如此那般那就不值得留恋。而这次他外出参加教学交流，只一个月时间，儿子竟把整个家改造了。前些年，他一家人住进这套房时，还欠了银行贷款呢！

一个上午的时光很快就过去了。他叹了一口气，顿觉饥肠辘辘。他提醒自己，文思枯竭时别硬着头皮写，待午睡之后再重理头绪。可吃过午饭，他毫无睡意。这可是多年来所没有过的。是卧室里有了很多改变吗？床上垫着席梦思，有些柔软，让他有些不习惯了。挨墙竖起了大立柜，放着他和老伴的衣服还绰绰有余。特别是那个精巧的梳妆台触动了他，那是老伴多年催他买而没落实的。忽然，他浮起一个怪念头，去看看儿子的卧室。

推开儿子卧室虚掩的门，他眼前一亮，又一个崭新组合立柜，显然比他卧室里的大且显气派。最扎眼的是卧室墙里居然有一个书柜，而且摆满了书。有几套书是他多次流连书市而最终望着书价叹气没有买下的。此刻，他忽然觉得如获至宝。多年的积习让他对书情有独钟，而且认为，只要有书，就可以是不食人间烟火的人生盛宴。

直到下晌四点，老伴回来了，他才惊惶地从儿子的卧室出来：“你，你怎么这时候回来了？”

“今晚家里来客人，我回来准备晚饭。”老伴的嘴唇一挑，似乎有喜事。

“谁？谁来呀？”他关切。

老伴眉头一扬，郑重其事：“我必须事先说好，今晚儿子的女朋友小杨要来，主要是想见你，你要有个好脸色，否则，我与你没完！”

老伴这么一说，他知道儿子的女朋友不止来过，还似乎同老伴有亲情了，他问：“那小杨是干什么职业的？”老伴却没正面回答，只说：“来了就知道了，你或许会满意的。”

他回到书房，开始潜心翻阅教学交流资料，直到儿子和女朋友小杨来敲门，他才抬起头来：儿子西装革履，很豪帅；小杨有些文弱，却很显秀气。

寒暄过后，他和儿子来到客厅。他头一回坐在布艺沙发上，臀部往下沉，可他感到舒坦。小杨进厨房帮忙去了。儿子欲言又止，终于说：“这些年，我想了很多，一个国家如果没有一批甘于寂寞而潜心学问的……或许这个民族就缺乏信心和希望。我虽然离开讲坛，但我并没有辜负你……”

“其实，我并没有强求你干什么或不干什么。”话一出口，他竟一时不明白自己为何那样对儿子说。“小杨是研究生，读历史专业，非师范类，可她应聘在市一中，她说，她听过你的课，还说你的声音能让每一个学子听后总是精神抖擞。”儿子的话锋健谈起来，于是，父子俩谈起了卧室书柜里那套他经年渴求的书，言谈间听得见厨房里勺和锅撞击的声音，随后有很浓的香气弥漫开来，他仿佛又一次享受齿唇留香的阅读盛宴。

晚饭时，老伴显得很高兴。儿子和小杨敬了他几杯酒。平日里他可是滴酒不沾的。他只觉得滚烫炽烈的酒，滑过喉咙，又痛快又难受。

他终于觉得在自己的家里彻底地醉倒了。

拯　救

下班的时候，阿炳打来电话说，让我到他的城南音像店去一下。

我犹疑了，从我这到他的城南音像店几乎绕城大半，下班这当儿车流人河，我蹬自行车就得个把小时呢。我说，有什么事就在电话里说吧？

阿炳没有多说什么，只说来一下就知道了。随即，他挂了电话，他那口气仿佛有什么非见面就不好说或不能说的。

我了解他的执拗，知道与他再说也不会有变，只好骑自行车绕道城郊向着城南蹬去。

我和阿炳认识是在朋友的饭局上。宴席间，他几乎不动声息，比我的话还少。待到大伙耍起酒疯互敬，他仍是最好的听众。有好事者欺我不胜酒力，企图借势灌醉我，吵嚷之间，他竟横身夺过我的酒杯往他嘴里倒。这让我一下子就记住了他。

那晚，阿炳送我回家，到了我楼下，有个孕妇跪在街边，面前摊着一张白纸，写着歪歪扭扭的字，不用看也能猜出大概内容。我竟发现阿炳搀扶着我时，不忘掏出一张五元钱丢在纸上。

没想到，我绕道城郊走，路上人流并不见稀疏，或者是人们都觉得城郊小道通畅，结果都转向绕来，硬是把一条本不宽敞的小路挤窄得更小了。丁字路口处，那堵高高围墙后破败的院落，就是阿炳曾经上班的地方。阿炳告诉过我，他是参加工作三年后听人鼓弄下海去的，却什么也没捞着，如今上岸来在城南好不容易租个小铺面开一家音像店，经营着老碟，新碟更新也快，可就是赚利很薄，刚能抵上养家糊口。但阿炳乐在其中，按他的话说，别看音像店门脸小，声乐世界大着呢。在国外去见部长或见总统，你可以穿便装，但要进歌剧院要着正装或礼服；其实人的身上都有一扇音乐之门，只不过是你不知道，更不知道它会何时打开。我和他一来二往混熟后，不时就相邀小聚，大多是到郊外农家菜馆去。那里有几样应时的菜式，比如葱拌毛虾、干扁溪螺，还有酱焖鳗鱼等。阿炳酒量并不见好，独独喜欢三春椰酒，喝到醉眼蒙眬时，便学着电视里的广告词，戏说你好我也好。由此我常常想起，认识他的那个宴席上他为我挡酒，心里便陡增些许敬意。

城郊的街边车水马龙，三教九流夹杂其中，前方出现了一个沿街乞讨的老汉。记不清多少次了，我和阿炳曾经也走在城里街边，见到乞丐或残疾人，他总是像准备了好的悄然丢下三、五元钱。我说，那些都是装出来的。年上就有电视台采访一位孕妇，结果她拔腿就跑，原来肚子是垫起来的。他听了未置可否，只是笑笑。我知道他未必相信我的话，或者就不打算相信。有一次，我明知不能说服他，却还是说："你就图个心安？"他却说："不是心安不安。只要他们高兴，这付出也是我能承受的。"

也许这只是缘起，后来一件窝囊透顶的事，弄得我的心情很不平静，想必阿炳的心情也不会平静。

那是朋友的朋友转折介绍朋友的朋友——反正隔了好几层关系——从贵州大山里赶来，办了一个小型慈善讲座。主讲人林山似乎没有抖落从远山而来的疲惫，给我们看了九幅富有感染力的照片：木板钉成的墙壁、渴求的瘦眼、龟裂的手指等。林山的演说神形兼备、声泪俱下，诉求贵州远山深谷里教育亟待拯救，其召唤力穿透和震撼了在场所有的人。现场募捐时，我掏了六百元，阿炳捐了两千元。我知道那是他准备进货的筹资。那时，他的音像店几乎没有进账。

事后一个月，阿炳似乎还没有从贵州大山的世界走出来。他说，如果可能，真想去贵州支教，哪怕是一个月。于是我设法联系朋友的朋友，可是林山似乎从人间蒸发了，倒是打听到在场四十一人捐了十六万四千元。朋友的朋友找到朋友，只说是林山的手机关了；他们也只是在一家网站上认识林山的。我特意上了那个网站，林山在网站贴了很多图片，包括演讲现场见到那些照片；林山还在网站贴了很多帖子，呼吁社会关注贵州大山里的孩子。林山失踪后，网站上的资料也就停止了更新。种种情况表明：我们受骗了。但阿炳并无失落，他始终相信他固执的直觉：林山深邃的眼眸里燃烧着诚意……

一年过去，我和阿炳仍在朋友间互相招呼，在往来的聚会时提携小酌，但我心里不觉间起了生分之念，害怕他会提起因为我的冒失而引致的尴尬后果。渐渐地，我甚至觉得他每一次对我的笑意都意味深长。好在阿炳像没有发生任何事一样，对捐助贵州大山的事只字不提。不时，我和他还是相约到郊外农家菜馆去，依旧是点几样应时小菜，外加一锅沸汤，酒还是熟识的三春椰酒，却就是未见他再沉郁醉过。上个星期的那个周末，阿炳外埠的朋友来了，我还应邀到城郊农家菜馆去赴宴。今天是周四，他打来电话非让我去找他，究竟他有什么事就不能电话里说呢。

远远的，我听到从阿炳的音像店里飘出来天籁的旋律，正待在街边沐浴一番；不想，阿炳从店里出来了，不容我迟疑，催我进屋。

屋里不大的空间，摆了一张扁形饭桌，放着一瓶贵州醇白酒，还有外买的几样小菜，却摆了三个座位。我机警地问："还有谁？"

只见阿炳抖出一张发皱的都市报，神情有些异样，他说："还记得吗？那位贵州大山来的林山，他，他没有骗我们，他是回贵州途中遭遇不测的……好在那个无意伤害他的人发现了那些钱（捐款）的来路……最终那些钱用在山区小学的建设上……”

那晚，我和阿炳都显得相当海量，却还是喝得酩酊烂醉；那晚，我和阿炳畅游在音响声乐搏击的潮浪里，我只记得阿炳的眼眸里好亮好亮。

始料未及

梁生当初将县领导的电话号码输进自己手机时，想到的只是为了不错过某种难得的机遇，甚至对机遇还充满了愉悦的期待，压根就没想过这些电话号码会带来什么烦恼的事。

梁生在县建设局当办公室副主任。主任半年前提任了单位副职领导，有很多人都盯着这空缺的位置。办公室主任这角色虽不是单位领导成员，却很多时候比副职领导还要实权。半年来，他主持工作，总是不辞辛劳，忙得不亦乐乎，每天光接打电话就要换两块电池。后来，为了避免疲于忙碌，他把必须接的、可接可不接的、完全可以不接的电话号码分类存进手机。手机响了，见是可以不接的电话，干脆就任它叫唤去。特别是来电是陌生的号码，就不再搭理它。

可有一天他去开会，入场时，有人拍他左肩，回头一看，竟是组织部的蒙副部长。部长说，梁主任，大忙人啊，连我的电话都没空接？他心一跳，赶紧说，都是瞎忙，部长才忙呢！部长打过我电话，我不知道！部长笑道，打你办公室你不在，打你手机你不接，我就知道你太忙了。或者说你手机没存我的号码，我与你也没关系嘛。我本想请你关照下朋友，不过现在不用了，他前两天调走了。从那时起，他才懊恼，陌生号码来电一概不接是个大错误。他托人找来县领导的电话号码，全部输进手机。这就不会错过任何机会，只是很长时间，他并没有等到一个领导打他的手机，反而竟遭遇上烦恼事。

他去参加同学聚会。闲聊时，有个同学借用他的手机，无意翻看电话簿菜单，就脱口说，好哇，你好厉害，连大老板的手机你都有？接着就将手机里的储存的名单念了起来，全是有头有脸的县领导啊，惊得一帮同学一个个朝着他瞪眼，说，真是深藏不露，这么深刻的背景，从来都不吭一声。他怕解释不清，只好不置可否。

他没有想到的是，第二天就有一个同学找到他家来了，提了厚重的礼物，请他帮忙联系分管国土的副县长。同学正在筹划征用一块不大不小的土地，国土局那头已经攻下关，但没有分管县长的签字，就绕不过规划那个弯。现在就看梁生的力度了。

这时候，他才知道自己手机里的县领导号码引来麻烦了。他只好说，我其实并不认识那副县长。同学说，你手机里有他的电话，怎会不认识？他又说，那只是以备县领导打来电话时好应对。同学听后，哈了一声，说，你还没当官，就要滑头，这些年，我可是没找过你帮忙？这头一回求你就这对付老同学？可他自己无论如何都不会去找那副县长，便拉下脸说，反正这事我帮不了。同学一甩脸走了，礼物留下了。他一横下心就把手机里的县领导号码删掉。

然而，电话号码删掉了，不等于烦恼的事情就解决了。

过了两天，那同学又来了，换了招式，往他办公室的沙发上一坐，说，你不帮忙，我就不走了。他说，你坐在这里不妥。同学说，怎样不妥？你就当我是搁在沙发上的物件。纵然如此，他还是不能打这个电话，他实在跟那位副县长没有任何交往。半天下来，他被缠得吃不消了，跟同学说，他上洗手间，就溜出去。他溜出去好一刻没能理出个头绪来，只得再硬头皮回办公室。哪曾想到，同学说，刚才我拿你的手机打给县长了，县长叫我等通知。他急得跳了起来，说，你跟县长怎么说的？同学说，我说，我是建设局梁生，有个亲戚，有重要工作想当面向您汇报。县长就说了，他让秘书安排，尽快答复。话音未落，他的手机响了，竟然是副县长秘书打的，说，明天下午四点，县长约你。他却很无奈，还说了声谢谢。

下班刚进门，他的手机又响了，是那同学打来的。他气疯了，说，喊个魂。还想再冲他吼，那同学却抢先道，明天不用麻烦你了，但不等于永远不麻烦。又告诉他，刚接到可靠内情，全省征地暂停，县长也没权，都收到省里了。他愣了半天，竟笑了起来，说，这算什么事，县长已安排了，难道要我说不去了？那同学笑道，那你另外找个事去吧。梁生真的生气了，说，你以后别再来找我。那同学仍然笑，说，那可不行，以后还要靠你的。

同学挂了电话，他翻看手机，搜到下晌县长秘书的号码，就拨过去，那边接得快，秘书记性真好，说，是梁主任吧，我正想通知你，明天下午约见取消了，县长要赴省里开会。他如释重负，支吾了一下，才说，有时间的话——电话里秘书立刻有习惯性反应，说，不用客气。他知道秘书误认是要给他送礼，又听到秘书说，你的事，我一定会办的。

他听着无语，心情骤然沉重起来。

与春天约定

初冬的傍晚，寒风刺骨透凉，街面上的喧闹及浮躁趋于沉寂而安详。

张新随着胡强走进了一家咖啡馆，气氛一下子同外面隔了开来，让张新觉得温暖。他不知胡强会有那么大引力，多年来召唤自己和他形影相随。如果不是两人一起蹲过监狱，或许外人不知胡强的前科的话，从气质看，胡强是一个可以信赖的人。前些年，张新租店修手机，可后来手机贱得可怜，只好关门。也许就是这个时候，没钱花也没事做，胡强闯进了他的生活，他不由自主地跟着他三次偷盗后，便被送进了监狱。

“你好像有什么心事？”胡强点了一份牛排。

“哪有！我还能有什么心事？”张新否认，叫了一份扬州炒饭。

“最近出门吗？”胡强盯着张新问。

“没有！”张新见到胡强的目光，有些胆怯，“我还能往哪走！”其实，张新明白胡强说的是离开本市，可他眼下并不自由。在狱中胡强很照顾他，没有几个人敢欺负他。但出狱后，他又为胡强挡了一祸。那是他帮胡强给他的朋友送一包东西，没想到交易时被警察逮住，才知道那包东西是“白粉”。好在第二次入狱只有一年他就出来了。这要感激老警察潘警官。他负责处理相关“白粉”案件，他看好张新精通手机，就力排众议给他办了假释，条件是：假释期间不得离开本市，还有就是发现非常事件一定要及时报告。还对他说过，冬天是最能考验人的，熬过冬天，你会发现春天一切都是自由的。

胡强吃完牛排，问：“现在几点了？”

“八点过半了。”张新看着手机应答，他并不知道胡强约他出来干什么。

“好，我们出去走走！”胡强站起来，走近张新跟前时，从衣袋掏出一把匕首，递给他，“拿着，有用的，跟我走。”

“大哥，可不能……”张新推不开，只好接着，惊惶地四处张望一下，“你要干什么？”

“跟我走就是了。”胡强不等张新反应就出了咖啡馆。张新极度后悔不该跟着胡强出来。忽然他想起潘警官给他说的话，假释期间犯罪，罪加一等；如果阻止犯罪，将功补过，可提前释放，恢复自由。潘警官是他单线联系人。当初莫非潘警官假释他，就是想让他盯着胡强？他觉得应该同潘警官立即取得联系。

乘着胡强去买烟，张新掏手机拨潘警官的号码，可一连拨三次，对方都关机；他还想再拨，而胡强买烟回来了。

潘警官怎么会关机呢？可能是手机没电了？看来只好给他发短信了，一旦他充电开机就会知道自己的行踪，就会带人赶过来处理案情；或许即使他不开机，自己发出的短信也足可证明他向组织报告过。他对手机十几个按键了如指掌，他在裤袋里就将短信发了出去，内容是：我正被胁迫参与抢劫，在城西东街，急！

张新被动跟着胡强走进了一家正准备打烊的金店。胡强用刀指一个店主模样的中年妇女，抛出一只布袋，嚷道：“老实点，快把钱装进袋里，饶你一命！”说时示意张新上前去制止另一个男服务生。

张新跃步上前，悄声对男服务生说：“别慌，快去制服歹徒。”说时，不知从哪里涌起一股蛮劲，迅速迂回还击毫未防备的胡强，男服务生顿悟过来，打晕了胡强。

正像张新所期待的那样，警察来了后就带走了他和胡强。可三天后，他被证实协警报案，获得自由，就像潘警官说的那样，被提前释放了。

张新出狱后的第一件事就是去找潘警官。可他被告知，潘警官被隔离审查了。

他见潘警官就问：“那天晚上，我拨你手机，可你关机了。后来我又发了短信，你没收到？”

“那天晚上，我的手机被没收了，涉嫌嫖娼，你信吗？”潘警官显得很无奈。

“怎么会呢？！你？”张新疑惑。

“连你也觉得不会，可我却无法说清楚。那天晚上，我发现一个团伙涉嫌贩毒，因为情况紧急，来不及向组织报告，我浑身在洗浴中心，向一个桑拿小姐探听详情，却被识破，对方竟报警，指证我嫖娼——那个桑拿小姐也是他们一伙的。”

“那你像我一样将事情交代清楚不就完结了。”

“我已交代一周了。”潘警官苦笑，“没人相信我……也许，我这辈子当警察到头了。”

张新想安慰一下潘警官，可不知说什么好，只说：“你对我说过，熬过冬天，会发现春天一切都是自由的。”

“会的，谢谢你！”潘警官听了张新的话，皱起的眉头舒展开来，“一定会的。”

静寂的春天

快下班了，春雨还在潇潇地下着。我正犹豫下了班该怎样回去，没想到，阿伟打来电话说，让我去他那里一下。

我说有什么事不能在电话里说吗？

他没有多说什么，只是说来一下就知道了。那个口气，仿佛他有什么话非见面就不能说或是不好说似的。

下班后，春雨仍在溟蒙地飘散着，看来一时半刻不会停歇，我就借了一把雨伞，蹬上自行车，顶着雨幕，向着阿伟的宿舍蹬去。

阿伟同我原都是农村崽，后读书考上院校，分配在工商银行县支行工作的。就考学这事，他说过得感激我，指的是，那年高考预考，他落榜后本无心再读，是我跑了十多里的山路，从他家拉他出来补习的。就补习那一年说，我同他算是粘合上了，到食堂开膳的饭票菜票放在一块，哪分你的我的，后来，我俩都考上了，虽然并不同校，但书信来往不断，假期聚到一块，时常夜聊通宵。

路上，雨不知疲倦地下着，我记起了已有许些时日不去阿伟那里了。说起来也就因为他有了对象阿珍，是他在一次舞会上认识的，就是那个高挑苗条虽不是打眼漂亮但却秀气耐看的姑娘。开始我还是常去他那，却常常逢上阿珍，有一回，我陡然感到自己成了多余的“灯泡”后，就不常去了。于是，我有点恨阿珍，要不是她的介入，我同阿伟的友情会天长地久的。此番，阿伟又来电话了，还说让我上他宿舍就知道，是有什么要紧的事吗？这家伙，有时候很鬼。

在潇潇春雨中，我顶着伞，轻捷地蹬着车，又竭力不让衣服被雨水淋湿。小街两旁的树枝节丫上，经过近些时日春雨的浇灌，又开始冒出新芽，有的还抽出了新绿，许多事物就是经过冬天严峻的洗礼，又总是在春雨的滋润里复苏，焕发出新的生命……

踏上阿伟宿舍的门口，我的眼眸一亮：他不知何时买了雅致的弯柜，油漆闪射出晶亮的光泽；添上了一部乐声彩电，一台激光音响，一套仿古红木椅，漾着古色古香的氛围。只差地板没铺着地毯了。

我磨蹭了一下脚底的烂泥，连连打了几个喷嚏，他已泡上了浓浓的咖啡，正等着我。却未见阿珍的影子，又不好问。

坐定后，我急问有什么事。他诡秘地一笑，说他同阿珍利用十天休假，作环岛游，不放心别人看门，就让我守户。

我想，这馊主意一定是阿珍出的，阿伟可不是这号人。但他们相信我，我就答应了，天黑了，雨开始停下来，我才告辞出来。临回前，不忘郑重地接下阿伟宿舍门锁的一把黄铜色钥匙。

阿伟同阿珍走后九天，我都是曲在沙发上过夜，可他们回来的那天早上，我却躺在他们的席梦思床上烂睡不醒。

阿伟摇醒我时，我发现阿伟满脸困惑，像盯着一个陌路人，阿珍的脸色有点发阴，脸孔仿佛浮现黑斑，让人想着孕妇妊娠反应的那种颜色。

我意识到快点离开，可一掏衣袋，钥匙不翼而飞。哦，昨夜，很晚了，我的乡下的一个远门亲戚寻来，我和他也是很久没见面了，我在海那边读书时，寄信回催钱时，父亲总是去找他；我心里一度感激他，最后还喝了酒。我一向不胜酒力，喝了几杯，不想身子飘起来。送走亲戚时，雨下得很紧，夜风很大，我让他穿走我的大衣，钥匙一定还在大衣的衣袋里的。

我连连地向阿伟和阿珍解释，就要出门去找回钥匙。阿珍没说什么就去洗涮房子了。阿伟拦住我说：“别找了，我同阿珍还有一把呢。”

我出了门，就蹬车沿街注视着过往的行人，希望能看到我的那位亲戚。昨夜，他仿佛还说过，今天要在街上买点什么才回乡下去，但究竟买什么，我始终没有记起来。

我寻到车站去，也未寻见亲戚的影子。我一急，还是执意跑了三十多公里的山路，回乡下去。寻到亲戚家，说明缘由，还真怕人家认为我是索还大衣的。

我揣着陪伴我度过四天的钥匙，匆匆赶回县城时，已是下晌四时多。天又下起潇潇春雨。我顾不上旅途的疲惫，冒着雨，又上阿伟那里去了。

走近阿伟的宿舍，他不在，门关上了。

我伸手进衣袋掏钥匙，可一瞧，门上已换上一只崭新的双保险暗锁，陡然，我心里空白一片，转身走进迷蒙的雨雾中……

不懂哭就瞎了

天刚早，钱总就叫上司机上路。这是因为眼疾久治未愈要去埋在山窝里的小村落。

钱总眼疾有些时日了，先是针刺般的疼，他用了三种滴眼液不见好转，没几天眼肿成红柿子；他又跑医院中西医都看，吃药打针，仍不见效，眼睛反而渐渐视物不清了。他气躁大骂，医院的专家都是饭桶，药店的药品全是假货。

钱总退求偏方。有人说，如是让电焊光刺的，就用小媳妇的乳汁涂。他的工地上正好有奶小孩的，挤给他一小瓶，涂了三天却没见效；有的年长的提醒，如是见了污秽物，得用桑树叶熏。他想，前阵子陪城建局的去桑拿，他曾摸过人家小姐底裤的血污。他找来桑树叶熏，可熏了三天，眼肿得更厉害了。

钱总害怕了，莫非这就要瞎了眼。开始整天整夜没睡，脾气躁上来，吓得公司上下不敢在他跟前晃。因为视力下降，人在他眼里成了摇晃的黑影，总免不了他一顿臭骂。就在他急得要发慌的时候，公司里有个曾下乡蹲过点的说，山窝里有个专治疑难杂症的老头，脾气很倔，不管你官多大、多有钱，要治病得上门去。他一听，觉得人家谱摆得那么大，说不定有两下子。于是，打发司机将自己颠了四个多钟头，去了山窝里的小村落。

记得那天钱总和司机刚迈进门，一个女声细细响起：来了？屋里光线很晚，钱总只见到一个瘦弱的影子摇晃一下，便把眼疾的隐情说了一遍。那个细小的女声问："有多长时间没流眼泪了？"钱总愣了半天，才说："大概有十余年了！"那细小女声"嘎嘎"地笑起来："物极必反，天理呀，喜多必悲，笑多必哭。"钱总慌了神："老先生，我还有救吗？"那女声收起笑音，淡淡一说："没大碍的，回去哭上几回就好了，不懂哭就瞎了，如没好，再来。"钱总一下子轻松起来，想，凭这奇怪的治法，像是遇上了神仙。

可回公司，钱总一点想哭的感觉都没有。他想起小时候因为挨饿而哭过，小学时闹不团结受老师恶骂而哭过，中学时顽皮惹祸被父亲揍打而哭过……可多么这年过去，他压根就没有饿过，既没有人骂他，更没有人揍他，他现在到哪里去找哭的感觉呢。

钱总让人从工地找来一个民工。民工在他眼里成了一个影子。他掏出一百元掷在桌上，对影子说："你骂我，把我骂哭，钱你拿走。"影子说："我哪敢骂你，骂你把我开了怎么办？我一家子糊口就靠我这份工作！"钱总犟劲上来："你再不骂，我才开你呢。"影子无奈就嚷："黑心的工头，你钱多了烧手，我就骂你，我累死累活干一天，你才给我二十元，我骂你就等于我干五天！"钱总被骂时想，平日书记镇长都没骂我，现在却被民工骂，屈辱得想哭，可挤不出眼泪来。可还是让民工拿走了那一百元。

钱总又让人找来一名保安。保安在眼里也成一个影子。他掏出两百元掷在桌上，对影子说："你打我，把我打哭，钱你拿走。"影子却一下子自己哭了，说："老总，我怎么打你，你把我开了算了！"说罢，不敢去摸桌上的钱，落荒而逃。

那些日子，钱总着意不吃饭，甚至不进水，虽然饿扁了肚子，可他仍找不到要哭的感觉。

当钱总饥肠辘辘来到山窝见到那女声老头已是精疲力竭，他依稀见到瘦弱的老头在他跟前像灯火苗摇曳一下，那个女声问他："你在商海滚打多年，你还记得自己是如何发迹的吗？"他听着脑里翻江倒海，记起了早分手的老伴刘雨红……

刘雨红是与他逃婚进城打工的。而逃婚是因为掏不出当年刘家廉价的彩礼。

进城后，刘雨红与他相濡以沫，卖过烧饼、收过旧货、倒过土坯、贩过水泥，两三年内，终于凑手有了一笔钱。可刘雨红拿去攻关一个竞争激烈的装修工程，没想到结果是水打漂没影了。记得那天刘雨红扑在他怀里彻夜地哭，可他没哭，他觉得在女人哭面前，男人还落泪什么。后来，刘雨红学会了跳舞，又学会了打扮，穿了丁字高跟鞋，裙子那么透薄，甚至后来一个夜里没有回家，次日却拿回了一个一百余万元的建筑工程。再后，他和刘雨红开了一家公司，有了从没敢想有的钱，置了房，买了车，日子过得尽心尽兴。

直到有一天，一个穿丁字高跟鞋，又穿透薄裙子的小姐为了一个工程合同倒在他怀里，他倏然记得刘雨红是否也曾那样委身于他人，他心跳得像刀剜的疼痛。他的工程越做越大，在丰乳肥臀当中更加肆意无殚。东窗事发后，刘雨红与他争吵，可他话中带刺回击她，却比挑明说还难受。刘雨红骂他忘恩负义，提出分手，这时候他才记起当初逃婚就没登记过。他将房子留给刘雨红，他开车逃离了那个地方。他始终觉得是刘雨红先负了他。分手后，这些年刘雨红在干什么，他并不知道，也没找她。

钱总对老头子说罢往事，却面无表情；老头子给他一包药，一声叹息：“你再哭不出，你这辈子就真瞎眼了！”

钱总回到公司，从家乡有人找上门来。她一进门就扑通一声跪在地下，说：“钱总呀，请你救救刘董吧？”

钱总问：“刘董是谁呀？”

那人抬头说：“就是与你当年一起逃婚的刘雨红。”

“她怎么啦？”

“刘董早年与你合作建的一所小学校舍坍倒了，压了不少学生，被检察院扣走了；她把责任全揽在身上，听说要判死刑，与她后来合作的都躲着她，甚至巴不得她早死，现在，只有你才能救她了？”

钱总听罢，只觉得眼里一阵刺痛，滚出来晶亮的东西……

快乐都去哪了

总编这阵子对报纸的销量逐季下滑很上火，他无视当下全民不看书的大气象，反而责怪我们记者不用心。每天我漫无目标地在街上溜达，希望抓到警察打人或者城管欺负人之类的镜头，但是没有，我什么也没遇到。其实，那种东西即便是写出来，老百姓早不爱看了，都已经产生审美疲劳了，再看下去，不出神经病才怪。

对啊，我怎么没想到呢！去采访精神病院啊，看看那些病人的生活是怎么样的，那些精神病患者一定千奇百怪，说不定还能挖出个大新闻呢！对！这才是咱老百姓喜欢的新闻。

精神病院卢院长对我的到来很高兴，他说，这里风景优美，医疗设施齐全，医生都有学位，护士都很漂亮，更重要的是，这是全市唯一的一家精神病院，别无分店，病人只能往这儿送。

我提出要采访患者，卢院长说那是必须的。我谢过卢院长，独自进入住院区去。

患者一是戴眼镜的中年男人，眼镜腿掉了一根，金丝眼镜在他脸上可笑地歪着，造成他的脑袋向另一边歪着。他仔细看了看我的记者证，指了指椅子说，坐吧。

没等我发问，他就主动开始说："我喜欢思考问题，说明一下，我对法律问题进行了深层次的研究，你想过这个问题吗？几十年前，年轻人在广场上跳交谊舞，不顾老年人的感受。如今，老年人在广场上跳广场舞，不顾年轻人的感受。几十年前，年轻的红卫兵打、砸、抢、烧，祸害了一帮老年人。现在，一些老年人碰瓷、讹人，自己摔倒坑人，祸害了一帮年轻人……仔细想想，其实不是老年人变坏了，我认为，而是那拨坏人变老了。是不是？"

我小声打断他："先生，原来你没病啊！"

"嘘，你小声些。正常人都说我有病，看来你也不算正常。"

患者二是一位嘴巴极其利索的年轻人，他麻利儿地接过我递上的香烟，麻利儿地塞进嘴里，然后立刻眉飞色舞地诉说：

"很简单，为何那么多人收月饼券？厂商印一百元月饼券，六十五元卖给经销商，经销商八十元卖给消费者 A，A 将票送 B，B 以四十元卖黄牛，厂商最后以五十元向黄牛收购。没生产月饼，厂商赚十五元，经销商赚十五元，A 送人情，B 赚四十元，黄牛赚十元。厂商只生产月饼票就行了。这就是月饼证券化。……”

被他说得有点头晕，最后我问他：“是不是正常人都说您有病？而不正常的人认为您没病呢？”

他微笑着点头：“你能提出这个问题，说明你很不正常。嗯！前途无量，等你住下了我们再详谈。”

患者三是一位老人，雪白的头发梳理得整整齐齐，他坐在躺椅上，对着我说话，眼睛却看着天上的浮云。开始说：

“中国人有六大癖好：（一）好嫖，省去恋爱曲折，直接享受性福；（二）好赌，省去辛苦打拼，寄望当下发财；（三）好骂，省去论证艰难，立马搞倒对手；（四）好补，省去锻炼汗水，永葆身体健康；（五）好吹，省去修行立德，巧妙自抬身价；（六）好饮，省去心灵交流，快速拉近关系。”很显然，这个人确实病了。鉴于前面两个的经验，我这次只叹了口气，什么也没说。而他却说了：

“你什么也不说，很好，我知道你认同了我的意见，当然，正常人是不会认同的，所以你已经很不正常了。”

采访完毕，我想稿子等理清头绪再说，可是卢院长一定要请我吃饭，坚持说不这样不足以表达他对我的敬仰之情。

我忍不住对他说：“院长先生，通过今天的采访，我觉得您这里关的人都很正常，怎么说呢，他们的想法我觉得没什么大不了的，都是正常人啊，他们也许早就应该出院了。”

“那你准备怎么写呢？”

“当然是将真实情况写出来啊！老百姓有知情权。”

卢院长皱起眉头：“这里只有正常人和不正常人，你说他们正常？那难道是我们不正常了？奇谈怪论！真是奇谈怪论啊！”他忽然抑制不住地大发无明火，指着我厉声喊：“我看你病得不轻！快醒醒吧！”说罢把杯子中的茶水劈头盖脸地泼过来。

我气愤极了，骂道：“你！你这个吸血鬼！你才是精神病！”然后我也用茶水泼了他满头满脸，我不由哈哈大笑。

没想到的是，有两个人将我像小鸡一般抓起来，投入了病房里。

许多天后，报社主编带着一个记者模样的人来采访我。

“我的问题很简单，就是新闻的真实性问题。”我说，“我们的新闻必须绝对真实，假新闻以及用假新闻作秀对新闻工作者来说，那就是强奸读者，那就是犯罪……”

“您说的都对啊，可是……”

“你能说出可是，很好，很可贵！正常人是不会说这两个字的，欢迎你进来！”我向他伸出了手。

无处安放的花瓶

在油库站加满油，他轻踩油门踏板，越野车驶上了 319 国道。

离开小镇，他心里就一直剧烈地跳动，时而又掠过一缕快意。他终于下意识干了那件事，可以让鲁南那小子也尝尝失落的味道。

他抬手看表，时间定格在十一点三十一分。不过，他设定的是十二点整，还有二十九分。

一切都像事先预想的那样，几乎没有任何意外。他始终没有流露出对鲁南半点怨愤，而且还取得他心仪的林娜满怀感激。

今天路上的车并不多。偶尔有一辆从对面远远驰来，刚一擦肩而过，瞬间又远远消失在后头。

其实，他曾不止一次对自己说，算了吧，没必要那样，既然他喜欢林娜，就不该与她喜欢的人过不去。他是一家投资公司老总，响应定向扶贫来到草原牧场的。林娜是牧区技术员，她长得并不出众，他不知道是怎样喜欢上她的，有一种特殊的感觉是他离异后对任何女人所未有的。她似乎有石膏洁白的神圣，以至于他不敢弄脏她。他善于掩藏内心活动，有一天林娜告诉他，等到牧区实验室落成了，她就会与鲁南确定关系时，他心里几乎空落落沉下去了，但他还是言不由衷祝福她。

今天就是草原牧区实验室落成典礼。三个小时前，他从城里驱车赶来，典礼已经结束。当他挤开庆贺的牧民走进刚安装完毕的实验室时，林娜还惊喜地喊:“真没想到，你能来……”鲁南竟愣站着，一时无语。

他脸上露出一抹微笑:“怎么啦？建成实验室就忘了老朋友……”接着，他双手捧出一只精致的蓝瓷花瓶，瓶里插着一束艳丽的黄玫瑰，然后，小心放置到一张摆满化学试剂的工作台上。

“哦，谢谢，这……太贵重了。”林娜盯着花瓶惊叹，她知道花瓶的价值，在城里，她亲眼见到他花了五千元买下的。她没想到，他买下来是送给她的。

前方行车道上，一辆大型集装箱运输车缓慢地爬行着，挡住了他的前路，就像鲁南当初的出现阻挡他追求的进程。他急忙减慢车速，扭动左转向灯，谨慎地超过去。

鲁南是支边来到草原牧场的。他在大学读的是草原植被管理，一直潜心研究一种化学催化剂。按他的话说，一旦成功，对草原牧区的植被繁殖不可估量。实验室是林娜恳请他投资给鲁南建造的。没想到，鲁南用什么办法掳走了林娜的一颗心。每每想起，他就很后悔；有多少回，以至于他想，只要实验室没建成功或是科研没有成果，林娜似乎还会回到他的身边。他终于有了一个近乎疯狂的设计，但他提醒自己把握好分寸，不能伤及人的性命，他爱林娜，他不能让她背负痛苦……

他驱车穿过一个涵洞，拐上了高速公路，再次抬手看表，离那一刻，还有六分二十三秒！

他为自己的精明感到惬意，尽管毁掉了那个林娜喜欢的花瓶，但那实在是极好的掩护，谁会想到炸药封藏在那里，况且实验室工作台上还堆放不少危险化学物品，还有汽油……即使引爆，也在情理当中。谁也不会怀疑到是作为投资者的他干的。他深信，一旦实验室毁了，要重建的话，林娜一定还会找他，那么他或许就有了重新追求的机会……

刚才离开实验室时，他开车送他俩回到小镇，他们挽留他用餐，他谢绝了。现在他忽然觉得有点饿了，而他俩在哪里呢？

“叽叽，叽叽……”手机响了，是林娜拨来的，他减慢车速，接听：“你好！……”

“谢谢你的鲜花，你的祝福！”林娜的语音充满柔情，不由让他有几分歉意。

“你能来，我很感动，其实，我知道你喜欢我，而我也……但我不能，如果那样，人们会认为我爱的不是你，而是盯上了你的钱……”她的真诚让他顿生负疚。

他不由再次瞟眼看表，指针指向十一点五十八分四十二秒。

他的心悬了起来，恨不得飞车回去带走她。

她不知道会发生什么，继续说：“你的心意，还有鲜花，我们都收下了，但那只花瓶，太贵重了，我们无处安放，刚才在小镇下车时，我将花瓶搁在你车的后座下，你路上小心，别……喂，喂，怎么没声音了……”

第八辑：窗台那盏灯

棋逢对手

一八七四年五月，年过六旬的左宗棠仍被朝廷任命为钦差大臣，督办新疆军务。

出征新疆途经兰州城时，适逢天降暴雨，路途险恶，只得暂时扎营。帐中劳顿之余，左宗棠闲来技痒，乃命亲信去城里物色棋坛好手，以礼相邀到大营对弈遣兴。

左宗棠平日喜好对弈，闲暇之时必找人对弈一番，其棋风泼辣细密，行棋大胆果断，与同僚中人对弈胜多负少，对自己的棋艺颇为自负。只稍片刻，便有帐下亲信回营禀报：兰州城北有一名头发花白老翁，自命不凡，高悬一条写着“天下第一棋手”长幌，并在一家客栈摆下阵势，恭候弈客。左宗棠在慵倦中听罢，精神为之一振，威严的眼眸闪动光芒，不顾左右劝阻，微服直赴客栈而去。

进了客栈旅馆，左宗棠施礼完毕，但见白发老翁精神矍铄。刚一落座，他匆匆执红军先行，起手就架起当头炮，老翁跟入飞马迎阵，开启了首局之战。

两人对弈十余回合，左宗棠抓住白发老翁险走恶手之机，全线压赴，攻势如潮，白发老翁左支右绌，见大势已去，垂手败阵。高手对弈，胜者常有复盘习惯，白发老翁拘礼，左宗棠当仁不让，评鉴说："孙子曰：多算胜，少算不胜，而你一步不慎，乃处处被动，败棋之因实基于此。"

第二局，左宗棠依然主动进攻，炮轰马踏，双车左右策应，红兵步步为营，白发老翁周旋招架，往来五十余回合，无奈再败。左宗棠再度鉴述："《曹刿论战》曰：夫战，勇气也。一鼓作气，再而衰，三而竭。分战，你弃攻专守，气势先输，焉得不败？"

第三局，局势僵持，一度不下。左宗棠调集主力于右，弃卒入势，以破竹之势劈开战局，继而前仆后继，造势一气呵成，直捣黄龙。左宗棠最后笑评："高手谋势不谋子。先哲有言：不谋万世者，不足谋一时；不谋全局者，不足谋一域。高屋建瓴，登泰山而小天下，方不愧男儿本色。"

临了，左宗棠指着门外长幌说："棋艺不过如此，你摘下它吧。"白发老翁双手作揖说："久仰将军大名，早已如雷贯耳，今日得见，备感荣幸。今乃老当益壮，花甲之年犹率军出征，收复国土，心志可昭日月。三局对弈完胜，足见将军用兵神妙。老某自愧不如，不敢狂妄！恭祝挥师入疆，凯旋。"

左宗棠待见白发老翁依言摘下长幌，遂带亲信回营，当夜拔帐出征。

转眼，半年过去。左宗棠出征大获全胜，收服新疆。胜利回京，又经兰州城停顿，正待差人去恭请白发老翁，却听帐下亲信又报：原先对弈三局皆输的白发老翁仍在客栈高悬"天下第一棋手"长幌，摆出不可一世阵势，招摇过市，坐待弈客。左宗棠听罢极为不快，白发老翁怎可出尔反尔，愿赌却不服输？于是命亲信请来老翁，免去礼节，双方再度布阵交战。

首一局，白发老翁躬礼执黑队后行，却见守得滴水不漏，使左宗棠无从下手；且继而也攻得中规中矩，丝毫不露破绽，始终主动，凭借多卒优势进入残局，左宗棠见大势已去，遂推盘认输，以求再战。

第二局，左宗棠挥军猛攻，白发老翁却柔中克刚化解劣势；左宗棠猛攻之际忽视后方空档，又被白发老翁抓住战机，奇袭踏平大营。

第三局，左宗棠飞相取稳，守反戈之势，白发老翁则架中吊炮，巧取攻势；双方在平稳对弈中渐进酣局。不料，左宗棠取胜心切中了白发老翁诱敌之计，便作决战决胜之斗。于是棋盘上战火四起，双方兵来将往，二十余回合后，白发老翁损失惨重而左宗棠则伤亡殆尽，最后大营无兵可守，被白发老翁伺机攻克。

左宗棠连失三局，疑惑不解，却见白发老翁童颜鹤发，气势压人，问："时隔六月，棋艺飞跃神速！真乃奇迹！"白发老翁从容不迫，说："前番将军初到边地，故连负三局，乃敬将军为人，且为将军出师造势，平添锐气！同次小胜，无非为左公奉献棋艺而已。棋乃娱乐之雕虫小技，虽胜何足道哉。将军长于下大棋，半年下来收复新疆失地，光照日月，岂不是下完了光照青史的好棋呀！"

左宗棠听罢，脸带愧色，感叹不已，说："棋逢对手呀，你不止长于下棋，谋略过人，连老夫的国家大事，也成你眼里的一局棋了。"顿悟棋中哲理，揖手拱谢，不由仰天长叹：此乃天下第一棋手！

龙胆鱼宴

一四三二年八月二十六日，秋日的清晨，岁值暮年的明朝大太监郑和伫立船头，眺望雾霭茫茫的大海，心潮波浪般起伏。从一四 0 五年至今二十多年，奉永乐皇帝诏出使西洋，足迹遍及占城、爪哇、苏门答腊、古里、锡兰等数十个国家，历尽艰险，不辱使命，怎奈此番第七次远航，水路迢迢，却不料海翻巨浪，台风骤起，大船剧晃，不得转舵停靠在海岛东岸谭门码头。

郑和每次下西洋，出航前经过检修船帆、储备淡水和食物、清点金银财宝、配给武器装备等，即使停靠海岸落脚补给或躲避风暴也从不扰民，他命船队官兵不得下船去。临近中午，忽有人来请，说地方官僚聚集恭迎，商议朝拜海神之事。出海前拜祭海神，这是海岛渔民的风俗，郑和在江苏刘家港启程，也都要举行朝拜海神的仪式，祈祷平安。此番海涌恶浪，莫非与祭海相关，于是命船队候命，他和贴身随从轻装下船去。

席设谭门镇海恋楼，地方官僚率众迎接，寒暄入座。郑和因长期在海上漂泊，潮气浓重，喝酒能祛除风湿，久而久之，他的酒量大增。酒过三巡，菜上五味，宴会渐进高潮。却见小二端上来一只盘子，内有一条纤长鱼儿，形如匕首，约一斤左右样子，墨黛如宝玉。地方官起立介绍："郑公公，此是清蒸龙胆石斑鱼，请品尝。"郑和生长于长江入海处，彼地人宴请客人一般都挑大的端上桌，没想南岛地方官竟然不识抬举，挑小鱼上桌，岂不失敬？贴身随从脸露不悦，郑和却用筷子拨动鱼儿，只夹了一丁点儿放入口中，接着又挟了一点往嘴里送。地方官紧张地看着郑和，不敢动筷，见郑和面无表情，私下未免后悔，莫非真的怠慢了郑公公？

郑和勤勤动筷，狼吞虎咽，一条一斤左右的龙胆石斑鱼仅剩骨刺，脸上终于露出难掩的喜色。地方官见此神情，长舒了一口气。郑和指着空盘子道："这道鱼菜还有吗？"地方官满脸堆笑："有的有的，小二，快上清蒸龙胆石斑！"郑和道："此鱼肉如凝脂，香嫩无比，实乃南岛第一鲜肴也！咱家居在长江内河，不曾品尝过此等美味。"地方官回道："回禀公公，此龙胆石斑鱼，八月秋汛才从远海捕得，且不易逢见，郑公公真乃福气之人。"

郑和哈哈笑道："咱家虽说遇台风，不能顺航扬帆，却能在南岛品得佳肴，真乃赶得巧，真口福了！未知店家存货如何？可否让我船队尝试如何？"地方官回道："台风濒临，人命关天，船队官兵候在船上恐有不妥，然怎奈郑公公治军严谨，不敢造次让船队下船，品尝龙胆石斑宴候后备妥。"郑和愣道："此语怎讲？"地方官禀道："此方船家远海捕捞，常年出没台风眼地带，捕得龙胆石斑鱼，只待台风过去三五日便可满载而归。"郑和大喜："好，传令船队下船，专候享用南岛佳肴！。"

五天后台风过去，雨后天晴，郑和惦记着龙胆石斑美味，停留期间，郑和颇多思量，自己受永乐皇帝之命出使西洋，通番固然重要，但也耗资巨大。每次远航，随船财宝不计其数，无不散尽，尽管换回一些香料、染料、宝石、奇珍异兽等物，终究好比丢了西瓜捡了芝麻，想此南岛偏僻之地，百姓远海捕捞为业，自足自富。咱家身为通番正使，理应为皇上分忧，也有权处置随船财物，与其对番人慷慨大方，何不拿出皇家财物，救济南岛臣民，也为皇上赢得民心啊！

半月过去，船家番队果然满载而归，地方官员连日宴请郑和等人，每餐必上龙胆石斑鱼，有清蒸、红烧、煮汤等，美其名曰"龙胆鱼宴"。郑和直呼口福，百餐不腻，朝廷船队迟迟没有启程。其实不是郑和忘了出使西洋之重任，而是他深知自己年岁已高，还能有几次停留南岛谭门码头？船队一去经年，海风咸味相伴，再难吃到海岛美味，所以他故意多留些时日。在郑和率朝廷船队离去之日，他在谭门留下郑姓三十壮年兵丁及三十箱珠银圆宝。

郑和第七次出使西洋正值他的本命之年，为了辟邪和祈福，他依民间风俗在腰间束了一条红绸带，可是，红绸带并没有保佑他平安归来。一四三三年四月初，他在船队返航途中，偶感风寒，茶饭不进，几日来形如枯槁，惟口中喃喃念叨着“龙胆石斑鱼”，没几天，他就憾然病死于印尼古里，时年六十二岁。

船队由太监王景弘率领返航，途经暂停南岛谭门港。地方官和镇上百姓闻知郑公公去世，悲恸前来船队吊唁。谭门港虽只是郑和下西洋船队的遭遇台风逗留半月的港口，但谭门镇百姓受郑公恩惠，念念不忘。他们知道郑和酷爱龙胆石斑鱼，纷纷结队涉海远洋捕捞，因循郑公海上丝绸之路，踏浪遍及石塘（西沙）长堤（南沙）。

每年八月龙胆石斑鱼才最是鲜美，但每年秋季三个月份谭门都有船队在长堤（南沙）礁岩海城捕捞龙胆石斑鱼。从此，被郑和誉为“南岸第一鲜”的龙胆鱼宴，广为远扬。

《二十四史》谬误始末

翰林院门前的雪已累积成一张厚厚的棉袄，天还未亮，大学士纪晓岚便来到院里。昨天高公公已通传过，今日早朝后圣上要询问《二十四史》修订事宜。此时翰林院大堂内灯火通亮，修编史书的修编官把各自初校的稿子呈到他的案头，他得把最近修编誊清的史稿整理好，早朝后呈给圣上审定。

借着灯光，纪晓岚审阅汉代史稿时发现存有明显错漏，于是遗憾地对在场的修编官说，你们也是饱读诗书之人，怎会出现如此低劣谬误，有愧于圣上对尔等的信任呀。修编官们面面相觑，欲言又止。一位平时与纪晓岚走得较近的修编官，凑到他耳边小声嘀咕道，大人勿恼，皇上知识渊博，精于查缺补漏，他老人家乐意御笔添删呢，之前和坤大人任《二十四史》总编时就这么叮嘱着，你呈上去，皇上挑出谬误准会高兴。纪晓岚心里一颤，这是何道理呀？转念一想还是见机行事探个究竟为好。

早朝后，纪晓岚被通传到偏殿见驾，圣上（乾隆皇帝）示意他坐定后，便接过宋代史稿审阅起来。纪晓岚躬腰侧眼看着圣上脸上变换的神情，时而沉吟着点头，时而摇脑静笑，果不其然，圣上每发现一处错漏处，总是兴致勃勃地作了修注，然后总能引经据典把谬误之处改正过来，每纠正一次便喜形于色，脸溢笑容，犹如解开了一个秘密似的，哈哈大笑。一个时辰过去，纪晓岚拘谨地应和着，正思量怎样将其中实情禀报时，只见高公公进来了，小声说道，皇上，太后那边有事请您。圣上这才从史稿中抬起头来，脸上挂着微笑，扫了纪晓岚一眼，说，纪爱卿辛苦了，回去再整理整理，择日再商讨切磋。说完，起身向殿门外走去。

在回府的路上，纪晓岚脑海里一直浮现圣上审阅史稿时的情形，正如翰林院的修编所说，错漏之处圣上并无责罚之意，而且乐于校正。这不是投其所好吗？此风不可滋长。次日，在翰林院里，纪晓岚向修编《二十四史》的修编官传达禁令，不容再存在有意留错，谁让圣上受到蒙蔽，那可是欺君之罪。说得修编官们胆战心颤，俯首称是。接下来修编的史稿必经纪晓岚逐一初审，渐渐地，故意错漏之处几近杜绝。

正当纪晓岚庆幸纠正了翰林院不良行为时，圣上口谕宣他带上史稿到御书房见驾。

纪晓岚跟着高公公进去御书房时，发现大学士和珅大人也在那里。圣上卷着腿坐在龙榻上，与旁边坐在凳子上的和珅聊得正欢。看到纪晓岚进来，示意他不必拘礼赶快坐下。纪晓岚拜谢后，谦恭地把史稿呈上，只见圣上欣然铺开史稿，凝神审阅起来，霎时间御书房里除了圣上翻动书页的声音，显得格外安静。半个时辰过去了，纪晓岚注意到圣上脸无表情，双眉紧锁，不说一句话，好像屏住呼吸，失却了先前的祥和。坐在旁边的和珅大人斜着身子，伸长脖子看着，似乎感觉到了什么，对着纪晓岚狠狠甩了一眼，从长袖中露出食指中指朝他不断戳指着。这让纪晓岚疑虑起来，圣上的神色显然有点愠怒了。难道史稿出错了？这不可能啊，他已经校对了不下三遍。这时，圣上沉吟一下抬起头，舒了口气，说道，纪大人，文稿你可是勘校过了？纪晓岚赶忙应道，微臣不敢偷闲，认真审阅过了。圣上语气陡然显得生硬，既然已经审过，联就不必再看了。纪晓岚站起身不知如何应答。和珅看出圣上的心思，说道，这《二十四史》是圣上下诏编修的，最终得由圣上勘正钦定，纪大人再怎么改，末了拍板定稿的还得是圣上老人家一锤定音。和珅看了看纪晓岚，接着说，圣上乃九五之尊，知识渊博，通晓天文地理，博古通今，往后史稿由圣上审定后就不能再改了。

纪晓岚赶忙下跪，道，圣上的英明举世共睹，日夜为社稷操劳，微臣只想为皇上分忧，认真检阅史稿，不敢半点马虎。说毕只见圣上翘着嘴，点了点头，笑着道，被你俩这么一说，朕倒成全才皇帝了，不过这话朕爱听，下次修编的《二十四史》初稿先由朕览阅，最后由纪爱卿誊清。

然而，事不凑巧，一场寒流将纪晓岚击倒在病榻上，圣上下诏，纪晓岚患病期间修编《二十四史》史稿由和珅大人统纂。

在翰林院，和珅沉着脸对在场的修编官说，编修史稿由圣上审定，递交初稿要有讲究，留错之处不可太浅显，也不可太疑难，要半遮半掩，要让圣上查找得到，这样既不会露马脚，又能讨圣上偷闲欢心。

待到纪晓岚大病初愈，拿到修编完稿的《二十四史》，仔细勘校一遍，发现仍有谬误之处，甚至连圣上的修注也存有低级纰漏。遗憾的是整部《二十四史》史稿已由圣上勘校钦定，下诏印行，不能再改了。

补记：时间到了二〇一六年仲夏，在北戴河召开的《二十四史》高端研讨会上出现两股论潮：史学家派说，《二十四史》经过历代修编，为何仍遗留许多明显谬误？学院派资深学究说，为何史学越接近近代，通假字应用越来越频繁，几近滥用？

赎债的元罐

我的曾姥爷在黄家大院扛活，在第五个年头上，老东家驾鹤西去了。

老东家待我曾姥爷不错，老东家和他同餐共饮不说，喝粥时还把稠的都盛给曾姥爷，说干活的爱饿，不吃饱哪行。曾姥爷那时年轻，有的是力气，干活快得如一阵风。老东家就喜欢他，晚上收了工，会叫上曾姥爷去他家客厅喝茶。

老东家家大业大，却舍不得吃舍不得穿，只有一项舍得，就是品茶。自己品，也给下人品。往茶壶里倒进开水，茶香便随着热气氤氲。东家就问，什么茶？曾姥爷没白跟着东家喝几年的茶，屏住气，用鼻子吸溜，然后说，大红袍。或说是普洱，熟的。老东家就笑眯眯地点点头，很满意地在挂满字画的屋子里踱步，然后走到八仙桌前，招呼曾姥爷笔墨伺候，片刻，东家笔走龙蛇，一幅草字已就，然后细细端详，颔首得意。收拾笔墨停当，曾姥爷忙从内屋端出一只盛着温水的铜罐供东家洗涮。曾姥爷知道，这是东家的挚爱，是他特意托人在京城请人淘的。老东家虽是土财主，却有这份雅兴，品茗，读画，赋墨。

老东家身子骨很健朗，可说走就走了。麻秆似的少东家接管了家务，却只顾抽烟喝酒，其他概不过问。

到了年根，曾姥爷要结账回家。少东家纤细的手放下手怀中的烟枪，黑豆粒似的两颗眼珠盯住曾姥爷说，老四，要回家了？你也知道，今年粮价不好，咱家粮食还没卖。要不，你把粮食背回家？

曾姥爷想了想，就说，不了，东家，您有钱就给，不方便来年一起算再说。

又过了一年，秋后算账时，少东家摸挲着两只细手，对曾姥爷说，看看，今年地里歉收，你说咋办？

曾姥爷说，少东家，您家大业大，骡马成群，再困难也不能少了扛活人的钱。我今年再不能空手回家啊！

少东家一下从太师椅上蹿起来，指着曾姥爷的鼻子，眼下没钱，也没粮食。别说我赖账，你看这屋里什么值钱，你就拿什么。

曾姥爷知道，今天如不拿，明天账就清了。曾姥爷对这间客厅太熟悉了，除了桌子就是椅子，两只花瓶，再就是一套上好的景德镇茶具，下面配黄花梨的托盘。但不能搬桌椅回去。搬走了，再来客人总不能坐地上吧。墙上还有一座洋钟，但洋钟是没有用的，看时辰从来都是看地上的影子。洋钟下吊挂着四条屏，他又欣赏不了那画。最后，姥爷盯住他平日为东家端水洗手的铜罐，这也没值什么钱，在他眼里，那是老东家喜欢的，要了也算对老东家一个念想吧。由此，少东家手一挥，拿走，账清！

曾姥爷端着锈旧的铜罐回家，成了人们数落他半生的笑柄，十里八村都知道姥爷比傻子还要傻，三年的工钱呐，只换回一只锈蚀破残的铜罐，不顶吃不顶喝，或许是人家的尿壶。

后来曾姥爷和曾姥姥有了孩子，那就是我姥爷。我的姥爷长大娶亲也生了孩子，当然那就是我的母亲。

正如根苗扎在贫瘠的地里，也会倔强地抽出了枝叶，人吃树叶也长肉，喝凉水也带劲。母亲长到二十岁，身上的短蓝布褂遮不住青春气息，转眼到了出嫁的年龄，清贫的姥爷只有三尺花布给母亲当陪嫁，我母亲是腌制泡菜的好手，就偷偷捡拾那个锈蚀的铜罐。好在我父亲家里也穷，没嫌弃母亲百无一用的陪嫁。

后来，母亲生了我。我呢，大学毕业，一晃在这个城市工作二十多年了。要结婚了，女方提出先买房再完婚，可买房是天价呀，我哪里来钱呀？

在朋友的怂恿下，我征得母亲的同意，端着锈旧的破罐参加了中央电视台在本地的寻宝节目，几位专家用放大镜照了又照，最后一个灰白头发非常谨慎地说，真品，绝对真品！这是元代宫中藏器，价值当在几百万元之上。

这就发财了？从寻宝会上回来，我一直晕晕乎乎的，像在梦中。

有人敲门，是位文物商贾打听到我，要收购那个锈蚀破旧的铜罐。我本不想卖，父母老了，用钱的地方多，就卖吧。买家仔细观察着铜罐，突然，铜罐内底部几个凸起的字迹让他吃惊地问，您这东西是哪来的？

当然是祖传的。我故意摆出一副世家子弟的模样。

买家连连退后三步，难道府上也曾姓黄？

看买家认真，我先说了一句，感谢我的曾姥爷和姥爷，然后道出这东西的来历。

买家黑漆漆的眼睛呆愣半晌，慨叹一声：铜罐底写着“黄鸿儒”三个字，这是我曾祖的名讳，就是您说的老东家。也就是说这东西原本是我祖上的。世事因果，不可欺心，冥冥之中，今天我不是来做交易，更像是来还债，利滚利地来偿还祖上欠下的年租工钱。

我无言以对，愣住了。

有眼无珠

“杨蓉，我告你，这个表情，你要是过不了关，你就歇戏吧，我真是有眼无珠！早知道就用朱琼了！”

“余导，说实话，没了眼睛做表情，又不是人的表情，难度太大了嘛。”

“我早告你，国内的恐怖片刚起步，你要演得好，以后不愁没片约；要演砸了，其他戏路也甭走了！”

朱琼和杨蓉，都是中影2007级艳名远播的花旦，身材、相貌、演技都各有千秋，不分上下。坊间传言，余导对两人都很赞赏，难以取舍，但最后命运的天平向杨蓉倾斜。

在这部叫《有眼无珠》的戏里，杨蓉演一个没了眼睛的女鬼。剧本她读了无数遍了：电影里的“杨蓉”，生前为了救丈夫，把自己的双眼献出。丈夫痊愈之后，对瞎眼的杨蓉却开始冷淡，甚至一连几个月都不去看她，甚至另有新欢。剧中有天晚上，丈夫刚急不可耐地把新欢抱上床，突然发现，被压在他下面的女孩竟然变成了杨蓉！原来，早在几个月前，杨蓉便因伤心过度而自杀身亡。死后无人发现，尸体和魂魄一直在房间里待着。为了报复，杨蓉让自己的魂魄依附在那新欢身上，迷住了丈夫。丈夫向杨蓉百般求饶，杨蓉只说了一句："还我双眼来！"伸出两指，硬生生把丈夫的眼睛抠出来……

杨蓉过不了关的一场戏，便是"杨蓉"已化为女鬼的那种绝望、怨毒的表情，这表情没了眼神的辅助，的确难住了她。

卸妆的时候，化妆间的门突然被推开。杨蓉转头一看，一个女人走了进来。

女人微笑："杨小姐，打扰了，自我介绍一下，我是《有眼无珠》的编剧，余导请我来观摩戏的拍摄。我是看好你的，所以，我觉得我有必要帮你完成我这部戏。你跟我来。"

兜兜转转之后，她们来到一幢楼前停了下来。杨蓉犹豫了片刻。但为了这部戏，豁出去了。

电灯也坏了。杨蓉跟在老妇人后面，战战兢兢地上了楼。

"你理解不了双眼失明的人内心的痛苦，所以老演不好。我想，让你暂时失明一下，你就能感受到了。"妇人说。

"什么？暂时失明？什么意思？"

"你放心，我自有办法，只是暂时的失明。你想想，你都付出那么多了……愿不愿意，你自己定夺罢。"

突然之间，房间里暗了下来，什么都看不见了。

杨蓉慌了起来："怎么关灯了？"

黑暗中，老妇人的声音传了过来："杨小姐，试试看，你眼睛是睁着的。你早就失明了你知道吗？只是你骗自己，一直把自己蒙在鼓里，以为你看得见。其实，你看到的世界，都是你内心的幻象。现在，该是还原真相的时候了……"

果然！杨蓉拼命睁大着眼睛，可依然什么都看不见！无边的寂寞像网一样围罩在她身上，她听见自己的心，在狂跳不停。

突然，那个编剧仿佛消失了，一点反应都没有。

"喂，是杨蓉吗？我们开工拍夜景，你跑哪去了！"手机响了。

"啊，是余导！不是你让编剧带我来的吗？你们在哪拍，拍外景吗？我没接到通知啊！"

"编剧？你上当了，哈哈哈！算了，你不用再回来了，电影中的女主角是有眼无珠的，可是，我们决不会用一个真正双目失明的演员，你歇戏吧，朱琼已经在开工了！"

什么？！朱琼！

几个月来的忍辱负重，刹那间像倒片一般涌上脑海。没想到到头来，女主角当不成了，眼睛也没了！我真是有眼无珠啊！我死了，做鬼也要你们偿命！

"你还我双眼来——"一声凄厉的叫喊，撕裂了整栋楼房。

"OK！"突然间，灯光大亮，杨蓉发现，眼睛又看见一切了，自己正置身于片场之中，灯光、摄影、场记都在，余导正冲着她鼓掌微笑。

"你成功了！那个带你来的女士，并不是编剧，而是我请来的一个催眠大师，她成功地让你产生心理暗示，找到失明的感觉。"

窗台那盏灯

老倔爹送走村主任和区里来的两名纠察队员，他望着那扇窗户便陷入了沉思。刚才，村主任问他："望春回来过吗？"他答道："从年节一走就未回过。"可抬头却碰见村主任狐疑的目光。

村主任吸溜一下鼻子："二公，还不知道吧，望春出事了。"

老倔爹一惊："出了什么事？"

村主任："杀人啦，这不，纠察队正寻他哪！"

老倔爹便愣眼看着戴着红袖章的两个人，还发现他们腰间别着黑亮亮的枪，不由心里颤动："望春杀谁啦？"

纠察队员满脸严肃但不失温情地告知他：望春在城里出卖了自己的交通员，东窗事发，有人检举他，他捅死了别人，畏罪潜逃。

村主任："二公，你别躁火！既是望春杀了人，那便是犯了天条。人家纠察队还有事情跟你说。"

纠察队员抿抿嘴唇，说："老人家，您的心情我们理解，但是儿子杀了人，犯了罪，如今又跑掉了。组织上是不可饶恕的。我们希望您配合我们来抓凶犯。否则，包庇呀，袒护呀，那样您也有罪了。按我们的经验，您的儿子讲孝心，还会回家来的，那时您必须告知我们。"

"望春真若是回家，你可得说呀！"村主任冲着他说，"要不，叫窝藏，不光你有罪，全村都遭累，可不能糊涂啊！"

"他要回来，怎样告知呀？"老倔爹疑问。

纠察队员猝然发现窗台上有一盏灯，眼睛立时闪出光亮："对，就用它，他若是回来，您就点燃它，摆到窗台上。"

"听明白了吗？就，就点那盏灯。"村主任重复说罢，就跟着纠察队员走了。

老倔爹心里一沉，痴痴地看着那盏灯。

他记得，儿子就曾利用窗台摆上那盏灯给山里抗日纵队伤病员传递过讯息，从外面望见窗台点燃着灯说明家里安全的，可放心进门管饱一顿饭。如今，他疑惑了：因为儿子，他也要用这盏灯？别无选择了吗？

早些年，望春生性胆小，可热情高，报名当纵队交通员时老伴就极力反对，但终究拗不过望春的犟劲。年上据大伙说日本先遣队对山里加强了探视，形势骤然紧张起来，而儿子他怎么出卖了自己人呢？他怎糊涂到这个地步？还杀了人？老伴前年去世，临前还嘱咐他要把他望春的走向。这样想着，他不由将目光投向窗外，那座山坡上，埋着老伴孤独的坟茔。他心里怅然地说，要是你还在，会有这回事吗？

小风轻轻拍打着窗棂，蟋蟀在墙角嘟嘟地叫，老倔爹刚要去闩门，突然间，门“吱呀”一声开了，望春站在他面前。他几乎不敢相信自己的眼睛，使劲儿眨动几下，站在面前的的确是望春。

“爹。”望春憨憨地叫一声，“爹，快给我点儿吃的。”

老倔爹将望春招呼到伙房，说：“锅里有饭，你吃吧，我再给你煎俩鸡蛋。”

望春狼吞虎咽地吃着，眼睛贼溜溜地寻觑着，待最后一口食物从喉咙处咕噜一声咽下之后，他才急急地说：“爹，我看你一眼就得走了，有没有钱什么的，给我准备点。”

老倔爹赶忙把裤腰子拽开，从里面掏出两个银元，递给望春，说：“就这些了，都拿着吧！望春，你要去哪里？”

“爹，这您就别管了。”

“望春，我说你……可到小南山的石洞里躲躲。”

“爹，您就别管我了，我这一走，是死是活，真的不好说，什么年月能见到您，也都不敢想。爹，只求您自己保重啦！”

“望春。”老倔爹身子一抖，亮亮的泪珠向脸颊处滚动。

“爹，还有一事。把咱家那把山里崖纵队留下的尖刀给我。”

老倔爹愣了，说：“你拿它何用？”

望春咬了下嘴唇说：“爹，我手头怎么也得有个应手的家伙呀。”

“什么？”老倔爹倒吸了一口冷气。

望春：“爹，我现在已经想好，谁真若是抓我逮我，我已没有别的路了，就得拼了，反正我已是有人命的人啦，杀一个够本，杀俩就赚一个。”

“嗡”的一声，老倔爹就觉得脑袋像被谁猛然擂击了一样，眼前金光四射，他做梦也想不到，他的儿子如今变得这般可怕了，变成了杀人的恶魔，他颤颤地向前走了一步。

“爹，快去给我取刀来。”望春显得很焦急。

“好好，爹这就去拿。”老倔爹应允着他，离开伙房，悄然走向窗台，点燃那盏灯，端放到窗台上。

当望春吃饱饭走出伙房的时候，两名纠察队员已出现在他的面前。

绞刑架下

斜阳夕照，乌云密布。

艾生被日本宪兵押赴刑场时，拖着哭腔，哀怨声笼罩着整个寂静的广场。

洪霞妈妈挤在围观的人群里，她听到有人嚷道：“这软骨头会把我们搭进去的，要想办法堵住他的嘴。”艾生年幼丧父，胆小脆弱，但他富有上进心，参与了一起爆炸日寇军列的行动，因不慎被日军巡逻队抓获，却经不住严刑拷打招供了计划；虽然同志们及时转移了，但日本宪兵队却要让他当众举证主谋人。

现在小镇上的居民都被传到广场上，空气中弥漫着肃杀的氛围。

艾生终于被两名日本宪兵抛掷在绞刑架下的木台上。他身上伤痕累累，衣服上染满了血迹。

“怎么啦？小伙子，你在发抖！你抬头看，那是什么——”监刑军曹指着绞刑架凶吼着，艾生沿着军曹的指向望去，只见绞架顶上悬吊着一个麻绳圈套，只要伸索到人的脖子上，按下木台上设置的红色按钮，他就会被绞死。

艾生惊惶地哭了，军曹俯身对他吼道：“炸军列的，谁是主谋？”随着用手猛抓一把艾生蓬乱的头发，逼向他。

艾生像杀猪般凄惨哭着，满脸恐慌，没一丁点儿血气。

“快说实话，谁是主谋？”军曹又撸了艾生一记耳光，“软骨头还想代人受过。”

艾生哀哭着没有回答，他把目光投向围观的人群，那里有他熟悉的脸孔，多么渴望有人站出来救援他。终于他探寻到母亲慈爱而痛苦的面容，他伸出一只手，哀叹：“妈妈，妈妈救我——”

“再不说，上绞刑的就是你！”军曹瞥了人群一眼，对他吼道。

艾生忽地记起什么，他说：“不是……是我。”

“好，将他套上绞绳，绞死他。”话音一落，绞台上两名日本宪兵立即将麻绳圈套套进艾生的脖子。

艾生的身子一下颤抖起来，他将目光再次投向围观的人群，他看见日本宪兵将挤上前的妈妈挡了回去，他挣扎着试图伸出手，充满期待地喊叫：“妈妈，妈妈救我——”

“噢，谁是你妈妈，快点站出来。”军曹冲着人群喊。

洪霞妈妈终于从人群中站出来，显得出奇平静。

艾生像见到救星，他想扑上去，可是被日本宪兵架在绞台上，他哭道：“妈妈，他们折磨我，我受不了啦！”

洪霞妈妈走近绞台，靠上去，捧着艾生瘦削的脸，抚慰着说：“不，孩子，你别怕，你受得了，你比妈妈想象的还要坚强，你已经错了一次，不能再错第二次……”终于，她流出酸楚的眼泪。

“妈妈，我怕，我不想死……”艾生抱着求生的欲念。

“孩子，我们都有那么一天，只不过你先走一步，我们在那里与你父亲团聚，他是我们永生的骄傲，但我们见到他时都要面无愧色！”她宽慰着他，似乎要唤醒他应有的坚强。

“他们要绞死我，我还年轻，我不想死——”艾生恐惧地哭着。

“很好！不想死，就把主谋供出来，他一定在人群里，认出来，我敢保证你就会跟妈妈回家去。”军曹将目光抛向人群，诱逼着艾生。

“妈妈，我真不想死。”艾生飘忽的目光又一次投向人群，然后转向妈妈，似乎巴望妈妈的应认。

“好。”洪霞妈妈转向军曹说，“那就让我来问。”见到军曹挥挥手应允了。

她顿了顿，仿佛整理着思绪，仰望艾生，深情地说：“孩子，你看着妈妈，别害怕，不要哭，妈妈爱你，妈妈不想你受苦，更不愿意更多的人受苦，你等着妈妈，妈妈会来陪你，相信妈妈……”说时，她盯准绞刑台上那个红色的按钮，她跃身上前去。

军曹见状顿悟，急喊道：“拉住她，拉住她——”

刹那间，洪霞妈妈已用力按下了电钮，绞刑架上那个麻绳圈套一下子勒紧艾生的脖子，他整个身子向上悬空时，她眼前一黑，昏倒在绞刑架下。

远山，残阳如血，山岚弥漫……

一九四四年的攀亲

我爷爷好攀亲，几乎毁了他，却也救了他。

听父亲说，我爷爷只要迎面逢上人，几乎都攀亲。

比如说，村里迎面来个货郎，我爷爷一定要问，哪个村的？那人答，牛斗园村的。我爷爷就说，牛斗园村我有亲戚呢。那人就问，你的亲戚叫什么名？ 爷爷便告诉他，叫许玉山，是孩他姑父。那人说，呦！那我俩还是拐弯子亲戚呢，许玉山是我弟弟的叔丈人。我爷爷便喜形于色，那我们是一家人了，进屋喝杯水呗，要不吃饭再走。

如果那人是收鸡毛猎皮的，或是锔盆补锅的，便跟我爷爷进家，喝泔水抽叶烟，如果正好赶上饭顿，有的还真吃了饭才走。若是卖西瓜阳桃或粽子糕饼的，就不敢进门了，人家害怕孩子时的我爸爸把他的货吃了，其实我爷爷根本没那个意思。

一九四四年，秋后的一天深夜，我爷爷给屋后的牲口添完草料刚躺在炕上，听见门前院子里“隆隆”“ 咚咚”几声响，我爷爷忙推醒奶奶，对奶奶说，快起来有人跳进院子了。

爷爷下地开了门，一会儿进来几个人。一个留八字胡当头模样的人掏出大肚匣子枪“啪”地往桌子上一拍说：“快给我们弄点吃的。”

原来这伙人是汉奸柳春龙的人，柳春龙是山里有名的山大王，后来让日本兵收买过去，专门和地下党交通队作对。这几天县大队正在追剿他们。头天在椰花河边与县大队打了一仗，伤了几个弟兄跑到了这里，眼看天要亮，便进了我爷爷家里，打算等到天黑以后再走。

我爷爷知道他们的来历后，不敢怠慢，赶紧吩咐奶奶做饭。做的是葱花烙饼覆鸡蛋，那几个人狼吞虎咽地吃上了。

我爷爷坐在一边和他们聊天，一聊天，爷爷和那胡子还攀上了亲。我爷爷很高兴，对他们说，吃完饭你们就睡觉，天一亮我上集买肉打酒去，中午咱们好好喝两盅。

我爷爷这一去就是半天，都午天日歪了，还没回来。那几个人感觉不妙，正想走，外面响起了枪声。县大队的把他们给包围了。

那几个人仓皇地逃走了。

多半个月后，我爷爷在县城的饭馆和一个贩牛的朋友喝酒。

忽然，冲进来几个人，其中一人大声地问：“谁是符友善？”

“我就是！”我爷爷以为又遇到了熟人，大声地答应。

“找的就是你，跟我们走一趟。”那几个人把我爷爷带到一个院子里，院门插着一面膏药旗才知道是日本兵营，见到八字胡子在，八字胡说：“好啊你，活得不耐烦了，竟敢到县大队去告密，害得我们伤了几个弟兄。”

我爷爷大惊，他知道按旧例，他要被八字胡子沉到椰花河深水潭的。

那是个腊月的天，寒风刺骨，椰花河那个深水潭，浮动着冷气，烟蒙一片。

我爷爷被扒光了衣服，赤条条地蜷缩着身子，冻得浑身哆嗦，牙齿上下抽搐嘀嗒地响。

两个日本兵一人抄脚，一人拽胳膊，正想把我爷爷往深水潭里扔，也该我爷爷福宽命大，这时过来一个穿猄皮袄的大胖子，对那两个人说：“等等，绑石头了吗？”我爷爷听着声音熟忙扭过头来看，又觉得面熟，一想想起来了，忙说：“表……表叔，您不认……认识我了？我是友善阿！我……我结婚时，跟……跟您一桌喝的酒！”那大胖子一愣，忙端详端详爷爷，一拍脑袋说：“你是表侄女婿吧？这么些年总不去表兄我那，差点都不认识了。”

我爷爷终于因为攀亲得救了。

事后我爷爷对父亲说，其实那天真不是他去县大队报告的。而是那天我爷爷在墟集上遇到一个脱土坯的人，一攀谈，还竟是亲戚，他俩到酒馆喝酒去了。

没想到，一喝酒把家里的事忘了。

补记：一九四五年日本投降才知道，一年前我爷爷在墟集上遇到的那个脱土坯的人是县大队的交通员。他们在县城酒馆喝酒的时候，县大队将我爷爷家围住后，只是因为武器太次，未能捉住或歼灭那伙皇协军。奶奶后来回忆说：县大队的枪“通通，通通”地嘣响，土匪的枪“嘎嘎，嘎嘎”地瘪了。

大黑惹的祸

外舅后来总是这样说。如果不是大黑惹了祸，或许还真躲不过村治保主任那把白亮刀子的劫难。

一九六八年腊月的天气死寒，外舅和大黑翻了两座山，身上没一丁点热气，还是钻心的冷。再拐过一个陡坡，就见到大黑的新家了。不过别误解，大黑不是人，而是一条精壮的黑毛狗。

不几天就是年根，外公非得让外舅将大黑给村治保主任家送去不可。外舅说不清那年月外公犯了什么错，却让村治保主任定为“黑五类”，整天要戴着猪篓高帽去游村。外舅当时想不通外公把大黑送给村治保主任的理由。后来才明白，莫非就是怕大年正月戴帽游村误了农时，或者大黑是雄的，据说，那鞭子补人蛋，谁叫村治保主任弱瘦得像只蚂蚱。

大黑在路上走走停停，像明白什么事理似的，尾巴也懒得摆一下。

大黑在外公年壮狩猎时救过外公一命，那是个仲夏热天，外公像只蚂蚱伏在密草中，端枪瞄准一只黄麂，忽听背后大黑狂吠，他蓦然回头，原是一条五步蛇冲他而来……可外公怎么舍得将大黑送人呢？外舅记得，外公对他说过等他去公社中学读书，就把大黑卖掉，给他交学费。外舅就暗地里想，不上学算了，读公社中学又怎么样，还不是见天的挖沟种甘蔗，可千万不能割舍大黑；后来有人给我娘说媒，外公又说，等我娘出嫁，就把大黑卖了，好给娘做嫁妆，但我爹宁可不要嫁妆，大黑就仍蹦蹦跳跳在外公的身边，伴着外公每一个晨昏。但这可说明一个道理，大黑对外公一家来说，很重要很金贵。

在上路前，外公问过外舅：“你知道如何将大黑送去吗？”

外舅摇摇头，外公就骂：“你只要把大黑牵到他家，拴住，就往回赶。”

“什么都不说？”外舅疑问。

“什么都不说！”外公答。

“如果人家不要呢？”外舅又问。

“不要，不要他就不是治保主任了。”外公反驳，仿佛很是了解人家似的。

吹起冷风了，天上撒下了阴霉的雨。

拐过陡坡，循眼可见到村治保主任的那个村子。村前村治保主任那间白墙瓦顶的屋，十分打眼。屋顶还冒着热烟。大黑忽然停下来，不肯走了，狂吠了几声。外舅费了好大劲，才扯着大黑走。

进了治保主任的院门。治保主任正在庭院里烤火，见了外舅一怔，悠地见着大黑，仿佛明白什么一样，示意外舅将大黑拴在一旁的母生树上。外舅记着外公的话，什么也没说，拴好大黑，拔腿就跑，跑得比风还快，但风不知道，外舅流泪了。外舅想象不出大黑往后的命运。

外舅很晚才回到家，他沿着村边的田间小道跑了多少圈，疲乏了，他才踱回家来，外公将他搂在怀里，问：“送到了？”外舅使劲地点头，就是不吱音，却一下恸声哭了。

那个夜里，外舅做了一个噩梦，梦见村治保主任拿着一把白亮的刀子，像一道闪光狠狠地割下大黑的鞭子。大黑四脚腾空挣扎，蹬掉了那把白亮的刀子，汪汪地吠出声来……外舅就是被狗吠声惊醒的，睁开眼，却听到狗吠声在门外。

他拔身起床，出门来，见是大黑回来了，身后还跟着一条不知谁家的黄毛母狗，却都被夜露打湿了，身子还在风中抖，他忘了拔腿就扑了上去。

天还没亮透，村治保主任就来擂门了，还喊了外公生硬的名字。

外舅去开门，治保主任冲进来就骂：“明里是给我送大黑，暗地里却拐跑我家二黄。”话到明处，外公外舅才明白昨夜跟来的是村治保主任家的二黄。

外舅想辩解，治保主任却不依不饶，嚷道：“用不着沉思，就料定是你家大黑干的勾当，这叫什么来着，就叫一条道上的一样黑……”说罢，就径直拉起二黄往外走。

二黄却挣扎不肯走，大黑又哀哀地吠叫了几声。

外公跟到门外，外舅听到外公悄声说：“改天，我，我再送大黑去。”

“别，别啦……你家大黑根子有问题，我还不敢……”治保主任掷下话，甩头就走。

过了除夕，又过了元宵，大黑终没有送给村治保主任。但大黑还是惹了祸：外公仍然被戴高帽游村，身后还跟着大黑，大黑也戴上了纸帽，帽上写着三个字：强奸犯。

这并没有冤枉大黑，因为正月开春时，二黄就有了。后来还产下了三只小狗，都是黑毛的。

外舅些许日子纳闷的是：明明治保主任白捡了三只黑毛狗崽，为何还让外公和大黑戴高帽游村串户？外舅庆幸的是大黑躲过了治保主任白亮的刀子。

《过客》征尾获奖作品

小小说以传播快、范围广和影响宽，已成为一个有着广泛群众基础、符合现代媒体传播规律的文学新品种。以征文或大赛的形式组稿体现主题精神，也成为业界的一种潮流。某市政法委为彰显政法时代风貌，弘扬主旋律，与地方日报副刊举办小说《过客》续尾征文，要求不超过两百字，全文如下：

小海仔没有等老旺爹狩猎归来就走了。

老旺爹从山那边拖着疲惫的身躯回来时，女儿二杏就告诉了他。他心里一沉，满脸怅怅然，好像失去了什么。

二杏对爹说："他说，他还会回来的。"

她接过爹扛在肩上的猎枪，挂在屋前的墙壁上去。老旺爹长长地叹了一声，就愣愣地向大山的坳口望去……

一年前，小海仔是被老旺爹从山那边驮回来的。

老旺爹是大山里出了名的猎手。那日，天刚蒙蒙亮，老旺爹就起身上山去，没有打到猎物，却发现一个陌路人，正昏倒在地。这人就是小海仔。

老旺爹将小海仔驮下山来，二杏端水给他喝，他惊恐地盯着老旺爹，倏地，就有泪水漾了出来。

尔后，听小海仔说，他是海那边人，是跟人进山收购槟榔的，不料被骗子骗，钱财遭劫不说，反被揍打一伤，迷迷糊糊地丢在山上……

老旺爹怜惜小海仔，便收留了他。

有多少回，老旺爹打到猎物，要翻山进城去售，就邀小海仔一同去，可小海仔总是借口婉谢。渐渐地，老旺爹有了发现，小海仔在他面前满脸堆笑，可背地里，却是满腹心事地叹气，有时，他望着山坳出神，二杏喊他几声，他才陡然回过头来。

老旺爹问过小海仔："想家了，就回去看看，大山不留客。"

小海仔却满脸惶惑："不，我留下来陪老爹你，就不走了……"说时他目光抛向二杏，二杏脸热了，转眼望向远方。

然而，老旺爹压根没有想到，小海仔会在他赶山围猎的时光走了……

山里的月亮圆了又缺，缺了又圆；转眼，又半年过去了，小海仔始终没有回来，老旺爹就搁了半年的猎枪，渐渐地，老旺爹深深的眷恋变成一种受骗的失落。

二杏憋不住了，就恨恨地骂起小海仔："爹，他欺骗了我们……"凝在眼眸多时的泪水流了出来。老旺爹没有说什么，只是长长地叹了一口气。

一年过去了，老旺爹开始淡忘了小海仔，又扛起锈钝的猎枪时，小海仔翻山回来了。

《过客》征尾要求应征者根据文本承转，续接一个合适的结尾。

征文历时半年，反响很大。临征文尾声，有两名作者拿出应征续尾去找符浩勇。符浩勇是当地一位业余作家，写了近六百篇小小说，不少篇目也获过不同类别的征文奖项。写作者的盛情之下，他为两名作者审定了两个迥异的结尾。符浩勇审定的续尾如下：

结尾一：

小海仔跪伏在老旺爹的脚下，哭道："老爹，原谅我不辞而别，如今才回来，一年前，我杀了人，是一个逃犯，是你收留我，救了我，我才有勇气去投案，今天，我被提前释放了……"

老旺爹俯身扶起小海仔，老旺爹欣慰地说："不枉你待在山上一年，你缠在心头的愁结终得解开……"

小海仔转眼投向二杏，二杏鼻子酸酸地泪流满面……

结尾二：

小海仔跪伏在老旺爹的脚下，哭道："一年前，我是一个逃犯，多亏你收留了我，才躲过了追捕……可这趟下山去，我发现我杀的人，没死，还活着……”

老旺爹欣慰地对小海仔说：“不枉你待在山上一年，你缠在心头的愁结终得解开……”

“不！”小海仔露出狰狞的面目，咬牙切齿地说：“我为自己无辜困在山上而愤恨，我又杀了他，我又逃出来了，请能收留我，这辈子，我再也不下山了。”

老旺爹听着连连退了几步，二杏在一旁愣着不敢相信。

结果征文揭晓，两个征尾都获奖了，一名作者荣获二等奖，另一名作者荣获三等奖。亲爱的读者，你认为哪一个结尾获了二等奖呢？

第九辑：同在屋檐下

茶　仙

我们农场的绿茶茗香闻名遐迩。

但在我们茶厂，有整套品赏茗香本领的还要数“茶仙”老张，什么杭州狮峰龙井的甘洌清雅、福建安溪乌龙的绵久清香、云南普洱之悠远醇厚等他都能从茶的颜色香味娓娓道来。他常常总是引援佛教的修炼境界，对绿茶产地颇至推崇，诸如：“看山是山，看山不是山，看山还是山。”“茶道就是禅道，禅道里渗着茶道，茶道里盈满禅机。”“阿拉伯人品茶有三道。第一道苦若生命，第二道甜若爱情，第三道淡似微风。”而茶本身就是禅，茶意如斯，心境如斯。每人品茶，会有一番感悟，只不过人生不同，经历不同，感悟也不同罢了。不论是渐悟还是顿悟，就看个人的造化了。

我曾问他，我们农场的茶叶如何？他连连摆手说：“不行，不行，我们厂里茶呀又涩又混，不能喝。”他要喝茶就喝外地的茶，喝多了名茶自然就能品得出真经。每当与他切磋茶艺时，他都自主说起他对品茶艺术颇具独到之处：如，尝茶：从干茶的色泽、老嫩、形状，观察茶叶的品质；闻香：鉴赏茶叶冲泡后散发出清香 ；观汤：欣赏茶叶在冲泡时上下翻腾、舒展之过程，茶叶溶解情况及茶叶冲泡沉静后的姿态；品味：品赏茶汤的色泽和滋味。

当地人每逢外出旅游观光捎回名茶，总是爱请他一起品赏。记不清从何时起他落了个“茶仙”的雅称。

我是茶厂里推销茶叶的。这些年，我走南闯北，带回来的也是各地各式的茶叶。每当从外地带回新茶叶时，总是不忘诚邀他过来，一边品赏新茶，一边海聊茶经。

今年夏末一天，我从海南回来，带回来两包南海白沙绿茶。那晚，我刚吃完饭，茶仙却不请自到，我连忙嘱咐妻子忙着张罗茶几，搬到庭院里。

我们走到桌边围席坐下，同他聊起此行的所见所闻。

不一会，妻子端上茶壶来了，随后烫壶、置茶、温杯、高冲、低泡、闻香，分别给茶仙和我斟上一杯。于是，我与他很快就转到茶经上。

“何方特产？”他问。

“请吧，南海白沙绿茶！”

“阿弥陀佛，原来是佛门茗香呀。”他双手合十向着茶杯作了一个揖，然后伸出右手，用拇指和食指夹起瓷杯，中指托住杯底，可谓“三龙护鼎”，将茶杯递到嘴边，“嘬”的一声，茶水吮入嘴内。

只见他微闭的眼睛，两片嘴唇轻抿着，似乎用舌尖打转两三次，尔后巡回吞吐，斟酌茶的味道。随即打了一个响指，然后拍了一下大腿，嚷道：“好茶，好茶！”说着头发一甩，端起茶壶又自己倒上一杯。

我欣赏着他品茶的姿态，笑着也给自己续上第一杯茶。随即轻轻呷上小口，顿感苦味而上，再缓缓吞噬，顿觉舌本回甘。

我愣神地看着他，说起南海白沙绿茶的妙处：这茶是陨石坑孕育出来的品牌。经考证，七十万年前，一枚巨大陨石着陆砸出大坑，是迄今我国唯一被确定的陨石坑。茶园位于陨石坑方圆十公里处小盆地中，与原始森林毗邻，环形山脊流入丰沛的水气，经年云蒸霞蔚，空气和水都呈无污染状态。土壤含元素多种，微量元素奇特，独特的自然环境成就了茶树的香远品孤，冠绝一方。茶叶含有丰富的氨基酸、酶类、芳香物质、多酚类和生物碱等物质，具有生津止渴、提神益思、敌烟醒酒、提高人体免疫力等功效。

他凝望着杯里舒展游动的茶叶，带着几分经验式口气，说："从茶色看，此茶绿中带幽，混中透明，乃产地气候水土极秀之至；从味道上来说，清甘润喉，沉香沁肺，非生地勿长，品味这茶，如果用山地甘泉，则更是一番禅中仙道享受……"

听他一番品评高论，我又呷上一口，觉得余味无穷，但就是领略不到他所说齿颊留香身心舒畅的那种雅致的滋味，从内心不由暗自更加钦佩他品味茗香的本事。

我们一边喝茶，一边品味，不知不觉间，已近子夜。

夜风起了凉意，吹来谁家的孩子哭闹声，杀猪一样尖叫，间或，又飘来女人厉声的叱骂。空中不知何时挂上了一弯残月。远处，还浮动着三两声疲惫的狗吠。

他起身告辞，却一步三回头嘱我捎回名茶别忘了他，似乎留恋着绿茶的香高味长。

送走茶仙，我踅身从院子里将茶几搬回屋里时，却倏地发现，从海南带回来的两包南海白沙绿茶原封不动搁在茶桌上。

我连忙唤来妻子：“你泡了哪里的茶？”

妻子说：“我们厂里的茶呀，两包南海白沙绿茶你不是说要孝敬厂长吗？”

天呀，我们的品茶禅道到底怎么了？

女儿的舞蹈

指导老师攥着一把长尺，敲着桌台，面无表情地说：“安静，安静了，大家仔细看着我再示范一遍，然后每个学生都跟着模仿一次，有不规范的，我再来逐个纠正。训练是辛苦的，但不辛苦，哪来取得成功。”

世博会期间，主办方为办好一台中外小朋友欢聚晚会，每个周末将所有参加演出的孩子集中起来强化训练，可每天陪伴十个孩子来的还有十位家长。这是第六天了，本来是老伴来的。可今天朱教授在集训地办事便一同来了。听着指导老师用长尺敲响台面，他知道那是无奈而郁虑，他也曾因为学生对文言文的迷茫而焦躁。

女儿本不是学舞蹈的。但自从她被选拔参加中外小朋友晚会训练，显得格外来劲，也肯动脑筋。近几个星期，在家里只要有空，她就自觉地对着镜子比画，接着一边听着音乐，一边做着动作，一会又用脚踩音乐的节奏，一会又调整动作与节奏合拍，最后才进行全身合成。几天下来，他认为女儿跳得总算有模有样了。可刚才指导老师说到规范，他心里又一下子没底了。

伴着舒缓而熟悉的旋律，指导老师在台上转动飘移起来，边示范边讲解，终于在家长的热烈掌声中结束。她停下来，绷紧的脸笑了笑，可给人的感觉像哭。她说：“这个舞的动作虽然简单，但音感很强，却也要求很高，用肢体展示花瓣纷纷落下，由花瓣纷纷落下想到光阴易逝，用舞蹈诠释美丽的瞬间，不下功夫，就很难跳出味道来。”

终于轮到女儿上台表演，朱教授的心顿然蹦跳起来，他指望女儿能为他争气，又害怕指导老师的严厉让女儿难堪。眼下指导老师的脾气显然有些躁，没有半点肯定鼓励的口吻，先是说女儿的动作不尽规范，过于刻板，后又嫌女儿跳舞踩不着节奏，缺少乐感，根本跳不出花瓣纷纷落下的味道。

朱教授平静地盯着女儿的舞步，女儿显然很争气，反复行走了几回，指导老师又耐心指点一番，可女儿最终还是焦虑了，越来越踩不着音乐节奏。他迎着女儿飘瞥过来的目光，女儿似乎害怕他失望而生气。他做作一副毫不在乎的样子，他不想给女儿增加压力。可老伴却不善人意，脸上流露出不悦之色。女儿下台时已是满头大汗，他迎上去，说了一句他平日最爱对学生说的话：“没事的，你很有进步！”女儿的脸孔一下子静下来。然后，他抱着女儿继续观看别个孩子的跳舞。

忽然，一个凄厉的哭声霎时响起，回头一看，是一个刚从舞台上下来的孩子被家长暗里拧了一下臀部。那家长显然是对孩子刚才在台上的表现不满，愠怒之下做了一个恨铁不成钢的动作，可孩子不会掩饰，痛得放声大哭起来。

指导老师从台下恶狠狠甩下眼光，那意思是别闹，要哭到外面去哭。随即那对家长将哭闹的孩子带了出去。这时候，朱教授发现，老伴的脸上掠过一缕笑意，那意思是至少我女儿没这么不争气的哭。可是这时候，女儿挣脱了他的怀抱，随着那对家长跑了出去。他知道，她去安慰同读小学的小朋友去了。他心里顿然欣慰起来，同情有时会激发一个人的自信心。

十个孩子轮流走台训练了一遍，指导老师说话了。她表扬了在场的一位农村妇女，因为她的女儿跳得最好，一丝不苟，舞步严谨，不像某某（其中包括朱教授的女儿，还有刚才被家长拧了臀部的孩子）那样随意，那样刻板……跳得不规范的还要加倍努力，距离晚会的时间不多了，希望家长们回家后一定要督促孩子强化训练……

那位农村妇女红着一张骄傲的脸，谦恭地聆听指导老师的话。家长们的目光里对她充满了敬意。指导老师要求她发言，她顿了顿，终于拘谨地说了。她教子的经验是：不跳好，就不给饭吃，不刻苦，哪来的成功。她的信念是：她不会跳舞，所以一定要让孩子好好学，将来要成为舞蹈家。随即在指导老师带动下，训练场又响起热烈的掌声。

朱教授没有鼓掌，他一下子茫然了，说不清农村妇女说的话对或不对。当父母的很容易将自己未实现的理想寄托在孩子身上，而一旦孩子未能实现，那将会背负永生的压力。

回家的路上，朱教授同老伴女儿都没有说话。进门前，女儿终于说了："我还要练几遍呢？"他断然改变以数字说话的方式，说："你想练几遍就几遍，不想练就歇会，以后我们不会强求你做你不想做的事。"

而结果是：女儿的舞蹈跳得越来越出色了。

模糊数学

清晨，我刚起身，就被窗外羊群动人的咩叫声吸引；我推门而望，外面大雾弥天，一派朦胧模糊。

昨天，我们一行两人到达山下时层峦叠嶂，远黛凝翠，脚下小溪清澈如洗。正逢牧羊姑娘赶羊归栏，小羊羔拥聚到栏栅下的清溪去。羊一站到水边，水里就映出羊的影子。水边的羊低头喝水，水里的羊也低头喝水。它们不是在喝水，像是要亲一个嘴，嘴一亲到，羊的影子就被圈圈涟漪弄模糊了。喝完了水，羊没有马上离开的意思，而是像穿着棉红翠花衣的牧羊姑娘饶有兴致地朝我们望。我平生第一次从城里闯进山来，看到山光水色映衬下的白云飘移的羊群和火苗跳窜的红翠衣，兴奋地按下了照相机的快门。

原本想乘着晨曦再有新的收获，没想到，一夜之间，大雾遮蔽的山峦只留下淡淡的轮廓，却挡不住羊群咩咩的叫声。忽然，我发现一串红红的东西在雾气中簌簌抖动，以为是牧羊姑娘的身影，就披衣出门去追索，可走近前看，却是路上夜里从花苞里伸钻出来的山丹红。极目四野，大雾将边远的牧场罩上了一层淡淡的轻纱，让原本清晰的东西模糊起来，从而也带来一种别样雅致的美，一种蓝天日光下看不到的美。

这个埋在大西北这山皱褶里的牧场是我国稀有羊种仅存的养殖基地。其生产的羊毛质地属亚洲独有，用其制作的商品价值连城，弥珍而贵，享誉世界。民间更传谣，羊羔生吃乃仙境美肴，化癌除瘤，颇有长生不老之誉。我们此行是为世博会添彩经层层申报批准才来的。昨晚的接风宴上，从未出过的牧场场长神秘地告诉我们，种羊的生长环境只有大雾沐浴才能得天独厚。真没想到，这一早起来，我们果真被大雾包围，可爱的牧羊姑娘早放牧离去，山野里只回荡着羊群咩咩撒欢的叫声，我不由暗暗为天公造物而称奇惊叹：山水融洽，天人合一，大自然里一种朦胧意象的美，一种超越时空模糊的美。

读大学时，我曾经惊诧于模糊数学的概念。大凡莘莘学子，曾经何时都留有微词：数学学科原本应比任何科学都来得更加清晰，讲求精确，怎么还能有什么模糊数学呢？而一旦接触其精髓真谛，都会觉得模糊数学当是一个了不起的突破。在人类社会中，在日常生活间，在实践科学里，有着众多模糊的东西，无论如何也无法否认这些东西的模糊性。而在大自然中比如在这远山里的牧场模糊不清的东西更多，连给人的审美观念都不例外。有很多东西，有很多时候，比如雾中的羊群、跳动的山丹红都在模糊中反而显得美丽，别有情趣。而往往这个时候，观赏者有更多的自由，有更多的空间，上天下地，纵横六合，神驰于有无之乡，情注于幻象之中，你想它是任何样子，它就会成什么意象。

我们的采访中午结束，饭后要乘仅有的班车向山外走。

然而，我们谁也没有想到逢上毕生的惊遇：好客的牧场场长杀了一只小羊羔，清蒸出盘，端在简陋的餐桌上。

我们为始料不及的意外倒海翻江：不是说羊种的繁殖保护比人的性命还金贵吗？

牧场场长却哈哈一笑：你们怎可同牧羊的小姑娘一般见识？如果真要追查下来，我会说，那是被恶狼叼走的，这些年来，反正狼吃羊也是常有的事……

在路上

出发前组织者所担心的事终于发生。

旅行客车蹒跚地爬在盘山路途中抛锚了。

组织者出发前的经验是：到目的地，只能确定路途的距离，却不能确定到达最快的具体时间。而往往最快到达时间并不是走最近的路途，因为最近的路途车子都去挤就会堵车，故而，要选择最快到达的时间只能绕远路。于是，早上五点起床，五点半集中在车站用早餐，六点钟车子就出发，攀上了盘山公路。

然而，事情就像出发前所担心的那样，所有的组织者都凭逆向思维。同一目的的旅行车都舍近求远，共同攀爬盘山路。很不凑兴，由于山岚雾气浓重，前方的车子发生交通事故导致路途堵塞，本来指望最快到达的时间旅程仍是最远的路途。

车子刚停下时，车上还谈笑风生。

“看什么军事表演，还绕这么远的山路，没看过吗？”有人疑问组织者的初衷。

“电视上表演就很逼真，何必一定追求现场氛围。”有人抱怨。

“只不过是看人家戴绿帽子的打打炮。”一句段子把众人逗乐了。

过了片刻，有人坐不住了，嚷着司机打开车门去伸懒腰，张口打呵欠长叹，有的顺便转进路边灌木丛解手。又过了一阵，车子没有挪动的迹象，有的下车跑去前方的踅回，说是前一公里处出了车祸，正在清理障碍。女的解手不好办，嚷着同伴一同转进刺莽中更深处，不知哪个急中生智说了一句，女的都下车围成圆圈，轮流进去中间不就解决问题了。这一提议得女的效仿，只是落一个笑柄：不见着还没知吗。

可时间悄然飞逝，车上司机已播放完一个抗日战争的碟片，有的人昏昏欲睡，车厢里失去了活气，窗外的绿色似乎离得十分遥远。

又过一会儿，骄阳当头快正午了，人们肚子开始发牢骚了，咕咕直叫。但盘山路上，前无村庄后无店铺，到哪里去找吃的？

我静默地曲在座位上，喉咙开始发干，一直犹豫着是否打开挎包里一个黑色的塑料袋子。袋子里有馒头、包子、油条……但却曾被同伴讥笑不齿。

早上，在昏暗的车站餐厅用餐，也许是早起食欲不振，买下的点心剩下不少，丢掉太可惜了，我特地向服务员要了个黑色塑料袋子，将剩下的餐点往袋里装，却遭到了同伴的取笑。

“丢掉吧，别太小气，出游要吃大餐，别寒碜了。”

“你是捡回去喂猪的吧？现在的猪肉价比不上猪饲料涨得快！”

“乞丐相，吝啬包，太节俭就别出来观游，真丢脸！”

“扔了吧，女同伴看见了，多掉价！”

而现在，饥肠辘辘，我再也忍不住了，悄悄把手伸进挎包，掏出一只冷硬的包子往嘴里送。

“你有东西吃？”被邻座发现了。

“哦，还有蛋糕、馒头……”后座的站起身来，也把手伸进挎包。

“你怎么这样自私，偷偷吃。”早上那位骂我是“乞丐相”的说。

“大家都饿，你怎么一个人吃！”早上那位骂我“捡去喂猪”的说。

“哎，这可是早上在车站用餐剩下的，你可不能独吞！”早上那位骂我“吝啬小气”的说。

“好，真好吃！”早上那位怕女同伴看见掉价的狼吞虎咽着。

很快，挎包里的袋子就被七手八爪掏空，我却再也嚼不出甜味来……

不知过了多久，汽车摇晃起来又开动了，司机又开始反复播放不知重复多少次的录像，只是大伙不再说笑话，个个坐在座位上一声不吭地捧住脑袋，好像睡着了。与来时满车笑语的情况不一样，显得出奇的平静，大伙也久久地不再说话。

我不敢打破沉默，只是忽然感到此行到达的地方还有很遥远的路途，或许足使我一辈子也无法到达终点。

前面又是陡坡

海马小轿车驰到海输中线的阿陀岭下，开始向盘山路攀行……

他坐在车的后座，手托着尖削的下巴，双眉微皱，两眼微闭。司机仿佛理解他的心情，把车开得不紧不慢。然而，并未减轻他的心烦，他的思绪一度绕回到两天前接到的那个来自一个偏僻山镇的长途电话……

“你是张厅长吗？找你好苦呀，才知道你调到省里了，我挂了几次电话，总算接通了，你一定很忙吧？”那是一个嘶哑的女人的声音。当时，他正听取市县教育部门汇报，是在休息的几分钟时间接电话的。他很无奈地催道：“有什么事吗？请直说。”

“张厅长，谢谢你，我们全家给你鞠躬，我家老张临终前还念着你。虽然他一生没取得什么成绩，更谈不上贡献，但你关心他，也是唯一关怀他的领导。老张临终前，嘱我一定要向你表示谢意，是你关心他，他才在病床腾熬了三年多……”凭声音听，那女人一定是哭了，但语气中又不无欣慰，仿佛是演员动情地背着一段准备好的台词，“我本想当面去谢你，但你已调到了省里，那么远的路，要花多少钱？”

他静静地听着，有点莫名其妙：这个人是谁？临终前还记着我？怎么毫无印象？但他毕竟是老成练达，决不会嘲弄别人的悲伤，更不会说，我根本不认识你。休息时间过去了，但他还是耐心地听着，最后只是说：“——你别悲伤，要注意身体，那些都是我应该做的。”他究竟做了些什么呢？他自己也茫然了。

他原在一个少数民族县当县长，去年调任省文体厅副厅长的。常言道，百年大计，教育为本，可眼下不少市县都在拖欠教师的工资呢！大多民族县适龄入学儿童入学率在大幅度下降。为了这事，他搞调查，跑请示，整整一个多月，他的工作日程安排得满满的。今天是周末了，他还得赶到一个边远民族县去，出席下午召开的一个现场会。

窗外，阿陀岭崎岖盘旋的公路，七拐八弯，傍着峭壁，依着悬崖，向山的深处伸去。小轿车小心而固执地前行，一忽儿昂头冲上峰顶，一忽儿垂下头驰进谷底。他凭窗望出，车正在深谷的边缘地拐弯，迷蒙的山岚气滚动着，朝前望去，明明是悬崖，没了路，正担心车驰向何方，路却蹦出来，连又爬上一盘山的脊梁。倏地，一道山梁斜横而出，挡住路面，司机急来个一百八十度转向。他急忙抓住座位的扶把，心却在胸膛里晃荡。忽而，他的心头一热，他记起来了……

三年前，他还在民族县任职，一次赴省政府开会，车在这盘山路的陡坡抛锚了，是油泵阀阻住了，引擎器启不动，司机说要一时半刻才能修好。其时，正值仲夏，天气炎热，他只好下车了，路边不远处有一所小学，他便走去避暑乘凉。那所小学是县里最僻远的学校。他去时，有人告诉他，校长正患病卧在床上，也姓张，说是病根早发现了，但经济拮据，医药费没法落实。他听后便去看了，校长患的是肺癌，校长显然认识他，说在全县教育会议听过他的重要讲话。他安慰地说了几句，校长憔悴的脸上，爬上了几缕笑纹。好半晌，才从破旧的棉被里伸出鸡爪般的瘦手，握住他的手，显然却比他白皙的手有力得多。那时，他没有说，因为车出了毛病顺便来，而只是说来探望他，一刻钟过去，司机来催他，他便嘱司机拎来准备送给省有关领导的礼物。校长受宠若惊，十分激动，喉管顿了顿，却没有说出什么感谢的话，深陷的眼眸里却好亮好亮。

然而，他没有想到，他这一无意识的举动，竟然使一个生命垂危的病人在床上腾过来三年多……

他又记起了两天前的那个长途电话，自己简直是无功受谢。倏地，他眼前晃动着一双双熠熠期待的眼睛，顿然，一股无法诉说的情感充溢在他的胸膛……

前面又是一个险峻的陡坡，他相信车不会再抛锚了，会攀行上去的，一定会的。

迷惘季节

杨继是高三第一学期转学到这所重点中学的。

刚入学，他就被推荐担任学校“红帆”文学社副社长，在此前，他曾在地方日报上发表过十多首朦胧诗。

他第一次参加文学社活动，是在语文组邀请省作协著名现代诗人卢斯当文学社辅导员的聚会上。要知道，卢斯是青年诗人的偶像，是步北岛、顾城之后诗坛的又一颗耀眼的新星。

他走进那次活动的教室时，已座无虚席，人头攒动，声浪逼人。刚坐定，身边还有一位可爱的女生，她自我介绍：“我叫乔娇，你呢？”她的热情让他吃惊，她是红帆文学社社长。那次活动，或许对于已发表不少佳作的他并不重要，但重要的是同卢斯成为文友。

说实话，那次演讲，卢斯或许不是最优秀的，但的确是很出色，卢斯的举例总是那样自由活泼，别具一格的手势和其他肢体语言结合，总体那么洒脱、诡秘而略有扩张的笑容，灿烂得足以打动在场的每一个人，让人着迷和陶醉。

然而，卢斯并不是很成功，半个学期下来的三次讲授，文学社已溜掉了不少人。但并没见他皱过眉，他曾对社长乔娇说：“走吧，离开剩下的就是精英，让别人去说，走自己的路！”

杨继凭以往的经验，文学社与主课毫无关系，有人半途而废，纯属正常。据说，本校在上学期曾办过卡拉OK音乐班，开始也很热闹，但未到期末就经营不下去了。

转眼天气转凉，每个周末的文学社活动，卢斯还是坚持来，文学社仍有着二十多人。

一天，在路上，乔娇从背后喊住杨继，她说：“你去时顺便将文友习作收齐，并送卢斯评点，以后文学社就靠你撑下去了。”

“你怎么不参加……那样卢斯会有想法的。”

“不会吧，我爸帮我找了个家教的活，我走不开……”她转身跑了。他感到浑身一阵虚凉。

走进课室，卢斯还未来，但乔娇的课桌上已叠着一组稿笺，但比起文学社邀请卢斯初期却单薄得多了。杨继记得乔娇曾抱着厚厚一摞诗稿，对他嚷：“帮帮我，我快抱不动了。”

卢斯来了，讲授诗的意境及意象、具体和抽象的表述等，但杨继一句也听不进去。下课时，他将收上来的诗稿递给卢斯，卢斯却说：“乔娇呢，她没有来？”他显然发现她的座位一直空着，预感到什么事情发生了。

杨继讷讷地说：“乔娇，她今天有事……”

离开学校时，杨继去送卢斯，卢斯忽然问：“你真的爱好文学吗？热爱诗歌吗？”

杨继一时无语，然后又点点头。

卢斯又问：“乔娇呢？她也是真的？”他或许在怀疑乔娇的文学态度。

杨继自信地说：“我想，她是真的，和我一样。”

“我讲授后，你们都悟到什么了吗？其实，创作靠的是感受，不论写什么其实是写自己，不管你写了什么，关键是别人感受到了什么。”杨继似懂非懂地低下头。卢斯还说，他读过杨继的诗作，很有天赋，千万别荒废了。

杨继不假思索地承诺，一辈子同缪斯为伍。

一个学期快过去了，文学社里仅剩十六人。虽然活动未停办，然而乔娇却未再出现在文学社里。卢斯仍然来，讲课仍是神采飞扬，仿佛无视教室里许多空落落的座位。

期末，班主任找到杨继，说：“你的功课一退就是千里，下学期就是高考冲刺了，从下周开始，学校办个补习班，你来听吧，你父亲同我说过。”

紧接着的日子，杨继左右为难，喜欢文学没有错，但文学代替不了高考冲刺。

又是周末，杨继想，就是要去补习数学，也要交代别人收齐诗友的诗稿。于是，他还去那个开展文学活动的课室，却在门口居然逢上班主任。班主任说：“你怎么不去听数学课？快走吧，别迟到了。”杨继犹豫一下，最终没有进入课室，就离开了——离开了文学活动的地方。

事后，卢斯找到杨继，杨继抬不起头，说：“对不住，我不会放弃文学的，但，我的数学……”

卢斯却说：“没有什么对不住，谁也不能对不住文学，可我理解你。”杨继抬头看他，见他眸子里很亮，仿佛被什么灼伤了。

那后，每个周末，杨继就去补习数学，经过那个熟悉的教室时，就忍不住打望，卢斯仍然来滔滔地讲，十几个同学仍在默默地听，只是自己的数学却未见长进。

待到考完期末考试的那个周末，杨继兴奋地跑到那个熟悉的教室，其中有个女生对他说，卢斯不会来了，他授的课已经讲完，他说过脚下的路要靠自己去闯。

那后，杨继就再也见不到卢斯，考入大学中文系后，他还写诗，不时也发表若干，却很少见到卢斯的诗。后听说，顾城在新西兰自杀后，卢斯也卧轨自尽了。

有个中学时与杨继同班的同学对他说，文学也能极端害人，你当初如果一度粘上卢斯，说不定你也会自杀。

同在屋檐下

入秋，如晦的暮雨不解缤纷景色的风情，笼罩着这座海南东部商埠小城嘉积镇。

在元亨路，一个中年妇女夹着提包，贴在街旁的墙根边躲雨，头上人家的阳台伸出而成的屋檐，能遮住一米来长、二米余宽的地盘，但斜风一紧，雨水仍可逼进来，透入肌骨。

几辆“风采”三轮摩托车驶过，不少人顶着风雨去追赶，但人多车少，有人被风吹雨淋着了，仍赶不上车……

中年妇女正拨动脚，又收步了，叹了口气，抱紧瘦削的肩膀仍贴在墙根，盯着街上飘忽的风雨。

一阵急促的脚步声由远而近。

又一个小伙子闪进屋檐来。他喘着气，嘴里咒骂着鬼天气，狠狠地跺着湿了的脚，水珠溅到中年妇女的裤脚，中年妇女避开一步，扭过身去。

雨中，一位身材条直的姑娘朝着屋檐奔来。

她本来打着伞，但伞很小，挡不住风雨的前后夹击，小腿以下全湿了。挤进来后，她躬身挽起裤筒，露出白皙的小腿，撩了一下额前拨乱的刘海，本能地对中年妇女和小伙子一笑，却见小伙子正盯着她裸露的小腿，便忸怩地转过脸去。

最后来到屋檐下的是一位老伯叔。

他年逾六旬，鬓角斑白，身上披着一件宽大的雨衣，却被风冲袭得像一只鼓翼的风筝，瘦小的身躯在雨衣里不住地打战。

来晚了，老伯叔自然不能像先来的贴在墙根边。他表情冷漠，不朝别人望一眼，静静地站在屋檐边沿下，风一横，他的雨衣不时被雨珠“嘀答”地打着。

屋檐下，四个陌路的人静静地躲着风雨，谁也不吭一声。

天边，又闪过一道耀目的雷电，风雨更大，寒意更重。

中年妇女不由起了一身鸡皮疙瘩，抱紧肩胛。

姑娘深深地打了一个寒噤，揉擦一下喷喷发痒的鼻子。

老伯叔被摇曳的雨帘呛着，有点透不过气，龟缩着身子。

小伙子迟疑了片刻，然后迎着风雨冲袭而来的方向，一下子跨到前面去，把老伯叔让到墙根。小伙子的背后，老伯叔、中年妇女和姑娘渐渐并排贴紧了墙根。

风，更紧了，雨，更急了，阴晦的天空一时半刻没有晴朗的意思。

小伙子站在屋檐下前沿，头发和前胸湿透了。中年妇女望着他的后颈窝，掏出一条旧皱的手巾……又迟疑地放回提包。

姑娘的手动了，举起小伞，一点一点张开，又一步一步升起，向屋檐前面伸开去，终于伸到小伙子的头颅。

小伙子连连打了三个喷嚏，他摸出一支不算昂贵的烟，可打火机一直打，却总打不起火苗，终于他失望地将打火机抛进雨水中。

中年妇女下意识摸了摸衣袋，但什么也没有掏出来。

“啪”，一朵蓝色的火苗升起，照到檐下的躲雨人的脸，老伯叔把打火机伸到小伙子跟前，烟点着了，小伙子狠狠地吸了一口……

一股潮湿、粘腻、辛辣的烟雾弥漫而起，中年妇女不由咳嗽两声，小伙子回望她一眼，又无奈地将烟抛进雨幕中。

中年妇女似有歉意，嘴唇嚅动一下，却没有说出声来。

屋檐下又一阵沉默，只听见风声、雨声和自己的心跳声，积满雨水的街面像一扇洁净的明镜，倒映着屋檐下四个陌路躲雨人的影像……

窗户阳光

周末，到食堂打早餐时，吴旭约了同桌小梅到郊区去看西海岸带状公园，她终于答应了，让他在校门口的天桥下等她。

吴旭在天桥上待了小一会儿，小梅才拘谨地来了，只是别扭地同他保持着一定的距离。他就说：“我，我们—走吧。”于是，他们先后上了天桥。

今天天空晴朗，连日来的阴雨总算晴了，太阳慷慨地洒着阳光。然而，天桥上，一边阳光灿烂，一边却埋在高楼投下的阴影里。

吴旭是靠父亲捐款才成为这所重点中学的择校生的，因为一帮一的缘故，他同小梅成为同桌。他喜欢温暖的感觉，包括幸福的家庭和富于温情的同桌，他高兴地走在阳光里，连日的阴雨使他憋得发慌，他才斗胆约了小梅，他开始没想到，小梅能够答应，早上见她还在犹豫的那会儿，他还没敢相信，要知道，在中学里，能单独约一个女生出来的概率微乎其微。

小梅是来自郊区考上这所中学的乡村女孩。她落在后边，走在高楼的阴影里。吴旭停下来，回头冲着她说："到这边来吧，太阳晒在身上暖洋洋的。"小梅惊慌地顾盼周围的目光。

"过来吧，走在阳光里，连叮铃声也听得到。"

"阳光是有声音吗？你能听到响声？"

"有位诗人写过，海岛的阳光是有声音的，洒在地上也叮当作响！"

他俩距离缩短了，小梅却说："阳光的灿烂是靠窗户感应的。"

"窗户，什么窗户？"吴旭同她并排着走。

"眼睛才是心灵的窗户。"小梅忽然说："你读到小小说《窗户》吗？作者是符浩勇。"

符浩勇是海岛一个专写小小说的青年作家，写过几百篇短小故事。吴旭读过在地方日报上发表的一些篇什，可不知道《窗户》，小梅见他摇头，她就复述《窗户》的故事，说是"文革"时一位中学美术教师，以绘画墨彩别致著称，获过不少奖项，有一回，为了校长建房不被造反派拆毁，在刚筑起的墙上画了一颗太阳，意为谁拆了太阳就是大逆不道的，然而，他没想到，不但墙被拆掉，而且他还挨批被斗，死去活来之际，进了医院检查，才知道自己是色盲，黑色在色盲瞳孔里呈现着的是红的世界。

小梅若有所思："我一直想，阳光的色泽是多么残酷。"

"可它今天是公正的，它可以普照每一个角落。"

"可是，也有吝啬的时候。"小梅说着，一副忧郁的神态，随着说起自己的所见所闻。

她家里住在城郊，那里是典型城郊接合部，有许多矮小的乡村瓦房，就在西海岸边上有一户人家，住着一个孤寡老人，因为小屋是朝东南向的，终日溢满阳光，阳光总是均匀地从小屋的门前一直铺满屋里的墙上。老人虽然双眼属于半失明状态，但她平日的乐趣就是躺在门前享受温暖的阳光。对面是一片商品房基地，正在垒筑高楼，一层层堆砌，越来越多，越来越密，越来越高，高楼一尺尺向天际伸展，终于将射向小屋阳光削去遮断。于是，老人终有一天感觉到了，先是感到阴暗灰冷，尔后失落孤叹，终于在全部大楼竣工的鞭炮声中死去。

吴旭闹不明老人为什么那样偏激和极端，更没想到城市的扩展同老人的死去有什么联系，沉默一阵之后，只说："是吗？"看见小梅在点头，就说："我们不去看带状公园了，就去那片商品房基地。"

小梅答应了，脸上露出今天难得的一笑。

他们来到了那片商品房基地后，吴旭才知道这个小区是父亲那个工程队建造的，他心里不由又多了一阵莫名的悲哀。

老人的那间低矮小屋被锁上了，从窗外向里望，积压着一层厚厚的灰尘。忽然，吴旭喊叫："快看，那是什么？"小梅随着叫声及他的比画看去。小屋的中间居然有一片很有规则的阳光，静寂无声地躺在那里，他们心里都在惊呼："屋里为什么有阳光？难道是心灵的感应？"

吴旭转过头来，对望一眼对面的矗立高楼，终于明白，说：

"是对面高楼的玻璃窗的折光。"小梅扭身顺着吴旭指定的方向看去，的确，那是一片灿亮，但却感受不到任何暖意。

父亲，从乡下来

刚过秋分，风就软了，离寒冷还要一些日子。

窗外，连日来阴晦的天空，不间歇地筛着毛毛细雨，飘得我一度恹恹的心情发潮。今天早晌，我的几个大学毕业后从未聚过面的同学好友早就约好，今夜到我这重叙生情，这无疑就像霉暗的屋子晒进一缕灿烂的光芒。

刚吃过晚饭，我正洗漱饮具，门就被敲响，准是他们来了，还早呢？咚咚的敲门声擂得好重。唉，都进入社会谋生了，怎还像在学时那样冒失。我上前打开门，不由一惊：哦，是父亲，他从乡下来了。

父亲裹着一件半旧不新的大衣，头发上挂着零星的雨珠，消瘦的脸孔上一双眼睛却十分有神，背上还驮着一只鼓鼓的布袋。我脱口而出："爸，你怎么来了？"

父亲似乎显得很不安，讷讷地说："家里闲，今早晌拔了花生，你娘惦着你，就嘱我来……"说时，他放下布袋，抹了抹头上的水珠，才慢慢舒了一口气，对我巴结地一笑。

我本能地操起饮具，问："吃饭了没有？我来煮……"心里却有一缕隐隐幽怨，那时候，妻子到一个边远的乡镇蹲点去了，我的饮食糊口靠自起炉灶，自然有些许不便。父亲仿佛意识到什么，阻拦我："别煮了，我吃过了……刚才，刚才在街上。"

我没有迟疑，抢过话："别说谎，挨饿的可是你。"说时，还是执意淘米，可父亲很倔，上前拦住我，一度说在街上吃过了，说时他已操起扫帚，涂扫地板。

刚刚收拾停当，我三个同窗好友来了，二男一女。两个男的在高中读补习班时，一起寓居在一张宽大的床上。大冷天，一张薄薄的被毡你争我夺，夜里几十个轮回还未见天亮。后来，都考上了大学，虽然不同院校，却书信不断，常有联系，可参加工作以后尚未聚面。那个女的是高中时大家公认的校花，班上的男孩都倾慕她，但表示好感的手段却引起她的反感。记得有一个雨天，她去食堂打饭，我给她送过伞，换来的只是一句谢谢，尔后就是无言的结局。至今，她已成为别人亮丽的风景，但大家聚到一块儿，仍是哥们铁姐般的朋友。有一句名言说得好，只要彼此爱过就是无憾的人生。

父亲显得热情过剩，格外勤快，喜滋滋地端出从家里驮来的花生。花生是刚从地里拔起就用水煮熟的，吃时有一股原味原汁的香气。

我的同窗好友坐下围定，尝着花生的口味，都说父亲好疼我，羡慕我有这样憨厚慈祥的父亲。

父亲拘谨地坐在一边，不时还插上话，我的同窗好友显得很客气，对他嘘寒问暖，还询问起乡下收成年景。父亲一点也不生分，絮絮不休地作答，甚至忘情地唤起我的不悦听的曾在中学时就惹女同学取笑的乳名。

花生终于在毕毕剥剥声中吃腻了。

我趁着父亲上洗手间的机会把一张伍拾元的人民币塞给他，说："爸，今夜影剧院演琼剧，海口剧团的《猫狸换太子》，是新剧目，育明演主角，你去看吧，顺便将花生壳端去倒了。"

我深知父亲喜欢琼剧。我读中学时，每逢军坡节期，他总是跨上自行车走村串户去看。参加工作后，我不时回乡下，就买几盒新版的琼剧磁盒带给他。如今剧院正逢演戏，他当然高兴。他向大家道过声，就飘然出门去了。

父亲一离开，我的三个同窗好友就更无所顾忌，海阔天空地聊叙起来，说什么在婚姻上有温暖的家庭并不温馨，有可爱的妻子却未倾心；说什么在情场上只在乎曾经拥有，不在乎天长地久；说什么在官场上不论过程中肮脏争夺，而应注重最终卓有成效的结果……絮絮休休，莫衷一是，不一而足。

时间过得真快，夜渐渐地深了。不知不觉间，子夜已过。

我的三个同窗好友起身告辞，我送出门外，忽然记起父亲还未回来。这时候，影剧院早该散场了，他到哪里去了呢？于是，我转身回屋，找出一件大衣，出门去。

街上，毛毛阴雨仍在溟蒙地飘洒着，寒意伴随夜幕明显地浓重了；几间临街的店铺开始打烊，回响着关门的咿呀声，我沿着剧院的方向寻去。

远远的，我就看见高大的影剧院大楼已漆黑一片，门前几盏昏黄的路灯疲倦地睁着眼睛，小商贩们已收拾起夜市的摊档。父亲，你到哪里去了？

我在影剧院门前的台阶上徘徊，向四下黑暗的角落找寻。父亲，你在哪里？

忽然，我发现一个栏杆处倚着一尊佝偻的黑影。我疾步过去，哦，果然是父亲。他睡着了，手里还抓着一只煎煳的葱油饼，他或许来的时候压根儿就没在街上吃过东西……

我犹豫再三，不忍唤醒父亲，他消瘦的脸孔显得十分疲倦而苍白。但寒意渐渐重了，我脱下大衣，披在他单薄的身上，他却恍然醒了，不经意地对我歉意地一笑，陡然，豆大的泪珠已漾满了我的泪眶……

永远的零售小摊

黄老师早离去多年，在我的印象中最深的是他的家门前曾撑起一爿简陋的零售小摊。其实，那是他的家不幸被盗贼偷劫后的事。

据我所知，他当我们毕业班语文课任教老师那年，已在小镇中学当了三十八年的孩子王。我常常苦于文言文中的某些一字多义，就寻到他家里去。他家的摆设简朴、典雅。用旧时黑盐木制作的仿古太师椅四大件，多少遗漾着一种古色古香的气氛。然而，福祸旦夕间，谁也没有想到，他偕同师母趁着五一节的两天假日，赶赴省城探看就读师院的女儿去了，只一夜未归，家里就全被盗贼搅乱了。

至今，我仍然记得他携着师母回到学校知悉家里被偷盗时的神情：老花眼镜后，他两只灼灼的眼睛闪了闪，嘴巴还喃喃地反问：“是真的？”尔后，进屋去，又踅出来，对着围看的人说，“没什么，没什么，书没被偷就好！”

大致一周以后，他在家门前撑起了一爿零售小摊。后来才听他说，他在学校图书室读到朱士奇写的一篇名为《神奇的绳子》的微型小说，写的是一对大学教授夫妇家里被洗盗了，警察交给他们一条绳子，节日去街上照看自行车，只一天就换回被偷去的损失。因此，他受到启发，以两条木棒交叉钉紧，铺钉一个面积两平方米左右大的豆腐布，用竹竿顶着，就撑起了一爿零售小摊，让清居寡淡的师母去料理，指望日子能够有所好转。

小摊摆卖着各式各样的点心、糖果、瓜子等。我们毕业班总是鼓励不论高年级还是低年级的同学都蜂拥去买，并常常说，他摆卖的瓜子比其他小摊摆卖的多出一种奇特的香味。师母那皱着多日的眉脸总算舒展了许多。据说，小摊每天赚的钱比他的日均工资还高出三倍多。他总是摇着头笑。

然而，他的零售小摊摆不到一个月就消失了。缘起那个夜自修……

那个晚上，由于班委会的默许，同学们（包括我）都在漫不经心地嗑瓜子。但按规定，上课时间就不能吃东西的。他的忽然到来，我们都措手不及……

他进来，嗑瓜子的声音才零星地散淡下去。他紧紧地盯着我，半晌，他扶了扶老花眼镜，轮看着每个同学的脸，说："你们从什么时候起，上课时间也嗑起瓜子？"我心中正打鼓，猜想他已一定听到别个班级的议论，或者是他已明白我们为他零售小摊的销路纵然白天嗑不完天天也要买瓜子的秘密。

我们谁也来不及考虑周详应付他的问话，不少人低下头去，我静静地望着他背着手来回地踱了几步，再没有多说什么就出去了。

次日，他家的零售小摊便消失了。

第一节课就是语文。他来了，那神色是多日来从未有过的轻松。

他挺挺地站在讲台上，望着端坐着鸦雀无声的同学们，像讲述别人的事一样，说："谁允许上课时间能吃东西了？这在学校影响多不好，难道就因为老师、因为我的家被盗？……要记着，世界上任何东西都可以被盗，但学到的知识，是永远也盗不走的……你们快毕业了，要多学些知识……"

同学们深深地记下了他的话，也记下了他的过早就消失的那一爿零售小摊……

第十辑：苦乐金银岛

幸存者

我们支行营业室仅有六个人，而上级行规定配置七个岗位，而且要求相互制约，不能兼岗。支行为对接上级行事后监督中心考核，建立了对营业室岗位日常考核指标体系，每季度实行考核一次，考核结果与当季绩效工资挂钩。凡是一个季度里实现零差错的，奖励绩效工资三百二十五元。当然有奖也有罚，罚的额度是奖的三分之一，体现真正的正向激励。

到了季度末这一天，营业室只剩下入行见习尚未转正的梅兰姑娘保持了安全无差错的记录。然而，梅兰姑娘并不像战场上最后一个幸存者那么光彩，她得到的却是叽叽咕咕的议论。

“这个梅兰，看来要白捞三百余元。其实还不是我们姐妹的钱，借个名目奖给年轻人吗？”说这话的是营业室的胖大姐，过两年就要退休了。年上整合岗位时，人事部门拟重新调整她的岗位，她说，都快退休了，调整岗位，重新学习适应岗位需求，精力都不容许了，就继续待在营业室吧。没有料到，第一个月她就出了差错，将必用信汇的凭证错用了电汇。

“唉，还是梅兰年轻，不出差错，表面上是认真负责，其实是在乎那点钱！听说读大学时靠的是奖学金，助学贷款还未还完！”说这话的是瘦菊姨，年过五旬，却将自己装点出一派少妇媚态，她穿的衣物全是赶着网上淘宝秒杀的。她是在第二月上旬与财政部门对账时出差错的。本来说这应属于财政部门的差错，但她的责任是没有将这张不严谨欠规范的账单作退回处理。

“那算什么嘛，不就是区区三百余元？上了麻将场，我碰一副四对，回手揁尾一把，不就是回本了？”说这话的是长得颇有姿色的娇妹妹，她丈夫在外面开了家贸易商行，很少回家，她平日下班的时候就把大量时间掷在麻将场上。有人逗过她，说丈夫不在家，要有个盗贼歹徒从顶楼翻身剪窗入屋，到那时候歹徒不是单劫财还劫色。她却哈哈大笑，好呀，来贼好呀，我会让他下不了楼！她也是第二个月出差错的，那是她审查支票填写日期不慎，直到上级行营业部打来电话告知她，错了，当然错了！

“幸亏梅兰没错，要不，我们主任的绩效工资就同我们姐妹们一样了！我们这些小人物出错了按规定扣了就扣了，可再不能连累我们主任呀！”说这话的是支行刚离异的林姐。平日她的情绪也不见大悲大喜的神色。可前半年，忽然传出她同丈夫离婚了。她是第三月中旬出了差错的。每一次出了差错，她都像自知理亏诚恳承担责任，但就是屡改屡错，简直是一根筋，她说一根筋就是一根筋。

“大家安静了，别自己吃不到葡萄就说葡萄酸！建立考核机制，奖励只是一种手段，并非是目的，而是通过正向激励达到杜绝差错的手段。”说这话的是我们营业室的吕主任，她虽然没有出过差错，在考核指标有一款规定，部门里超出一半岗位发生了差错，作为营业室主要负责人，她负有组织管理责任，当然也要与绩效工资挂钩，更不用说有奖金。她上任伊始，就向支行提出建立考核机制的思路，很快就得到支行领导首肯。她压根就没想到，考核方案实施一个季度，就有四个岗位出了差错。三个月来，她自省思考：光凭制度约束是不够的，以人为本才是大学问呀。

到了下午，轧差结账时传来一个意外的消息，梅兰操作流程出现账款不符，账上少出三百万元，梅兰脸孔涨得通红，急得直冒冷汗。

胖大姐知道后，脸上马上流露出滑稽神色，摇头摆手，幸灾乐祸：活该！扣我们老人的血汗钱，去奖年轻人不是那么容易的。

瘦菊姨则粗粗地吐了一口气："就是嘛，谁不一样出力工作？谁又存心想出差错？梅兰凭什么资格要比我们多拿三百余元？你们说对不对？"

娇妹妹却越发高傲地昂起下巴说："你说人民币是那么好拿的吗？我们扑在会计核算岗位多少年，就是石头也熬长了青苔。她梅兰工作不到一年，就想超过我们这些老姐妹啦？没容易的！"

"哎哎，你们怎么能这样说话。"林姐叹气说。好在吕主任不在场，她去参加支行行务会了。

…

到了下午系统停止运行前，终于澄清了事实真相。原来梅兰没出差错，是货币金银股会计漏递了一张三百万元的账单。梅兰像终于卸下了重负一样长长地舒了一口气，可姐妹们却没有人为她欢欣鼓舞。

支行兑现发给梅兰奖金三百二十五元那天，下午吕主任有个口头招呼，邀请大家下班后到郊区龙寿洋腾龙农家乐去聚餐，这是部门吕主任第一次有请，大家都欣然接受了。

腾龙农家乐装潢雅致，木质的镂空吊顶与古朴的木料桌椅相得益彰，身处其中不由得感受到一股浓郁的古色古香。姐妹们头一遭光荣驾临，显得心旌摇荡，格外高兴，一阵大呼小唤，早忘却工作的烦恼，丝毫不因工作因素显得生分和客气。菜上五味，鲜炸红枣紫薯汁也互敬了三巡，吕主任拍拍手，说："百年修得同船渡，前世五百次的回眸，才换来今世的一次擦肩而过。我们姐妹们能够有机会在一个部门工作是一种难得的缘分，不论年岁学历，大家都要互相尊重。今晚这次聚餐，梅兰主动提出用她的奖金，与大家一起分享，她说自己年轻幼稚，还有赖姐姐们多多提携和帮助！"梅兰在旁边连连向大家点头微笑。

"这样说梅兰妹妹就生分了，也显得太客气啦！""其实我们早就知道，梅兰年轻有为，奖金是她应得的。""梅兰性子温和，懂得孝敬，就知道得了奖金也不会忘了姐妹情分的。"大家异口同声地夸起了梅兰，弄得她满脸又浮起了红晕。

不知谁提议点了一瓶红酒为梅兰祝贺，杯盏交错间还说了什么，大家事后都记不得了。梅兰依然记得的是，临走前她去买单，圆圆肉肉的老板娘对她说，账单早被人买过了，而且是六百八十八元。

河悠悠，船悠悠

一条悠悠东去的小河将椰山镇与聚居菜农的槟花村隔开。这河就两岸各取一个字，叫椰花河。

小镇上营业所的老王被抽调去搞"社教"，就住在槟花村蹲点。在小镇这岸，举目可望见河对岸田畦里碧绿飘香的菜园，还依稀可辨掩映在椰树槟林里高高矮矮的房舍。然而，偌大宽阔的河面，都没见一只小船。每逢集日，菜农挑菜运菜往返镇村之间，总要绕着逶迤曲折的河岸，深一脚浅一脚走很远很远的路……

老王夹杂在赶集的菜农之中，每每走在河岸上，总希望河面上出现一只渡船。果然，有一天下晌斜阳时分，他在镇上开完会，赶到河岸，发现小河里摇着一只半新的小船，但小船已离岸，快到河心了。他只好又独自地绕着河岸走。

摇船的是椰花村椰子菜户主张老三。小船是他东凑西集花去四千元买的。小船每个集日上下晌两趟运菜到镇上卖。闲船时又能装客人往返过河，还定了一条不成文的规矩，客不满座船不开，每人收费五角，价钱略嫌贵，时不时有人嘀咕几句，但还是去坐，几回回也难得见船上空座。

老王不知是什么时候起也坐上了张老三的小船，反正，有了小船就不再走弯路，每周他也不至于待到周末才回镇上。一回，他直直地向张老三打趣："有了船，生意做得好吗？"张老三感慨地摇摇头，说："眼下，地里的菜都熟透了，有些开过花，就开始腐烂了，光靠我一只船也不是办法呀……"他说时瞧了老王一眼。

"那你们为何不申请贷款架座桥？"

"都申请许多年了，据说是镇上营业所没什么指标，又有人说要靠县银行去追加……桥字念得生茧了，连个影也不见！不过，'社教'进村了，还有个银行的，我们倒想试试！"张老三用毛巾抹了抹额上的虚汗，两眼亮亮的。

"好，我就帮你们说说。"老王冲着张老三的兴，点着头说，像是很有把握的。

"真的，太谢谢你了……"张老三又端详了老王一眼，咧开缺了门牙的嘴，乐了，“你就是银行的，拜托你了……”尔后，便成一家子般聊了起来，仿似桥已架起来了。

船稳稳地靠了岸。老王掏钱，张老三不肯接，互让了一番，老王执意一塞，扭头便走，身后人听得张老三甩下话：“这个老王……”

打那以后，张老三逢着老王要过船，就改了那个规矩，客不满也开船。时而，老王一人过河也开……纵然老王几回回都推说不忙，张老三就说：“也好，先上船歇歇……”但老王一上船，他就开始摇桨了……老王知道张老三感谢他图报他。他领情了，频频向镇上社教队提意见，亲自跑了好几趟到县财政局去请示，还拎着两条“555”香烟，找县行行长去，请求给营业所追加指标，一心想在阔大的河面上，筑起一道崭新的石桥。

张老三天天摇船摆渡，老王天天去磨嘴乞钱。转眼之间，为期三月的社教队蹲点日子快结束了。结果是老王的奔走毫无头绪，张老三的小船一天天变旧了。

“真不好意思，没能够……要不，我再联系看能否多买只新船……”老王在一个黄昏上船时，歉意地说。但立刻被张老三硬硬地抢断了：“没什么，没什么，我本来就不抱着希望……”

话虽这么说，脸上却漠漠的，没了往日的笑意。

老王很想详细地解释一番，但上船坐定后，张老三却没有开船的意思，他环顾一眼，船上的空座所剩无几了……蓦地，他感到一阵压抑，话到嘴边又粘住了，浑身不自在起来，便低下头，也不知道船是什么时候开的。

船靠了岸。老王掏钱，张老三爱看不看就接了，他心里顿然一片空白，像失落了什么贵重的东西。

桥，仍没有架起，船，也没有多买。小河依旧悠悠东去，小船还是悠悠地摇渡……

尽管老王蹲点的日子不多了，但他总觉得欠了人家什么似的，再不敢去坐张老三的小船，又开始绕着椰花河逶迤曲折的河岸，高一脚低一脚走很远很远的路……

老马识途

刚下过一场透雨，用过晚饭，赵行长靠在沙发上品茶，外表仿佛很平静，可他的脑海正在翻腾着呢。那张刚毅的脸孔轻微浮上一缕隐秘的暗笑。

两年来，他受命担任这家边远县级支行行长，他的班子成员及中层干部，像众星捧月般地围绕在他的身边，一切按他的意志行事，他的改革方略推行起来得心应手，连年不良贷款居高不下、财务亏损逐季递增、管理上人浮于事甚至阶段性出现过流动性问题的支行终于有了起色。

年末进入预决算期，赵行长从会计财务股长送来的经营成本核算报表中获悉一个信息，全年盈利四十六万八千元，距离他在上级行立下扭亏为盈的军令状指标仅差三万两千元。呵，这是一个诱人的信息，赵行长全身一阵战栗：三万两千元，不足全利润指标的十分之一，不完成，翘首企望的完成军令状指标便化为乌有。这个信息在他的脑海里的反馈是如何寻找实现军令状的最佳办法。他苦思冥想，反复掂量，觉得最便捷妥当的做法莫过于在财务报表上做偷梁换柱的文章，他当然明白，如今财务核算实施权责发生制原则，比如贷款未到期利息未收记为应收，存款未到利息未付记为应付，这其中为三万两千元做账应是了如指掌玩弄于股掌之事。

方略即将实现，赵行长只觉得一种豪迈的事业成就感油然而生，一纸军令状，终年像一个金光熠熠的光圈套住他，罩得他喘不过气来。眼下最要紧的事，是如何取得会计财务股股长老马的配合。一想起老马那副呆板冷漠的面孔，心里就禁不住涌起一股失落的感觉。他寻思一阵决定，决定抛出最后一张王牌，支行最近分得两名招工指标，虽然早有明文规定，父子不能在同一支行工作，但完全可以安排在邻县，这对有一男一女待业的会计财务股股长来说，无疑具有强烈的吸引力，不怕他老马不心旌摇荡。

果然，会计财务股股长老马不请自来。赵行长隐隐察觉出他那叩门声里显示着一种紧迫感。

“我是招工空白户，这次上级行招工请行长多关照……”说着，递给行长一份招工申报表，脸上漾着的笑是如同阳光一样灿烂。

赵行长不露声色，他给老马倒了杯茶，然后平静地说：“你的情况我了解，支行里类似情况还有几人，不过……嗯，我会关注你的女儿已是二十大几的……这一事实的。”赵行长以高昂的语调结束这末尾一句。

“嘀嘀，承蒙多关照！承蒙多关照！”老马股长随着赵行长的语调变化不停地点头哈腰。这是个好兆头。赵行长送走老马后，心里踏实多了。

第二天，他召开了行长办公扩大会议——其实会议只扩大至会计财务股股长一人。议题是怎样采取应变措施，实现盈利五十万元。

“……实现了军令状指标，为支行争得荣誉是一回事，实惠的是可以从利润中提出一大笔数，作为奖金发给员工，大家辛苦了一年，不白费力，上下同乐，过个欢乐年！”赵行长语调铿锵，能言善辩，与会的班子成员听了，顿开茅塞，一致决定由会计财务股股长修改财务报表，实现军令状指标。

老马坐在边上不吱声，也算是接受了会议的决议。

又过了一天，会计财务股股长老马给赵行长呈送了两份报告，一份《招工申报表》，后面附有一张纸条，纸条上重述了第一次申请的内容，还写上一份全家经济收入分析表，从数字上阐述招收其女儿的必要性；另一份报告只有短短的两行字，字迹却遒劲刚健，“关于修改财务报表实现军令状指标一事，我本人以为与财务制度有相悖之处，不敢苟同，请行长另定良策。”

老马说完话就告辞了，赵行长顿觉脑海炸开，仿佛挨了一闷棍，老马的挡驾，无异将那眼看唾手可得的金灿灿的经营成果化为乌有。没有别的选择，赵行长踌躇了半天，终于做出了一个决定：免去老马的会计财务股股长职务，眼下先由张副行长代管会计财务股的工作。或者，他根本不必要在调整存贷款利息上做文章，最为简单的操作是在账面上将十二月份的经营成本降低，挤出三万两千元移至明年一月份的经营成本中列支，便可成全此事。

决计已定，正要通知办公室下午召开党组会议，就在这时，支行办公室李主任送来一份省分行刚下达的文件《关于严禁会计财务核算搞虚盈实亏的通知》，文件还附发了两家支行行长违反财经纪律搞虚盈实亏的典型材料，赵行长阅罢，不禁倒吸了一口气，好险呀！幸亏那个蔫老马为自己把了关，否则后果不堪设想。

赵行长从椅上起身走向敞开的窗户，望向窗外雨后葱郁的积被，凝想起来……

青山无言

真没想到，大学本科电子计算机专业毕业出来，他揣着双学士文凭到县农村信用合作联社报到，竟被分配到这个埋在远山皱褶里的信用社。信用社坐落在鹰崖山的山脊上，仅有一条泥泞斑驳的山道，脏不拉几的蜿蜒伸向山下，人们平日出山，总要循着山道，跑十里远的路，才拐上进城的公路。

他报到的那天，那个秃了头的信用社主任老李头对他说：为了要他这样有专业技能，懂金融理论的人，他每年往县联社跑了三趟，死磨硬泡才要到他。哼！他心里暗暗叫苦，不是你跑三趟，恐怕我此刻不在县联社机关大楼里，至少也会待在县城所在镇的营业网点，至于不干个信贷员什么的，至少也会在当街临柜。

这个苗族聚居的乡镇，山民都环绕鹰崖山起居，农业银行的营业机构早些年就撤并了，眼下只有农村信用这家机构，金融存量规模很小，按照经济核算原则，属于撤并行列，但从普惠金融服务要求，又一直保留着，机构编制三人：主任老李头和张会计都是本地人。他作为信贷员县联社实行轮岗制度，大致两年一轮换。

他来到这里时，大山神奇美丽的传说，大自然旖旎的风光，还有苗峒兄弟的热情好客，撼动了他的心。应该说，那时的午后，他独自漫步在槟林深处，憧憬未来的前景；依约而去参加苗家兄弟的火把节，木棉枝头下多情的山歌，山溪岸畔处火热的笑靥，充满了他既往的日子。

然而，好奇与激情转瞬就逝，孤独和寂寞相继扑面而来。熬过了一年半，一份比一份措辞激烈的调动申请他就写了三份，到今天仍无回音。老李头还说县联社钟主任说最近要进山来，但最近有多远呀，从开始说，已过去半年多了。他终于等不了县联社主任的“最近”。不同意调动，他决计辞职回县城去摆个个体摊店比在这远山里强……

一场暴雨搅乱了他的思绪，百无聊赖之下，他向老李头倾诉了心声。

他手握一根竹棍，早把山路旁一丛茂盛的荆花树枝叶，抽打得绿汁四溅。然后，他一扬手，竹棍“呜——”地呼啸着便飞下山间，仿佛这也能解闷气。

“老李头。我要回城去，跟钟主任谈谈！”他硬邦邦地说。

“等天晴，路干了再走吧！你知道的，这暴雨天刚过，山路上的泥泞又稀又滑，摔着了我可赔不起啊！”

看这秃老李笑眯眯的样子，他没有感觉到关心和温暖！什么泥泞又稀又滑？老李头你还不是准备崖下坡送 EPOS 机？说什么要精准扶贫？去什么助学取款？想对我来缓兵之计呀，你就不能雨后再走！？他强作不在意地一笑，说：“没事儿，怕路上泥泞稀滑，就把你的爬山靴给我穿，我在路上就不怕什么稀与滑了！”

“嗯，也好！路上小心些，给你吧！”老李头在内屋里拎出爬山靴掷给他说：“早说给你打一双。但陈木匠病了有半年，山里会做爬山靴的只有他，山外又没这东西。唉！”

别费心，反正我也用不着这玩意儿了。他知道，他不要很久就会离开这山里。要不是你尽来些好意，或许不会有我今天呢。他猫腰把狼牙形爬山靴穿在了脚上，就像他在城里套旱冰鞋一样，麻利地系牢鞋带，向老李头挥挥手，起身下山。

他在县城待了三天。他去见了县联社钟主任，尽管钟主任对他做了语重心长“光荣传统教育”引导，谈锋甚健的人事股长跟他几次促膝谈心，终于没人说过这伶牙俐齿的本科生。他被批准借调到县联社办公室。

从县城回来，他特意从朋友处借来一部摄像机。他要让这底片留下深山沟里的景致。说起来他毕竟在这里干过熬过，也算是有感情的嘛！他要跟秃老李和张会计合影留念。一年多来，他俩对他像亲人一样待他！他一路想，穿着爬山靴上山爬坡时的步子也迈得出奇的轻快。十里山路，太阳还有一丈多高，他就攀上了鹰崖山的山脊。

“老李头、老李头——”他脱下了爬山靴，走进老李头独住的房屋。咦？屋里怎么空无一人呢？嗯！哈哈！他的铺盖儿也卷走了吧？！还跟我吹“在这山里干了几十年”如何如何的！早听张会计说，老李头患了腰椎间盘突出，有时下山送贷款时痛不欲生。组织上正动议调整他。他进城三天，莫非事态变化起来总是这么快的……

陈会计劈头走进门来。

“会计长，你怎么精神不振呢？老李头呢！”

“李主任……他……他在你走的那天，到崖下村送贷款，他等不到雨停走，连爬山靴都没穿，就滚进了山崖……”

“啊！”他惊叫一声，下意识地抱紧爬山靴……

陈会计继续说：“老李说还多次说，要让你留下来，要把这山里的信用社交给你，这里需要你！”

三天后，他跪在鹰崖山上的一座新坟前，说：“老李头，我不走了，就留在大山里陪你。”

在如血的残阳中，青山静穆无言。

萍 聚

过了年关，靠山县营业所张主任惦记着邻县新上市的绿橙。“橙”与“成”谐音，过大年就要图个吉利哩。本来一大早张主任同司机小周刚要出门，却被事搁置脱不开身。其实是三个村干部托人传话，今日要从村里来呈贡呵护了一年的山地鸡。实际上，临近年节，基层营业所个别人就开始向村民搜刮些土特产过年呢。

司机小周说：“那就让杨副主任去吧，他不会说什么的。”杨副主任叫杨威，是县上派下来的挂职副主任，从来腰杆就没别的副主任硬，平日说话也显得底气不足。营业所有个乒乓好手，别的副主任甚至司机小周找他对打，他总是干脆痛快地答应，而杨威找他，他却推托有事；在乡食堂开伙，时顿到了，其他副主任只要未到席，司机小周总是等着不开宴，但如果杨威迟到了，锅碗瓢盆早交响起来了。

小周找到杨威传达张主任的意思，杨威开始半信半疑，就给张主任打电话，张主任在电话里说，小周的意思就是他的意思。他只好放下手头的事，到邻县去买橙。

靠山县距离邻县却不远。杨威坐在货车上一路颠簸，一个小时左右便到了邻县。

县城街道两旁摆满了卖绿橙的摊位，杨威看了几个铺摊，终于在一个上了年纪的老人摊前停住。老人夸他：“算你有眼力，这摊上的橙子都是大边河的，谁不知道那里山雾水多，最甜最好的橙子就是那里的。”然后，老人切开两个橙子让杨威品尝。杨威也不客气，就尝了半个，果然橙肉鲜嫩，水津，不由连声说：“就定这里买了。”扭头却见司机小周正忙着跟一个打扮入时的姑娘谈笑划价，似乎比这里便宜多了。他正要起身，小周却踅回来了，对他说：“来时，张主任交代过，今年手头紧，能节俭的不多花，买橙子就图个吉祥呢，哪有论品质好坏的。”杨威听见是张主任的意思，回头对老头歉意地一笑：“大爷，不好意思了。”老头当然有些不乐意，见人家竟然买了其他品种的橙子，就嚷：“识货不识货，不当家就别给价，坏了橙子的价格。”

回到营业所，正是下晌斜阳时分，可大家却都在大院，因为都知道要分橙过年了。可一卸车，大家的意见就吵吵嚷嚷上来了：“咦，怎么是这样的橙？个头大的大小的小，肯定不是大边河的，不是说买橙要买大边河的吗？”“难道是变种的？还是去买橙的有意糊弄大家？”有人叫来张主任去问杨威：“这个……究竟是怎么回事？”“你不是让小周省着花钱吗？又不是我说了算！”说这话时，他似乎很委屈。张主任说：“你怎么这个态度，好像与你无关。节俭是好事啊，你是领队领导，你不把关，还怪起小周来，小周是谁啊，还不是个临时聘用的司机，你怎么跟他一般见识！”

杨威听后不再说话，心想如果自己极力阻拦，小周或许不会硬撑买下那些橙子。他受了主任的批评，其他人对他也不满，但小周自作主张买橙的事却没人说。这样想着，他情绪就十分低落，本来他是挂职副主任，也快满期了，就想过年后能否调走，往年县里每年过了元宵，总会调整一批乡镇营业所领导，能调到县上任何一个部门，总会比在乡里受气要好。

周末回县城，杨威真的拜访县支行李行长去。老行长热情地接待了他，说：“小杨啊，你有个同学在市分行当人事处处长，你深藏着不吭声啊。市里新任的分行杨副行长跟我提到你了，我说你正在一个乡的营业所锻炼，很快就要挑大梁了。”杨威本来想提调动的事，这么一来他没提了，半晌才说："感谢组织关怀！"

周一，杨威回到乡营业所，张主任遇上他就说："小杨啊，中午食堂加菜，快过年了，大家聚一顿。"待到中午饭桌上，张主任把他的同学在市分行当人事处处长的事端出了，聚席的人对他的态度陡地变化，频频举杯向他敬酒，本来他就不胜酒力，大午天却弄得像关公红脸。

元宵一过，乡镇营业所领导班子调整，杨威当上了主任。司机小周对他不称主任，却直接叫"老大"。他说："老大，我猜你肯定会升迁为是行老大的，以后要有什么笨重活，就言语一声，我有的是蛮力气。"

有人劝杨威："看小周那奴颜相，见风使舵，解聘他算了，当初他看你不如一条狗，你忘了？"杨威哈哈一笑："现在辞退他，别人会说我小肚鸡肠，等等再说。"

元宵过后，农历二月是山里的军坡期，按风俗比年节还热闹。民意不可违，杨威成了每个军坡节期的嘉宾，也是司机小周献殷勤的机会。他每每驱车跑县城，不分昼日黑夜地去把杨威的爱人李琳接来。李琳是城里的孩子，头一回见到军坡节期的热闹风光，又见着小周满头大汗也顾不上抹掉，就对杨威说："小周不容易，卖力、勤快，是照顾领导的里手行家。"

过了五一，杨威调整到县支行当了副行长，仍用小周开车。顶替他当主任的对他说："这个人不能用了，要是在战争年代，保准是个叛徒。"杨威却说："小周是成熟了，他懂得政治，懂得尊重成功者，倒回来说，一个人没有能力改变生存环境，就别怪别人不尊重你，看不起你！"

绣花雨伞

阴雨淅淅沥沥地下了些许日子，总不见放晴。沸腾的椰城笼罩在一片溟蒙苍茫的雾色中。

秀月家住海甸岛，抄近路也要七拐八弯三里远，到大同路外汇管理局去上班。连日来，她披着雨衣，蹬着自行车赶到所里，刘海早挂上水珠，衣襟也被零星地打湿，多少有点不雅观……

今天，她终于决计了，要买一把优雅的雨伞。

刚下班，她就蹬着自行车，随着人流汇进雨伞总汇的中山路……

她的容貌按现代审美标准，属于中上乘那类女子，今年芳龄廿六，虽不是椰城人着紧婚事的年龄，但从妈妈的唠叨里，弟媳的眼色中，她就感到了无形的压力，但茫茫椰城，芸芸众生，知音何在？姐妹们为她介绍的男朋友有一打，但她都婉谢了。一个月前，在一次舞会上，她认识了外贸局的小孙，他谈吐幽默，举止大度，她颇有点相见恨晚之感。舞会上，他俩跳得尽心尽力尽兴，但散舞时，大雨飘洒了，她没带伞，又不愿头一回就让小孙送回家，就谢绝了，但心里就萌动了要买一把雨伞的念头，却又一度犹豫着买什么颜色的好。

前些日，小孙来约她，还带来一本香港商界画册。她翻看时被其中一把淡色素雅的雨伞吸引了，啧啧称叹。小孙悟到她的意思，就许诺托人到香港买一把。当时，她很感激，差点儿真的吻他一下，但她终没有那样做，暗悟之下，她对他只是朦朦胧胧的好感，但好感是爱吗？心里却又期盼淡色素雅的雨伞早日买到。

然而，十多天过去，雨伞杳无踪迹，小孙天天殷勤来邀她却不再提雨伞的事，她也不好多问。昨夜，她因为熬夜，早上起晚了些，匆匆披上雨衣蹬车赶到所里，不仅刘海淌水，而且衣襟透湿了大半，隐约透见两只不怎么丰满的乳罩，她只好飞红着脸，用柜台遮掩胸部，心神不宁地应付营业……于是，她发誓了，要亲自买一把淡色素雅的雨伞。

然而，她蹬车进入中山路，下车已逛了多半条街，浏览了店铺里豪华的货架上悬挂着的一把把雨伞，都是浓彩重色的，她不中意，秀气的脸上不由浮现出一缕腻色来。

当她推着自行车踅身往回走时，目光忽然在一间不很惹目的小店铺停住，她盯见了货架上悬挂着唯一的一把淡色素雅的雨伞，多少有点像香港画册上的那一式样的颜色。

她支放好自行车，走进店铺，指着货架上的雨伞，招呼正在忙着的主人——一个打扮周正的中年妇人："请把那把雨伞拿来瞧瞧！"她目光一直盯着雨伞。

妇人热情可掬地将雨伞取下，递给她，说："价不高，十六元整，像你这个年纪的撑着有多风采。"

她不由心里一喜，好便宜，但马上又想到生意人说的都比唱的好，就按了雨伞的开关阀门一下，伞飞起，撑开了，她又转动了一下伞柄，正合适，布料质量、颜色都好，款式又很新颖，收拢起来也雅致，她又转目疑虑地瞟了妇人一眼，那意思是：价格有无说错。

妇人似乎会意，讷讷地说："不瞒你，这伞布质好，款式美，进了一批，就仅剩下这一把了，可惜，我老头抽烟不小心，火星溅烧了一个小洞。"说时，妇人接过伞，又撑开，指划着，"瞧，我已经绣上花纹补救，不过，不留意难看出来，看到的倒是绣花……"

她的心一沉，朝妇人感激地一笑，歉意地告辞出门，推着自行车，扫兴地往回走。

刚要拐出中山路，忽听背后有人喊她。

她站住了，扭头一看，是小孙，他怎么来啦？自从那把雨伞的事未落实，她心里总是疙疙瘩瘩的，同他交往总下不了决心，正处于相持阶段。

小孙三步两步赶上来了，说："我上你家了，你妈说你还没回来……"说时，他瞥了一眼雨伞总汇店铺，仿佛记起了什么，又说："是来买伞吧？我早托去香港的采购，买一把雨伞，就同上回画册上面一样式的，你别急，十天半月就回来了。"

她只轻轻一笑："谢谢，买回再说。"小孙还请她晚上跳舞，她只说了声"没空"便跨身上车，向家里蹬去。

三天过去，椰城仍然笼罩在烟雨中，秀月还是披着雨衣，往返上下班。

下晌，她刚踏进家门，举眼便瞟见客厅里的圆木桌上，放着一把淡色素雅的雨伞，那颜色简直就是香港画册上一般的。她的脸上漾上了欣慰的笑意。

妈正在厨房里张罗饭菜，知道她回来了，甩过声："小孙刚走，送来了一把雨伞，还说是托人从香港买的……"

她脱下雨衣，顾不上抹去刘海上的雨珠，快活地拿起雨伞，一按开关阀门，"啪——"的一声，伞飞起，撑开了，倏地，她又愣住了：她看到雨伞有一朵曾经在中山路妇人的店铺里使她遗憾的绣花。

她又记起了妇人的话："不留意难看出来，看到的倒是绣花……"纵然雨天的凉意不重，但她还是深深地打了个寒噤……

套　当

元亨当铺刘老板自在乐城南盛酒楼见到长衫人，就觉得与他会发生什么事。

那天，刘老板与洋货商行李老板在小镇南盛酒楼聚谈。前阵子当铺鉴别伙计张师爷预借了一年薪水回乡盖房去了，眼前当铺压货正紧，钱不凑手，正寻思融资周旋，而李老板腻烦洋货商行恶缠难磨，意愿甩掉商行，投资入伙典当行。

那时，一个穿长衫衣的人走进了元亨酒楼。只见他寻了个临窗的座位坐下，脸带愁容，仰面叹息。

刘老板收回目光，说："这人面生，好像不是本地的，看架势，或许是遇到什么难处？"

李老板转头瞥了一眼："是很面生，脸烂眉结的，是怀才不遇吧，来，来，别因那败了喝茶的雅兴。"

两人频频端杯喝茶，眼睛却都在偷偷地打量对方。

果不其然，当天刘老板回到元亨当铺时，却见长衫人背着行囊在门外徘徊。

刘老板邀长衫人进屋，刚坐定，长衫人蓦然跪地，声泪俱下。

他说，他从南洋回乡寻亲，无奈家父惹了官司，押在京城大牢，说是如果花钱活动或能免杀身之祸，家当还有一宝，价值连城，家父有言在先，宁可赴死也不可抛售此物，况且此物乃前朝贡品，遗落民间……他来到乐城镇，暗里打听过刘老板的为人，打算当些银两……

他说时从行囊里掏出一只立体状缎盒，虔诚打开，盒里一颗翡翠玉珠熠熠闪光。他说：“刘老板一定识得此夜明珠，可否当两千大洋救父一命？”

刘老板盯着玉珠倒吸了一口凉气，他记得张师爷说过前朝有贡品玉珠遗落民间；他也知道这无价之宝，典当后还会赎走；然而，两千大洋救人性命谈何容易？出狱后能凑足本金也是枉心费力，退一步说，能把玩玉珠数日，转手又有如意收入……

长衫人救父心切，愿意立据为证：以当期三个月为限，当金两千大洋，到期本金翻番。若逾期不赎，物归当铺；若提前赎当，本息不变。

刘老板亲自订正当据，盖印成交。

半月下来，元亨当铺张师爷走亲戚回来了，他见到刘老板爱不释手的玉珠。

张师爷盯着通亮透体的玉珠并不惊讶，先是一言不发，左瞧右看，最后大惊失色：“坏了，这玉珠我见过它，就在我回乡的这半个月，在老家，就有人让我为它做过鉴别——这珠子底下还有一处瑕疵，仔细看，可以看到珠心碎裂处穿引一条纹线……没仔细瞧，瞧不出来的。”

刘老板夺过张师爷手中的放大镜，俯眼观视珠球，顷刻，他悬浮的心沉了下去，他也看到了珠心底穿一条纹线……陡然他摔掉放大镜，哀叹：“我自想看人能看到骨头，没料想，我让梦龙缠上了……”

张师爷安慰他：“谁都会看走眼，要想办法让他回来赎！”

刘老板气不打一处来：“还会有什么鱼逃脱了钩，再会回头吃饵的？！”

张师爷在他耳边咕哝一番，蓦地，他露出一丝狡诈的笑意。

次日，刘老板在南盛酒楼里设宴，邀请小镇上头脸大户聚席。

大家坐定后，刘老板起身拱手说道：“各位乡亲，今日赏脸而来，我是要向大家透露一件事，前阵子，我被人耍了，当下了一件伪劣假货——所谓的皇宫玉珠。”

这时，张师爷打开缎盒，掏出玉珠捧上，大家呼地围拢过来，刘老板继续说：“就是它，如果不提醒，难看出它的瑕疵，珠心底有一穿纹。”李老板与众人附和：“没提醒，还真难看出来。”

刘老板很平静，说：“今天大家记证，我要当众毁了它，丢人不要紧，这东西不能留，看着会闹心，这东西确能够乱真，留着是个祸害，再不能留着它坑害人！”说着随手将玉珠猛摔地上，碎散开去。

酒罢宴散，大家起身告辞。李老板是最早赴宴的，却走在最后，说：“当铺经营风险也大，要不，我还是撤了股——”

刘老板看着他的背影冷冷一笑。

三天后的黄昏时分，长衫人飘然走进了元亨当铺。

刘老板大吃一惊，长衫人却说：“我这是来回赎夜明珠的。”

刘老板半晌没话，最后结巴地说：“你不是说，三月为限……”

长衫人掏出字据说：“有据为证，我可以提前赎当。”

刘老板接过字据说：“提前赎当本息不变。你原借走两千块大洋，要还四千。”

长衫人掏出银票递给刘老板，说：“这是本号钱庄的银票，大洋四千。”

刘老板验过银票，随手就交给王老先生下账。长衫人急嚷道：“玉珠还没还呢？你下的什么账啊！”

刘老板对张师爷说：“既然本息已还了，玉珠还给人家吧。”

张师爷从后堂端出锦缎盒来，长衫人顿悟，大惊失色：“你不是早……”

还钱的链条

布景：舞台一角，堆放一张桌子，摆三张凳子。

A：（小旅馆老板上。亮相，向观众挥手致意）大家好！我们这个弹丸小镇，风光秀丽，景色迷人，原本是一个休闲度假的胜地。前两年，游客如云，不光国内、国外的，穿衣服的光屁股的游客，都络绎不绝。可是自从危机一来，这里的商业活动几乎停滞了。在小镇上，几乎每家商户都背了一身债务！你看，我一家糊口生计的旅馆，虽然还有人住，可几乎都是挂账签单，唉……（说完，转身坐在桌子前面打自己的算盘或电脑。）

B：（观光客商）都说这个小镇秀美风光，可这次来这一瞧，简直萧条透顶，街上行人稀少，店铺几乎关门，连个歇脚的地方都找不到……（抬头看见小旅店，笑了）有了，就是这家了。（进门，呼唤）老板，老板……

A:（抬头，笑容可掬）您好，您好，先生，您这是要住店吗?

B：（也带微笑）对呀，你这环境还可以嘛，我想看看房间的住宿条件……

A:（很高兴）好，你看我这里人手有限，就先付押金五百元，自己到房间看吧。（从抽屉拿出一串钥匙，递给 B）

B: 谢谢，你对客人可真信任。（放下五百元，接过钥匙，下）

A：（掏出手机，打电话）肉店王老板啊，我现在有了五百元，正好可以付你的账了。你不能老是说我不讲信用哦，快些来拿，再晚些，这钱可就不一定能付给你了哦……

C:（急上）好，好，好，我马上到！

A：（刚走出店外，遇见C）电话还没打完，你就人先到。（递出五百元）给，还账，请拿欠条来。（C掏出欠条递上）钱还了，别再说我没信用哦……好，我还要陪游客去看房。（转身退下）

C：（掏出手机）水泥店张老板吗？我是肉店王老板啊，你不能总是说我不讲信用，我这里凑了五百元还你钱，要快点来拿，我在小旅店门口。再晚些，这些钱可不一定就还给你了哦……

D：（水泥店老板，急上）好，好，好，我马上到！

C：（同D照面）电话还没打完，你就人先到。（递出五百元）给，还账，请拿欠条来。（D掏出欠条递上）钱还了，别再说我没信用哦……我还忙，先走了。（转身下）

D：（掏出手机）养猪场卢场长吗？我是水泥店张老板啊，你在哪里逍遥啊，你不能总是说我不讲信用，我凑了五百元还你，你要快点来拿，我在小旅店。再晚些，这些钱可不一定就还给你了哦……

E：（养猪场卢场长，急上）好，好，好，我马上到！

D：（同E照面）电话还没打完，你就人先到。（递出五百元）给，拿欠条来，我还钱。（E掏出欠条递上）还了钱，别到处说我不讲信用哦……我还忙，先走了。（转身下）

E：（掏出手机）老婆，你在哪里啊？还没起床，你赖在床上吗，咱俩虽然离婚了，我心里还是惦记着你呀。女儿上个月的抚养费还没给，现在我有了五百元，你有空来拿吧。再晚些，别人可要……

F：（离婚妇女，急上）好，好，好，我就到！（从小旅店出来）

E：（同F照面）你来得可真快啊，比曹操还快。

F：（嗔骂）刚开学，交了女儿的学费，我这个月的房租还没交，店老板整天催个不停。

E：（赔笑，掏出钱给F）好，我还有事，先走了。（转身下）

F：（进入旅店，敲桌子叫）店老板，店老板……

A：（上，见F）干嘛，你叫魂啊——

F：（将钱往桌子上一扔）这是上个月房租！别老催我们，我就说过，我是讲信用的……我还有事，先走了。（转身下）

A：（拿着钱，细看，笑）嘿嘿，绕了一个大圈子，我不光还了债，这五百元还又回到了我手里。

B：（上，递钥匙给A）店老板，我看了你的房间，设施太简陋啦。我本来还想带一个团过来的，但……（摇头，拿回五百元，出店下）

A：（尴尬）看看到手的五百元，又成别人的啦！

（对观众，解释）观众朋友，这五百元钱绕了一圈，没有发生任何实质性的交易，可是一切都改变了。过去每个人都欠别人的钱，可是现在不同了，他们都还清了债，也都得到了别人欠自己的钱，其实，金融危机就是信用生活中某个链条断裂造成的，只要人人讲信用，信用生活链不断裂，所有的人都可摆脱危机。

旧电脑始末

刘秘书还电脑的缘起是因为打火机。

刘秘书是省分行办公室写材料的好手，写材料的同时却染上了烟瘾的恶习。有了烟瘾对打火机就情有独钟，当然，他没有想到，就是因为一只旧的打火机，他惹了事端。

半月前，因为公派，他赴北京参加一期文秘培训班。奥运会临近了，乘飞机过安检很严格，一律不准随身携带打火机。受烟瘾所困，去北京时他将打火机藏在烟盒里，顺利混过了安全检查，他对同行的人还炫耀了一阵。然而，问题出在返程上。

那天，在首都机场，他的如法炮制没有奏效，过安检时打火机被发现了。

安检的帅哥质疑："问你有打火机就主动交出来，你为什么藏着掖着？有什么动机吗？"说话时和颜悦色的。

他歉意地申辩："嘿嘿，图个方便，抽烟人嘛……"然后巴结一笑。

安检帅哥却不领情，收起笑容，说："国际规定，都要遵守的。如果谁都像你图一时方便，奥运会就不用办了！"

事关奥运，他担罪不起，本来他灰溜溜可以走了，却蹦出话来："如果大家都抽烟，我就不抽了。你可知道，香烟的一年税收可够国防养军一年吧？！"

安检帅哥的脸沉下去了，嚷道："违反公德你还理直气壮了，携带了交出来不就完事了，说不定你在单位，规定要求交上来的东西，你总赖着不交。这德行！"就是最后那句话，击中了刘秘书的要害，乃至他回到单位还耿耿于怀。

几天下来，他突然记起自己还搁着一台单位五年前发下来的手提电脑没还。

单位里有个不成文的规矩，中层干部以及文秘人员每三年更换办公手提电脑。本来，那台旧电脑三年前他去领新电脑时缴交上去，就不用在这五年后还了。但是，三年前他领新电脑时，旧电脑正送科技部门下属公司维修着。那时，他同科技部门说，因为领导材料急用要写，是否先领新电脑，旧电脑维修了收回去就好。科技处听到为领导的材料用电脑，就让他先领了新电脑。可是单位里收旧电脑和维修电脑是两个部门。旧电脑修好就送回他，也是因为出差吧，他竟忘了交上旧电脑，而且一直拖下来，搁在办公室文柜里，一拖就是三年，他竟忘得如此干净。

从北京回来后，他被民主推荐候任助理调研员，安检帅哥的话时时在他耳边回响。他整天躲在办公室吞云吐雾，心神不宁。曾经何时，因为手头拮据或因为咳嗽，他想把烟戒掉，但从初入单位面临苍白的稿纸到如今临对着闪烁的荧屏前，他无法抵挡烟雾缭绕的诱惑。

他十分庆幸北京那位安检帅哥提醒了他。他终于决计，将那台旧电脑交上去，再不交就不知搁到什么年月了。

然而，接下来的事情让他进退两难。

科技处管电脑的科长对他说："为什么时隔三年才交，这些年是谁在用？"

"谁也没用，就搁在办公室文柜里。"

"谁能证明？如今配置落后，不能用了才交公的吧？"

"你开什么玩笑，再不交，就快变成废品了。"

"先别忙着交，反正都搁着三年了，等我们查证后再还。明天你再来吧。"

次日，他又去科技处，管电脑的科长说："经核查勾对，当年收旧电脑，才发新电脑，根本不存在不收旧电脑的情况，莫非……你后来借了不还？"

他很倔："不是的，当时电脑搁在科技公司维修着，现在，是应该还上了。"

“这恐怕不好办，每年资产清查账实相符，个别过了年限已报废处理……而最大的问题，反而证明了科技处工作不踏实，管理不规范，漏报损失了一台旧电脑……眼下，处长已提名升任单位领导，你不能在这个时候来搅浑水！你不想进步别人还想进步呢。要不，等请示分管领导再说。”

一连数日，科技部门没有下文，旧电脑就无法交上去。

他终于等急了，就去找单位分管领导。分管领导热情接待了他。

分管领导耐心地听取了他的诉说，最后却对他说：“除了旧电脑不交，对单位你还有什么不还的？回去再想想！”他顿时瞪大眼睛，不知领导葫芦要卖什么药。

尔后，旧电脑终是还给科技处。因此科技部门也因旧电脑的事在单位办公扩大会上受了批评。

再后，单位以后勤服务中心牵头，针对各处室岗位领用物资情况进行彻底清查，并无发现异常问题。

然而，更使他始料不及的是，原来群众民主推荐提名他担任助理调研员的动议在组织综合考核时被否决了。这当然已是后话。

曼哈顿的蓝天

林祥华是在曼哈顿绿杨村饭店打工时从电视上看到四川汶川发生地震消息的。

他试图第一时间用通讯工具与国内家乡的亲人取得联系，显然因为震区通讯瘫痪而让他未尝所愿。他又频频联系与自己同年赴美的中国留学生，其实在美的华人和他一样都在急切地等待灾情的确定情况。有人急着买机票回国去，但大使馆联络处劝说，眼下情况不详，回去汶川每一个人或将成为灾区的某种重负，但他的家乡绵阳毕竟就在汶川震区里面，他惶惑不安，整整两夜没合眼。

到了第五天，他从大使馆联络处获得消息，父母失踪了，妻子和女儿找到了，妻子却负了重伤，正在抢救中。但联络处提醒留学生回国时机尚不成熟，如有钱物捐赠的可通过联络处代办。

他自费来美国留学已近三年。每天下午五时到九时。他都会到一家名叫绿杨村饭店的去做钟点工。这样，每天横竖可以挣下三百美元左右不等。三年来他节衣缩食，但除去不薄的房租、昂贵的学费和必要的伙食外，一月下来也勉强攒下一千美元上下。目前，他已在曼哈顿广场边一纽约梅隆银行的支行积蓄了四万余美元。他本来计划好到八月奥运会期间，回国与家人团聚。独在他乡为异客，他举目无亲，已经一年没回家了，他想念家乡年迈的父母，美丽温柔的妻子和五岁的天使般的女儿！

在美这三年，他几乎是被歧视的。他时常遭受居高临下的倨傲目光。在这异国里，被看重的不是你的满腹经纶，而是你兜里鼓凸的钞票。他那地下十平米的寓所的房东始终对他戒备森严。这使他不时倍感屈辱，也倒激起他强烈的归程，甚至有时候自我疑虑，当初选择自费留学的价值。

眼下，突如其来的地震彻底打乱了他的设想，双亲下落不明，或者自己失去尽孝机会？妻子的伤势能否得到有效救治？下午上完课，他没有像平日一样按时去绿杨村饭店。他走进那家存放着他那四万美元的纽约梅隆银行的支行，决定取出那笔款项，他想，通过这笔钱可以帮助震区，再在医院里争取到救治的床位。

他拘谨地从一位年轻男柜员手中接过一沓钞票，然后塞进备好的背包，乘车急匆匆直奔大使馆联络处去。在大使馆联络处接待间，他被吓了一跳——背包里的现钞票不是四万美元，而是大面额美钞四十万美元！他被这骤然袭来的意外愣住了。在刹那间，他明白了这个意外解决了他的全部难题。因为在美期间，他清楚按照金融行规，顾客只要走出银行大门，即使发现错账短款，也没有理由去讨还了。

然而，就在他觉得胸腔里那颗心快要蹦出来的时候，脑海里蓦然闪出了离国前夕的那个晚上，他去拜访了他的硕士导师刘甫鼎教授，他问："老师，我决定了，明天就走，临行前，想听听老师的嘱咐。"刘教授想了想，说："我只想说一句话，到了国外，你要把自己看作是一个国家一个民族的一分子，你的言行举动，要考虑到祖国的国格和尊严！"

"我懂了。"他仿佛又看到刘教授凝重的神色，他的心倏然平静了下来。

他再次走进纽约梅隆银行支行时，已快到打烊时分了。他将多出来的款项塞进那个玻璃窗口内，平静地对那位男柜员说："先生，我来还钱，退还你多付了我的三十六万美元。"

柜台里当值的柜员同时怔住了，都不由自主地站起身来。那位男柜员的脸孔急剧地变化着颜色，半晌，才开了口："先生，谢谢您，你简直拯救了我的职业生涯！"他默默收下了钞票，放进了抽屉里。

"先生，这是应该做的，以后该严谨些。"他说罢转身要走，忽然听到有人喊，"先生，请留步。"他扭过头，见一位绅士风度的中年男人走了出来。

"这是我们的行长，威廉先生。"男柜员介绍说。

威廉先生走到他面前，紧紧握住他的手，说："谢谢，谢谢你！林先生，您是我平生遇到的最可尊敬的人。我们纽约梅隆银行开业近百年，能把多付的钱退回的也是屈指可数，而退还这么大款项的，这是第一次。据我们所了解，在美留学生中你的经济状况并不宽裕，而且我们知道，中国四川的汶川刚刚发生了大地震，而那里就是你的家乡。在这种情境下，请问您是否可以告诉我，您为什么会把已经到手的钞票退回来呢？”

他淡然一笑：“这不需要任何理由，我想每一个中国留学生都会像我这么做的，一个民族有一个民族的道德规范。”威廉先生听着连连点头，末了，还深深鞠了一躬。

他仿佛也被自己所感动，从纽约梅隆银行支行出来，走完最后一级台阶时，心里一热，有泪花凝在眼眸里，他不由抬头仰望长天，东方依然是一片祥和的蔚蓝。

第十一辑：洁白的婚纱

幸福大道

她的宝马缓缓地逆向驶入了单行路段，像一条游走在岸上的鱼。

她不担心警察来追她。这个时候，警察还没上班。这个城市里的多数人们正将自己蜷缩在钢筋混凝土浇筑的格子楼里，享受着夏日的正午时光。而逆向行驶单行路段，又奈她何？对她来说，什么都缺，独不差钱。

没有了车鸣人喧，这条路段显得闹中幽静。路的两侧，高大的棕树将自己伸展成一把把撑天大伞，遮天蔽日。在它的庇护下，来往的行人一改行色匆匆的步履，赶路的脸上多了几分休闲与自在。她的宝马也仅快于行人的速度。

在她的视线里，一帮光着膀子的人，驮着大蛇皮袋子，很小心地避让着拥挤的人流，正在横穿马路，满身灰黑的汗水在夏日毒烈的阳光下熠熠发光。他们千里迢迢风尘仆仆地来到这里，仿佛要在这拥挤的城市里觅出一条路来，仿佛只要穿越了大街就能抵达他们幸福的彼岸。

就在前方几步远，她的目光越过棕树下渲染幸福爱情的年轻男女，定格在路旁。

一对中年男女正在小憩。他们席地而坐，背靠一辆破旧的三轮车。刚才已经有很多辆三轮车从她的宝马身边经过，她不知道这是其中的哪一辆，它们看上去几乎是一模一样的，连蹬三轮车的人也几乎全都是一模一样的，粗壮，结实，有着强大的骨骼，脖子上都缠着一条被汗水浸得发黄的毛巾。只有他们，能够把一辆装满了煤球的三轮车蹬得轰轰烈烈，让人感到有一阵风猛烈地从身上扫过。而这时候，背靠三轮车的女人的睡相很美，将头斜侧地倚在男人的肩上，男人也许是想让女人睡得更舒服些，也许是怕惊醒了女人，男人同样斜侧的姿势，看上去睡的并不舒服。

忽起一阵风将女人的一缕头发吹拂到了男人的脸上。男人醒了，他瞧瞧熟睡的女人，将秀发拢到女人的耳后。男人的目光停留在女人的头上，或许是一块草屑，或许是一只小虫，男人小心翼翼地将其摘下，轻轻地弹到一边，还好，女人仍在酣睡，男人复又轻轻地闭上眼睛。

此时，她的眼里已经浮上了泪水，她轻轻地将眼睛闭上，等到再张开的时候，隐忍了太久的泪水肆无忌惮地飘然而下。她感受到了幸福，不！看到了幸福，她曾想要的幸福原本就是这个样子，但它不属于她，竟在一对从乡下进城的拾荒者的身上。

她能感受到行人洒在宝马车上的羡慕眼光，但他们不明白，她的宝马敌不过路旁男人一个抬手的动作。

一对老人迎面走来，都已是花甲之年，都已是鬓发花白，他们手牵着手，气定神逸，一脸慈祥地向前迈着步子，与她的宝马擦肩而过，男的搀扶了一下女的，随后不知说了什么，一抹淡笑便在另一嘴角荡漾开来。

她的心再次被灼伤，泪水汹涌而下，恸哭失声。她泪眼中终于看到了一幅人间最美的图画——执子之手，与子偕老。

她记得每次在这条街上走过，三两个卖花的小女孩，忽然就从各个方向围了过来，那一张张尖瘦的小脸都脏得跟猴儿似的，一双双黑幽幽的眼睛也被风吹得眼泪汪汪。她知道在她们的后面，一个形迹可疑的男人此时正混在其中，朝这边张望。而她已经被鲜花包围了。全都是没有根，修剪得很整齐的花，用保鲜膜包着，散发出短暂而恍惚的花香。面对这些最无辜最弱小的生命，她感到这是她最软弱的时候。她买了。每次都买了。而今她买花送给谁呢?

就在几个小时前，她离婚了，那个承诺给她一辈子幸福的男人，将幸福廉价出卖给了另外一个风骚的女人，飞到了大洋彼岸。

她轻轻地将车窗落下，阳光顷刻洒了进来。她买下三朵百合花，分别送给街边一个擦皮鞋的女人，一对卖唱的盲人夫妇，一个忧郁的流浪歌手，这些花不贵，她想让他们的眼珠子闪放出一丝幸福的亮光。

她的宝马缓缓地出了单行路，她驶上了一条洒满阳光的大道。

凌晨三点到站

列车终于在青城车站停住，青莲跳下了站台。

十年前，同丈夫度蜜月来过青城，那带有异国情调的欧式建筑给她颇深的印象，她为赴约的地点设在青城，感到富于诗意。然而，眼下的站台有点简陋破旧，旅客稀落，站台外飘起毛毛细雨，昏晦一片。

安排这次约会的是她中学时代的同学王其国，在市报当副总，他在晋城上车，不过他坐的是面包车，同行的还有一位记者。感情和魅力是奇妙的，她不知道自己怎么就答应了他的请求，她知道，他此行的目的是为了她，却安排成采访，简直无懈可击。

王其国从中学起就与她同班，自她懂得两情相悦的事起，她心中的偶像就是他。但后来，他考上了大学，她参加了市文工团，使他俩的缘分失之交臂。一次偶然的同学集会，她重新见到了久违的他，他仍然是那样风流倜傥，他不知是有意无意开了一句玩笑，他说当年他倾心的是她，惹得她脸上浮上红晕。于是，同学会之后，他们就续上了同窗旧情。

再往后，电话、手机、短信息架起了两个人交流感情之桥。从同学会后的画饼充饥，到听到对方真实的声音，特别是短信息填补了两个感情真空，一些不能说出来却可在短信息里尽情倾诉的话，让双方的心灵呼唤得到回应，从开始的幽默笑话到绯闻黄段到试探真情，从聚餐聊天到公众活动的不见不散，到心灵感受的没完没了，他们彼此却渴望开辟一方私情幽会的天地。于是，王其国一个电话就让她神差鬼使到青城来了。

凌晨三点，青莲孤零零地等在青城的站台上，却没有见到王其国来接站的身影。让她担心后悔的是，出行匆忙，竟忘了带手机。站台上的人几乎走光了，她不敢离开原地，生怕他来后找不到她，她担心一旦离开，他有可能从天而降。她记得他说过，万不得已不要打手机，因为他身边人多，不方便，要避免不必要的麻烦。

半个小时过去了……

一个小时过去了。

王其国仍然没有前来，她等得心急火燎，她带来的行李不多，可以拎着轻便地在站台上踱步，又频频地抬手看表。

时针指向凌晨四时半，她的心几乎从胸膛里蹦出来，她只好走向站台值班室打听。终于，她弄明白了，她下错了车站，青城还有个东站，西站是个老站，而她却在此下车了。她忍不住打他的手机，回答是：“你拨叫的用户已关机。”两站相距有二十分钟的路程。她打车去车站的念头一闪就过去了，她生怕离开后，他也会寻她而来。于是，她等下去的信心又升了上来。

凌晨五点，她觉得浑身几乎冻僵了。她踅身回候车室，打他的手机，仍然是关机，她几乎要哭出声来了，不由踱起脚步。

凌晨六点，天已大光。她这才决定打车去东站找他，见面后好好出一口气，刻薄数落他几句也不妨，装嗔撒娇是女人的天性。

她打车到了东站，拎着行李，到站台处、候车室、留言栏仍然寻觅不到他熟悉的身影。忽而，她想到，或许他根本没有来。她渐渐地厌烦起来。她意识到自己的多情遭受到嘲弄，她本来是个感情专一的女人，除了丈夫没对任何人起过非分轻率之意……她到候车室给他打电话，手机仍然是关机。

直到七点半，她万念俱灰地提着行李准备找旅馆的时候，王其国仿佛真的从天降下来，对她憨厚一笑。她却面无表情，笑着回应却不好看。

王其国开口了：“你吃过早餐没有？”

“早餐？”直到这时，她才想起自己赶车匆忙或许是激情充溢，连晚饭都没有吃，两顿饭没吃竟然不觉得饿。她稍一来气，就说：“你让我等了你整整一夜。”显然她扩大了等候的时间。

“什么？”他惊讶地睁大眼睛，“你就没找旅馆住下，你这样……怎么糊涂熬到天亮，我凌晨三点到站，没有见到你，就料到你在西站下车了，有记者在身边，我不好打电话，就去找旅馆。”

“什么？你睡了一夜。”她也惊讶着，仍在扩大时间观念。

他又说：“躺下后，本想给你打个电话，但夜深了，又有记者在身边，打电话人家会猜打给谁呢？……约好了，今天他不会跟来的，我们去登卧龙山……”

她的心往下沉，说：“你就没想过到西站接我？”

“想过，我真的想过，可我身边有人跟着，我半夜去找，太反常了，现在的人敏感，稍一风吹草动就起疑心，我曾说过，万不得已不打电话，如果你在西站等我，我想你会打电话的。”

她反驳他：“我拨了，而且不止拨一次，可你都关机了。”她的嗓音嚷得行人投来注目的眼光。

“你小声点好不好！有人看过来。”他忽然变得躲闪起来，转而安慰她，“别生气，我们现在不是见面了吗？今天我是自由的，说好是去登卧龙山，在北坡……那里游客少，不会遇到熟人的……”

泪光在她的眼眸里浮现，她说：“我心里很空……你破坏我所有的情趣……”他以为她饿了，转身去买吃的。

他一离去，她招手叫了一辆车，坐了进去，离开伤心的东站……

爱到深处

“咔嗒”一声，给妻子春芝打完电话，我顿然感到一阵迷惘与失落，连日来的疲惫与压抑又一同冲袭而来。

走出电话亭，我不知所向，拦住街上一辆“的士”坐了进去。

一个星期了，我没有回过家。这些日子里，我蓬头垢面，不修边幅，仿佛在恍惚的梦幻中度过。但我知道，这一个星期内，春芝在家里也一定孤枕难眠……

一个星期前的那个黄昏，我从省美术家协会举办的画展上兴致勃勃地买回一幅题名《忆念》的油画。春芝喜欢油画，我是知道的。她刚刚怀孕，一度沉醉在幸福之中。我买了油画，她一定会喜出望外的。然而，谁能想到，就是买回来的油画《忆念》，搅动了我一度恬静而温馨的家，春芝从油画的篆章上，读到她苦苦寻觅等待多年的画家：肖剑。

肖剑，他现在就在金陵宾馆里，等待着春芝去会面。

我明白，肖剑在春芝心中的分量，那曾是她全部的生命所在。十年前，在青岛边城港口，正当他们结婚前夕，肖剑在一次捕海作业中失踪了。春芝几乎痛苦得死去活来，仿佛换了一个人样，面容憔悴，孤影相向。我那时也在港口谋业，春芝可算是边城的“港花”，我早就暗地里慕恋她。她的一切，我看在眼里，痛在心上。于是，我想方设法帮助她，引导她。然而，从恋爱到结婚，她竟让我整整等了五年多，我知道，她还忘不了肖剑……

我记得，我同春芝是结婚半个月后才同居的。此前，我同她仿佛早有默契一样，她躺到床上去，我则睡在沙发里，谁也没有惊动谁。那天夜里，起了大风，我被惊醒，禁不住打了一个喷嚏。正等起身添被时，灯亮了，春芝坐在床上，说：“你着凉了，到床上睡吧。”对此，我激动万分，而她却满脸泪痕地央求我，做爱时不要看她的身子，暂时不要孩子。此后，多少回夫妻温爱，她总是不让开灯，她是不让我破坏她对肖剑偶像的想象；还有多少回，她从梦恋中惊醒，枕边还喃喃地喊着肖剑的名字……这一切，我都默认了，或者装作根本不在乎。

半年前，我们迁居到了海南。我不知道，春芝是否有意忘掉那个曾经给她心灵创伤的边城海湾。然而，谁又能想到，一个星期前的那个晚上，她却望着油画《忆念》，又满脸泪痕地说："我是你的合法妻子，我知道你爱我，但我不能欺骗自己，我总想能见他一面，如果是我错了，请你原谅我……"她的声音很小很小，却在我的耳鼓里不迭地轰鸣着。谁也不知道，我的心里喊着：你没有错，可这些年来，我在你心中的位置呢？……

次日，我就寻到省美术家协会去。

我说明来意，一位负责人说，画展组是从上海来的，正在石梅湾写生。我给春芝打了一个电话后，又风尘仆仆直奔石梅湾而去。

石梅湾沙滩，游人如织，芸芸众生，斯人何在？一连数日，我都徜徉在那里。

往日，我来过石梅湾，在风景区，走过一次就不想走了，而如今，我走了一趟又一趟却还在耐心地走，我追寻了写生群里的每一位画家。正当我失去寻找耐心的时候，有人告诉我，还有部分画家在月亮岛采风。这时候，我已是五天没有回家了。

生活中确实存在着戏剧性偶合的事情。常常被作家当作小说的素材。我在乘坐渡船去月亮岛的途中，海浪起了黑旋涡，掀翻了一只从月亮岛归来的渡船，我凭着水性救起了一位画家，一问姓名，吓了一跳，他就肖剑。可他面容已改，说起十年前的事，他一丁点儿也记不起来。与他同行的画家告诉我，他是十年前被上海港的船队从海上救还的，但他失去了记忆，唯独对描画丹青一往情深……或许，春芝能唤起他对往事的记忆。

……

“的士”开出一段路，司机说：“先生，往哪里走？”我手一挥：“沿着环市路，走一圈吧。”司机仿佛理解我的心情，把车开得不紧不慢。

我不知道是什么时候走下“的士”的。

我在繁华的街头漫无目的地走着。

迷惘、失落缠绕着我，哦，街上，到处都是人与人……

直到华灯初上，我才意识到回家去。此刻，春芝一定不在家，她一定到金陵宾馆去会肖剑了。这些日子，我几乎每一天这个时候都给家里打电话，只要春芝待在家里，我就宽心了。而现在，我不能再打了，刚才，或许就是最后一个电话了。

我满可以想象，春芝淡妆浓抹一番才到金陵宾馆去会肖剑的情形。他俩久别重逢，缠绵拥抱，亲吻、抚摸……不知道什么时候，我流泪了。

九时许，我才拖着发铅的双腿，走近家门，刚要掏钥匙，门却开了。

我走进去，春芝扑上来，泪眼盈盈：“你到哪里去了，我好担心。”她挽着我，我徒然觉得仿佛要散了骨架。

“见到他了吗？”

“他不再是从前的他，他把一切都同我说了，我不能没有你。”她靠在我的肩上，仿佛害怕失去什么。

夜里，夫妻温爱。

我忘情地吻着她，她又流泪了。

我伸手去熄灯，她却拦住了。

我一怔：“你——”

“你的心，我都看到了，我还有什么不让你看的呢？……”

你独自怎可温暖

尽管从母亲住进医院，主治医师证实我不祥的预感，我就意识到最坏的事情将要发生，但母亲的撒手归去，还是让我顿感到一种沉重的失落与孤独。

继父痛哭失声：“宏儿，你母亲走了……我再也听不到她的唠叨了……”他仿佛一下子衰老了许岁，苍白的脸色重叠着倦意。

继父是我十岁那年，走进我和母亲的生活的。在我的记忆里，他们相敬如宾，该说的说，该笑的笑，该做的做，可总会让人有一种客客气气的感觉。

处理妥母亲的后事，在清理遗物时，继父递给我一把钥匙，指着一个精致别样的柳藤箱子，说：“那是你母亲唯一珍贵的嫁妆，我没动过它，她留给了你！”我倏地扑过去，仿佛又一次揣抱着母亲，泣不成声。

夜里，我独处的时光，终于用钥匙打开了母亲的木柳条箱子，那里安静地放置一条粉红色的连衣裙、一只蝴蝶发卡、一本天蓝色皮日记本……

母亲二十三岁的那年秋天，一个摸得着阳光的日子，母亲单位分来了一名转业军人，那就是父亲。

单位里按例召开了座谈会，母亲去参加，她就穿着那条粉红色连衣裙。这衣裳她可喜欢了，平时从来不穿的，那天她穿上了，显得轻盈而飘逸。

母亲沉静地坐在一个不起眼的角落里，她始终都一动不动，眨着明亮的双眼，盯着父亲的浓眉大眼，宽肩长腿，一身英气，母亲不禁在心里惊叹了一声。在此之前她还从未见过这样一个男人。

等到父亲发言了，他的声音又宽阔又响亮，让每一个听着的人都精神抖擞。

母亲心里陡然生出一种说不出的异样感觉，既激动又忧伤。这时，父亲的目光扫了过来，他发现母亲的眼眸里泛着一泓激荡的湖水，眼里仿佛燃烧着一种期待和渴望。

母亲怔了一下，他身上有足够吸引她的东西，但她的目光马上挪开了，忙低下头去。

座谈会散了。母亲远远的一个人走在最后，生怕别人知道她的心事。

往后的日子里，母亲上班的路上，她总会发现父亲在一个几乎固定的场合出现，与她总是不期而遇，迎着母亲羞涩的目光。每一回走过身后，母亲转身又总是发现父亲也在扭头看她。

那时母亲在业务第一线上岗，尽管很忙，可在人前人后，她总是忍不住偷偷在嘴唇边漾出笑纹来。

有一天，父亲约母亲去看电影。在约会点，母亲迟疑地向等在那里的父亲走过去。父亲对母亲说："我去开会……还买了一个发卡。"

母亲一怔："什么发卡？"

父亲把发卡掏出来，用手掌托着："你看。"

母亲看见了，知道是给她买的，脸上便烫起来。不过，她却什么也没说。

父亲又说："你要是喜欢，这就给你吧。"

母亲仍然不吭声，看着发卡。看着看着，便突然伸出手，一把将发卡抓到了自己的手里。动作是那样快，快得像抢似的。而且，她甚至都没再看，就迅速往头上插。

那天夜里，看着电影《冰山上的来客》的时候，父亲攥紧了母亲的手。散场后，父亲送母亲回家的路上，母亲接受了父亲笨拙的拥抱，父亲的脸上留下她温柔的唇印。

婚后一年，母亲十月怀胎生下了我。然而，旦夕祸福。母亲和我在乡下刚待满产假，一场意外中断了父亲的花样年华。噩耗传来，母亲眼前一黑就昏了过去……

至今，母亲也不明白意外事情的前因后果。那永远都是母亲一辈子的痛。那时母亲的心中只有一个坚定的信念：将我哺育成人，那才是对我的父亲最深切的怀念……

日子过得很快，一晃七天过去。在城里，我住房里留有一个单间，那是给母亲的，我打算让继父去住。可他婉谢了："宏儿，我觉得你母亲没有走，或许是她出了远门，有你母亲在这，我哪里也不去……有空你就常回来看她……"

"那我帮你请一个保姆吧？照顾你的起居。"

继父说："别担心我，我会照顾自己的，我不会孤独，我一个人的时候，会想起你的母亲……"

这么一说，我心里一酸：其实，母亲这辈子对继父没有爱情。我在读母亲的日记时，有一种无法诉说的情怀震撼了我：当年，母亲遇见继父之前，亲戚好友就开始张罗她后半辈子的生活。其中不乏条件优越、生活宽裕的人家，甚至有暗恋母亲多年的同窗，母亲却违心选择没有爱情的继父，同样操持他几乎一辈子的生活。母亲是生怕感情的琴弦一旦被拨动，会冲淡她对父亲的一往情深：父亲在母亲的心中永远定格在二十五岁的花样年华。

继父说："我知道你孝顺，也知你心思，人咋样都是一辈子，好人自有好报，自己认准了，别听别人说什么，我深知，你母亲这辈子有很多现实的理想，我不能帮着她去实现……可她还是同我生活了一辈子。"

我听着，有一种心碎的感觉。

洁白的婚纱

黄昏时分，天色渐渐阴罩下来，远方雾气迷蒙。

小路弯弯曲曲，搞不清是通向什么地方，朱良挽着菊子的胳膊，漫步在这条小路上。

不知道为什么，朱良突然有些不安起来，总感到有一双眼睛在盯着他俩，且他相信，这种感觉往往是不会欺骗人的。

这双眼睛在什么地方？朱良环顾四周，静漠的旷野里没有一个人。

"怎么啦？"菊子问。

"没什么。"朱良摇头。

"我还以为你遇上什么熟人了？"但菊子的话还没说完。朱良就感觉到发生了什么变化。菊子拉着他，低声说："你看——"

朱良循声看去：在这条路上，对面不紧不慢地走过来一个女人。这个女人穿着一件白色的风衣，高高的大领子几乎遮住了脸。风衣的坎肩垫得很高，下摆紧而修长，煞是好看。朱良并没有仔细看清女人的脸，只觉得这一定是一个漂亮的女人，好像在哪里见过？只是一时记不起了。

女人向朱良和菊子越走越近，她突然说话了："你们也来这边玩呀！”

“哦，我们散步。”朱良慌忙地应了一声。

女人与朱良和菊子擦肩而过，他们沉默着继续向前走。

朱良问菊子：“你认识她？”

“不认识，怎么你也不认识？我还以为她是你的熟人。你说你的风衣款式，你喜欢吗？”菊子不由问朱良。

朱良一愣，说：“不，我不喜欢。”却躲开了菊子的眼光。

“为什么？”菊子缠着问。

“太干净了就容易脏。脏了也不容易洗干净！”

“你不是喜欢干净吗？你究竟喜不喜欢？”菊子变得认真起来。

“其实……干净的不一定都是白的！”朱良忽然蹦出一句颇有哲理的话，然后又说：“那款风衣，我喜欢的。”

“那你刚才为何说不喜欢？”菊子挽着朱良的手，并肩走着。

“怕你生气呀！我不能因为另外一个女人的一件风衣而伤害了我们的感情！”

“如果你认为这样就会伤害我们的感情，说明我们的关系很脆弱，感情应是互信的。平静的湖面，一圈涟漪泛不起波浪的，如果什么都要小心翼翼地维持，怎么能让我有安全感。”

“……”他一时无语，无言以对。

天，越来越暗了。前面路旁，有一条长椅子。朱良说：“我们歇会儿吧！”

坐了下来，双方都沉默下来，没有再说什么。朱良深深为自己引起菊子的不愉快懊恼，也隐隐地为自己的自尊心被误解而感到委屈，不过，他相信这很快会过去，正像相信明天天还会亮，太阳还会升起来一样。因为她是爱他的，他也爱着她。朱良说今后不会再这样了，并将手搭在她肩上。希望她将她的头像往常那样歪靠过来。

但是，菊子没有像他期待的那样，他顿时困惑起来。

“可以在你的身边坐一下吗？”蓦地，朱良听到一个十分悦耳的声音，甚至不用看，他就明白了，又是她，肯定是那个穿白色风衣的女子。她这风衣是从哪里钻出来的精灵？他回过头来，那个女子不知什么时候已站在他的面前。

没等朱良开口，这个女人已经紧靠着他坐了下来，也许动作太急了，身体一歪，她的头发一飘就拂在他的脸上。他不用看她，就知道她一脸的黠笑。

菊子没有吱一声，泪花开始在她眼睛里转动，将朱良在她肩上的手挣脱，说：“我先走了！也许她想跟你说什么吧？”不容我应声，她已起身飘然跑开了。

这一切太突然了，也太严重了，朱良呆住了，好一阵，他才开口问道：“你到底是谁？”他仿佛已忘记了她是一个陌生人。不料，他看见的却是一张空空的长椅，那上面仿佛根本从来没有坐过人。

夜幕终于降临。小路上孤零零剩下朱良一个人。在这天地间，时间凝固了，空间，正在逐渐消失。朱良想挪动脚却挪不动，想喊，胸腔内却被压抑得叫不出声来……起了夜风，他感到一阵发冷。

…

朱良惊醒了，原来是一个梦。他欣喜若狂，菊子就在他的身边，而那一切是一场梦。

此刻，菊子那娇小而白皙的躯体正依偎在他的怀里，她睡得好甜，轻微的鼻息好温馨。

他揉揉眼睛，拔出卧压在枕边的手，撩开眼前的菊子歪拂在他脸部的头发，几乎呼喊出声来："你……你到底……是谁？"

夜色中，朱良再次看见那个穿白色风衣的女人，正站在他的门口。她那双看不见的眼睛正狡黠地盯着他，一脸不怀好意的笑，不，这不是梦……

他的手冰凉了，摸索着，好不容易找到了床头灯的开关。他终于打开了灯，可要挣扎起身，可他发现浑身没劲，他拼力推开身边的她，无论如何他不能离开菊子。

菊子也恍醒了，她梦呓般地说："怎么啦？你怎么……开了灯？"

朱良没有回答，他完全醒悟了，向着他们刚新婚的门口看去，明亮的灯光下门口贴着一个大红双喜字；门后的衣服吊架上，是一套洁白干净的婚纱。这件婚纱是他和菊子跑遍北京城大大小小的婚纱店，千挑万选才决定买下来的。

菊子的小手在朱良的脸上抚摸着，说："怎么啦？你哭了！"

是的。朱良的鼻子一酸，泪水已涌出了眼眶，咸涩而潮湿的水珠滴淌在菊子的面颊上……

红玫瑰并不美丽

夜空中，飞机开始俯向飞行，很快就要降临美兰机场了。

艾丹从机舱的舷窗往下望，地面上一片斑斓璨亮。她相信，杨德一定已驱车来到了机场，在到达厅的出口处张望地等她。

她今年三十岁，还一个人独来独往，姐妹们数落她眼高，挑男朋友也那么拣肥择瘦的。

其实，她的要求并不算高，她寻觅的是倾心的感觉，而且她是有这种资质的，凭她妩媚的长相，窈窕的身段以及洒脱飘逸的气质，她认为应找到一个彼此心灵呼唤的伴侣。近些年，她从早婚的姐妹离异中，似乎体味到婚姻是爱情的坟墓，没有爱情的婚姻更是无期徒刑。

她记不清杨德是别人介绍的第几个男朋友。

这些年，经过多少次同异性在昏暗的咖啡厅喝茶，在乱糟糟的歌吧蹦迪，她终于反思自己近乎理想般的追求，准备退求一种残酷的现实选择。她希望婚姻能有很好的经济基础，她厌恶那种精打细算的琐碎日子，只是长相要顺眼就可将就了。

她记得，第一次约会是在万绿园，月光下，杨德穿戴简朴而有风度。这年头，越是简朴就越显得尊贵。艾丹就怦然心动：就是他了，他就是这个样子。

第二次见面时，彼此的生分感已荡然无存，彼此甚至都有相见恨晚的感觉。尔后，他们还去看了夜场演出，那天夜里，杨德送她回家，进门时妈在惺忪蒙眬中，咕哝一句："到何时，你才不回来睡？"那意思，她听得明白，那是在催她嫁人。

再后，艾丹就同杨德公开来往。杨德在公司里没事的时候，就开车接送艾丹上下班。

有一回，杨德约艾丹去赴烛光舞会，舞曲转换到《玫瑰情人》的旋律时，全场灯光熄了，其实是惯例安排。她忽然感到杨德原来搁在她腰肢的手往下移，试探地摸着她殷实的臀部，在那样的情调下，她只感到脸孔发烫，他毕竟是结过婚的男人，她对他并不反感，就迁就任由他。于是，他的手摸得更理直气壮了。

转眼，三个月过去，她所期待的终于来临，杨德向她提出谈婚论嫁了。

然而，这使她的心里抛开一张痛楚的网，罩着她曾经创伤的疤口——

那是她的初恋。那时，她还在上海，她爱上了大学时一个阳光帅气的男生。

有一夜，他约她去看地下影宫的外国等级影片。午夜后的影片充满了激情和诱惑，她头一回看到男从裸露强健的身体，她便放弃了心理防线。那时，她认为，爱上一个可心的男人，就应该毫不保留地为他奉献一切。就在那个夜里，甚至没有想到避孕……

完事后，他发现洁白的被单上，没有盛开鲜艳的血色玫瑰，她明显地感觉到他的反应是，看了她一眼，再看她一眼，还看了她一眼，她没法解释事情变故的原因："我也不知道……怎么会这样。"他没有说一句就离开了她。

一连些许日子，她的心无法平静下来。她查阅过许多医学专业书籍，回忆起自己成长的每一细节：跑步？骑车？第一回例假……最终还是百思不解。

她想过，杨德结过婚，同她应该是平等，应该不在乎她，但万一……于是，她还是胆怯了，她向公司请了假，对杨德说是公司公派学习，她飞赴了北京。

……

当飞机在夜幕里降落美兰机场，她拎着简单的行李出现在到达厅门口时，杨德挥动着双手，冲着她喊："我在这——"惹得不少目光垂注他，他似乎热烈地沉浸在一种渴望之中。

汽车直接驶进了杨德的寓所。这是她第一次到他的住舍，在电话里他已经征询过她的意见。开始她想委婉拒绝，她认为过早地去一个男人的居室容易使人误认为轻浮，但最终他卑切申求，她终也是无法抗拒情感的冲溢，就听任他的安排。

她刚踏门进屋，丢下行李，杨德就扑上来了，搂抱紧她，滚烫的嘴唇开始吻她，越来越深，几乎要窒息了。艾丹没有抗拒，几乎是迎合着他，这或许是她所期待的，因为，她在北京有了一个小阴谋……

床上，他俩彼此大汗淋漓之后，杨德起身整理床单，她注意到他神情的意外和惊慌。他说：“艾丹，没想到，你还是头一回。”她终于看见了她所意料中的一朵鲜艳殷红的血色玫瑰盛开在雪白的床单上。

杨德再次如获至宝地抱紧她，她想着在北京整容医院那剜心的痛楚，心里一阵钝疼……

夜凉如水

下班后，柳静没有坐公司的接送车回家。她打的拐向滨海路去找姐妹好友秋珊。

秋珊这时候正在滨海路一家名叫红玫瑰的美容美发中心等她。

柳静在一家外企当文秘，在老总的眼底下工作，是两年前应聘进去的。

刚才下班前，赵总来找她，递给她一张黄金夜总会的贵宾卡，说：“请务必赏光，八时半在门口等你。”她来不及回答，赵总的手机响了，他接听时就离开了。于是，去或不去的问题一直缠绕着她。

两年前，柳静和丈夫成林成婚是秋珊引见的。秋珊是成林单位的员工，逢年过节总喜欢来串门，她同秋珊情同姐妹一般，一点也不生分。

柳静见到在包间里洗脸的秋珊时，秋珊的头发已焗过一种进口发油，包间里盖脸扑鼻的是一种怪异浓烈的发香。柳静眼尖，瞥见秋珊手里正攥着一只精巧别致的发卡，在灯光下正熠熠生辉，就随手夺过来。

秋珊躲闪不及，急得直嚷："别摔了，那是玫瑰夜光发卡，我的一个姐妹从韩国带回来的，国内都很稀罕。"柳静听罢，凝眼一看，又塞还秋珊。秋珊冲着她说："有什么事，快点说吧。"

柳静径直把赵总约她以及自己的犹豫倾倒出来，秋珊鼓励她："按我看，犹豫归犹豫，还是去了再说。"

柳静又求援说："可我回家去，再出来就难说了。"

秋珊很善解人意，说："好了，八点整，我打电话约你出来，就说公司召开紧急会议或者说加班什么的。"

柳静踏进家门，丈夫成林已做好了晚饭，柳静陡然感到一股温暖。

成林在一家国家驻地方局当副职，结婚两年，彼此相敬如宾，从未红过脸，更未拌过嘴。用过晚饭，洗了澡，她迟疑了，有这样的丈夫，她奢望什么，还需要去为赴另一个男人的约会而犹豫吗？陡然她心里浮起一缕迷惘的负罪感。

然而客厅里的电话毫无预兆地响了，她准备去接，成林却接听了："什么？还要加班……"墙上的挂钟正好八点，一定是秋珊打来的。成林仍对着电话说："好，好，我让她准备准备就走……"柳静佯装惊讶，嘴里咕哝："这时候，还开什么紧急会议……"

柳静听着，心想这下子不赴约都不行了。她匆匆进入卧室去对镜梳妆：打了脸粉，涂了口红，盘鬓卷发时，她忽然感到一种来自秋珊那个玫瑰夜光发卡的遗憾。

柳静来到黄金夜总会，正在富丽堂皇大堂内左顾右盼，赵总在背后喊叫她，她扭过头，灯光下的赵总俨然玉树临风，挺拔英俊，让人感到温暖而亲切。

柳静定定神，带有歉意说：“我，我来晚了？”

“你能来，我很高兴。”她感到赵总的宽怀和真诚。

柳静跟着赵总在歌舞厅找到预定的位置，节目已开演，一曲美国影片《魂断蓝桥》主题曲《友谊天长地久》响起，赵总携着她步入舞池。

紧接着是一典幽雅悠情的萨克斯《回家》，更让人如痴如醉。

跳舞时，赵总忽然说：“明天，我就走了。我的任期已到，转任到外地一家公司去，明天就有人来交接。”她心里叹道：两年过去真快，她却是头一回认识他。赵总同她回到座位都不说话，有哲人说过，两人对望着一时无语，意味着有天使飞过。

告别时，柳静忽地感到一阵怅然，甚至期待赵总能拥抱自己一下，但他送给她一个美丽的蝴蝶结作为纪念，就走了。

柳静回到家，午夜已过，成林正在洗浴间洗漱。柳静想着成林在洗澡时的习惯动作，忽然感到一阵冲动，似乎有意识地将对赵总的好感转移迎合到成林身上。

她进入卧室去，倏地，一股似有所闻的怪异的浓香扑鼻而来，随即弥漫整个房间。

柳静换下衣服穿上睡服时，扭亮床头灯，随手整理一下枕头，陡然，她见到一只熟识的发卡——在灯光下熠熠生辉的玫瑰夜光发卡。这不是秋珊的韩国产品吗？弥漫在房间的气味不正是樱花美容美发中心包间的浓郁的发香吗？难道秋珊她……

忽地，柳静感到自己犯了一个天大的错误，刚才秋珊打来电话的时候，成林难道辨不出来她的声音吗？顿时一种受骗的失落冲袭而来。

成林从洗浴间出来了，柳静连忙将发卡塞到床底下。她像盯着一个陌生人，见他满脸疲惫，满怀的热望和激情一下子消退下去。

柳静去洗漱再次回到卧室，成林已躺在床上呼然睡去。柳静悄悄把手伸向床底下，摸出那只玫瑰夜光发卡，泪水已漾了出来……

如果有来生

陈辉没有想到，他貌似协调的生活琴弦，被一次电视采访活动搅乱了节奏。

参加电视台现场采访活动，陈辉同妻子被问到“来生还爱吗”的问题。其实，电视主持人的问题非常简单：“假如还有来生，你们还愿意再做夫妻吗？”而前面的十多对夫妻都干脆地选择了愿意。当时，妻子看了看他，显然没找到默契的答案，或者碍着大庭广众，说：“愿意！”而他怔了怔，凝了神，说：“我倒更愿意换一种生活！”他发现妻子的脸色晦暗下去时，将目光投向场下观众席去寻找支持的亮光。好在主持人很会圆场，才缓解了僵硬被动的气氛。

回家路上，陈辉没有说话。回到家里，妻子也没说话。他也感觉不知道说些什么好，干脆也不说话。他没想到，当晚电视台将活动场景在黄金时段播了出来。

其实，有了孩子的十年间，他早就发现妻子把所有的心思放在孩子身上，就不怎么理会他了。自从孩子上小学，需要有人接送，妻子就将丈母娘唤来帮忙，这使他很不适应，至少让他不能光膀露臂或穿着大裤衩在客厅逛了。特别是到了周末，大舅子及小舅妈都来凑孩子的热闹。这时候，陈辉总觉得自己像是进了别人的家。

陈辉不晚婚却晚育。妻子是他大学时同学，在校恋爱，毕业两年后结婚，日子乐融融过得像开了花。没想到，到三十岁时有了孩子，妻子就只想着孩子和娘家人，已经不考虑他的感受了。如大舅子要做生意，妻子不征求他意见，就把节俭攒下的钱说是借了他，可大舅子将生意搞砸了，还钱的事只字不提。然而让陈辉最闹心的是，这些年间，他和妻子每月只亲热一次，固定在每月妻子月经完事的那个周末。而且有许多次，妻子的手机响了或来了信息，她便扭身去接电话或回信息，全然不理会他在身上忙活。这时候，陈辉一下子泄去激情，总是产生一种刻骨的恼恨。

这些年间，陈辉同妻子吵过，像天下所有的夫妻那样为了糊口生计的柴米油盐奔波，因为事业前程的竞争挤兑吵过，甚至把单位里的不称心不如意带回家吵过，甚至不知多少次在争吵中恶狠狠地说过离婚的话，但一直都没有离。其中最重要的原因有二：其一，孩子还小，正在长身体的年岁，一旦离异，孩子幼小的心灵就会蒙上无法洗刷的阴影。忍忍吧，双方似乎都控制在可承受的限度里；其二，这些年，他在单位勤勉上进，被确定为后备干部，都在梯队培养系列，其实眼前，陈辉已混迹成为单位里一个重要部门的主要负责人。让让吧，婚姻不一定当饭吃，但前程仕途在当今社会还可算是改变人生的途径之一。于是，陈辉也就糊里糊涂过下来。他曾想过，假如有来生，他一定不会在伴随她过一辈子。有一次吵离婚，妻子也说过，如果重新选择，她一定会找到一个比他优秀且善待她的男人。

然而，陈辉压根没有想到的是，会有一天去参加电视台现场采访活动，他同妻子被问到“来生还爱吗”的问题，同时也搅乱了他们的生活节奏……

陈辉见到上学的小孩回家，他张开臂膀想拥抱，小孩却跑开了，还嚷道：“我妈妈哪里不好？你想换一种生活；你换了另一种生活，我该怎么办？”他竟无言以对。

陈辉无意间听到小孩安慰暗地落泪的妻子：“妈妈，我会长大的，下辈子有我呢。”妻子竟然破涕苦笑，而在他眼里却像哭一样。

陈辉抬头出门，低眉进屋，逢上左邻右舍，总有人拿他取乐：“没想到，看不出，他还很有想法，怎么着，吃着碗里的，盯着锅里的，想得疯呀，这些事还拿到电视上张扬。你看，人家阿毛背地里张狂撒野，回家对老婆服服帖帖不也像只病猫……”他没想到，左邻右舍会这样看他，他无法申辩，抑郁在心里。

陈辉后来还听到辗转而来的妻子姐妹们的教唆：“你也太惯着他了，七老八痴，别让他不知东西南北，他想跟别人，你告诉他，门都没有！”

妻子提出分睡的那个夜里，陈辉终于说了：“你别怪我，你不好受，我也不好受。其实，我并没有别人说的那些……那些想法，我那一会说的意思是，是想让你过上比现在更好的生活……”没等他说完，妻子抢白他：“你说还会有来生吗？我们来生还会有爱吗？只有你心里明白，你自欺欺人吧！”

陈辉最终没有离婚，谁也不知道他们曾经每月约定的时光是怎么过的，反正日子又在稀里糊涂中过了十年。陈辉收到电视台寄来的一份调查，调查中写道：

十年前，“来生还爱吗”现场采访中，一百对夫妻中有八十对选择“来生愿意做夫妻”的已有二十对离婚，而二十对回答“来生不再做夫妻”的没有一对离婚。

红杏真相

周德海带着妻子林佳去海甸岛应酬一个周末晚会。其实，谁也不知道，那是他因为一次疑踪而设计的阴谋。

路上，林佳说："我觉得李昭两口子都很出色，你认为呢？"周德海听着，心里却隐隐掠过一阵怅然不安。

他记得，在认识李昭夫妇的那次宴会上，李昭就对林佳表现出极度柔情和亲热。他俩隔着一张咖啡桌对坐着，那时他就怀疑桌下李昭的脚会有不安分的动作。于是他捷脚上前，牵着林佳便步入舞池，不让对方有任何机会。就像当初他追求她，能在短时期内拥入怀中。

"不见得吧。我觉得李昭似乎不够精明……"他盯着林佳颇有几分姿色的脸孔说。

"你光知道，李昭是新近冒出来的房地产开发商，但你却不知道，他的妻子张玫是个建筑设计师！"林佳言溢于表。

"我查过他们的设计资料，但并不怎样。"周德海觉得李昭刚处于成长创业期，而自己的事业正值成熟稳定期。半年前，成立业界投资公益协会，他被推选为会长。每周他都会同投资界老板欢聚一堂，固定不移每周一晚上召开公务例会，他总是到十点之后才回家。他对公职活动的倾情投入已在业界树立榜样。

"那你为什么这次晚会还要请他们参加？"林佳反问。

本来，他并不打算邀请李昭，但一个偶然机会，他发现林佳与那家伙的可能行踪——

那天，他因为业务上的原因到西海岸去，路过游艇会俱乐部楼群时，大吃一惊，他发现林佳的那辆小本田停在一幢别墅外，而她早上出门时却说，她到百里之外的博鳌水城去。而让他再度惊讶的是，小本田的旁边还停着一辆墨绿色的越野车，那“琼AW6008”不是李昭的车牌号吗？自从认识李昭他就记下了这个号码。按常理，不是情人幽会是不会躲到这里避人耳目的。可他发现内心深处，还爱着林佳。他试图冲进去，可冲进去裂痕就无法弥补了。他心里抡着拳头砸向她，可落下去却软弱无力。如果处理不明智，反会把林佳推向李昭。他宁愿相信，认识李昭之前，她是洁白而忠诚的。事情的罪魁祸首应该是李昭，他必须尽快消失……

“邀请李昭两口子是晚会主持人的意思……”他回答林佳的问话。他要让她明白背叛的报应，她反过来会感激他的宽容。然而，林佳昨天还是以同样的理由去了西海岸。她不知道他尾随跟踪。昨晚，他还问过她去水城博鳌的事，她慌张得连脸孔都起了红晕：“在那我们游了玉带滩，吃了三文鱼……我们总是一见面就难分难舍。”她的回答足使他狠下决心，今天就他们彻底了断地分开。他终于通过商界的猎头，找了一条捷径，在晚会上，阴谋设计在李昭的车上……想到这，他没有丝毫愧疚，反而有一种如释重负的感觉。

晚会如期举行。与会者吃着西餐，喝着鸡尾酒，侃着段子，继而翩翩起舞……

林佳似乎异常兴奋，一连跳了几只舞曲。他忐忑不安地坐在一旁，呷着咖啡，等着那一刻的到来……

时钟终于悠然地敲了十二响。有人开始起身告辞。林佳却捧出一只大信封说：“这是两个星期以来，张玫姐帮我完成的西海岸商住楼群的整体设计，这些设计图纸，简直是棒极了！”

张玫却说：“只是林佳还在犹豫，她担心周先生不喜欢我的设计。”

他惊觉意外，脸上挤起笑纹，说：“这么说你们都到过游艇会？”

张玫爽朗地说：“何止去过，这些日子，我刚好在西海岸度假，就约林佳每周来一次，昨天是最后一次。”她的话像重锤砸在他的胸口上。

“可为了保密，我每次都撒谎，说是去水城博鳌，现在总算可以说出秘密了。”林佳散发着设计图纸。

周德海对图纸似乎饶有兴致，内心却羞愧缠绕，他几乎错怪妻子，怀疑她红杏出墙，嘴里喃喃地说：“太棒了，我赞同。”却一直惦记门外停车场上预设的阴谋。他问李昭：“今晚你们可是开着越野车来的？”

“没有，我们估计今晚要喝酒，肯定开不了车……就租车来——不过，刚才车场上停着一辆越野车，与我的车颜色几乎一样。”他听着，几乎背过气去。夜色里或许辨不清车牌号，他跌跌撞撞出门去。

厅堂里，张玫向林佳道过别，起身离去。

李昭走在后面，与林佳的手温情一握。林佳趁机悄声说：“下周一晚六点，老地方，不见不散。”

生来死去

张媛午睡起床像通常一样是两点十分。她醒来时觉得什么地方有点不对劲，就习惯地瞟一眼床上左侧那个空洞的被窝，试着问是否丈夫不在家的缘故。丈夫李潮出差去了，她又觉得不至于自己这样吧，他可是经常出远门的。

往常午睡起床后，总是李潮起身先去洗漱间，就匆匆下楼去引擎生车，等着她懒洋洋下楼去，然后开车送她上班。李潮出差时，她就两点前起身，下楼去挤单位的接送车。而今天李潮出差了，她竟还睡过了头。而单位的接送车从来是准点开车的。

下晌上班，单位财会部门有新系统上线，需要重新录入数据。本来岗位上的事不至于她分心，可她总是心神不宁，心里时不时闪过自早上李潮出门后就没有音讯的念头，他登机了或到港了等都没一点信息。忽而又闪过李潮前些日告诉她，他此趟出差去海南，而海南她没去过，那里要搞国际旅游岛了，李潮要带她去该多好。她不时抬手看表，不时又翻看手机，过去多时了，李潮怎可没个声息。忽然，她想起昨天进门时，李潮在客厅拨电话，见着她回来了就搁上听筒，她问："你正打电话，怎又……"李潮答："你都回来了！"她惊觉心跳："我回来怎就不打啦？""我是打给你的呀，你想到哪里去了？"没想到李潮盯着她笑了。而此刻，张媛却忽然疑虑李潮昨日的话是否真实。

单位系统上线照例是加班，等到张媛处理好业务，在外头集体聚餐，回到空荡荡的家已是七点五十分。她倚在门边，散懒地蹬去皮鞋，慵倦地脱去外套，长长地打了个呵欠，并没有准备换穿的睡裙，就走进洗漱间。片刻，她又踅身出客厅，裹上浴巾去打开电视，声音调到能在洗漱间听到的程度……

这样张媛昏倒在客厅里的时候，白花花修长的大腿便在浴巾下展露无遗。以至于隐藏在对面楼阳台一个用望远镜偷窥人家隐私的怪癖者认为是典型奸杀现场，就向警察打电话报案。

嘟嘟嚣叫的警车把许多好事者吸引来到楼道间，准备来查验尸体的法医如何用药水弄醒她，张媛并不知道。她醒来后便恸哭，泣不成声，根本不理会警察的犹疑。还是一个邻居记起，刚才电视里播过飞机失事的重大新闻——今早九点，由本市机场起飞的航班在中转站空港中午时分落地时机身断裂起火爆炸，机上乘客和机组人员无一生还。

有邻居向张媛要了李潮的手机号码，可拨过去是关机。唉，乘坐飞机肯定是关机的。单位领导闻讯赶来了，表示派人明天赴出事现场去处理后事。警察当场咨询受难者确定名单，回答是等待进一步的消息。当夜，邻居、同事、好友说了多少宽慰劝导的话，单位领导及警察是何时走的，张媛也不知道。她只觉得整个天塌下来压得自己缓不过气。

次日，天刚蒙蒙亮。张媛还处于神情恍惚当中，就被门外大呼小叫的吵嚷声和急促连续的敲门声惊醒："媛媛，快开门，开门，是我，我是李潮！"她认得，那是丈夫的声音。

她骨碌起身，奔过去打开门，李潮倏地扑上来："媛媛，别怕，是我，我回来了。"她惊叫一声，又一次昏过去，醒来时在李潮的怀里，她像散了骨架一般，说："天，这是真的，不是我做梦吧，快告诉我，你伤着没有？你是如何脱险的？……"最后，几乎是无力呻吟。

"我根本就没有上飞机，媛媛，是我骗了你，我一早出门就没往机场去，而是……"李潮不顾围观的邻居，"媛媛，原谅我，是我错了，我再也不离开你……我再也不去找那个女人……"

张媛又惊叫一声，几乎从李潮的怀里滑落，又昏倒了。

事后，警察还来一次张媛家，是来告诉咨询结果的。警察见到李潮，还说："你福大命大，居然躲过一劫。"转而对张媛说："祝福你！"

邻居每每见到张媛，特别是逢上李潮开车送她，总爱说："是你前世修来的福分，李潮逢灾化吉……遇事安然无恙。"

在单位里，同事们聊起幸福家庭的话题，无不提到张媛处世的温顺柔情。可有一次，她像开闸一般，没头没脑地泻出一句："在我心里，他早在那次空难中死了！"

第十二辑：第三座坟茔

生命的最后一天

张新现在感到世界上确有人比自己强。他像个泄气的皮球，外面软了，内心也空，感到极度不安。他受过警察的审讯，受过街坊的辱骂，甚至痛打。那时，他只痛恨自己偷盗的技术太糟，根本没觉得胸腔里还有一颗心。而这颗心在这黄昏时候在跳动，在发热，在滴血，在受到审判。他望着偷盗来的红皮笔记本，目光呆滞……

本来上个月从看守所出来，他就决计不再干“钳工”行窃的事。他想改，却很难，就像知道吸烟有害却戒不掉。他发誓想好好做人，就拿出螺丝刀在手臂上扎一下，以示永志不忘，痛改前非。然而，今天是从看守所出来刚满一个月，他挤在公共汽车上，神差鬼使，他忘了发誓，忘了刀疤，顺手牵羊掏出一个姑娘的包中小包。钱不多，三百四十元，却还有一本红皮的笔记本。那姑娘下车离开前，他发现她还是“瘸子”。

现在红皮笔记本就躺在他的眼前。他拿起笔记本，先不忘打开，双手合十捧在胸前，默念着，希望在笔记本里找到比纸张更珍贵的东西。于是，他翻开笔记本，先在前后勒套里摸一遍，只见到三张过期的车票。他骤然记起有一回曾摸到一个大学教授的讲义，里面除了黑压压的文字，别无他物。

而他翻开笔记本的扉页时，一行并不秀气的字吸引了他：

——要是人们把活着的每一天都看作生命的最后一天该多好呀！

——海伦·凯勒

单从名字看，他认定海伦·凯勒是个外国人，但是男是女就闹不清了。可他感到这话很怪异的，活着就是活着，为什么要把它当作生命的最后一天呢？假如是我生命的最后一天，我今天还会去掏那个姑娘包中包？何况她还是个瘸腿的姑娘，她包里也只有三百四十元。如果明天就要死去，还要这些钱干什么呢？他想着，忽然感到左手有些麻木，就用右手捏了一下，显然，他看到了臂上的刀疤，而且明显感到手的麻木是刀疤引起的。疤已在开始隐隐作痛。他用力挤压着，似乎无济于事，这种隐痛有一种说不出的滋味，痛中带有酸感，还有痒刺的意味，仿佛心灵里某种神经在剧烈拉动刀疤。惯例这个名字，自己几次下决心要改，可为何总是食言，今天算是幸运吗？简直是糟透了，他心里自问自答。钱偷的不多，可看到的字句是：生命的最后一天，似乎也不吉利，真是明天就死的话，该有多惭愧，简直要悔青了肠；真的是明天死的话，该如何对得住那瘸腿的姑娘，会有人为我流一滴泪吗？刀疤的刺痛似乎意味着死神明天就将来临吗……

他心里不安到了极致，翻开笔记本，里面还夹着一封信，收信人鲁毓进，一个姑娘怎么会起了一个男孩的名字？他好奇地掏出信笺看起来——不要感到惊奇，我与你并不相识，但我心里早认识了你。我是省报通讯中了解你的，对你尊敬而佩服，包括你的意志，你的毅力……

我比你大不了几岁，命运却比你差极了。我也曾有过远大理想，但命运之神于我多么不公平，简直就是苛刻。谁让我串上了癌症？我绝望过，心空里的太阳落山了，远方理想的路堵塞了。我就是这个时候读到你的事迹的。开始我还怀疑，你的事迹是媒体的炒作，或者是社会正向引导的需要，可我引证过，你身残志坚，同厄运抗争，特别是你引用的让人发奋催人向上的那句话，深切地镂在我心上，“要是人们把每一天都当作生命的最后一天该多好呀”，海伦·凯勒你及我也许可以说是同一类人，或者都是伴随过绝望的人，但你们在绝望中找到了希望。我不知道，我还能活多久，也许每一天都是我的最后一天，但我不再惧怕死神，我要让死神看到我在人间大地上踩出坚实的脚印。冒昧地给你写这封信，并不祈求你安慰、同情或鼓励，我只想告诉你，生命的最后一天或许只是一种假设，而对于我，却是实实在在的人生追求……

下面的字句，他看不清了。落款署名叶琦，或许也是个女的。

他像做了一场梦。他的心在痛苦地呼唤，一个四肢发达而心灵污染的人，在两个女性面前沉默起来。他的眼前出现了瘸脚姑娘单薄的身影，脑海里浮现有如一尊维纳斯和掷铁饼合铸的铜像，第一次他感到人间确有一种奇特的东西。这种东西扎实在他的胸膛并牵引他手上的刀疤。他又看了一眼那扉页上的字句：要是人们把活着的每一天都当作生命的最后一天该多好呀。人们，而我张新也算是个人呵。他苦恼着，比过去任何时候被人抓住揍打还要难受。

窗外，夜幕渐渐降临。他忽然觉得这或许是他黑暗日子的最后一天。他决计了，明天就按信封上的地址，将红皮笔记本和三百四十元给鲁毓进寄去。主意一定，他顿觉一阵少有的轻松，手臂上的刀疤似乎也不怎么隐痛了。

他找来一张洁白的信笺，开始写信，最后，他写道：从今往后，我也会将每一天当作生命的最后一天……

勿忘我

马永康收到一束艳丽的红玫瑰，花束还夹带着一张素雅的情人卡，卡上写着：

> 心中的玫瑰永远艳丽，我爱你胜过我自己。在情人节来临之际，请接受我最诚挚的爱意和祝福！
>
> 勿忘我
>
> 二月十四日

马永康捧着花束，心口突突乱跳，不由四下环顾一眼。他虽不是多情的浪荡公子哥，但婚后淡退的夫妻情趣，让他心里浮上来那句俗话，老婆还是别人的好。妻子贤淑，但毕竟年轻的姑娘更耐看，更动人心，而勿忘我是谁呢？

卡片上的字体虽不秀气，但写得很工整，一笔一画凝结着柔情，一定是个年轻漂亮的姑娘。他的脑海不由过滤起近年来同自己交往过的女性。

莫非是单位打字员小张？她平时喜欢与他聊天，言行意态常夹带着亲热与信任，有一天甚至还把她恋爱不顺心的事全盘托出，说眼下的男孩太俗气，缺乏男人气质，莫非那是暗示。

次日，他兴冲冲就到打字室去，说："您好。"小张似乎早知道他要来，一侧脸，也说："您好！"

“我想打些字，你有空吗？”

“你要打字，没空我也要挤出来，材料呢？”

“还在办公室。”

“过一会，我去取。”

他盘算过，过一会就是十点后，那时办公室的人差不多走完了，小张好聪明，她会抓机会。

十点刚过，同事陆陆续续托口有事先走了，小张果然飘了过来，说：“就你一个？”

“难道你想有多人在？”他逗笑，小张也笑着在他对面的椅子上坐下。

他从抽屉里掏出几张纸，本来递到对面就行了，可他起身走到了小张身后，猛地拥抱住她的双肩，没想到小张恼羞了：“你不能这样，想不到你是这样……”说着起身走了。

他愣愣站了一刻，才缓过神来。哦，玫瑰不是她送的，自己却闹了尴尬。但勿忘我是谁呢？当夜他没有睡好。他不会对妻子说的，妻子肯定不懂这样的情趣，弄不好还会疑神疑鬼的。次日，他去上班，生怕碰见打字员小张，几乎躲在办公室不敢出门。

下班时分，他没有回家，晚上要赶份材料，就到单位食堂去用餐。刚找个墙角位置坐下，好像一阵风，飘来一件花格裙子：“马老师，这儿有人吗？”哦，是小李，是单位资料室的。

他曾给刚到单位的人上过课，小李总是喜欢称呼他为“老师”。小李坐下了，关心地问：“看起来，你精神不振，情绪很低落。”

“是吗？我怎么不觉得呢？”他嘴上否定，心里却佩服人家的观察力。

“嘿，你瞒不过我！”一双大眼睛别有情趣地盯着他。哦，莫非她真的知道他的心事？她说："我表姐在邮电局上班，她说，今年的情人卡特别多，用十几个大邮袋都装不了……"

"是吗？"他嗫嚅着，"这个——情人节是西方人的节日，情人卡都是少男少女喜欢，怎么啦，你也有兴趣？"

"问我吗？你说呢？"小李说，"不过，这种卡可表达人的一种朦胧的感情，挺有意思的，因为有些话在生活当中真的不好说，而且缺乏诗意！"

哦，情人卡是她寄的吧。他的心猛地跳起来，小李似乎清楚他的心思，不失时机地说："今晚，文化宫有个舞会，肯赏脸的话，我们不见不散。"说罢，小李向他做了个鬼脸，端起饭盒走了。

走出食堂，他正准备给妻子打个电话，突然手机响了，是医院打来的，说他妻子在医院急救室，对方显得很着急，让他快到医院去。

在医院急救室，他见到工会杨大姐。杨大姐告诉他，临下班时，他妻子请假提前回家，没想到，刚出门一阵，医院就来电话说，他妻子被乡下一个民工的拖板车撞上了，正在抢救……

急救室的门开了，医生告诉他，病人没有生命危险，只是受了重度刺激。

他走进病房，一种异样的感觉让他脚步沉重，妻子的脸孔像床单一样苍白。他轻轻唤一声，妻子睁开眼，目光似乎在迷蒙中寻找什么，见到他，眼眸里流出泪水。他说："你不会等到下班才回家，为何要请假啊？"

妻子嘴唇翕动着说："我看要下雨，你上班时没带伞，我想你会淋雨……会感冒，这几天你心神不宁的。"

他俯下身，握住妻子的手，心里一酸，"我……"

"我不要紧的，等我出院，我们一起去看勿忘我。"

他一愣："哦，勿忘我。"

"是啊，勿忘我……是我们认识时见到开满了遍野的勿忘我，那花，很美……"

哦，他终于记起来了，勿忘我，他要寻找的东西原来就在他身边……

爱在骨里

马人杰没有料到张一萍还会给他打这个盛情的电话，就像两年前他组织那次同学会时没有料到她竟然应约而来，又像一年前在一次培训班上没有料到她会断然回绝他。

两年前，马人杰刚到海岛东海岸小城任职，就组织了一次大学毕业十年的同学会，其实，谁也不知道，他潜意识里是为她应约而设计的。入学时，她的那篇给人印象特别深刻的入学宣言可算是他为她精心而作；尔后，校园周末的舞会，他和她便是既定现成的舞伴；多少回，黄昏后的校园小径，留下他们散步的身影；毕业时，因为去向差异，她编造了一个美丽的谎言，她留在了省城，他回到了小县城。再后，彼此杳无音讯。为了忘却她，他闪电般地结了婚。

那次同学会，她翩翩而来。岁月未能在她身上留下多少痕迹，同窗们却围着为他原来的清瘦变得膘壮而打趣，他们嚷道："如果在街上遇到，不介绍，简直不敢认。"她却说她经常能见到他，同窗们一脸疑惑，他也十分茫然。直到她轻轻走了，他也没能问个究竟端详。事后，他却从其他同学那里知道她的一个隐私般的秘密：她患有先天性子宫肌瘤，不能生育，她收养着一个捡来的孩子。而他记得，在大学时，他却多次同她讲述小县城里根深蒂固的传宗接代的陋俗……

一年前的一次行业培训班，包括他和她在内的同系统的同学都去了。

常言道，同学情结没有功利，大家敞开心扉，互吐情怀。他自从知道她的隐私后，仿佛欠了她一份重债，一辈子也还不清，他总是小心翼翼地陪伴她，呵护她，弄得同事有闲话他也充耳不闻。一次晚会上，他为大家（其实他是为她）唱了一首歌《只要你过得比我好》，大家都鼓掌，她却只说了一声“谢谢”。尔后，他却一连几夜没有睡好，神差鬼使，夜里给她打短信息，天一亮又拨手机号。潜意识里，他几乎企图能将她再次拥入怀中。

没有料到的是，培训班结束的前夜，她约见他，竟劈头就是一句：“几天来你仿佛迷失了自己，我寻想，我不会再见你了。”他刨根挖底：“难道我爱的权利都没有？”“就是不让你有，我有家庭，有丈夫。现实是不能逃避的，只有明白了现实，你才能找回自己……”他辩驳：“正因我现实，我才错失……”“所以，我、我不再见你！”她掷地有声地拒绝，他为自己自作多情而无地自容。

又一年过去了，他没有料到，他和她没有一丁点儿声息联系，他心里开始淡忘她的时候，她给他打了一个盛情难却的电话。说是她班上同桌柳惠琴从内地来要作环岛游，其中一夜要在他供职的小城住，盼他能赏脸一见，但口气却是不容置疑的。

按照既定的日子，她同柳惠琴如约而来，分别都把孩子带来了。地点是在东海岸一个著名的国际论坛会址。

她见到他，同他握手仍是落落大方；他却一脸窘态。柳惠向他打趣：“这些年，你变得好富态，在街上，我真的不敢认。”而她却说：“我们常常见面，倒未觉得。”她是否故意要把气氛搞得轻松愉快些。柳惠琴却开起玩笑，说：“常常见面，莫非是在梦中。”说罢哈哈大笑，他却倏地心里一抖，张一萍为何飞红了脸，两年前，她说的话也是这个意思吗？他的脸上笑得很苦。

他陪同她们还有孩子看了水城，游了沙滩，坐了渡艇，回到下榻酒店的房间，已是傍晚时分。

孩子们喧闹着要到酒店后院泳池泡温泉，这时，他听到张一萍对她孩子的刻骨的一声叫，不由得心如刀绞——

她的孩子有他乳名一样的名字，叫春雄。

天　职

林医生是在刚刚经历婚姻裂变之后，报名奔赴抗“非典”第一线的。

然而，偏偏冤家路窄，她竟然遇上了她——那个夺走她丈夫的女歌手——从病历卡上印证了一个让她伤心的名字。此刻，女歌手已被确诊为“非典”病人，正躺在床上，等候着做切喉插管手术。她稍一迟疑，几乎想夺路而逃，然而，现实却不容她犹豫逃避，护士已做好了手术前的准备工作。

第一回见到女歌手，是在影剧院。那时，丈夫出差没有按时回来——出差晚一天回来也是常有的事。她就领着女儿去影剧院排遣寂寞。虽然影剧院放的是旧影片《人到中年》，但是出于职业上的偏爱，她还是去了。电影刚开映，她忽然发现一个熟悉的身影坐在一个黑暗的角落里，他的肩膀上扛着一个轮廓柔美的脸。开始，她以为看错了，还暗笑自己多心。电影放了一半，女儿要上洗手间，她起身携着女儿轻步从那个黑暗的角落走过。那情景让她脑子里不由轰然一声，丈夫的肩膀上倚着一张艳丽的脸，那性感的嘴唇和乖巧的鼻翼不时地在丈夫的脸上来回蹭着。世界顿时漆黑一片，胸口堵得发慌，几乎喘不过气来，她硬撑着身子走开了。上完洗手间，女儿说她脸色难看，她才离开影剧院。

她爱丈夫，就像电影里陆文婷那样爱得刻骨铭心；她爱事业，也像陆文婷那样一心扑在医学科研上。然而，男人的心，无底洞呀，丈夫在外贸部门工作，一年有一半时间出差在外。后来，丈夫又一次出差去了，她却与同事在影剧院找到了他。没想到丈夫索性摊牌了。那个女孩是城南玫瑰夜总会的女歌手。

平心而论，女歌手比她年轻漂亮，但她就永远不会老吗？她同丈夫曾谈过这样的话。此时，女歌手即使穿着隔离手术服，也遮盖不了她的青春气息。再次见到她，是从法院办离婚手续回来的路上，心里有多少次咬牙切齿地恨过她，如果没有她勾引，丈夫会变心吗？多少次她这样问过自己。上手术台前，她换上隔离服的时候，有一个念头涌在她发沉的心头……不理她，多等些时间，她就会从这世界上消失……她狠心夺走心爱的丈夫，自己还要救护她？

刀尖挨近女歌手的喉管的刹那间，她几乎像触了电似地缩了回来，胸膛里的心剧烈地跳动着，几乎要蹦了出来，她像做贼心虚一样，扫了一眼身边的护士，惧怕她们觉察到自己不纯的企图。

她定定神，停顿了一下，仰头深吸了一口气。心里颤了一阵，又抖一阵，没有人知道她的眼底里浮上了亮光……

切喉插管手术获得成功，女歌手被移入了隔离病区。

……

女歌手能够说话的时候，就给家里打手机，说："是一位姓林的医生及时给我做了切喉插管手术……她像电影《人到中年》里的陆文婷，有一双美丽的大眼睛……你要来看我，不，你就把鲜花送给林医生吧。”

女护士打断她：“别送了，林医生因为抢救你，感染了……”

“她还好吗？她叫什么名字？”

女护士没有回答她，倒是一个男医生说了：“林医生已离开了我们，但她祝福你……还有你丈夫！”

“……”女歌手一脸疑惑。

男医生说出了一个女歌手熟悉的名字。

女歌手的泪水夺眶而出。

围城内外

早春二月，乍暖还寒。作为心理咨询师，我连日来隐约中的期待忽然热望起来，清晨，我刚进入咨询室，将自己的披肩拿下来，一个年近四旬的男人随即推门而进。

我凝神望去，就猜出来就是我等待中的人——三天前的来访者朱蓉的丈夫柯俊。我示意他坐下，流露出热情：“很高兴，你能来！”

他对我笑了笑，说：“很意外吧，你以为我不会来吗？我的事你都知道——”

我看着他，说：“知道一些，不过那是从你妻子角度听她说的。”

他仍然笑了笑，并不拘谨，似乎很坦然：“而她是怎样说的呢？”

三天前，朱蓉是由柯母陪着来的。柯母明显平抑着情绪说：“帮我合计一下，那畜生是怎样起异心的？”

而朱蓉沉吟了片刻才说：“正如人家所说的，丈夫外遇，妻子是最后一个知道的。事后才知道外人早议论了，而我是无意中翻洗他的过冬衣物才发现疑点的，按说他下岗，没有额外收入，竟暗地里买了名牌剃须刀，还有国际顶级皮革，我一追问，他竟承认了，是他的相好送给他的，他们已相好一年多了，我同他吵，他竟然提出了离婚……”朱蓉终于哭泣了。

朱蓉告诉我，她这辈子最信奉的就是以心换心。可没想到丈夫并不买她的账。她十二岁丧父，母亲带着她改嫁，继父虐待她，她忍了，对母亲孝顺，对弟弟悉心照料，换得了继父的疼惜。她没有上过大学，进城打工学过美容，学过按摩，还自己开过小店。其中甘苦自不必说。她相信，只要肯付出就会有所收获。她同丈夫恋爱时，柯母反对过，刚上门时都没正眼瞧她。这时，柯母插话说：“那时我是瞎了眼，没想到阿蓉贤淑聪明，勤快能干，柯俊他爹生病住院，端药送水都是靠阿蓉她一人呀……谁会想得那畜生会变心，他的良心喂狗了……”

朱蓉继续说，前年丈夫单位遭遇金融危机不景气，他被裁待岗，家庭经济靠她的小店支撑。左邻右舍都说，柯家上辈子烧了高香才会讨到这样的儿媳妇。

我听后无语，建议让她丈夫来做一次咨询，但不论她丈夫同不同意，都应尊重他的选择。

……

现在，朱蓉的丈夫柯俊来了，他肩膀微微耸了一下，说道：“唉，她的角度通常代表事物的态度，反正她一切都是对的？！”

“哦，为什么这样说呢？”我愿听其详。

“实际吧。用她的话，她做到了无可挑剔了。我的亲人、我的邻居没有一个不说她好的。也许我命薄，娶了她却无福消受，我就是一个——累！她摊上我，我也觉得她受委屈了，她在人前总是有说有笑的，可回家总是不停地忙活，我插不上手，帮了她她更忙，她不顺心，我也不自在。我就是不知道她为何要苦自己。比如，她病后，好好待在家，小店交给我打理就好了，可她偏要撑着往店里跑，好似我都不如她，结果病加重了，这下子娘家人说我不爱她，不帮她，气坏了她，我简直烦透了。”

我在咨询本上记录着他的诉说。他又长长地叹了一口气，说：“她也同你说起那个女人了吧？”

我面无表情，只说：“说了。”

“那天，她追问我，她究竟哪里不如那个女人，我没有回答，是我根本不想回答。”他说时明显流露出愤懑，“可我今天告诉你，那个女人没有一点如她，不如她好看，不如她勤快，想必也不如她孝顺，但可能正因为她什么都不如她，我和她在一起觉得舒坦、宽心，你送个礼物给她，她感动得流泪；而不像朱蓉，不是挑剔我不会买，就是嫌我乱花钱。我明知道，我和在外交往的那个女不会有结果……我和她不会结婚，却倒想与朱蓉离婚。凭良心说，我深知朱蓉对我家可谓呕心沥血，我也觉得十分亏欠她。可幸福是两个人共同创造的呀，我既然不能给她带来幸福，我也不愿分享她带给我的幸福，倒不如让她去寻找她新的幸福，至少我不至于承担精神上的煎熬，也不会觉得自己无功而耽误她一辈子……”与我的目光相对时，我发现他的眼里有了潮湿的亮光。

面对着咨询记录簿上这对夫妻的两种诉说，我该如何抚慰他们心灵的伤痛？

午夜的期待

如果不是怀疑染有恶症住进医院，如果住进医院他不对红玫掏出那段污秽的日子，他或许就不会陷入眼下尴尬的境地。

每当夜幕降临这座小城，红玫淡妆浓抹出门后，王成明腻味了俗套的长篇电视剧，就独自站在阳台上，远眺近望耸起的高楼和浮躁的街道，心里就不由这样想着。

然而，那些假如都毕竟发生了，一个多月以来，他仿佛浸渍在恍惚的梦幻之中……

先是他参加单位的常规体检，肺部透视有疑点。那时，他正在患感冒，连着咳嗽，可是老毛病了。没想到，妻子红玫从乡镇中学回来了，她在乡镇中学当了六年教师，她申请调动，调动的事没有着落。正逢着快放暑假，就让他住院确诊。住院后，做CT检查，阴影之疑未排除，留院观察。可消炎药用了顶级的，他还是咳呛不停，整个人消瘦了。红玫整天就端饭送水、煮饭洗身伴着他，当值医生和护士都夸她贤惠、体贴。那时，他心里就狂慌不安。一回，红玫俯在病床边，愧疚地说："这些年，我在乡下，对你关心太少了。"

尔后，他被安排住进了特护病房，亲戚好友包括认识的和不认识的都来探看。从来人的眼神终于看出了异样。他偷看了病历，才陡然惊觉自己差不多走至生命的终点，而红玫竟然面对他显得那样平静，他的脑海里像筛子一样过滤着杂乱无章的记忆。那天，他倏地跪在红玫的前面，声泪俱下像讲述别人的故事一样，讲述了在分居的日子里，他粘上了城里度假村梦幻夜总会一个名叫张晓虹的小姐。这些年，她积攒的钱，他没用去跑调动的事，却花在风尘女郎的身上。他没有想到，红玫听后，愣了一下，对他说：“都什么时候了，你还开这样的玩笑……我知道，这一切都是假的。”她仍是一如既往护理着他的起居……

事情的转变是赴省城肿瘤医院复查。他没有想到，进一步的CT透析剖解，排除了恶瘤嫌疑，推倒了原先的误诊。出院回家后，他对红玫忽然显得客客气气而又惴惴不安起来，他感到这辈子欠了红玫还不起的重债，就像一块沉石压在心上。终于在一个夜里，他渴望换取她的宽容和谅解，又向她披露那个张晓虹的名字。没想到，红玫愤愤地嚷道：“这辈子你还让我安生吗？这些话，别人对我说过，我只当是提醒，我相信你，宁可相信这一些都是假的，是别人编造的，我一直相信，你、你不会是那样的人……”从那一夜起，她睡到客厅去。事后，他坚持要睡客厅，她才独自睡到卧室去。

再后，红玫提出白天去做家教，他要送她，她婉谢了。夜里，她说有几个大学时的姐妹来，邀她出去，他也没有多话。他想，她也是有这个权利的。秋季开学的日子临近了，他悄悄跑了几趟教育局，可他一点也不让红玫知道，他要给她一个惊喜。他相信，红玫会原谅他的，她还会像以往一样爱他的。然而，红玫除了白天去做家教，夜晚出门更频繁了，不是姐妹邀去搓麻将，就是朋友请去歌舞厅，但他不拦她，他觉得自己没有资格去拦她，他期待着，等到她调动的事有了着落，一切都会好起来的。不过，有多少回，红玫吃过饭洗了澡就飘然出门，他心里又好一阵的空荡和惆怅……

唉，如果不是怀疑染有恶症住院，他还会对她忏悔自己的过错吗？如果他真的患了恶症，或许他的生命不会延散到今天？红玫现在她会在哪里干什么呢？他冷寂的坟前会放着她送来的洁白的花朵吗？

客厅里的电话铃响了，打断了他紊乱的思绪。

他从阳台踅身回屋，抓起电话。电话是教育局人事股老王打来的，告诉他，秋季开学教师调动的事这几天就动议了，让他再找一下教育局敲定。他听罢，心里掠过一阵狂喜，仿佛在暗夜里看到了曙光。

墙上的钟已过十一点，红玫没有回来，他坐在客厅里的沙发上迷糊起来。

当他再次睁开眼时，红玫已回来了，正在浴室里洗浴，响着哗哗的水声。

红玫从浴室出来，经过客厅时，他终于说了："你调动的事，有眉目了，我……"红玫在进入卧室的时候，扭头对他说："你，别操心了，我还是回乡镇中学去教书，但是，成明，你必须有思想准备，我们离婚！"

他深吃一惊，红玫竟把离婚说得同午夜一样平静。

变奏和弦

夕阳透过玻璃窗洒进宁静的咖啡馆。我坐在一张临窗的桌边喝茶，我曾经爱恋过的大学女友文婷就端坐在对面。我无言，她也无言，只有那灿烂了千百年的霞光依旧一如从前。

她是来小城度假村参加一期业务培训班，我遇上她的。

十年前，我同她在北方一所大学读书。

那时，我相信自己对于她就是一棵伟岸的大树，她则是这树上一只欢快的小鸟。而她却平静地说，现在是春天，一只鸟不可能在一棵树上停留太久，否则对这鸟这树都是一种负担。鸟儿总是想看看另外一片蓝天，而树也不愿每一天都面对同样的一方风景，等到秋天，这棵树茁壮了，知倦的鸟儿就会来靠停、栖息……于是，我和她保持着纯洁的友情，哦，她相信红桃A……

红桃A是一副扑克牌五十四张中的一张，她则信奉它是一颗殷血的红心。

毕业的那年秋天，我和她就像今天这样坐在那个北方小城茶馆里的一张临窗的桌边，四目相对，相顾无言。

她说："我把自己的命运交给这副扑克牌。"她掏出一副扑克牌放到桌面上，"红桃A是我们的缘分象征，你任意抽一张，如果是红桃A……那便是我们缘定三生。"

红桃A，五十四分之一的希望，万一……她怎么能以这样的理由拒绝我，要拒绝我为什么还要加上这样一个美丽的借口？我多年的自信难道真的是我自作多情了？我心灵中的那棵大树坍倒了，树上的鸟儿飞走了……

我透心一凉，绝望地离开了她。事后，我收到她寄来的许多沉甸甸的信件，但我却连拆看一眼也不就让邮差退走了。

"还记得我们分手吗？"我终于说了。

"我怎能忘记呢？"忽然，只见她嘴唇一抖，说："你可知道，那副扑克，每一张每一张都是、都是红桃A……"她的眼眸里已盈着亮光。

倏地，泪水一下子涌满我的眼眶。

此度重逢，已过去十年，她那张耐看的脸孔依然鲜艳。这些年来，我始终深爱着舍心相守的妻子玉春，从未有过半点移情别恋之念，但我又不能欺骗自己，我不时还在梦恋中见到文婷。

业务培训班为期半个月，原来在大学分配到同一系统的同学几乎都来了。在培训班期间的双休日两天，小城辖地的旅游胜景，留下我们昔日同窗好友的脚印以及旖旎多姿的底片。在爬山活动时，我还让妻子玉春为他们带路。同窗们都夸我娶了个贤惠的妻子。

培训班期间组织了一场联谊舞会。在晚会迷离的光影中，文婷更显得妩媚动人，缠绵的歌声升华了感情，我冲动地抓住文婷的手，她却低声对我说："谢谢你，这些年来仍记着我，过去的就让它永远地过去……"

"不，是我对不住你。我不能原谅自己。而今，我更放不下……"我不知何时对她又有了柔情。

"你别这样，这次培训班我真不该把红桃A的事说出来；这些年，我思量过，我们没有谁对不住谁的事，我们都是成了家的人，都应该学会面对现实，只有那样，我们才会重新找回自己。"

"你，难道不理解我，不明白我的一片心？"

"不……不是的，我理解你，明白你，其实，你心里有的……我都有，有一首叫《好人好梦》的歌唱得好：有缘分不用说长相守……好人都有好梦，在你的生活中，我充当不好任何角色，我更不能对不住她——你的妻子，我能感觉她是一个顶好的人，她爱你胜过她自己，她离不开你……"说罢，她甩下我，悒郁而去，我顿感怅然若失……

夜幕降临，小城缤纷的夜色亲切而怡人。我拖着一身疲惫回到了恬静而温馨的家。

踏进家门时，已是十一时多，妻子玉春还端坐在客厅里等着我。

"明天培训班结束，你们大学同窗难得一聚，我们尽地主之谊，为他们设宴饯别吧。"夜深了，枕边，吹过一缕和煦的暖风，玉春征求我。

"不，她谢绝了……他们……今天下晌已走了。"我忘却疲惫，说：

“你知道，她，他们为什么提前走吗？”

玉春用手捂着我的嘴，将头伏在我的胸脯上，喃喃地说：“别说，你什么都别说，我知道，我什么都明白，平日你到度假村去接待客人，尽管更晚，你总还是回家来，即使有时脱不开身，也总是打电话回来，而这些日子，你连电话也没有打，开始，我总想你们难得旧日同窗一聚，但从那次爬山带路，我就知道……但我相信，你和她都不是、不是那样、那样的人。”

一滴滚烫的泪流淌在我的胸脯上……

我把目光投向窗外，缤纷的夜色更加绚丽多彩，失眠的街灯仍疲倦地亮着，等待我们的是一个璀璨而永远的黎明。

真相之外

她惴惴不安地坐在街道派出所里，再一次环顾着四周：房间不大，有个十二三平米，除了中间落满灰尘、拼在一起的四张桌子和几把木头椅子外，屋里什么也没有。噢，被烟熏黄了的墙上还挂着几只镜框，里面分别镶着《派出所所长职责》《警民共建精神文明社区公约》等。她看了看表，发现自己已经等了一个半小时，于是心中愈发不安起来……

上个星期三，她的丈夫从窗台上摔了下去。他们住的是十八层，结果可想而知。而闻讯赶来的两个民警看见窗台上的水盆和抹布之外，似乎相信了她的意外失脚的说法，即她丈夫是在擦玻璃时不小心而跌下去的。不过，临走时，那个矮个儿不知发现了什么，显得有些疑惑，说还得再了解些情况，让她到派出所配合调查。为了把握好自己，以免在某个细节上出问题，处理丈夫后事后一直推至今日，她才来到了街道派出所。

“我们了解到，你丈夫有严重的‘恐高症’，很难想象他敢爬上十八层楼的窗台并把身体探出去！所以我怀疑你的说法是否真实。况且，我当时就注意到，你家的窗户并不很脏。而最重要的是，从技术的角度上讲，如果他真是不小心掉下去的，他的落点绝不会向外偏移一点四五米！”矮个儿警察用他那两只细小的眼睛紧盯着她的反应！

此时，她忽然觉得两腿有些发软，她知道自己担心的事情终于发生了——高个儿警察拿来了她丈夫的人寿保险。顿时，她感到浑身发热，明白保险受益的希望渺茫了。

“这怎么啦？”她擦着额头上不断冒出的汗珠，说，“这是保险呀，难道就因为这个，你就可以怀疑我？”

“我当然知道它是保险，”高个儿警察站在对面，两手插在裤兜儿里，“可它刚刚生效五天，被保人……也就是你那有恐高症的丈夫，忽然莫名其妙地爬上十八层楼的窗台去擦那原本不脏的窗户，然后就在你进屋的五分钟后从上面摔了下去！而且，还不可思议地落在距楼房将近三米远的地方……对于这一切，你做何解释呢？再者说，你不觉得，你投保的一百万数额有点儿大吗？”

“那又有什么，”她继续争辩着，“上保险是我丈夫的意愿，他是海员，每年大半时间漂在太平洋上，不知道哪天会出什么事儿！而具体每年上什么险种以及花多少钱，都是他打越洋长途告诉我的……”

“行了行了！”矮个儿警察不耐烦地打断了她，然后伸手从高个儿警察手中拿过保险单，并收起了死亡证明，说，“这些话，你好好准备一下，等上了法庭，对法官说去吧！不过现在，我必须拘留你……”

“请等一下，”她看见高个子警察拿在手中的保险单，不禁彻底绝望，“好吧……看来我只能实话实说了……”话一出口，她顿时泪如雨下，哆嗦着纤细的手指，小心地从包里捏出一只信封，递给了警察，然后说出了事情的真相……

那天，她出差回到门外，用钥匙打开家门，她万万没想到的是，看见丈夫正浑身颤抖地蹲在窗台上。他一边大喊着，不让她靠近，一边流着泪告诉她，自己已经染上了艾滋病。可他既忍受不了那种不能碰妻子和女儿的痛苦，也不想耗到最后再悲惨地死去。于是，他写了一封遗书，并把它和自己的诊断书藏到了她的高筒靴里。他还嘱咐她千万不能让任何人知道这一切，无论如何不能说出他是自杀，否则是不能得到保险赔偿的。然后，他就纵身一跃……

看了她丈夫的遗言和诊断书后，那一高一矮的警察走出屋子，在门口嘀嘀咕咕地商量了好一阵，然后才双双回来。他们表示，此刻他们相信她所说的是真话，不过，因为她已向保险公司申请索赔，她可能因为诈骗保险金所负刑事责任被追究……

最后，矮个儿警察又叮嘱了两点：一是暂缓拘留她，但她暂时不能离开本市；二是留下遗嘱和诊断书复印件进一步鉴定。

她不知道自己是如何回的家。当她坐着电梯上了十八层之后，却看见两个陌生的男人站在她家的防盗门前。核对了她的姓名之后，那两个人顿时充满歉意，其中一个领导模样儿的胖子苦着脸对她说：

“我们是 xx 艾滋病疫所的……因为你丈夫登记时用的是身份证住址，而那里的邻居都不知道你们搬到哪儿去了，所以，我们真是费了很大的劲儿才找到这儿来！尽管如此，我仍希望我们来的还算及时，并想亲自向他本人道歉，但愿他没有因此而受到太大的精神打击……”

“等一下，”她听出了他的话外之音，脸色不禁变得煞白，“你们到底想说什么？”

“这个……”那胖子搓了搓手说道，“其实，我们本来想亲自告诉他本人，不过……先跟您说说也无妨，因为，虽然这是个错误，但却是一个令人高兴的错误……请您马上转告您丈夫，事实上，尽管我不能保证他身体完全健康，但起码他并没有染上那令人闻之色变的绝症——Acquired Immune Deficiency Syndrome。这是这种可怕病症的英语全称，一般我们简称为‘AIDS’，也就是人们常说的‘艾滋病’……喂，喂喂！您怎么啦？……噢！天哪……”

花季·雨季

雨季不再来

那一年春天，我在县城中学住校读高中。一个阴雨连绵的日子，我拿着饭盒去食堂打饭的路上，一不留神，在楼梯拐弯处，撞到一个人的身上，“哗啦——”一声，饭盒撞落地上。“你是怎么走路的？”我没抬头，就破口而出，连我自己也觉得惊奇。那人大概被突如其来的声音震住，一声没吭。等我低下身捡起饭盒，再抬头看时，一双炯炯发亮的眼睛正瞪着我。我只觉得脸孔倏地一热，匆匆从他身上快步溜走。

从那以后，我敏感地发现，每天去食堂打饭的路上，都可以逢上他。我总是远远地打量他轻捷矫健的身影，他却总是那样目不斜视，好像什么也没有发生过一样。但从他打饭往返的方向，可以确定他是毕业班的同学。每次我逢上他擦肩而过时，总想对他说些什么，但又不知道如何开口。一种怪怪的感觉折磨着我愁绪万千的日子……

那一年春季，雨总是那样淋淋沥沥，时晴时阴地飘洒在人的心里。

一个周末，我打算回家去，在车站等车。

刚才晴朗的天空又阴了下来，出校时，我忘了带伞，又懒得返回学校去。雨，却不解人意地下了起来。我只好孤独地躲在车站旁一个屋檐下。可屋檐的空间太窄了，雨点不时夹着风向我飘荡而来，我急就转身面壁，不让雨珠滴打我的脸孔。

忽然，我觉得一个阴影向我罩来，出于一个女孩的直觉，意识到发生了什么。我转过身抬起头一看，是一把半新不旧的雨伞顶起一片晴空，那双炯炯发亮的眼睛又在瞪着我。我顿时觉得自己十分窘迫又不无狼狈。我只觉得自己的脸颊开始发烫，心跳得厉害，我不知道说些什么好。准备了多时的话霎时不知道跑到哪里去了？他又会说些什么呢？他沉默，平静，一言不发，只是雨伞换了挡雨的方向，一把伞多半罩住了我，挡住了向我飘荡而来的雨珠……　两个人——一个男生、一个女生就这样静静地站在屋檐下，听着春雨润物无声……

雨幕褪去了，雨珠变得淅沥起来，雨点终于小了。前方有喇叭声在催。客车来了，他比我先走。但我清晰地记得，他终于留下了匆匆一瞥和嫣然一笑。很明显，他是害羞的，眼神刚一触到我的眼睛，就迅速掉过头，飘然而去。而我却连一声客套的“谢谢”也没有说出口。　夏季来临，高考进入了繁忙紧张的准备阶段。我忽然发现在去食堂打饭的路上，再难见到他熟悉的身影，他也在做最后的冲刺吗？我的心里像丢失了什么东西似的。

暑假里，我终于在学校的橱窗里，读到高考发榜的消息，他熟悉的脸孔出现在光荣榜里，却是不再羞涩地盯着我——他读一所重点大学去了。

整个夏天，没有下过一场雨，叫人憋不过气来，一种莫名怅然的感觉始终缠绕着我。终于在秋季入学时，我站在车站的那个熟悉的屋檐下，忍不住哭了。我发誓毕业时也要报考他读的那一所重点大学。但我知道，在我的生命里从此有了一个永生无法忘怀的故事。

哦，雨季不再来……

两个人的小站

隔着飘柔的雨雾和时光，我还是将她认了出来。

我刚从公共汽车上下来，到这个小站候车亭去躲雨，等着换车，却发现她已站在那里了。她仍然是一身清爽的装扮，目光一交接，她的脸颊腾地红了。

我佯装迟疑地走过去："是你？！"

"没想到吧。"她将身子靠了靠，腾出地方让给我，又说："你还是在这个小站换车？"我心里一亮："快一年了，你还记得？"

一年前，我和她正在初恋，彼此心眼里都容不得一粒小沙子，因为一件微不足道的小事以及几句斤斤计较的气话而失之交臂。

"你怎到这来了？"我问。

"在这换车到姨妈家去，可这雨……"

一年来好不容易遇见她，我找话说："你吃饭了吗？我很饿，你愿意，我们随便吃点东西吧。"

"好吧，你买单，我当然愿意！"她回答得像一年前那样爽朗。

我和她进了候车亭边的一家小饭店。

那时，一旦分手，我的脑子里空白一片，可又下不了决心主动去找她，我等待着她给我打来电话，但我一直都在等待之中。我终于等急了，到她上下班换车的那个小站等她，以致我改变了自己原来上下班的路线，可总是等不到她秀气的身影……一周过去，半月过去，我怎么也没想到，她身边有了一个挺拔的小伙子。哦，原来，她或许就不喜欢我哩。

此一刻，她就坐在对面，像一年前那样脉脉地盯着我，用调侃的语气说："怎么，吃喜糖，也不请我？"

"没有的事，我还独身。"我断然否认，"你尽乱猜！"

"我见过她的，就在这个小站……"

她说，那时分手后，她一直等着我给她打电话，可一直都在等待之中。再后，她还曾到我上下班换车的这个小站等我，可每天注视着上下班的人，就是没有见到我的身影，十天……半月过去，她却发现我的身边多了一个留长辫子的姑娘。

我忙说："你是说一个留长辫子的，她是我的一个远房亲戚，那时，她刚考上师院，难怪有人逗过我……"说着，我笑了，又说："快一年了，他对你好吗？"

"谁？你胡扯！"

"不，我见过他的，高高的个头，挺帅，还贴得很近。"我无不羡意。

"他，是我当兵的哥，那时他探家，我跟你也说过的。"

沉默了片刻，我和她便像一年前那样海阔天空地谈起来……

……

临了，她说："我的伞坏了，你能陪我上一趟姨妈家吗？"

"你都说了，我能不去吗？"说罢，我买了单，与她一同起身。

刚出门，她忽地记起什么，说："哎哟，我的伞还在店里。"

我殷勤地说："我去拿。"说着趸身入店去。

在刚才坐过的桌边，我寻到了她的那把花伞，一按伞的阀门，伞升腾开了，多么秀逸，哪里坏了呢。我心里笑了，她，还是一年前的她呀。我收好伞，出门去。

门外，迷蒙的雨仍在飘洒着，那个候车亭还挤着许多人。

她提议：“我们走路吧，不等车了。”

“好吧。”我回答得比她的提议还要干脆。

于是，一把飘逸的雨伞在迷蒙的雨幕中升起，我们上路了，我们走的方向只会离她姨妈家越来越远……

第三座坟茔

职工子弟小学两名学生被凶手从五楼推落身亡。连日来，校园笼罩在悲痛的氛围里。两个孩子顷刻间没了生命，最悲痛的是他们的父母。虽然凶手也跳楼自尽，也没有丝毫减轻他们撕心裂肺的疼痛。

郑洁和郑泓是遇难的姐弟俩。郑洁的家刚搬到这个城市，选择这所学校是因为她喜欢海。本来郑泓是想去另一所学校的，可郑洁非拉着他和她一个学校。

按说在一个学校也不一定在一个班，郑泓比郑洁小两岁，可是郑泓学习好，上小学时二年级就把四年级的课程学完了；上六年级时初中一年级的功课也学了一半，和姐姐郑洁一个班是他想帮郑洁补习英语，郑洁的英语成绩总是不容乐观。

那天，他们一起快快乐乐走入校园。凶手是在他们俩身后赶上来的，那当儿郑洁和弟弟郑泓正进入走廊拉开教室的门，郑洁甚至还回头看了一眼凶手，觉得他穿着黑色风衣很帅气，颀高的个子戴着墨镜风度不同寻常。但是她唯独没有去看他掩在怀里的铁器。因为时间太短了，也就是郑洁拉开门弟弟郑泓进去的工夫，不然凭郑洁开朗的性格准会高声和凶手打招呼，嗨，你找谁呀？

郑洁的话没有喊出，就第一个被凶手极力推落楼下。郑泓早就觉得背后的人有点可疑，若不是姐姐为他拉开门，等他进去，他会把那个人判别仔细。郑泓坐的是第一排，他刚坐下了，就听到门外姐姐郑洁的惨叫声。他起身蹿向走廊，扑向凶手，结果他也没逃得了死亡的厄运。他被有备的凶手，一抄手也推向楼下。

这时，班上的同学反应过来了，围了上来，凶手见势不妙，也纵身跳下楼去。

郑洁和郑泓的爸爸妈妈在家里哭了两天两夜，到第三天他们不得不从悲伤中抬起头，为两个孩子做了寄予他们无限深情的花环。郑洁喜欢海，他们就把花环做成了蔚蓝的颜色；郑泓喜欢飞机，他们给他做了两架翱翔的飞机。因为明天他们就要把这一对心爱的儿女送到银河公墓了，这是他们最后一次对儿女尽爱意。他们咬破自己的手指，写上他们哀悼的话，他们没法不让自己的想念和哀思进入花环每一个纹理和枝叶。

悼念仪式安排在城郊一个细雨溟蒙的清晨。

郑洁、郑泓的父母和众多家长们还有全校的师生共同来到银河墓园。许多人都很悲哀，但是他们都很庆幸，庆幸自己没像他们的学姐学弟一样去了另一个世界。悼念活动分五个部分，公祭仪式、送行骨函、骨灰安放、石碑揭幕和祭奠献花。每一部分都聚集了死者亲人的悲哭。

献花时，郑洁的妈妈哭昏了好几次，她没法把为郑洁做的蓝色海洋亲手送到女儿面前，是郑洁的爸爸代她做了一切。郑泓的飞机她非要自己摆放，她泪水涟涟，泪水间隔时她说了以下的话。

她对郑泓说，孩子，让你陪着你的姐姐走完你年轻的路，是妈妈爸爸的错，我们对不住你。本来你可以大有作为，成为栋梁之材，现在却走向了我们不愿看到的路。那条路凄冷寒苦，要时时照顾自己。有可能的情况下别忘记成就自己也成就别人。

她对儿子说完了话，显得格外平静。仿佛过了一个世纪，她又走到另一座新墓前，人们这才记起那是凶手的新坟。

凶手也是子弟学校的学生，叫苏全。苏全本也是品学兼优的学生，可是他从小没了父亲，只有母亲一人带他，全部的经济来源是靠母亲在学校餐厅打工，这让他的心灵从小就乌云密布。

她望着墓碑上苏全的相片，目光里露出慈祥，她说，孩子，看你的样子很善良，我知道你这么做可能很无奈，你换回了暂时的心理平衡却留下了永久的不安宁。我想象你做完这些会很后悔，那么多生命没绽放就凋零。其实爱要一点点走近，你离爱太远了，怎么能一下就拥有爱？要有过程。你明白这些后，到了那里要改变自己，我们会把你当作郑洁郑泓一样对待。

苏全杀人是预谋已久的，为了买一杆作案小铁器，他已经有三个月没有吃饱饭了，他看到母亲在学校餐厅辛苦挣的工钱没有兑现，而是学校换了食用券，规定必须在学校餐厅用餐抵用，而这使原来母亲答应他的礼物化为乌有。后来他不知从哪里打听到，学校餐厅竟是郑泓的父亲承包的。他终于选定了那天午后同学们上第一节课时动手。

苏全的坟茔是郑洁郑泓的妈妈从地方民政部门申求移进银河公墓的。

郑泓的妈妈刚说完，从苏全的墓前旋起一股清风，风势拔地而起，惊飞了几只觅食的小鸟，它们匆忙地抢了几颗米粒，羞涩地飞向了天空。